T0204072

En los zapatos de Valeria

Elísabet Benavent

En los zapatos de Valeria

Papel certificado por el Forest Stewardship Council®

MIXTO
Papel procedente de
fuentes responsables
FSC® C117695

Primera edición: mayo de 2020
Segunda reimpresión: junio de 2020

Printed in Spain – Impreso en España

ISBN: 978-84-9129-493-1
Depósito legal: B-4148-2020

Compuesto en Punktokomo S. L.

Impreso en EGEDSA
Sabadell (Barcelona)

SL 9 4 9 3 1

Penguin
Random House
Grupo Editorial

A Óscar, el amor de mi vida.

Prólogo

Querida Coqueta:

Recuerdo a la perfección todas las sensaciones que me azotaron el día que autopubliqué este libro y, para mi sorpresa, el ochenta por ciento de estas no fueron precisamente agradables. Miedo (más bien terror), vergüenza (ya ves tú, si dice mi madre que uno solo debe tener vergüenza de hacer el mal) o la impresión de haberme quedado desnuda delante de un montón de gente son algunas de las emociones que camparon a sus anchas por mi pecho.

Cuando recibí el email de la plataforma que me informaba de que mi libro ya estaba disponible…, lloré. Pero no de entusiasmo (que también) o de ilusión (que mentiría si dijera que no sentía), sino de puro pánico. Era la primera vez en mi vida que daba un paso al frente con la intención de cumplir mi sueño… o al menos de intentarlo.

La autopublicación de *En los zapatos de Valeria* y su posterior inclusión en el catálogo de la editorial Suma de Letras provocaron en mi entorno algunas reacciones que me descubrieron, entre otras cosas, la naturaleza de la gente que me rodeaba. De algunos recibí abrazos y enhorabuenas; de otros, burlas e intentos de humillación. También hubo quien me insufló cada día ánimo y confianza. Todo así, mezclado, en un batiburrillo de voces que llegaban a los oídos de una Elísabet joven que a veces no entendía y otras no quería entender.

Lo que quiero decir con todo esto es que, a pesar de considerarme sumamente afortunada, no todo fue un camino de rosas y, junto a Valeria, yo también maduré. Y aprendí. Y lloré. Y me caí. Y me levanté.

Han tenido que pasar unos años para darme cuenta de que nuestros caminos han ido en paralelo. En estas cuatro chicas he dejado mucho más de mí de lo que creía. Inconscientemente, en el interior de cada personaje, instalé uno de mis miedos y aporté también una de mis ilusiones. Por eso, ese *claim* con el que nació Valeria, ese «Todas somos Valeria», significa tanto para mí; todas lo somos porque todas albergamos en nuestro interior terrores y anhelos, y peleamos, a veces a conciencia y otras sin darnos apenas cuenta, por abrir los ojos, por alcanzar nuestras esperanzas y por crecer.

Valeria, Lola, Carmen y Nerea (en mi cabeza van siempre en ese orden) tienen muchísimo de la Elísabet de veinticinco años que tenía miedo de que no se cumpliese lo que anhelaba en sueños, pero también son todo aquello que admiré y admiro, todo lo que esperaba de la vida. Mujeres unidas, familia escogida, compañeras, hermanas, maestras, débiles o fuertes pero… humanas. Con sus luces, con sus sombras. Por eso tienen tanto también de mis amigas.

Con esta edición especial de la saga Valeria, de algún modo, cumplo otro sueño. Valeria y sus chicas tendrán una edición preciosa, casi de coleccionista, como quien se viste de gala para la noche más emocionante de su vida. Y es que están a punto de debutar en la pantalla y, en siete años de andadura, han conseguido, entre todos los libros que componen su historia, decenas de reimpresiones. Así que déjame decirte que con este libro que tienes entre las manos, siento que Valeria se reafirma, crece, madura, se hace consciente del camino… y esto solo ha sido posible gracias a ti. A ti, a todas esas amigas que lo recomiendan vía WhatsApp, a las que le prestan el libro al miembro de la pandilla que nunca lee con la promesa de que le va a gustar, a quien lo escoge entre todos los títulos de la librería ya sea para sí mismo o para regalar, a quien lo toma prestado de la biblioteca con ilusión. A tod@s…, GRACIAS.

Déjame decirte algo más…, ya para terminar y sin ánimo de ponerme pesada. Si alguna vez alguien quiere hacerte creer que no eres capaz, esfuérzate más. No por él, ella o ellos…, sino por ti, porque te aseguro que todo el esfuerzo que inviertes en ti misma (en tus sueños, en mejorar, en crecer…) te hace más feliz, y el mundo necesita personas felices que repartan luz. De sombras ya vamos servidos.

Gracias, Coqueta.
Gracias por tanto.
Con amor,
ELÍSABET BENAVENT

1
Érase una vez...

Paré el ruidoso paseo de mis dedos sobre el teclado y releí el texto mientras me rascaba la cabeza con un lápiz: «Se miraron. Los metros de distancia entre ellos no importaban porque los pensamientos se materializaron, se cayeron al suelo y rebotaron hasta huir. En la décima de segundo durante la que se sostuvieron la mirada todo se congeló; en la ventana se paró hasta la brisa que agitaba los árboles. Pero ella pestañeó y ambos apartaron la mirada, avergonzados, azorados y seducidos de pronto por la idea de enamorarse de un desconocido».

Puse los ojos en blanco, solté el lápiz sobre la mesa y me levanté como si alguien hubiese instalado un muelle en el asiento.

—Pero ¡menuda mierda!

Evidentemente, sabía que nadie iba a escucharme, pero necesitaba decir en voz alta lo único que tenía en la cabeza en aquel momento. «Esto es una mierda». Era como las letras de inicio de *La guerra de las galaxias* pero en versión malhablada. Menuda mierda. Una mierda enorme. Una mierda del tamaño del cagarro que estaba escribiendo, que era inmenso.

Estaba seca de ideas, esa era la triste verdad. Las cincuenta y siete hojas que ya tenía escritas no eran más que sandeces con las que me justificaba, estaba claro. Sandeces chuscas y horripilantes dignas de concurso literario de instituto. Al terminar el día me exigía a mí misma haber escrito al menos dos folios, aunque dada la situación empezaba a agradecer dos o tres párrafos potables. ¿Potables? Eso era mucho esperar.

Pasarme el día delante del ordenador no tenía ningún sentido. Al estar sola en casa no necesitaba fingir nada, y sabía de sobra que no me saldría nada brillante aquel día. O quizá nunca. Así que del salón/despacho/sala de estar me pasé al dormitorio, recorrido para el que no eran necesarios más de tres pasos, y me senté en la cama. Eché una ojeada a mis pies desnudos y, como el descascarillado esmalte de mis uñas me horrorizó, acerqué el cenicero y encendí un pitillo…

Con lo que yo había sido… ¿Desde cuándo me parecía aceptable aquel estado de dejadez? Después miré de reojo el teléfono y, tras pensármelo dos décimas de segundo, lo agarré.

Un tono…, dos…, tres…

—¿Sí? —contestó.

—Pongamos que soy una fracasada, ¿me seguirías queriendo? —pregunté con soltura.

Lola soltó una carcajada que me hizo vibrar el tímpano.

—Eres una paranoica —contestó.

—No es paranoia. Aún no he escrito ni una buena frase. En la editorial me van a dar una patada en el culo. Una patada enorme. O, mejor dicho, les dará igual. Me la estoy dando yo misma.

—Nadie más que yo puede patearte el culo, Valeria —añadió cariñosa, como quien hace un mimo.

—¿Sabes qué es lo más complicado para un escritor novel? Publicar su segunda novela. Segunda novela… Eso ya implica al menos tener algo. Lo que yo tengo entre manos es un mojón. Mi segunda mierda, eso va a ser.

—Eres tonta.

—Hablo en serio, Lola. Creo que me he equivocado dejando el trabajo. —Me agarré la cabeza entre las manos y noté el bamboleo flácido de mi moño deshecho.

—No digas tonterías. Estabas hasta las narices, tu jefe era feo a rabiar y ahora tienes lo suficiente para vivir. ¿Dónde está el problema?

El problema es que el dinero no dura eternamente y el «probar suerte en el mercado editorial» siempre había sonado demasiado endeble. Lo medité durante un segundo, pero el claxon de un autobús al otro lado del hilo telefónico me distrajo. Miré el reloj. Eran apenas las doce de la mañana y Lola tendría que estar trabajando.

—¿Te pillo mal? —le pregunté.

—¡Qué va!

—Se oye tráfico. ¿Vas por la calle?

—Sí, es que me inventé en el trabajo un dolor horrible de muñeca y me fui de escaparates.

Moví la cabeza sonriendo con desaprobación. Esta Lola…

—No sé por qué sabía que no te iba a pillar en el trabajo si te llamaba a estas horas. Un día de estos a la que le van a dar la patada es a ti, querida.

Soltó una risita.

—Soy eficiente y rápida, no creo que busquen más para un trabajo como el mío.

—Quizá alguien que no practique el escapismo —contesté mientras me daba cuenta de que mi manicura también dejaba bastante que desear.

—Oye, estoy a dos paradas de tu casa. ¿Te apetece que me pase?

—Claro que me apetece.

Colgó. Lola no se despide por teléfono.

Me paré a pensar en la vida de Lola, tan agitada, con su agenda roja tan llena de citas que siempre parecían importantes y emocionantes, aunque se tratara de una visita a la esteticista a repasar la brasileña. Su esteticista, sí, esa mujer a la que apodaba «Miss Shaigon» pero que realmente había nacido en

Plasencia y que una vez me dejó sin un pelo de tonta sin previo aviso.

En los ratos muertos me gustaba cotillear entre las páginas de la agenda de Lola, donde llevaba anotada toda su vida. Los números de teléfono de los chicos con los que quedaba, los kilos que pesaba, las veces que chuscaba (que eran muchas, para mi soberana envidia), las horas de gimnasio que se planteaba hacer y las que realmente hacía, las copas que se tomaba, su consumo de cigarrillos, las citas con Sergio, las prendas de ropa prestadas, las que dejaba en la tintorería y las que debía comprar como fondo de armario, mil tiques de tiendas y del supermercado en los que subrayaba cifras sin ton ni son y que pegaba en las páginas finales de aquella especie de diario... Toda su vida estaba allí, garabateada sobre el papel con rotuladores de colores; sin pudor, casi en una especie de salvaje nudismo muy propio de Lola, que por no tener miedo, ni siquiera se lo tenía a ella misma. Era apasionante.

Yo me había acostumbrado a llevar toda mi agenda informatizada, porque de esa manera el ordenador o el móvil podían emitir un ruido lo suficientemente repetitivo y molesto como para despertarme de mi eterna siesta y recordarme que tenía que ir a visitar a mi madre o ayudar a mi hermana con alguno de sus planes absurdos, como cambiar de sitio todos los muebles de la casa. Sí, esas eran mis obligaciones ahora. Mi agenda no era un libro de viajes como la de Lola; se trataba más bien de un cúmulo de compromisos familiares, fechas tope de pago de facturas y coordinaciones con la agenda de Adrián, mi marido. Sí, marido, he dicho bien. A veces me daba la sensación de que esa palabra desentonaba enérgicamente con mis veintisiete años. A decir verdad..., sí, desentonaba. Con mis veintisiete años y a ratos con mi vida al completo, pero esa es otra cuestión en la que no entraré... por ahora.

Me asomé a la ventana. Hacía un día radiante a pesar de que a lo lejos se intuyeran ciertas nubes. Entendía que Lola hubiese escapado de su trabajo. Si yo hubiera estado aún encerrada en la oficina también lo habría deseado, aunque, claro, yo nunca me habría atrevido. Nunca fui una persona valiente, al menos no en ese sentido. Debería haber dicho temeraria, ¿verdad?

Sonó el timbre. No estaba acostumbrada a su sonido infernal, aunque llevaba un par de años viviendo en aquel zulo, así que del susto casi me caí por la ventana. Habría montado un cirio, porque vivía en un cuarto piso y justo debajo estaba el toldo de una frutería de pakistaníes. No me gustaría atravesarla y morir empalada por un montón de *lichis* como metralla frutal.

Una vez repuesta del susto fui hacia la puerta. Ni siquiera me eché una bata por encima; abrí vestida con una camiseta vieja y con un short de los años noventa, una de esas piezas de ropa por las que no pasan los años. Creo que ya había hecho gimnasia con él en el colegio. Lola me miró de arriba abajo antes de soltar una carcajada.

—¡Hostia, Valeria, me encanta tu short! Es de lo más…, no sé cómo definirlo, ¿retro *glam*?

Me miré en el espejo de la entrada y pensé que lo peor no era mi indumentaria. Probablemente Lola, por no hacer leña del árbol caído, pasaba por alto mi cuestionable peinado a lo Amy Winehouse y la enorme carnicería que me había hecho en la barbilla intentando quitarme un grano que para el resto de los mortales no existía. Tenía el cabello castaño claro, fosco y sin vida. Si te parabas a mirarlo, incluso se podía atisbar un reflejo verdoso. Menos mal que yo ya no me paraba a mirar…

—Ya sé, se me olvidó ponerme el traje de novia para recibirte —contesté con desdén al tiempo que le dejaba pasar y apartaba de un manotazo la vergüenza de estar hecha un moscorrofio.

—No, no —rio Lola—, que lo digo de verdad. Me encanta. Te queda muy bien. Tienes unas piernas bonitas que nunca enseñas. A Adrián debe de encantarle ese pantalón.

—¡Bah! —La tomé por loca. A Adrián últimamente no sé si le gustaba algo de lo que me ponía encima. Ni de lo que había debajo, para más señas.

Me volví de espaldas para echarme acurrucada sobre mi sillón preferido, el único de la casa. Y he dicho sillón, no sofá. Para meter un sofá de dos plazas en aquel «salón» debería desaparecer, al menos, una pared. Me río yo de cómo distribuyen los de Ikea esos adorables pisitos de treinta y cinco metros cuadrados.

Miré a Lola, que estaba impecable, como siempre. No sé cómo se las apaña para estar siempre tan sexi, con su espesa melena color chocolate y sus labios rojos. Soy una mujer heterosexual y, aun así, hay días en los que me parece sencillamente irresistible. Apenas un año atrás yo también era una de esas mujeres coquetas que se esmeran en dar siempre la versión más impoluta de sí mismas. Pero ahora… En fin. Solo había que verme. Era un Fraguel.

Mientras miraba a Lola con esa adoración de la mejor amiga, ella se revolvió el flequillo con la mano derecha y con la izquierda dejó caer su bolso sobre el suelo. Sonreí al ver asomar el lomo rojo de su famosa agenda.

—¿Qué tal tu muñeca? —le pregunté.

—¡Oh, oh! ¡Tengo un dolor infernal! Creo que es codo de tenista. —Se encogió fingiendo estar sufriendo en silencio, como con las hemorroides.

—Yo más bien diría codo de cuentista.

—¡Venga Valeria, un día es un día! Acabé la traducción y me negué a quedarme allí con cara de acelga como el resto de mis grises compañeras. Sé buena y ofréceme algo de alcohol. —Se dejó caer sobre los pies de la cama y sonrió—. ¡Uh! ¿Colcha nueva? ¿Quemasteis la otra follando encima como degenerados?

Ignoré las últimas dos frases y, preocupada por nuestro alcoholismo, le dije:

—Lola, cariño, apenas es mediodía.

—¡La hora perfecta para un vermú!

Lola sorbió el último trago de su Martini Rosso con sonoridad, como siempre que bebía algo con gusto. Luego masticó la aceituna sonriente, con su pintalabios perfectamente fijado. Tenía que preguntarle cómo lo hacía para estar tan impecable. Miré mi glamurosa copa de cóctel y después mi indumentaria y me eché mentalmente las manos a la cabeza. Qué desastre...

—¿Y Adrián? ¿Qué hace? —preguntó sin ceremonias.

—Está trabajando.

—Ya supongo. No creo que el codo de tenista sea una epidemia. —Se rio de su propia broma como si fuese la bomba para después aclarar—: Me refería a qué hace Adrián frente a esa horrible frustración que te tiene aquí mutando a... ¿fruiti?

La miré y levanté la ceja izquierda. Ella estiró el brazo y me apretó dos veces el moño mientras decía:

—Moic, moic.

—La verdad es que Adrián me da una palmadita en la espalda y me dice que cuando me tranquilice saldrá todo a borbotones. Pero... —«No me folla», pensé

—Pero ¿qué hay de pero en esta situación?

Me mordí el carrillo. Confesarlo era tan vergonzoso...

—Creo que no va a salir. Creo, sinceramente, que el primer libro fue cuestión de suerte y que este segundo va a ser una bofetada seca en la cara que me la va a girar del revés. Y yo, dándome aires de escritora torturada, voy y dejo el trabajo... Acabaré en un McAuto de madrugada.

—Una frase es cuestión de suerte. Encontrar unos zapatos preciosos a precio de saldo —se señaló los pies, que lucían unos *peep toe* para morirse del gusto— es cuestión de suerte.

Quinientas setenta páginas de una historia fascinante escrita con elegancia y esmero no lo son.

—Eres mi mejor amiga, ¿tú qué vas a decir?

—Pues la verdad, como que necesitas una manicura urgente. —Se encendió un cigarrillo—. ¿De qué trata tu nueva historia? —Se levantó y alcanzó el cenicero.

—De lo de siempre, amor y bla, bla, bla.

—Tu problema es que te falta inspiración real. —Y dibujó una sonrisa pérfida tras echar el humo en una nube que, saliendo de esos labios tan rojos, parecía hasta sensual.

—¿Intentas decirme algo? Mi relación... —empecé a decir.

Mi relación era una mierda, pero me alegré de que me interrumpiera para no tener que mentir a alguien más que a mí misma.

—Calla. Intento contarte algo —dijo frunciendo el ceño.

—Oh...

—Algo suculento.

Serví otra copa rebosante... y ella sonrió mientras se la acercaba a los labios.

2
¿Qué tienes que contarme?

Nerea era economista. Se había matriculado sin demasiada pasión, aunque, bien mirado, ella no era una persona conocida por su pasión desenfrenada. Yo ni siquiera creía que tuviera deseos carnales. Lola decía que Nerea no follaba, y que llegado el momento, se reproduciría por esporas. Yo me la imaginaba abierta de piernas encima de una cama mirando al techo y pensando en la lista de tareas pendientes sin importarle demasiado los alaridos de placer del hombre que tuviera empujando encima. Pero tampoco es que la vida sexual de Nerea fuera como para volverse loco de actividad y variedad, así que…

Hacía años que éramos amigas. Muchos años. Nos conocimos cuando teníamos catorce, en una de esas coincidencias extrañas que hacen que dos niñas con absolutamente nada en común se hagan uña y carne. Bueno, a las dos nos gustaban los Backstreet Boys, pero creo que eso no cuenta porque a ella le gustaba Nick y a mí A. J. Éramos como la noche y el día, pero allí íbamos nosotras, siempre pegadas la una a la otra. Yo con pinta de adolescente común *(adolescentus comunus)* y ella con pinta de mear colonia de Loewe *(pijus adorablus)*.

Desde entonces le había conocido tres novios: dos en la adolescencia y uno en serio. De sus rollos juveniles, uno era el chico más macarra con el que me he topado en mi vida. Era macarra hasta para Lola, que ya es decir. Probablemente no resulte extraño que una adolescente salga durante unos cuantos meses con un tipo que no le conviene en absoluto, pero si esa adolescente en concreto es Nerea, todo se vuelve un poco más surrealista.

Nerea siempre fue fiel a los pendientes de perlas de su abuela y a su collar a juego. Se pintaba puntualmente las uñas cada dos días con un esmalte con purpurina y le gustaba adornarse la coleta con un lazo del mismo color que los zapatos…, y esto no se le pasó hasta bien entrada la veintena.

De este modo, esa tortuosa relación cayó por su propio peso y, al contrario de lo que cualquiera pudiera imaginar, fue ella la que le dio plantón. La explicación fue que estaba harta de que la llevase a sitios sucios y nunca la sacase a pasear o al cine. Ella, palabras textuales, quería una vida normal, aunque yo diría que lo que esperaba era una vida sublime. Siempre tuvo las cosas muy claras.

Al cumplir los diecinueve años conoció a Jaime en un partido de pádel que había organizado su padre con un socio y su hijo. Los dos se gustaron mucho. Lo difícil, digo yo, habría sido no enamorarse de alguien como Nerea, con su cabello rubio larguísimo siempre sano e impecable, sus ojos verdes y su espléndida figura… Si yo hubiera sido hombre o lesbiana me habría enamorado de ella con total seguridad. Bueno, no, la habría engatusado para follármela en la parte de atrás de un coche y después habría salido por patas. Pero es que yo siempre he tenido alma de rompeenaguas.

La historia entre Nerea y Jaime duró siete largos años tras los cuales rompieron de la forma menos amable posible. Ella empezó a sospechar que él se veía con otra y, aunque todas la tomamos por loca, lo revolvió todo en busca de pruebas hasta encontrar un email mucho más que cariñoso. A decir verdad, era bastante subidito de tono. Cuando lo leí, mi primer impulso fue reírme. Jamás habría imaginado que un tipo tan estirado tuviera la boca tan sucia y utilizara frases como «cascármela en tu cara», sobre todo por escrito. Pero, claro, tuve que comedirme y expresar en voz alta lo muy mal que me parecía todo aquello.

Por supuesto, Lola, Carmen y yo, que por entonces ya no podíamos ni ver al falso mojigato de Jaime, nos alegramos con sordina, pero tuvimos que ensayar el papel de amigas decepcionadas y apenadas. Cuando ella se fue a su casa, nosotras brindamos por que encontrara a un hombre por fin a su altura, pero lo hicimos con sidra El Gaitero desventada, que era lo único que teníamos a mano…, y debe de ser que brindar con sidra desventada da mala suerte, porque desde entonces Nerea no solo no había salido con nadie, sino que ni siquiera había tenido un affaire de una noche, un rollo de un par de semanas o una locura de meses, de esas que sostienes aun a sabiendas de que se va a acabar, como su novio macarra de la adolescencia. Es decir, llevaba un año sin fornicar. Así, sin dar muestras de flaqueza. Y no era la típica chica que guarda un conejito a pilas en el cajón de la ropa interior…

Con unas cervezas de más, Lola y yo la llamábamos Nerea la Fría, increpándola un poco por ser la excepción que confirma eso de que «la carne es débil». ¿Es que no necesitaba echar un polvo de vez en cuando? Y no era por falta de pretendientes, que conste. En su trabajo tenía una lista interminable de perritos falderos dispuestos a llevarla a cenar, al cine o con entradas para el ballet. (¿Entradas para el ballet? ¿Se conoce alguna excusa más moñas para meterla en caliente?). Su Black-Berry echaba humo los fines de semana con propuestas de citas perfectas, pero ella sacaba la lengua, desganada, y borraba el mensaje sin piedad. Sí, así era ella, la bella y fría Nerea. Lola siempre decía que nos tenía muy engañadas y que debía de esconder un consolador enorme, negro y muy eficaz. Siempre que iba a su casa, lo buscaba.

Nosotras, Lola, Carmen y yo, tratamos durante un tiempo de concertar citas con todos los solteros atractivos y amables que conocíamos o incluso con amigos de la infancia, de la facultad…, cualquier chico con pinta de buena persona nos servía, pero ella descartaba sin parar. O era bajo o era demasiado alto, o tenía pinta de dormir abrazado a su madre las noches de tormenta o de ser un macarra «rompeenaguas» (como mi versión masculina), o de escuchar a Luis Miguel…

Había un sinfín de excusas para no volver a ver a ninguno de sus pretendientes. El único hombre con el que salía por ahí era Jordi, porque le resultaba tierno, lo cual en nuestro lenguaje eufemístico significaba: amigo amanerado que aún no ha aceptado su homosexualidad o que, si la ha aceptado, no suelta prenda.

Así que, puesto todo en contexto, se entenderá mejor por qué cuando Lola me dijo que Nerea había conocido a alguien, me quedé con la boca abierta. Así, de pronto, sin tener que forzarla ni maniatarla para que se viera con él, ahora que ya empezábamos a plantearnos la posibilidad de que tuviese vocación religiosa. ¿Nerea con alguien? ¿Quién era el afortunado? ¿Desde cuándo? ¿Cómo? Y, sobre todo…, ¿por qué?

—Lola, ¿eres consciente de lo guapo que tiene que ser? —dije fascinada mientras me comía una aceituna.

—¿Guapo? Tiene que ser guapo hasta hartar, de ese tipo de hombres que da miedo tocar por si se rompen.

Fruncí el ceño.

—¡Qué horror, Lola, un muñeco de porcelana!

—No, joder —masculló ella muerta de la risa—. Más bien de esos hombres a los que ni siquiera miras en un bar porque sabes que es totalmente imposible que te devuelvan la mirada. De los que van con vitrina de cristal incluida.

—Vaya. ¡Y con un buen trabajo!

—¡Y con pasta! ¡Y con la chorra enorme!

—¿Tú crees que le habrá visto ya la chorra, Lola? —pregunté con un gesto de desconfianza.

—No, tienes razón. Pero seguro que la tiene enorme.

—Sí —asentí—. El jodido hombre perfecto… Pero dime, ¿dónde lo conoció?

—Pues no entró en detalles, dijo que no tenía ganas de contarlo tres veces y que ya nos pondría al día cuando estuviésemos las cuatro juntas. Solo comentó algo de un cumpleaños al que acudió por compromiso, algo que tiene que ver con su curro.

Me quedé pensativa. No podía evitar imaginarlo, trazar el esquema de la historia que yo escribiría a partir de ahí. Nerea, en un rincón, sosteniendo una copa de Martini con un gesto dulce y siempre cortés, pero muerta de aburrimiento. Llevaría un vestido precioso, negro, y el pelo arreglado, con las puntas ondulantes y el flequillo de lado totalmente perfecto sobre su frente. Él aparecería de pronto frente a ella y le daría conversación, algo amable y educado. Seguramente en ese preciso instante yo llevaría uno de mis pijamas antimorbo y estaría pensando en no peinarme nunca más, convirtiendo mi moño en un nido para aves rapaces.

Lola me despertó de pronto de la ensoñación.

—Valeria, llámala a ver si ya ha salido de trabajar.

—Todavía no son las dos.

—Pero hoy es viernes, llámala.

Cogí el teléfono con desgana y marqué su número. En ese momento unas llaves se introdujeron en la cerradura y se abrió la puerta de casa. Adrián cargaba con su bolsa de mano y cuatro bolsas de la compra. De una de ellas sobresalía un gigantesco paquete de patatas fritas.

«Hola, soy Nerea. Ahora mismo no puedo atenderte. Deja tu mensaje y te llamaré lo antes posible. Muchas gracias», dijo la voz de Nerea de forma impersonal.

—Es el contestador —expliqué tapando el auricular.

Lola chasqueó la boca, me arrebató el teléfono y empezó a hablar.

—Soy Lola, desde casa de Valeria. —Se acercó a Adrián, le dio un beso en la mejilla y agarró la bolsa con las patatas fritas—. Llámanos cuando salgas de trabajar. Tenemos una conversación pendiente y esperamos que sea muy truculenta, ya sabes —forcejeó con la bolsa—, como las que cuento yo los domingos por la mañana. Con pitos, domingas, comidas de coño y todas esas cosas.

Colgó sin despedirse y, además, con la boca llena de patatas fritas.

—Lo primero —dijo Adrián—, ¿tú no tienes casa? —Ella sonrió maliciosa. Sabía que bromeaba. Se conocieron cuando Adrián no era más que un amiguete que me gustaba, así que habían tenido años para tratarse, caerse bien y tener esa relación tan cómoda—. Lo segundo. ¿Tú no tienes trabajo? He llegado a pensar que eres señorita de compañía por las noches.

Lola empezó a carcajearse y, señalándome con el dedo índice, gritó:

—¡Te dije que era una profesión de puta madre!

—Oh, joder, Adrián, has abierto la caja de Pandora. Ahora no dejará de repetir que quiere ser señorita de compañía.

Adrián entró en la cocina y me quedé esperando el beso de bienvenida. Desde allí dentro, él le preguntó a Lola si se quedaba a comer. De mi beso, ni rastro.

—Sí, ¿por qué no? Mi codo de tenista no me deja cocinar —contestó ella al tiempo que se dejaba caer en el sillón que yo había dejado libre.

Adrián me miró de reojo y sonrió a sabiendas de que era otra de sus enfermedades postizas, como cuando descubrió que mi crema anticelulitis efecto calor provocaba rojeces pasajeras y fingió una reacción alérgica. Lo curioso es que, en proporción, había invertido más tiempo en meterse en el baño de la empresa y ponerse pequeñas gotitas del gel por todas partes que en trabajar. Aquello era premeditación y alevosía.

—¿Con quién hablabais por teléfono? —murmuró Adrián mientras se apartaba el pelo revuelto de la cara.

—Le dejábamos un mensaje en el contestador a Nerea, que parece que ha conocido a alguien —contesté al tiempo que guardaba cosas en la nevera.

—No me lo puedo creer… ¿Y no era ni cojo ni bizco ni peludo ni andrajoso ni muerto de hambre ni pretencioso? Valeria, no quiero que le conozcas jamás. Ese tío debe de ser un dios.

Sonreí con tristeza. Qué poco sentido tenía esa frase en la boca de un hombre que no me tocaba como es debido desde antes de Navidades. Y, a pesar de todo, Adrián nunca había tenido nada que temer. Estaba loca por él desde los dieciocho años. Me encantaban sus ojos color miel, claros, casi amarillos, su boquita carnosa, su sonrisa descarada y sus manos grandes y masculinas. La lástima era que nunca fue una persona precisamente tierna o cariñosa. En el trato era…, quizá la palabra sea «áspero». Pero al menos el sexo siempre fue brutal. Fue. En pasado. Ahora ya no era ni una cosa ni otra, porque no lo había.

Lola se levantó del sillón, se apoyó en el marco de la puerta de la minúscula cocina y puso los ojos en blanco. Ella es una de esas mujeres convencidas de que los hombres necesitan adulación continua para sentirse queridos, deseados y seguros.

—Seguro que tú estás más bueno, Adri —le dijo acompañando la frase con una palmada en el trasero y girándose hacia mí de nuevo—. Valeria, deberíais tener un hijo ya, así dentro de veinte años me podré liar con él sin que nadie pueda considerarme una vieja verde.

—Pero ¡qué horror! —masculló Adrián—. ¿Es siempre así o lo hace solamente para resultarme desagradable?

Levanté las manos sin contestar. Lola no necesitaba explicación, como un buen cuadro abstracto. Así era mejor.

3
¿Quién es ese alguien?

Después de un forcejeo verbal de veinte minutos, Lola me convenció para darme una ducha, vestirme de persona y bajar a tomar café al bar que había debajo de mi casa. La ducha no suponía ningún problema, pero lo de vestirme de persona y salir de casa ya era harina de otro costal. No obstante, Lola puede llegar a ser muy insistente. Así, de paso, Adrián podría echarse un rato la siesta. La distribución de la casa no permitía la cohabitación de dos situaciones tan diferentes como él durmiendo y Lola y yo cacareando.

Carmen acudió a media tarde, al salir de trabajar. Para no faltar a la tradición venía hecha un asco, y no es que fuese un desastre, ni mucho menos. Pero a esas horas ya llevaba su precioso pelo ondulado hecho una maraña, la blusa manchada de algo que parecía café, el bajo de los vaqueros sucio y mojado, las uñas mugrientas y, sobre todo, un cabreo de no te menees. Aun así, para ser completamente sincera conmigo misma, seguía teniendo mejor aspecto que yo, que me había puesto lo primero que había pillado en el armario y me había recogido el pelo en una sosa coleta sin gracia.

Carmen nos dio un beso distraído y, antes de acomodarse con nosotras en una silla, se dispuso a ir al baño:

—Si me dejáis, antes de sentarme voy a lavarme las manos. Las llevo tan sucias que podría contagiaros la peste negra por lo menos. El cabrón de mi jefe me ha tenido encerrada en un almacén rebuscando en cajas del año setenta y seis llenas de roña. He luchado a cuchillo con una polilla y creo que he perdido.

No, Carmen no era un desastre, solo mantenía una compleja y malsana relación de odio recíproco con su jefe desde hacía cuatro largos años. Ambos se resistían a llegar a una tregua y ella había abandonado ya por orgullo la búsqueda de un trabajo que le permitiera ser feliz. Se negaba a dejar un puesto que merecía solo porque su jefe fuese imbécil. Eran el ratón y el gato, con la mala pata para Carmen de que fuera él quien tuviera la sartén cogida por el mango.

Nadie recuerda ya cómo comenzó la guerra. Al principio, tal y como ella contaba, eran dos personas que acudían a la agencia a trabajar sin más. Nunca fueron amigos, pero tampoco sabía explicar qué les había convertido en enemigos. Algo debió de pasar, o simplemente su relación se fue estrechando más y el estrés lo había malogrado todo. Los publicistas suelen vivir sometidos a un estrés infernal, ¿no? Al menos eso entiendo de la cantidad ingente de cigarrillos que fuma Don Draper en *Mad Men*.

Cuando Carmen volvió del cuarto de baño, suspiró fuertemente y añadió:

—Me odia, lo sé, me odia. Debe de irse a casa lanzándome mal de ojo todos los días. ¡Ya ni los lazos rojos en el sujetador me protegen! —Tiró del tirante de su ropa interior y nos enseñó el «amuleto».

—Carmen, tú le hiciste un muñequito vudú —contesté tiernamente.

—Ya, bueno, pero no llegué a pincharlo jamás. —La miramos sin creernos que pretendiera colarnos aquella mentira. Carmen chasqueó la lengua—. Pero ¡da igual! Es evidente que mi muñequito vudú no funciona. Aún no ha demostrado tener afecciones cardiacas, así que…

—A lo mejor le has provocado una almorrana del tamaño de esta silla y no lo sabes —susurró Lola al tiempo que se miraba las uñas pintadas de granate.

Una carcajada se atragantó en mi garganta mientras bebía café y empecé a toser como una loca.

—¡Qué bruta eres, Lola! —contestó Carmen haciéndose la ofendida.

—Pobre hombre… —La aludida movió la cabeza de lado a lado como muestra de desaprobación—. Yo lo vi un día, ¿sabes? Es bastante guapo. —Tosí y cogí aire. Volví a toser.

—Bueno, bueno, tanto como guapo… Es resultón, pero qué más da si es un rey feo en un castillo bonito. La naturaleza le ha dado esa apariencia para permitirle ser más mamón —dijo Carmen.

Tosí y tosí hasta que alargué la mano y alcancé el vaso de agua que Lola siempre se pedía junto con el café.

—Huy, Valeria, que te ahogas.

Sonreí mientras recobraba el aire.

—Entonces ¿es guapo? —pregunté con la voz ronca.

—A ver, sí. En conjunto está muy bueno —contestó Lola.

Carmen negó con la cabeza.

—No estoy de acuerdo. Debe de ser que el odio me ciega, pero no estoy de acuerdo.

—Es raro que Carmen se lleve mal con un tío guapo —dije, divertida.

—¡Vale ya, hombre! ¡No bromeéis con esto, que me está jodiendo la vida!

—No seas melodramática. Tú odias a tu jefe, yo estoy harta de mi ligue, Valeria no escribe nada bueno desde hace dos meses y…

—Muchas gracias —susurré.

—¿Y Nerea? Dime que Nerea también anda jodida. —Carmen pestañeó esperanzada.

—Espero que sí —añadió Lola con malicia, buscándole el doble sentido a la frase.

—Ay, Lola, de verdad… —Me giré hacia Carmen—. Nerea ha conocido a alguien. Parece ser que está quedando con un chico, pero aún no tenemos más datos.

—¿Quedamos a cenar entonces esta noche? —Lola sacó su agenda del bolso.

—¡Vaya, ya hacía rato que no la veíamos pasear su ajetreada vida social! —se rio Carmen.

—Chicas, hoy no puedo. Mejor mañana. Quiero ver si soy capaz de escribir algo con sentido. Estoy agobiada.

—Bah, tranquila, Valeria, que eso en dos días lo reconduces.

—No sé si tiene arreglo… Estoy planteándome empezar de cero. Debería meterme en casa este fin de semana y no salir ni para tirar la basura.

—¿No decías que ser escritora era un sueño hecho realidad? —preguntó Lola en tono repipi.

—¡Sí, claro que lo es! Pero cuando tienes qué contar y no tienes apalabrado algo que no sabes si vas a poder entregar, con la consabida incertidumbre económica. La verdad, no sé si hice bien dejando el trabajo… Ahora tendría la excusa de que no tengo tiempo de escribir y a las malas siempre tendría el sueldo fijo.

—No seas tonta, es una racha —dijo Carmen rodeándome con el brazo—. Vete a casa, échate un rato con Adrián y busca tu musa.

—Sí, creo que sí. —Cogí el bolso—. Llamadme para mañana por la noche, ¿vale? ¡Y avisad ya a Nerea o no estará disponible!

Asintieron.

Pagué el café y salí de allí. Estaba poniéndose oscuro y tenía pinta de echarse a llover; en primavera los días podían estropearse en media hora, como el planteamiento de una novela.

Subí andando las escaleras hacia mi casa y en el último tramo me senté. Me daba pena despertar a Adrián, así que me fumé un cigarrillo allí sentada.

Seguía pensando en quién sería ese alguien con el que andaba Nerea. Estaba contenta por ella y sorprendida. Y de un pensamiento a otro, fui dando saltos hasta que llegué a los personajes de mi novela y la absurda relación que mantenían. Me revolví el pelo agobiada y decidí entrar. Apagué el cigarrillo, saqué las llaves y me metí en casa, donde todo estaba en penumbra.

Adrián se movía sobre la colcha. Aquella mañana había madrugado mucho para hacer unas fotos al amanecer. Llevaba una semana trabajando como un loco, tratando de captar la luz perfecta sobre un lugar; no recuerdo bien dónde puñetas eran las fotografías ni para qué revista, pero sé que aquello le parecía importante. No solíamos hablar demasiado del trabajo porque no queríamos condicionar nuestra pareja a los agobios de las rutinas. Pretendíamos hacer de nuestra casa el hogar de la paz y el orden y que angustiarse allí dentro no estuviera permitido. No sé dónde nos habíamos equivocado, pero lo habíamos hecho de manera estrepitosa.

Me quité el pantalón vaquero sin más gracia de la historia, lo tiré sobre el sillón, me solté el pelo y me senté en la cama, arrastrándome cual gusano hasta él. Le abracé y él entreabrió los ojos sonriendo.

—Tenía miedo de que fuera Lola…, cada día está más loca —susurró.

—Creo que aún no ha llegado hasta ese punto. —Le besé en la frente.

—¿Qué te pasa?

—Nada, ¿qué me va a pasar?

—Pues no sé, estás muy… blandita. —Se estiró en la cama, desperezándose.

—Estoy un poco atorada con la novela.

—Cuanto más lo pienses, más agobiada estarás. A ver, cuéntame, ¿qué está pasando ahora?

—Pues… Gloria se ha encontrado con alguien con el que siente una extraña conexión.

—¿Y qué va a pasar?

—No lo sé. Ese es el problema…, que no sé por dónde coger esta historia.

—Cuando la planteaste tenía muy buena pinta —respondió mientras se giraba hacia mí.

—Pero se ha dado la vuelta ella sola. —Me posé la mano sobre la frente y me revolví el pelo—. Es difícil de manejar. Se va hacia donde no quiero que se vaya y lo peor es que me esfuerzo por devolverla a la idea principal… pero nada. No le da la gana.

—Hablar de amor es así de complicado.

—¿Y si me equivoqué, Adrián? ¿Y si esto no funciona y se acaba todo aquí?

Adrián se levantó de la cama y subió la persiana. Empezaban a caer ya las primeras gotas y a él le encantaba esa luz gris, casi azulada. Cogió la cámara y, apoyándose en el quicio de la ventana en una postura muy suya, me disparó dos o tres flases. Después miró el resultado en la pantalla y sonrió. Qué guapo era. No pude evitar recorrerle el cuerpo con los ojos, despacio, disfrutando de cada una de las partes, desde el cuello espigado, los hombros bien torneados, el pecho firme, el vientre plano. Recordé la última vez que hicimos el amor. Fue sobre el sillón, pero no recordaba exactamente cuánto tiempo hacía. Meses. Bastantes, por cierto. Me recorrió entera con la lengua antes de follarme con fuerza. Me corrí dos veces.

Adrián por fin abrió la boca y añadió, sacándome de mis cavilaciones, que yo no necesitaba que nadie creyera en mí, porque mi trabajo era suficientemente bueno por sí solo.

—Eso no basta y lo sabes —me quejé entre risas.

—Si te alivia, te diré que estoy totalmente convencido de que esta es tu verdadera vocación. Saldrá bien, ya lo verás. El concepto de la creación no se puede medir en jornadas laborales, es caprichoso.

—Bueno, ya volverá mi musa —suspiré algo aliviada.

—Pero, como decía Picasso, que las musas te pillen trabajando… —Guiñó un ojo y se volvió a tumbar a mi lado.

Alargué la mano para coger su cámara digital pero un beso en mi hombro me desconcentró de mi propósito. Me giré para mirarlo; él sonrió y volvió a besarme el hombro mientras me abrazaba la cintura.

—¿Qué llevas puesto? —preguntó.

—Una camiseta —dije con la vocecita algo temblorosa.

—¿Has bajado solo con eso?

—No, me acabo de quitar los pantalones.

Su mano subió por el exterior de mi muslo y, rodeándome las caderas, llegó hasta mi culo. Contuve un jadeo cuando lo sobó. Me acerqué y nos besamos. Una vez, brevemente. Dos veces, atrapando nuestros labios el uno con el otro. Dios. Había que aprovechar. ¡Esa era la mía! Me quité la camiseta y me senté a horcajadas sobre él, que también se quitó la camiseta. Madre mía. Hasta se quitaba la ropa motu proprio. Esto prometía.

Tiré el sujetador por ahí y él se acercó hasta atrapar uno de mis pezones entre sus labios. Eché la cabeza hacia atrás y metí la mano dentro de la ropa interior con la que se había acostado. ¡Sorpresa! Un amago de erección. Moví la mano rítmicamente de arriba abajo y él apretó la mandíbula. Aceleré la caricia. La pulsera que llevaba puesta resonaba contra el reloj con el movimiento.

Adrián respondió endureciéndose y, cuando noté que estaba listo, me quité las braguitas y me senté encima. No hizo falta que me acariciara, que me follara con los dedos para prepararme. Necesitaba tenerlo dentro ya.

Estaba tan húmeda que no tuvimos problemas para que me penetrara, pero me encogí de dolor. Hacía muchos meses que no lo hacíamos. Me quejé con un gemido que él debió de interpretar de placer.

—Con cuidado, Adrián —le pedí.

—No recordaba que te gustase con cuidado —contestó con una sonrisa sensual y la voz jadeante.

Mejor cállate, no vaya a ser que decida parar, me dije.

Adrián se agarró a mis caderas y, con la cabeza hundida entre mis pechos, empezó a meterla y sacarla con un ritmo demasiado rápido. Estaba a punto de decirle que fuésemos un poco más despacio cuando empezó a sonar su móvil.

—¡Joder! —masculló.

Joder…, eso mismo pensé yo cuando en dos metidas más Adrián se corrió dentro de mí. Y, sin más, salió de mi interior, cogió el teléfono y se fue al baño mientras contestaba. Y yo me quedé allí, con los muslos húmedos.

Desde luego, como seductora no tenía precio…

4

Pero, Lola, ¿qué haces?

Lola estaba sentada delante del espejo, mirándose. El pelo le había vuelto a crecer mucho desde la última vez que fue a la peluquería y ya le llegaba hasta los pechos, incluso los tapaba con su frondosa y suave mata color chocolate.

Se miró de cerca, escudriñando su cara en busca del maquillaje que se había puesto, pero de esto no quedaba más que un leve rubor sobre sus mejillas que probablemente sería consecuencia de lo movidito de la velada.

Sergio apareció en el borde del espejo con su cuerpo perfecto y Lola se giró para mirarlo. No quería perderse ni un segundo porque en cualquier momento se disiparía como humo y todo quedaría vago e intangible, como uno más de esos recuerdos que ya estaba harta de almacenar.

Estaba sentado en el borde de la cama tan solo vestido con sus vaqueros de marca y a Lola le parecía el hombre más sexi del mundo. Repasó con la mirada su estómago plano y marcado y trepó por él hasta llegar al vello de su pecho. Tenía la extraña fantasía de poder pasarse una noche acariciándolo en sueños. Eso suponía, sin embargo, mucha más intimidad para los dos que un francés en la ducha. Así era aquello y había que aceptarlo u olvidarse, se repetía ella sin parar. Lola no se consideraba una de esas tontas pacientes que esperan ver cambiar a alguien como Sergio. Había cuestiones que se les hacían un mundo, pero en la cama no tenían ningún problema y ella se sentía tan bien con él...

Se habían conocido en el trabajo, con todas las complicaciones que implica. Al principio solo hubo unas cuantas miradas, un par de bromas y un café en el pasillo que se transformó en unas cervezas junto al resto del grupo fuera del horario de trabajo. El siguiente paso fue aprovechar una celebración de la empresa para, haciéndose los remolones, poder ser los últimos en marcharse del bar. La última copa la tomaron en el estudio de Lola. Supongo que queda bastante claro lo que significa «última copa» en nuestro lenguaje eufemístico. Aunque ahora que lo pienso, no haría falta darle tantas vueltas a la cuestión, porque a Lola nunca le ha gustado no llamar a las cosas por su nombre. Se acostaron... tres veces. Sé muchos más detalles, pero el pudor me cubre las mejillas solo al imaginar a Lola entregada al fornicio, que los morbosos me perdonen. Bueno, qué narices. Primero follaron encima de la alfombra que Lola tenía en la entrada de su casa. Después le hizo un cunnilingus de sobresaliente y, tras un par de cigarrillos, la montó en la postura del perrito sobre la cama después de un tira y afloja sobre si sucumbían o no al sexo anal.

A Carmen le encanta escuchar a Lola contar cómo la besan y la tocan. Es como sentirlo en primera persona, dice. Y tiene razón. Lola es una gran contadora de historias erótico festivas. Creo que por eso mismo yo río y me sonrojo, escondiéndome detrás de un cojín, una servilleta o cualquier cosa que encuentre a mano, para disimular el morbo que me da escuchar una confesión pornográfica de tales características.

De esa forma tan explícita nos enteramos de que Sergio es una bestia... en el mejor sentido de la palabra. La Bestia, le llamábamos. Era indudable que la hacía aullar de placer y además es muy guapo. Tiene una de esas elegancias innatas que le hace parecer de sangre azul incluso después de diez horas en la oficina y siete copas en el bar de al lado. Era tan hombre que apabullaba, en serio. Si la masculinidad hubiera tenido cuerpo, sería Sergio. Moreno, ojos castaños, boca de infarto y una sonrisa de esas que nos deshace las bragas. Además, también tenía un apartamento precioso, un coche rápido y con tapicería de cuero donde se follaba a Lola al menos un día por semana, un gran sentido del humor, una dentadura de envidia y… una novia muy rica.

Sí, una novia muy rica, he aquí el problema. He aquí la razón por la que Lola luchaba contra sus ganas de no ir nunca a trabajar…

Cuando quiso darse cuenta ya era muy tarde para ella, como en la copla de la Piquer, y por mucho que lo niegue, estaba enamorada de él hasta los zapatitos. Lola siempre defendía que no sabía qué era querer a un hombre, pero que, por supuesto, discernía que lo que sentía por Sergio no era amor.

—A mí lo que me gusta es cómo me folla. Un día me pondrá los ojos del revés de metérmela tan fuerte.

Esa era la única arma que le quedaba a Lola para defenderse de la situación en la que se encontraba: el autoengaño. Y de paso nos decía que cuando se enamorara lo haría de una mujer. Pero no porque le gustasen; solo por llevar un poco la contraria, que ella es un poco así.

Pero, ¡por favor! Si con tan solo ver cómo lo miraba…, ¿qué mujer ni qué niño muerto?

Lola es traductora en una editorial. Bajo esa apariencia sexi y despreocupada habita una ilustrada mujer que domina el inglés, el francés (y este en más de un sentido), el alemán, el italiano y es capaz incluso de chapurrear algo de chino, idioma que está estudiando ahora, no sé si con mucho ahínco.

Sergio es el coordinador de planta y, a falta de un despacho propio, se sienta a la mínima distancia de cinco metros. Blanco y en botella: tortura asegurada.

De ahí la insostenible situación que se creaba entre los dos: Sergio enganchaba, sobre todo por ese comportamiento del tipo «qué bien finjo que jamás he perdido un minuto de mi tiempo libre contigo» que volvía loca a Lola. Creo que dentro de todas las mujeres hay una masoquista en potencia.

Todos los días Lola se repetía mil y una veces que ella no estaba por la labor de asumir tantas complicaciones por un buen polvo. Y había días que hasta se lo creía y se sentía fuerte. Pero luego, a la hora de salir, Sergio esperaba a que todos se hubieran ido para susurrarle que la esperaba en la esquina de su casa en media hora… y a Lola la fortaleza se le diluía en las prisas por ir a ponerse la ropa interior sexi. No había buenos consejos que darle, ni recomendaciones, ni bofetadas que la hicieran entrar en razón, porque no quería escuchar nada que no fuera esa terrible ansiedad por aprovechar cada segundo con él y, de paso, pues eso, follárselo.

Aquel día, la culpable del encuentro era ella. Era sábado, el día después de que fingiera una lesión de muñeca para evitar que le doliese más lo que estaba haciendo. Pensaba quedarse en la cama hasta tarde y así asegurarse de estar lo suficientemente descansada para darlo todo aquella noche. Estaba prevista una cena de chicas en nuestro restaurante preferido, donde dejaríamos al barman sin mojitos que servir. Sin embargo, ella se despertó a las nueve de la mañana sin ganas de seguir durmiendo, probablemente porque sabía que Sergio estaría solo todo el fin de semana; él mismo se aseguró de que Lola se enterase. A las diez la casa estaba en orden y ella duchada… Y el móvil era tan tentador sobre la mesita de noche…

Mandó un mensaje: «Tengo unas horas libres hasta esta noche».

Dos minutos después, él contestó: «Dame una hora. Ponte ese perfume de fresas, por favor».

Dos horas después, tarde, como siempre, Sergio llamó a su puerta y, aunque Lola tenía intención de echarlo alegando que nadie la hacía esperar y perder el tiempo, él la empotró contra una pared y la desnudó a tirones, como si importase qué colonia llevara o que estrenara ropa interior. Él solo quería follársela otra vez sobre la pequeña alfombra de lo que hacía las veces de salón. Y eso sabía hacerlo muy bien. Según Lola, cuando Sergio la embestía podía incluso perder el conocimiento.

—¿Echabas de menos mi polla? —le dijo él al tiempo que empujaba entre sus piernas.

—Joder, sí...

Romanticismo puro, claro. Y no es que lo critique. Es solo la envidia que me corroe entera.

Después de correrse entre gruñidos y gritos, se dieron una ducha abrazados bajo el agua tibia y más tarde cayeron sobre la cama, donde se dieron un revolcón con ella encima que duró al menos una hora. Una hora de Sergio gimiendo y diciéndole guarradas. Qué bonito, ¿no? Bueno. Era sexo. Y para Lola el sexo nunca ha tenido por qué ser bonito.

Y allí estaba ella, mirándolo a través del espejo, sentada frente a su minúsculo tocador.

—¿Preparo algo de comer? —susurró Lola, fingiendo que no le importaba si él se quedaba o no.

Él se estaba vistiendo ya. No era de esos a los que le gustaba acurrucarse junto a Lola; la intimidad entre las sábanas acababa para Sergio cuando él se corría, que era siempre después de que lo hiciera ella, por lo visto.

Abrió la boca para contestar a la invitación pero un teléfono móvil empezó a sonar en la habitación. A Lola le costó unos segundos darse cuenta de que era el móvil de Sergio el que sonaba, tirado en el suelo. Se agachó, lo recogió y tras mirar la pantalla le pidió a Lola que se mantuviese en silencio.

—Hola, cariño.

Es imposible que Lola logre confesar que le sentó como si le metieran un ajo en el culo, porque ella es más chula que un ocho, pero la realidad era que esas palabras amables que le dedicaba a su novia, cuyo nombre ni siquiera sabía, le dolían y mucho. ¿Cómo no? Es más chula que un ocho, pero es humana.

Sergio salió del dormitorio y, tras mantener una escueta pero dulce conversación con esa novia misteriosa, volvió a la habitación. Lola estaba molesta y se leía en su cara. Había fruncido el ceño y apretaba los labios, signo inequívoco de que aquello no le había gustado lo más mínimo.

Me parecía increíble que alguien como Lola tolerase ciertas cosas, por muy bueno que él fuera en la cama. Pero, aunque Lola nos vendiera que Sergio era un amante de vértigo, ella sabía de sobra que no era ese el motivo por el cual no le había dado la patada que se merecía. Aquello solo se sostenía con amor incondicional y ciego, muy ciego.

—¿Te quedas un rato? —mendigó ella en un momento de flaqueza.

—Sí, me quedo un rato. No tengo nada que hacer hasta esta tarde.

Lola se sintió el sudoku del dominical de cualquier periódico y sin embargo no pudo evitar alegrarse por tenerlo allí. Le gustaba pensar que al menos ella lo conocía de verdad; eso le hacía sentir bien. Es verdad que la otra chica era quien se llevaba la parte fácil, con el cariño, los mimos y todas esas cosas, pero aunque se tuviera que esconder, al menos ella no lo hacía engañada…

Pero esto es lo que pensaba Lola, no lo que opinábamos las demás acerca del asunto.

41

Se sentaron junto a la ventana con una copa de vino tinto mientras la comida terminaba de hacerse en la minúscula cocina e invadía toda la casa con un tenue olor a especias. Ella lo observaba, ensimismada en la perfección de su cara, y Sergio miraba por la ventana que su coche siguiera aparcado en el mismo lugar donde lo había dejado. De pronto, mientras se acercaba la copa a la boca, Sergio preguntó:

—Lola, ¿y tú por qué no tienes novio?

—Humm…, pues no sé. —Esa pregunta la devolvió a la realidad de la relación que realmente mantenían.

—¿No hay nadie por ahí?

—Alguien hay —contestó melancólica, y desvió la mirada hacia la ventana.

—¿Y qué pasa con él? ¿No le gusta compartirte conmigo? —dijo sonriendo ampliamente.

—Pues pasa que tiene la misma delicadeza que un guante de esparto y que es gilipollas —contestó, y se levantó del umbral de la ventana.

—Pero ahora ¿qué he dicho? —Sergio la miró anonadado.

—Es que, Sergio, de verdad… —Lola se puso a remover la comida en la sartén de espaldas, esperando esconder su indignación.

—Simplemente quiero decirte que…, no sé, que no pares tu vida por esto. Esto ya sabes lo que es y lo que significa.

—¡Lo sé de sobra, no haces más que recordármelo! —levantó la voz.

—Tranquilízate, por favor.

Lola anduvo hasta el saloncito, cogió su bolso, sacó un cigarrillo y lo encendió. Cogió su agenda y anotó en el sábado: «Nota mental: no volver a llamar a Sergio. Es *borderline*». Esto le hizo gracia y sonrió para sí.

—Estás loca, Lola —rio Sergio.

—El problema es que nunca me tomas en serio. Te gusta que siempre esté de broma y dispuesta, y estoy segura de que lo pasas muy bien conmigo, pero cuando se trata de cuestiones serias…

—Bah, no te pongas así, tú no eres como el resto de las tías. Estos numeritos no te pegan nada. Lo nuestro es pasárnoslo bien y punto.

—Pasárnoslo bien… ¿quién: tú o yo?

—No me agobies, Lola.

Sonrió de nuevo gracias a una broma interna: se imaginó a sí misma vertiéndole la comida hirviendo dentro del pantalón vaquero y echando su chorra cercenada a comer a los gatos del vecindario. Luego suspiró y añadió para cerrar la conversación:

—Necesito a un hombre que me entienda.

—Pues hazte a la idea de que ese hombre no soy yo.

Lola se enfurruñó. No le gustaban esas afirmaciones categóricas de Sergio. La hacían sentir pequeña y avergonzada. Sin embargo, poco le duró el enfado…, solamente hasta que Sergio la besó detrás de la oreja y le susurró que tenían el tiempo justo para otro revolcón mientras metía la mano en su pantalón. Ahí se le olvidó todo, incluso su integridad, y tras lanzarse a sus brazos le besó en la boca.

5

«El sábado no se debería trabajar»

A las nueve de la mañana ya hacía rato que Carmen estaba levantada. A decir verdad, le había traicionado su puñetera manía de dejar la BlackBerry encendida en su mesilla durante toda la noche. A las ocho menos cuarto su jefe le había enviado un email amenazante, algo así como:

«Ayer no entregaste el *briefing* del nuevo cliente. Como el lunes a primera hora no esté listo encima de mi mesa, vas a retrasar el trabajo de todo el equipo y ya te apañarás con ellos, porque yo no pienso defenderte».

No era una amenaza muy velada, era más bien clara y directa. Pero ¿es que ese cabrón no dormía nunca? Carmen pensó que seguro que estaba enganchado a las anfetaminas.

Tenía el informe redactado en el ordenador de la empresa e impreso en su mesa, pero le fastidió no haberse acordado de subirlo al servidor, donde su jefe pudiera cogerlo en ese mismo momento. No llevaba ninguna copia digital, pero sí una en papel, de modo que se decidió a transcribirlo de nuevo desde la primera letra hasta la última para enviárselo a ese maldito mamón (palabras textuales suyas) de la manera más inmediata.

Tardó media hora. A las ocho y cuarto el informe ya estaba enviado junto a un mensaje: «Aquí mismo te adjunto la copia del informe para que hagas las doscientas mil correcciones pertinentes antes de darle el visto bueno».

Un toque de condescendencia y una mínima muestra de desidia estarían bien por hoy. Pensó en añadir que era de muy mala educación mandar ese tipo de mensajes a la hora a la que él lo hacía, pero la respuesta probable de Daniel, su jefe, sería que apagara la BlackBerry cuando quisiera dormir a pierna suelta.

A las diez y media, cuando salió de la ducha, encontró otro correo electrónico con las correcciones en rojo, que tuvo que revisar y revisar antes de volver a enviar. Entre una cosa y otra, Carmen no estuvo libre hasta las cinco y media de la tarde, haciendo nula la posibilidad de echarse una siesta o simplemente de mirar el techo escuchando un buen disco.

Carmen se dijo que eso no era vida. «Mañana apago la BlackBerry, de mañana no pasa que se me quite esa manía estúpida».

Deseó utilizar una agenda, como la de Lola, para apuntar ese pensamiento y que no se le olvidase jamás. Después de pasarse media tarde enganchada a Facebook cotilleando las nuevas fotos de todas sus amigas (su hobby inconfesable predilecto), se sintió trascendental y encendió algunas velas en la mesita baja del salón. Una vez inmersa en la oscilante luz, se echó en el sofá y se dio cuenta de que seguía dándole vueltas al tema de Daniel y que, si continuaba así, sería ella solita la que echase a perder su fin de semana. Además, estaba contenta porque esa noche saldríamos las cuatro y podría estrenar por fin su modelito nuevo. Su escasa vida social en los últimos meses se debía más a las obligaciones que a la falta de ganas por su parte. Ella siempre estaba dispuesta a tomarse una copa a la salida del trabajo, pero sus compañeros casi nunca quedaban fuera de la oficina y nosotras..., buf, juntarnos a nosotras era un circo.

Lola en teoría salía a la misma hora que ella, pero siempre acababa saliendo antes y perdiéndose por Dios sabe dónde con Dios sabe quién. No nos sorprendería que un día nos confesase que había pasado una noche loca con los del Circo del Sol. Por el contrario, Carmen solía quedarse una hora más de media por jornada, apabullada con la idea de que la antipatía que su jefe sentía por ella pudiera ayudar a encontrar más fallos.

Desde que dejé el trabajo, yo casi siempre estaba en casa, pero como mi proceso de creación se estaba columpiando como el elefante en la tela de la araña y no había encontrado ese puesto de trabajo más creativo (Dios, ¿cómo no me dio nadie una colleja?), solía decidir quedarme allí aunque fuese sin escribir, por no sentirme peor y pensar que había «malgastado» el tiempo saliendo, trasnochando y gastando dinero.

Nerea… Nerea casi nunca estaba disponible. Ni siquiera su teléfono lo estaba. Si querías contactar con ella debías dejarle un mensaje en el contestador de su casa y otro en el buzón de voz de su móvil; era la única manera de que te tomara en serio. Además, había que avisarla con al menos un día de antelación para que pudiera cancelar las mil historias que hacía cuando salía del trabajo, que era bastante tarde. Danza del vientre, natación, aproximación al budismo…, cada año era una cosa diferente de la que contaba maravillas cuando la veíamos.

Carmen pensó entonces en Daniel otra vez. Lola había dicho de él que era guapo… Ella no lo creía en absoluto. Era uno de esos hombres apuestos que le repugnaban. La perfección le aburría. Ella prefería caras con personalidad, que dijeran algo. Prefería alguien al que abrazar, con el que sentirse pequeña y protegida antes que un cuerpo duro y trabajado a golpe de gimnasio. Se preguntó a sí misma si en realidad no estaría buscando un segundo padre que le organizara la vida y la protegiese… Descartó la idea. Le encantaba vivir sola en aquella buhardilla minúscula. Era su reino y allí solo mandaba ella. De pronto le dio un poco de miedo aquella idea, pensar que acabaría acostumbrándose tanto a estar sola allí que terminaría por no tolerar ninguna intromisión. Ninguna relación resistiría nada así.

Entonces miró mentalmente hacia atrás entreabriendo los ojos y se dio cuenta de la barbaridad de tiempo que llevaba sin una mísera cita de cortesía. Se asustó y se incorporó en el sofá con un «ay» en los labios. ¿Se estaría haciendo mayor a ojos de los hombres?

Se recostó nuevamente. Menuda tontería… Solamente tenía veintisiete años, bastantes menos que el resto de sus compañeros de trabajo, que se consideraban solteros de oro. Ella tenía casi tres años menos que Borja y, por más que le pesase, Borja era el único que importaba.

Tenía que dejar de pensar en él. Nunca pasaría de una cerveza junto a todos los demás el día del cumpleaños de Daniel, una vez al año, o de los cafés diarios en la máquina del pasillo de la fotocopiadora.

Sonaba una canción de Lenny Kravitz en la cadena de música y se puso melancólica recordando que también sonaba aquella vez que Borja intentó cogerle de la mano en su coche. ¿Qué había cambiado desde entonces? Se había esfumado, aunque a ella le gustase recuperarlo cada noche para imaginar cómo sería la vida tumbada a su lado, acariciando el vello de sus antebrazos, mirando el curioso perfil de su cara casi imberbe. Sonrió al pensar en sus ojillos brillantes e inquietos, al recordar aquella vez que se habían acercado tanto en el rincón de la fotocopiadora…

Era mejor así. Al menos con Borja. La relación de Lola con su coordinador no alentaba mucho a iniciar un affaire con alguien del trabajo. Era posible que fuese emocionante, sobre todo por el hecho de tener que esconderlo a todo el mundo… También sería excitante…

Pero era mejor así.

Miró el reloj. Eran las siete y media. Sería conveniente que se levantase y empezase a arreglarse. No quería llegar tarde y perderse el inicio de la historia de Nerea, porque sabía, como sabíamos las demás, que ella no volvería a recapitular para poner a la recién llegada al día. Aquella noche llegaríamos todas excepcionalmente puntuales.

6

¿Quién es Don Perfecto
y dónde lo conociste?
Yo también quiero uno

A las nueve y cuarto yo ya estaba en la puerta del local y en menos de diez minutos, en goteo, llegaron las demás. La última en hacerlo fue Nerea, que se plantó a la hora convenida, puntual como el minutero de un reloj.

No pude remediar echarles un vistazo con envidia. Lola llevaba el pelo recogido en una coleta despeinada, los labios pintados de rojo y una blusa negra con transparencias combinada con unos jeans y unos zapatos con tacón de infarto.

Carmen, con el pelo ondulado suelto, llevaba un jersey negro *oversize* con un cinturón que marcaba su silueta y unos vaqueros tobilleros *slim fit*, y unas pulcras bailarinas con *print* animal que yo misma le ayudé a elegir cuando aún me importaba no parecer recién sacada en *Callejeros*.

Nerea se había puesto un vestido camisero negro y unos zapatos *peep toe* con plataforma que dejaban entrever una pedicura impecable con el esmalte a la francesa.

Después me miré yo: camisola negra dada de sí, *leggings* con pelotillas y bailarinas descascarilladas cuya suela amenazaba con despegarse de un momento a otro. Por un instante me sentí hasta sucia, pero enseguida recordé que me acababa de dar una ducha caliente y que mi ropa olía a suavizante y mi piel a colonia de bebés. Poco sofisticado, pero aseado.

Respiré hondo. Iba a ser una noche genial a pesar de que mi pinta fuera… inquietante.

Además, nos encantaba aquel restaurante. Era íntimo, pero no romántico, sino de esos que invitan a hacer una confesión. Tenía unas mesas bastante pequeñas, donde siempre ondeaba la luz solitaria de una velita con olor a vainilla o a coco. Servían unos cócteles bien cargados y cocina creativa que resultaba barata y ligera. Tenía un ambiente muy agradable; como decía Lola: «*Cool* sin llegar a pretencioso».

Nos sentamos en nuestra mesa, al fondo del restaurante, en una especie de privado bastante accesible si reservabas veinticuatro horas antes; casi como Nerea.

Cuando el camarero nos sirvió las primeras copas de vino y pedimos la cena, todas las miradas se concentraron en Nerea, que cotorreaba sin parar sobre tonterías, mucho más pizpireta que de costumbre.

—Me encantan tus vaqueros, Carmenchu.

—¿Sí? Son nuevos. Aún no había tenido oportunidad de ponérmelos. Como no tengo vida social…

Carraspeé y Carmen sonrió.

—¡Ah! ¡Ya entiendo! ¡Estás intentando distraernos para no tener que contarnos esa maravillosa y truculenta historia que ocultas!

Tras dar un sorbo a su copa, sonrió ampliamente mostrando su perfecta dentadura y comentó:

—Hace dos semanas que no nos veíamos, ¡dejadme al menos que os diga lo guapas que estáis!

Me miré con disimulo y no dudé ni por un momento de que aquello era una estratagema, porque, viéndome, ¿quién podía atreverse a decirme que estaba guapísima? Por muy estupendas que estuvieran las demás, mi estado no animaba a hacer comentario alguno sobre el tema.

—¡Al grano! —increpó Lola acercándose hacia Nerea.

—A ver…, pues como Lola ya os habrá adelantado, he conocido a alguien. —Todas dimos un silbidito impertinente—. Bueno…, no os quise decir nada hasta que no estuviese segura de que me gustaba. Sabía que se iba a montar un circo, así que no quería que fuese una falsa alarma.

—Entonces, ¿te gusta para ir en serio?

—¡Oh, Carmen! ¡Por supuesto! —contestó Nerea entrecerrando los ojos como si estuviese contándonos un cuento de hadas.

Si no la quisiéramos tanto, la tacharíamos de ñoña y la quemaríamos junto con un montón de DVD de dibujos animados.

Todas bebimos de nuestras copas y ella prosiguió con su historia.

—Hace algo más de un mes —todas exclamamos, pero ella nos ignoró— fui a la fiesta de cumpleaños de uno de mis compañeros. No me apetecía nada ir, pero habría sido un detalle muy feo, de modo que me puse un vestidito mono y me fui con un tacón de vértigo, pensando que no llegaría a estar el tiempo suficiente como para que llegasen a dolerme los pies.

»Me separé del resto un momento para perseguir al camarero en busca de una copa cuando me tropecé con alguien y le derramé la bebida por encima. Imaginad la cara que se me quedó cuando el tío empezó a gritarme que le había manchado un traje de tropecientos mil euros. Me puse colorada y no sabía dónde meterme…, no sabéis cómo se puso. ¡Quise llorar!

—¿Ese es el príncipe del cuento, Nerea? —pregunté yo abriendo los ojos de par en par.

—No, ese más bien es el dragón —sonrió y siguió—. Entonces, cuando ya estaba a punto de darme la vuelta y echar a correr, alguien se acercó y muy educadamente le dijo a aquel tipo que había sido un accidente y que esas cosas pasan en cualquier parte. Le dijo: «Si usted hubiese tropezado con alguien sin querer, ¿le gustaría que se armara este escándalo?». El ogro reculó y desapareció de allí entre la gente, pero todo el mundo se había dado cuenta y hasta el chico que cumplía años se enteró. Por mucho que se acercara para decirme que no debía preocuparme, yo estaba muy avergonzada. Así que sin darle las gracias a…, bueno, al chico amable, me marché de allí confiando en ver pasar un taxi en dos segundos.

»Pero me alcanzó en la puerta y me preguntó si me encontraba bien. Le dije que estaba algo apabullada y que me agobiaba el ambiente del local y él se ofreció a quedarse conmigo hasta que estuviese mejor para volver a la fiesta y divertirme.

—Pero ¡qué majo! —dijo Carmen.

—Ya lo creo. Al final me lo pasé de miedo, a pesar del dolor de pies. Es muy divertido, ¿sabéis? Me sentí tan cómoda…, tan cómoda como con vosotras. Me acompañó a casa, me pidió el número y al día siguiente me llamó para tomar algo, y la siguiente semana, y la siguiente… Desde entonces nos hemos visto un montón y me ha invitado a cenar a su casa…

—¡Ahí! ¡Cuenta, cuenta! ¡Menos mal! Creía que solo ibas a decir cosas como que es tan fino que mea colonia. —Lola puso los ojos en blanco.

A punto estuve de escupir el vino que me estaba bebiendo.

—Vamos muy despacio. No quiero estropearlo todo adelantándome. Ya sabéis, me da miedo perder el interés… —explicó Nerea con las mejillas sonrojadas.

—Eso quiere decir que aún no se ha acostado con él. Hablemos de otra cosa —dijo Lola girándose hacia nosotras.

—¡No, cuéntanos cómo es! —la instó Carmen.

—Pues es alto, atlético —nadie más que Nerea podía utilizar en una conversación normal el adjetivo «atlético»—, con los ojos azules, así con el pelo como castaño…, es muy guapo y muy elegante. Y tiene unos brazos perfectos…, fuertes…

—Venga, ahora lo truculento, Nerea, que estás cogiendo carrerilla. ¿Cómo tiene el rabo? Enorme, ¿verdad?

Ella se echó a reír sonoramente. Los platos de comida llevaban unos minutos muertos de risa enfrente de nosotras pero ni siquiera habíamos reparado en ellos.

—Este *carpaccio* tiene una pinta buenísima —susurró Nerea.

—No te hagas la remolona —la increpó Carmen acercándose a ella.

—Lola tiene razón, no hay mucho que contar. La semana pasada estuvimos en su casa cenando, creo que fue el jueves. —Se interrogó a sí misma un segundo y asintió—: Sí, fue el jueves. Estuvimos mucho tiempo besándonos y, bueno, perdimos algo de ropa, pero no fue más allá. Esa es otra de las cosas que me encantan de él, que no le importa ir despacio. Y… ¡besa tan bien! No sé qué tiene, pero… me vuelve loca. Es tan…, no sé, es perfecto.

—Bueno, pequeña, perfecto no hay nadie, no vaya a ser que luego encuentres algún defectillo y pierdas la ilusión —dije con suavidad.

—Claro. Las verrugas genitales son feas, pero no tienen por qué ser contagiosas —sentenció Lola sin que ninguna entendiera de qué narices estaba hablando.

Nerea la miró de soslayo y después se dirigió a nosotras:

—No, lo sé, no hablo de perfección en términos absolutos, sino en lo relativo a mí. Estamos encajando tan bien…

Carmen se aseguró de que Nerea ya no iba a contar nada interesante y se levantó al baño, correteando por el restaurante hacia la puerta de los servicios. Nosotras empezamos a comer.

—Oye, Nerea, ¿a qué se dedica? —pregunté con el tenedor en la mano.

—Bueno, es algo así como analista de medios. No sé, una cosa complicada y moderna.

Una BlackBerry empezó a vibrar sobre la mesa y Nerea alargó su mano, con la manicura perfecta, hasta alcanzarla y consultarla.

—Mirad, es él. Le gusta enviarme correos a la BlackBerry cuando no nos vemos. ¿Os lo leo?

—¿Por qué todas tenéis esa dichosa BlackBerry? —vociferó Lola.

—Yo no —dije con la boca llena.

—Tranquila, Lola, tú no la necesitas, ya tienes tu agenda —y al decirlo, Nerea subrayó la palabra «agenda» como quien nombra un talismán.

Al intentar reprimir la carcajada, me atraganté con el *carpaccio*.

—Lee, lee. No te preocupes por Valeria, ya sabes, se atraganta con facilidad.

Quise reírme, pero no pude; ya tenía suficiente tratando de seguir respirando por la nariz.

«Hola, monada, espero que lo estés pasando bien con tus amigas. ¡Qué miedo me dan tantas mujeres juntas! ¿Sabes? Te echo de menos. ¿Me reservarás la noche de mañana? Prometo llevarte pronto a casa; solo una botella de vino… Mientras tanto te mando un beso que, buf, me muero de ganas de darte».

Carmen llegó en el preciso instante en el que Nerea guardaba de nuevo la BlackBerry en su bolso de mano. Se sentó un momento a mi lado, me dio un par de golpecitos en la espalda y, tras acercarme el vaso de agua, preguntó de qué estábamos hablando.

—Nerea nos estaba leyendo un mensaje de su novio y Valeria se ahogaba, como siempre.

—No somos novios, nos estamos conociendo —contestó Nerea.

—Yo también quiero un novio. Ahora mismo soy la única desparejada del grupo —gruñó Carmen mientras volvía a su parte de la mesa.

—No digas tonterías, ¿qué necesidad hay de encontrar un hombre? ¡Solitas nos bastamos! —dije recuperando el color de cara natural.

—No te ofendas, Valeria, pero tu palabra en este asunto desmerece un poco por el hecho de que llevas casi seis años casada con el hombre de tus sueños… —contestó Nerea.

—Bah —solté con desdén.

—¿Y el de tu curro? ¿Cómo se llamaba? —preguntó Lola a Carmen con la boca llena.

—Borja —respondió en su lugar Nerea, cuya memoria a menudo nos dejaba asombradas.

—Pues eso, Borja… —sentenció Lola—. ¿Qué tal con Borja? ¿Te ha tocado ya la alcachofa o sigue ahí, haciéndose el estrecho?

Todas la miramos. No sé por qué nos seguían sorprendiendo algunas virguerías lingüísticas de Lola, pero la palabra «alcachofa», desde luego, había captado la atención de las tres. Carmen decidió que era mejor obviarlo y contestó con naturalidad:

—Borja igual. No hay acercamiento, pero tampoco se aleja.

—Tienes que tomar el timón —opiné yo—. Invítale a salir, a hacer algo concreto. Una invitación en firme, ¿me entiendes? Nada como: «Un día de estos podríamos salir a tomar algo». Más bien algo como: «Me apetece muchísimo ir a ver esa película este fin de semana, ¿te animas?».

—O algo como: «Tengo la coliflor en su punto. ¿Añades tú la besamel?». —Y después de decirlo, Lola se dedicó a reírse de su propia gracia hasta que Nerea se contagió.

—Eres de lo que no hay… —susurró.

Carmen se sonrojó.

—No, no puedo hacer eso.

—Claro que no puedes. Debe invitarte él —dijo Nerea al tiempo que se servía ensalada.

—¿Cómo que debe invitarle él?

—Carmenchu, a estas ni caso… —susurró Nerea.

—Necesitaría una excusa más fundamentada… —nos contestó Carmen.

—Pues entonces tendremos que inventar un evento creíble al que tengas que ir acompañada. —Sonreí, mientras una idea vaga se formaba en mi mente.

7

Yo pongo la excusa y tú haces el resto

Llegué a casa bien entrada la madrugada. Mi marido estaba viendo en la televisión una de esas teletiendas que se emiten a altas horas de la noche mientras mascaba chicle. Me tambaleé un poco delante de la cama y, antes de caer encima de la colcha con bailarinas incluidas, le dije que íbamos a organizar una pequeña fiesta en casa.

—¿Y eso? —preguntó extrañado.

—Carmen necesita ligarse a un tío.

—¿Y qué papel juega nuestra casa en ello? ¿Es un lugar sagrado o qué?

No contesté. Estaba muy concentrada en saber si era yo la que estaba dando volteretas sobre la cama o era la casa la que giraba a mi alrededor.

A la mañana siguiente le expliqué el plan, después, eso sí, de tomarme un par de aspirinas que calmaran la horrible resaca que provoca mezclar tanto vino tinto con caipiriñas. Y el plan era el siguiente: íbamos a organizar una pequeña fiesta en casa con muy pocos invitados, solamente nosotros y una persona por cada amiga, para hacer bulto. De esta manera Carmen podría dejarle caer a Borja que necesitaba acompañante porque todo el mundo iría con pareja y si no ella se sentiría desplazada. Por los comentarios que hacía de él, estaba más que cantado que se ofrecería para acompañarla.

La excusa sería la muestra de una nueva colección de fotografías de Adrián a los amigos más íntimos. A decir verdad, teníamos la mayor parte de las paredes del estudio decoradas con cientos de ellas, pero eso Borja no lo sabía. Podría pensar que habíamos engalanado la casa para la ocasión, ¿no?

Adrián refunfuñó un poco. Decía que no sabía comportarse como el «artista» que esa gente esperaba encontrar cuando iba a ver una exposición de fotos, pero se tranquilizó al saber que la lista definitiva de invitados no superaba las ocho personas, incluidos nosotros. Mejor porque era la única manera de caber en casa.

Me pasé la semana emocionada con la idea, sobre todo con los preparativos. Estaba angustiada con volverme una acelga hervida y pensaba, o más bien quería pensar, que estas ocasiones especiales motivarían mi creatividad. Mentiras baratas para no sentirme mal por no estar haciendo nada de provecho con lo que se suponía que estaba escribiendo. Pero, excusas aparte, fue lo único que consiguió levantarme el ánimo y que me peinara.

Conocer a Borja también me hacía ilusión. Se me antojaba como el personaje ideal de una novela romántica, como el chico mono en el que la protagonista no se fija hasta que el tío bueno no la deja plantada. Me lo imaginaba tipo Humphrey Bogart, apoyado en la barra de un piano bar fumando un pitillo tras otro, bebiendo despacio un whisky doble sin hielo. Estupideces de las mías. En realidad sabía que si le gustaba a Carmen tendría cara de niño.

La fiesta estaba programada para el viernes, una noche perfecta para que no pudieran surgir excusas del tipo «mañana madrugo», de manera que perdí todo el jueves limpiando la casa (o palacio de Polly Pocket, como a mí me gusta llamarlo) y preparando tanto la comida como la infraestructura (que en este caso es el equivalente eufemístico a pedir platos y copas a mi hermana).

Preparé sushi y sashimi variado y makis de salmón y aguacate. También cucharitas de aperitivo y tartaletas que incluso horneé yo misma. Adrián no daba crédito, sobre todo porque la última vez que me había visto cocinar aún se llevaban los zapatos de punta…

Por la noche llamé a Carmen, expectante por si se había atrevido ya a pedirle a Borja que la acompañase, y, muerta de vergüenza, confesó que se lo había acabado pidiendo en el ascensor, rodeados de gente desconocida que se lo pasó en grande con el despliegue de sus nulas habilidades de seducción. Al final, le había tenido que plantear la situación como un drama.

—Le dije que todas mis amigas estaban emparejadas y que sabía que, como iba a ser algo muy privado, acabaría sintiéndome desplazada.

—Entonces, ¿te lo propuso él?

—¡Qué va! Ni tiempo le dio. Me puse tan nerviosa que empecé a atropellarme y acabé suplicándole que viniera conmigo.

—Define suplicar… —Cerré los ojos, agradeciendo estar fuera del mercado de ligues y ahorrarme esos tragos.

—Le cogí suavemente del antebrazo y le dije que, por favor, me acompañase para tener al menos alguien con quien hablar.

—Bueno, no está tan mal. Muy casual, muy como «somos colegas».

—No sé, Valeria, me puse muy colorada y empezaba a hiperventilar cuando se abrieron las puertas del ascensor.

Adrián, que estaba siguiendo la conversación mediante mis respuestas, se mostraba fascinado por la naturaleza femenina.

—Tenía que haber invitado a su jefe, para limar asperezas —sugirió.

—Dile que le he oído y que si no quiere tragarse su propia lengua, que se calle y ni me lo nombre, que me ha dado el día el muy cabrón.

Me giré hacia Adrián:

—Dice que eres muy gracioso y que te adora.

—¡No! No malmetas, ¡dile que quiero matarle! —gritó ella entre risas desde el otro lado del hilo telefónico.

El viernes por la mañana, mientras me entretenía cambiando de orden los capítulos de mi «novela» para ver si mejoraba su aspecto, recibí un correo electrónico de Nerea, siempre educada y un poco distante. Aunque éramos sus mejores amigas cuando nos escribía un email o una felicitación de cumpleaños daba la impresión de que no nos conocía lo suficiente como para andarse con informalidades.

Hola, Valeria:

Lamento decirte que esta noche no voy a poder presentaros a mi chico. Tiene mucho trabajo y, la verdad, ni siquiera le comenté lo de la fiesta por miedo a asfixiarle. Es muy educado y sé que no hubiera declinado la invitación, aunque tenga mil cosas que hacer. De esta manera le ahorro el mal trago. Otra vez será.

Pero confirmo mi asistencia y también la de Jordi; ya sabes lo mucho que le gustan las fotografías de Adrián y está como loco por ver tu casa.

xxxooo

P.D.: Llevaré una botella de ginebra.

Era de esperar. No dudaba que su chico estuviera agobiado con temas de ese trabajo tan moderno que tenía, pero estaba segura de que a ella la excusa le había venido como anillo al dedo. Conociéndola, era más bien Nerea la que no quería asfixiarse presentándonoslo ya. Nuestra opinión era muy importante para ella y quería hacer las cosas de la manera más formal posible cuando fuera el momento, con todo ese protocolo que tanto le gusta a la muy *jodía*. De todas maneras, había sabido salvar la situación invitando a Jordi. Así, la coartada de Carmen seguiría intacta.

A las diez de la noche ya estaba todo preparado para recibir a los invitados, incluida yo, con un vestido que no me ponía desde el pleistoceno y mis zapatos preferidos, regalo de Adrián durante nuestra luna de miel. Primeros zapatos de tacón que me ponía en meses. Mis pies gritaron de horror y mis piernas de júbilo al verse de repente tan largas y estilizadas. Pero que conste que lo hice de muy mala gana y que no me vi para nada favorecida. Lo único que me apeteció cuando me vi con el vestido fue ponerme el pijama antimorbo y acostarme.

La primera en llegar fue Lola. La sorpresa resultó enorme al encontrarla, además de despampanante, acompañada por Sergio. No solían ir juntos a ningún sitio, pero, ahora que lo pienso, es posible que incluso llegaran hasta allí por separado.

Lola llevaba un vestido negro hasta debajo de la rodilla, entallado y escotado, que se le pegaba al cuerpo como un guante. Los zapatos de tacón altísimo no hacían más que llamar la atención sobre su espectacular figura. Los pechos se le agolpaban en el escote como asomados a un balcón, perfectos, insinuantes pero nunca vulgares. Tenía los labios carnosos y se los había pintado de rojo y lucía un flequillo perfecto sobre la frente, con el pelo larguísimo y estudiadamente ondulado sobre la espalda y el pecho. Estaba impresionante y Sergio se la comía con los ojos.

—¡Estás guapísima! —dije entusiasmada.

—Muchas gracias, nena. ¡Y tú también! —Me echó una miradita y me guiñó el ojo, dándome el visto bueno—. Oye, ¿conoces a Sergio?

—Humm —dudé. No sabía si debía conocerlo o realmente lo hacía porque ella me había enseñado un par de fotografías mientras me hablaba de él.

—Sí, creo que coincidimos una vez —dijo él amablemente con su voz de caramelo.

—Pasad y coged una copa, enseguida llegarán los demás.

Apoyado en una pared con cara de estar sufriendo un horrible tormento, encontraron a Adrián, que les saludó con un «¿Vino o cerveza?».

¡Resalao! Simpatía a raudales…

Carmen no tardó mucho. Cuando le abrí la puerta, ella y Borja hablaban animadamente y se reían. Aquello tenía muy buena pinta. No me sorprendió en absoluto el aspecto de Borja; era tal y como lo imaginaba (pero sin sombrero a lo Bogart).

Se trataba de un chico aparentemente normal, pero al hablar durante cinco minutos con él, preocupada por que se sintiera cómodo e integrado, vislumbré ese halo de *sex appeal* que había encontrado Carmen y cuyo rastro estaba siguiendo. Se le veía un tipo un poco tímido, pero amable y divertido. Tenía una voz de lo más sexi. Era un chico grande, de espalda ancha y al menos 1,85 de altura. A su lado Carmen parecía menuda y mucho más femenina. Eso es importante, al menos a mí me lo parece. Hay hombres que no nos favorecen en absoluto, y estoy hablando de ellos, efectivamente, como si fueran un complemento de moda.

Borja le quedaba como un guante y no es que Carmen no fuese femenina. Ella siempre se queja del tamaño de sus caderas, pero a mí me parece que tiene un cuerpo voluptuoso y sexi. El problema no son sus caderas, ni sus muslos, ni sus brazos torneados… El problema es la moda imperante de tallas ridículas que nos encontramos en las tiendas. Lo que le ocurre es que para ser mujer es alta y, además, le encanta llevar tacones. Al lado de Borja no desentonaba, no parecía más alta que la media, y se la veía tan arropada y segura de sí misma…

No quise monopolizarlo y se lo presenté a Adrián, que hablaba con Sergio en un rincón cercano a la ventana; cuando estuve segura de que se había adherido a la conversación, me acerqué como quien no quiere la cosa a Lola y Carmen, que cotorreaban sin disimulo alguno.

—Casi no se nota que le estáis escaneando, ¿por qué no sois un poco más exageradas?

—Son tíos, de estas cosas no se enteran —dijo Lola risueña.

—Bueno, ¿qué te parece? —me preguntó Carmen con ojitos de cachorrito.

Veamos. Tenía un puntito sexi, pero no era lo que se dice el chico guapo de una fiesta. Ella era bastante más atrayente que él, pero, no sé si por confraternizar o por piedad, yo había intuido en él eso que volvía loca a Carmen. ¿Qué decirle? Lola se me adelantó:

—Aun a riesgo de parecer superficial y una auténtica cabrona, te diré que no imaginaba a un tipo tan grande.

—¿Qué significa grande en tu idioma, Lola? —contestó Carmen un poco molesta.

—Que es un poco *morsi*, pero no te enfades, nena; te hace parecer más delgada.

Respiré sonoramente y, dándole una palmadita en el hombro a Lola, le dije que se callara un ratito.

—Quiero decir que, bueno, no es…, ya me habéis entendido. Cada cosa que diga a partir de ahora será utilizada en mi contra.

—Es mono, Carmen —sentencié.

Ella lo miró desde allí con una sonrisa alelada y luego, tras volverse a nosotras, susurró que era especial, aunque se sentara apoyando la barriga en la mesa de la oficina.

Sonó el timbre y al abrir la puerta aparecieron Nerea y Jordi. No era habitual en Nerea llegar ni siquiera diez minutos tarde a ninguna parte, pero sí de Jordi, su amigo gay. Nerea estaba perfecta, con la ropa de la oficina aún impecable. El traje de chaqueta de color gris pardo le quedaba increíblemente bien, con la blusa entallada y blanca a través de la que se le transparentaba tímidamente el sujetador de encaje blanco. Era el único punto de seducción de su indumentaria, pero hacía extraordinariamente bien su trabajo, porque todos los hombres que había en el apartamento la miraron, incluido Adrián.

No es que me molestara, ya estoy más que acostumbrada a que Nerea se lleve las miradas de todos los hombres, pero…, pero me sentí un poco celosa. Ese hombre era mi marido. El mismo que me había dado como único asalto sexual en seis meses un mete-saca de tres minutos de reloj y que no me miraba así desde los albores de la humanidad.

Entraron hasta el salón y, antes de que le presentáramos a nadie, Nerea dio un sorbo a una copa de Martini, aprovechó para acercarse hasta Carmen y susurró:

—¿No irás a decirme que el chico que te vuelve loca es ese individuo de ahí?

Ya estaba. Abierta declaración de guerra. Follón en camino.

Carmen la miró enfurecida. Ni siquiera le salían las palabras mientras Lola hacía un mutis por el foro para no partirse de risa en sus caras. Yo debí haber hecho lo mismo, pero, por miedo a tener una pelea de gatas en el salón de mi casa, carraspeé y opiné:

—Bueno, Nerea, más vale un gusto que cien panderos.

—Sí, sí, cien panderos —repitió con sorna Nerea.

Carmen rebufó como un toro tomando carrerilla y, antes de ir hacia donde estaba su «amor», contestó malhumorada:

—Doña Perfecta entenderá que los demás no nos limitamos a quedarnos en la adolescencia y al crecer nos interesan otras cosas aparte del tipo de ropa que utiliza o cuán marcada tiene la tableta del estómago, como seguro que tiene «tu chico». Si me disculpas…

Me quedé mirando a Nerea fijamente esperando que se arrepintiera de su comentario, pero le sonó el móvil y se metió en la cocina para contestar.

Adrián se acercó por detrás de mí y en susurros me preguntó si Sergio era «La Bestia», como solíamos llamarle nosotras y tal y como conocía él al ligue de Lola. Asentí con la cabeza y al girarme se extrañó por mi gesto.

—¿Qué pasa?

—Carmen y Nerea han tenido una enganchada de las suyas.

—Vaya, ¿tan pronto? Pues espera a que se tomen unas copas, que acaban tirándose de los pelos.

—No me hace gracia, Adrián —dije mientras me soltaba con suavidad.

Sonrió.

—Venga, ya se les pasará. No te metas y que lo arreglen ellas solitas, que ya tienen edad.

Nerea salió de la cocina mesándose el pelo y Carmen la fulminó con la mirada.

—Venga, presentadme a la morsa —susurró Nerea con desdén mientras se acercaba a ellos.

Milagrito si no terminaban arañándose la cara. Nerea era muy victoriana, pero tenía unas salidas de tiesto de lo más creativas.

8
Fin de fiesta

A las dos de la madrugada después de una noche distendida (a excepción de Nerea y Carmen, que apenas volvieron a dirigirse la palabra en toda la velada), todos se fueron marchando dejando los ceniceros llenos de colillas y el lavavajillas a rebosar.

Lola fue la primera en irse. Cuando me estaba dando los dos besos de despedida, me dijo en un susurro que me llamaría para explicármelo todo.

Sin necesidad de que me contara nada, ya intuía que era una cuestión de celos por parte de Sergio, que, aunque resultara realmente estúpido, no soportaba pensar que Lola siguiera su consejo de hacer su vida. Creo que de una manera más o menos consciente, él quería dominarla por completo y volverla inútil. Es fácil sentirse bien con uno mismo si al lado tenemos a alguien que se ha diluido en la total adoración hacia nuestra persona. Quizá yo debería buscarme un seguidor de este tipo…

En la cuestión superficial, la verdad es que el chico llamaba mucho la atención. Era un hombre guapo y atractivo, las dos cosas. Tenía un cuerpo muy trabajado por horas de gimnasio y dieta sana, y unos ojos castaños, oscuros y profundos. Sin embargo, por mucho que físicamente fuera un adonis, personalmente no dejaba de ser una patata grillada y, al menos para mí, eso le restaba atractivo. Me daba igual que la tuviera como un antebrazo humano, porque, lo primero…, dejadme dudar de ese tipo de comentarios cuando salen de la boca de Lola.

Lo que sí es verdad es que se fueron juntos. Lo sé porque, como quien no quiere la cosa, me deslicé hacia la ventana y los vi entrar en el mismo coche… Era fácil adivinar cómo iba a acabar la noche.

A Lola le encantaba ver conducir a Sergio. Venga, lo diré sin eufemismos…: a Lola le ponía cachonda como una mona ver conducir a Sergio; esa es la verdad. Pero lo callaba. No le hacía falta decirle nada en referencia a lo mucho que le gustaba tal o pascual de él, porque luego esas cosas se convertían en armas arrojadizas que él utilizaba para sentirse más seguro de sí mismo y tratarla como lo hacía, con desdén.

En silencio, los dos se miraban de reojo. La novia de Sergio había salido con unas amigas aquella noche y él, haciéndose el buen chico, sincero y sin dobleces, le dijo abiertamente que saldría con una amiga a tomar algo. Pero claro, no hay mentira más grande que una verdad de ese tipo a medias: omitió el hecho de que esa amiga era su amante, con la que llevaba casi un año; no le contó lo muchísimo que le costaba no mirarla en el trabajo y lo amargamente que le excitaba esa situación prohibida cuando le quitaba las bragas en el aparcamiento de la empresa y la empotraba contra una furgoneta de reparto.

Y, paradojas de la vida, cuando llamó a Lola se encontró con que ella ya tenía plan. Había invitado a un amigo a una fiesta en casa de una pareja amiga; nuestra fiesta, evidentemente.

Él montó en cólera, pero disimuló. Sabía muy bien cómo llevarla a su terreno, así que se limitó a decirle lo mucho que le apetecía verla aquella noche. Se moría de ganas, decía, de abrazarla contra su pecho, de besarla y morderle suavemente la barbilla…

Lola tardó en anular la cita que tenía e invitar a Sergio a acompañarla tres avemarías. Sergio dijo que sí, pero simplemente porque el plan le parecía interesante. Después incluso podría «sincerarse» con su novia y decirle que habían estado en una fiesta viendo la nueva colección de ese fotógrafo que trabajaba para la revista *Horizonte*. Sonaría bien y no tendría que preocuparse de inventar algo con lo que tapar las horas en la cama con Lola.

Ahora, en el coche, Sergio rompió el silencio:

—Y tus amigos ¿saben quién soy?

—Supongo que saben que eres mi jefe, si es a eso a lo que te refieres.

—No soy tu jefe, Lola. —Sonrió.

—Pero casi. —Ella no lo hizo; miraba a través de la ventanilla.

—Si decir eso te da morbo, por mí estupendo. ¿Saben que nos acostamos?

—Sí. —Lola no tenía ganas de mentir a esas horas.

—¿Y qué más saben?

—Pues lo que yo les cuento: que eres un capullo egocéntrico con novia pero que en la cama eres un dios.

Sonrió pagado de sí mismo, mirando hacia la carretera. Era lo que necesitaba saber.

—Y parece que con eso te basta, ¿no? —susurró sensualmente él.

—Pues parece.

—Que no se te olvide entonces.

Se miraron los dos y Lola se odió durante un rato al darse cuenta de lo mucho que traicionaba aquello su verdadera manera de ser. Ella era una mujer fuerte, independiente. Había salido de casa de sus padres a los dieciocho años a estudiar idiomas en el extranjero y nunca, a partir de aquel momento, había necesitado más ayuda que el apoyo de sus amigas a la hora de tomar decisiones.

Ganaba su dinero, ahorraba y gastaba, salía, conocía a gente sin cesar, pasó de un país a otro y en seis años, sin darse apenas cuenta, se había convertido en la persona que quería ser. A los veinticuatro años encontró un trabajo que le permitía seguir estudiando y en menos de seis meses se independizó.

Nunca había necesitado a nadie como necesitaba ahora a Sergio, que encima la trataba como la trataba. Ella, que siempre había andado con un par de chicos a la vez, que nunca se había colgado de nadie y que no había emprendido una relación seria porque no le había apetecido, sufría porque con el que ahora soñaba tenerla no quería.

Llegaron a casa de Lola. Ella no entendía por qué tenía que ser siempre allí. Estaba un poco harta de esconderse en su propio apartamento, pero luego se dio cuenta de que de esa manera él luego no tendría que borrar el rastro de Lola para que su novia no los descubriera.

Y por más que la situación le molestara, sucumbió, como siempre. Subieron por las escaleras enredados ya. En el rellano de su casa, a Lola le faltaban ya las braguitas y Sergio había metido la mano entre sus piernas. Esta vez lo hicieron en la cocina, encima de la escueta encimera, durante cerca de una hora. Sergio: La Bestia. Sudar, gemir, decir guarradas y darle a Lola unos orgasmos brutales se le daba estupendamente bien.

Después, como siempre, se dieron una ducha y él se fue, aduciendo responsabilidades el sábado por la mañana que ni siquiera se creía.

Lola se acurrucó en la cama, sola. No solía importarle estarlo, pero ahora hasta le dolía. Se sintió sucia. El placer la subía a las nubes y luego, cuando el efecto de este se borraba, el tortazo contra el suelo era de órdago.

Quiso llorar, pero dudo que Lola sepa hacerlo. Es demasiado fuerte como para sentirse como se sentía… Entonces, ¿por qué?

Carmen y Borja se fueron después. Mientras se marchaban escuché cómo Borja se ofrecía a llevarla a casa y pensé que la cosa estaba hecha. Ya se sabe, beso romántico en el portal y después *chingui chingui* primerizo en el sofá. Pero… al subirse al coche, Carmen vio claro que aquella noche tampoco iba a pasar nada: Borja volvió a sumirse en ese estado meditabundo.

Carmen había estado toda la noche intentando parecer una mujer sexi y cosmopolita, con sus pantalones pitillo y los taconazos, rodeada de sus amigos *fashion* (¿*fashion?*, Dios mío, si yo me pasaba la mayor parte del día andando por casa con pantuflas), pero parecía que no había manera de impresionarle. Tenía que aceptarlo, no le gustaba; pero no pudo evitar malhumorarse como una chiquilla.

—Me lo he pasado muy bien —susurró Borja atento al tráfico que sorprendentemente había en el centro a esas horas.

—Sí, claro. Yo también —dijo ella con desdén.

—Tus amigos son muy simpáticos y las fotografías de Adrián son una pasada.

Carmen sonrió para sí. Al menos no la había descubierto y su coartada seguía en pie, junto a su dignidad. Se animó a hablar un poco más, convenciéndose a sí misma de que tenerlo como amigo era suficiente.

—¿Viste las que tiene en el baño?

—Oh, sí. —Borja sonrió—. Son muy… artísticas.

Se miraron un momento, callados, con una sonrisa un tanto explícita en la boca. Hablaban de unas fotografías que me había hecho Adrián casi al comienzo de nuestra relación. Con diecinueve años que tu novio te proponga una sesión de fotos desnuda te parece de lo más emocionante, pero casi nunca te das cuenta de que ocho años después esas fotos pueden avergonzarte un poco, sobre todo si tu marido las tiene colgadas en el cuarto de baño. Pero, bueno, tenían razón; objetivamente eran bonitas, no demasiado escandalosas y con una luz preciosa. Eran de las pocas cosas que me recordaban aún que yo, bajo esa apariencia aburrida, seguía siendo una mujer que podía resultar deseable.

—¿Tú te atreverías a hacerte unas fotos así?

—Bueno, bien visto no se le ve nada —contestó Carmen sonrojada.

—Algo se ve. —Volvieron a reírse, esta vez abiertamente—. Muchas gracias por invitarme, Carmen.

—Muchas gracias a ti por acompañarme.

Llegaron pronto. Se despidieron con dos besos y Borja, como siempre, esperó a que ella entrara en el portal; luego se saludaron con la mano y él desapareció calle abajo.

Carmen se sentó en la cama casi desnuda, como le gustaba dormir, y se juró a sí misma que jamás volvería a hacer un esfuerzo por acercarse a Borja, porque él no sentía lo mismo que ella. No podía estar buscando eternamente algo que no existía.

Se metió en la cama, se colocó el iPod con el volumen al máximo y se permitió fantasear por última vez, mientras escuchaba una canción de Lenny Kravitz.

Nerea fue la última en irse, intentando justificar el comentario que tanto había molestado a Carmen.

—Valeria, sabes a lo que me estaba refiriendo. Ella es mucho más…, no sé, es mucho más de todo. El chico no es que sea un monstruo, pero para mi amiga Carmen me gustaría otro tipo de chico.

—Pero a Carmen le gusta y, la verdad, me parece genial que le encante alguien que no entra en el perfil del tío bueno.

—Bien, aceptado, le pediré disculpas mañana —refunfuñó.

Adrián pasaba por allí mientras yo me fumaba el último cigarrillo descalza junto a la ventana, Jordi ojeaba unos álbumes de Adrián y Nerea miraba al infinito. Él no solía meterse en esas cosas, pero se acercó y se sentó sobre un taburete, junto a Nerea.

—¿Quieres un consejo? —le susurró, dulce.

Ella se giró y apoyó la cabeza en su hombro.

—No sueles darlos, así que aceptaré que es algo sabio que me hace falta aprender.

—La belleza es una dictadura que acaba con el tiempo. Lo único que se puede hacer para retenerla es fotografiarla, porque queda como muerta sobre un papel. Pero nada más. Solo muerta en un papel. —Y, después de decirlo, Adrián se arremangó su jersey *oversize* y se revolvió el pelo. Mis bragas se volatilizaron.

—No es una cuestión de superficialidad, Adrián, es una cuestión de…, no sé. No sabría explicártelo. Nunca imaginé que le gustasen ese tipo de tíos.

—Es que no le gustan ese tipo de tíos, le gusta él. ¿Le has preguntado qué es lo que le gusta de él?

—No —respondió Nerea algo avergonzada—. No se lo he preguntado, la verdad.

Los dos me miraron a mí y yo contesté:

—Le gusta porque la hace sentir muy mujer, muy especial. Le encanta la manera que tiene de reírse, el vello de sus antebrazos, no me preguntéis por qué; también cómo coge los cigarrillos, cómo sopla el café para que se enfríe, cómo la miró aquella vez que bailaron juntos en una fiesta y la cogió de la cintura, sus manos…

—Vale, vale… —Nerea levantó las manos en son de paz—. Mañana la llamaré. Ahora me voy a casa a pensar en lo muy perra que soy. —Sonrió.

Adrián le dio una palmadita en la espalda y la condujo hacia la puerta.

—Venga, Valeria, vámonos a la cama, que estos señores ya tendrán ganas de irse.

Todos nos reímos.

Cuando Nerea llegó a su casa se quedó un rato en el coche, parada y con la música puesta. Se sentía superficial y tonta por haber hecho que Carmen lo pasase mal. No creía que hubiera sido para tanto, pero es que realmente aquel chico no le gustaba nada. Jordi le había dicho que era una perra mala; quizá tuviera razón. El problema era que Nerea se preocupaba demasiado por lo que pensaran las demás de sus parejas. No entendía esa especie de amor ciego que permitía a una mujer como Carmen, con ese atractivo y sensualidad, fijarse en alguien que no le hacía justicia en absoluto.

De pronto pensó en su chico… Le apetecía tanto saber de él… Sabía que no debía, pero solo un mensaje de buenas noches…

Alcanzó su móvil.

«Buenas noches, Dani. Sueña con cosas bonitas. Mañana te veo».

Cuando ya se metía en la cama sonó un mensaje en su BlackBerry:

«Entonces soñaré contigo, pequeña. Buenas noches y hasta mañana».

Bailoteó como una niña el día de su cumpleaños y se le olvidó lo de Carmen.

9
El viaje de negocios

El lunes por la noche recibí un correo electrónico de Carmen. Lo primero que me decía en él era que se cagaba en todas esas teorías del buen rollo y del karma cósmico, porque ella era el ejemplo viviente de que no había justicia. Luego me contaba que el reencuentro con Borja en el trabajo había sido tan absolutamente normal que había decidido abandonar por siempre la senda de la seducción, porque estaba visto que no valía para ello (y la cito a ella, mi opinión es otra).

Después me contaba la verdadera razón de su absoluta desmotivación. Había estado meses deseando que le concedieran entrar en el equipo de la cuenta de un cliente muy gordo de la agencia y cuando lo consiguió se acordó del dicho de «cuidado con lo que deseas». Le apasionaba y se podía pasar las horas muertas metida en la oficina trabajando en ello, pero (y siempre hay un pero en estas historias) su jefe era el directivo de cuentas, por lo que no solo no se libraba de él, sino que acortaba distancia sin darse cuenta.

Ahora el problema era que debían presentar el proyecto de la nueva campaña de marca en las oficinas del cliente y entre todo el equipo habían decidido que iría ella a defenderlo puesto que, y no es porque sea mi amiga, es una fiera. Su jefe era plaza segura y el azar quiso que Borja terminara de integrar el equipo.

Para despedirse me mandaba miles de besos, sus disculpas por darme el coñazo y las gracias, nuevamente, por haber puesto mi casa para el experimento fallido «Carmen/Borja».

Le contesté de inmediato con una llamada de teléfono, emocionada como si fuese yo la que tuviera que estar haciendo la maleta, y la animé a motivarse. Su contestación fue tajante:

—Este viaje no me viene bien. No quiero pasar ni un minuto más de lo indispensable con Daniel y, además, ir con Borja no me ayuda a olvidarle. Es el peor momento posible, porque justo ayer, planchando, me cargué el único traje que tengo para estas ocasiones y me viene fatal este mes comprarme otro, ya que aún estoy pagando los plazos del máster y de la depilación láser.

La consolé y le dije que sería una prueba de fortaleza de la que saldría victoriosa, pero se despidió desanimada apelando a que necesitaba llenar su vacío interior con un paquete entero de donuts.

Al día siguiente Carmen fue durante la hora de la comida a comprarse un traje. Ya no debían de estar de moda los que a ella le gustaban, así que, además de ponerse de muy mal humor, tuvo que comprarse uno como los que llevaba Nerea, de falda de tubo hasta debajo de la rodilla. Le mosqueó tener el reciente recuerdo de cómo le sentaban a nuestra amiga ese tipo de trajes, porque lo que le devolvía el espejo le parecía mucho más un botijo.

Para animarse, aunque no pudiera permitírselo, se pasó por la sección de ropa interior y se compró un par de conjuntos sexis que, pensó, acabarían pasados de moda en un cajón antes de que los estrenara.

Por la tarde una compañera la aburrió con sus penas mientras se tomaban un café. Tenía treinta y muchos años y la acababa de dejar su novio de toda la vida, y cuando digo de toda la vida hablo de una relación de al menos quince años. Lo decía con los ojos como puños de tanto llorar. Carmen quería decirle que encontraría a otra persona antes de lo que creía…, pero no se atrevía. La chica tenía pelo por todas partes, y cuando Carmen decía por todas partes, solía referirse a cantidades ingentes en la cara y en el cuello. Además, era miope y no podía llevar lentillas, por lo que estaba atada a unas horribles gafas de culo de vaso, a lo que se sumaba la poca habilidad que tenía para sacarse partido y para arreglarse lo más mínimo, además de algunas faltas de higiene, como no lavarse el pelo con la frecuencia necesaria… Resumiendo, que la pobre era un cromo.

El novio que la había dejado tampoco era lo que se dice un adonis, pero eran un roto para un descosido. Y, así, la chica confesó entre llantos que la envidiaba porque era joven e independiente y podía tener al chico que quisiera.

Carmen, apenada, le contó que ella no tenía suerte con los hombres y que estaba segura de que el problema de las dos era de actitud.

—Tenemos que ir por la vida como si nos comiésemos el mundo. Seguro que entonces serían los hombres los que querrían estar con nosotras y nosotras las que querríamos usarlos y tirarlos después.

La compañera se animó, pero supongo que porque mal de muchos, consuelo de tontos.

Cuando llegó a casa, Carmen se probó de nuevo el traje y se sentó para acomodarlo a su cuerpo. Era consciente de que le venía excesivamente justo y de que tenía que darlo un poco de sí. A Carmen no le gustaba ir prieta porque siempre fue una mujer con muchas formas, incluso exuberante, y no le agradaba marcar esa carne que el resto de sus compañeras y amigas no tenían. Bueno, podía no estar delgada, pero apuesto a que todas las mujeres que la conocen la envidian un poco, y en ese grupo me incluyo yo. Tiene los pechos más bonitos que he visto en toda mi vida, por no hablar de lo firme y sedosa que es su piel.

Después de encender el ordenador y echar un vistazo a un par de blogs, se levantó para ponerse de nuevo el pijama y se vio en el espejo… y se miró por fin de verdad.

Recordó a esa chica del trabajo y la imagen que tenía de ella…, y vio sus piernas largas, su boca mullida, la buena mano que tenía para maquillarse y arreglarse el pelo, y entonces pensó que tal vez el traje no le sentara como a Nerea, pero le quedaba mucho mejor que el viejo… Estaba guapa, con el pelo rubio oscuro y ondulado suelto, y con aquellos zapatos de tacón altísimo con los que se lo había probado.

Se animó. Se animó mucho. Dejó el traje en la percha frente a la cama, abrió la bolsa de mano y metió dentro uno de los conjuntos sexis que se había comprado y un pijama mono, unos vaqueros que le quedaban de vicio y una blusa escotada y entallada que hacía años que no se ponía. Ya era hora de actuar en consecuencia.

A la mañana siguiente madrugó muchísimo para poder llegar decentemente pronto al aeropuerto y que sus compañeros no tuvieran que esperarla. Daniel ya estaba allí y Borja llegó al cabo de cinco minutos.

En el corto trayecto del avión Carmen cazó un par de miradas de Borja que la animaron. Debía mantenerse firme, comportarse como lo estaba haciendo, porque de pronto se encontraba más cómoda con él y Borja más pendiente de ella. Así que siguió tecleando en su ordenador portátil minúsculo, ultimando los detalles de la presentación de media mañana.

Parecía tan segura de sí misma que ni siquiera Daniel le lanzó ninguna amenaza porque consideró que no era necesaria.

Al aterrizar nos envió un mensaje (a Lola y a mí, porque con Nerea seguía molesta) en el que nos contaba las bonanzas de ser la nueva Carmen, segura de sí misma e independiente. Dio la casualidad de que Lola y yo estábamos almorzando juntas en el centro cuando nos llegó. Lola había terminado una traducción mucho antes de lo convenido y le habían dado el día libre a la espera de otorgarle otro proyecto.

Me quedé muy satisfecha con el cambio de actitud de Carmen y lo comenté con Lola, que estaba de acuerdo conmigo y añadió que ahora seguro que Borja terminaba chuscándosela salvajemente.

Aunque Carmen hizo un magnífico papel en la presentación, Daniel le dijo que había titubeado en un par de ocasiones y que su pronunciación de los términos en inglés dejaba bastante que desear. Por un momento, quiso echarle las manos al cuello, pero la nueva Carmen, que no se dejaba apabullar ni se cabreaba, pasó del comentario como si fuese viento.

Borja y Daniel salieron a comer, pero ella se hizo la interesante y prefirió quedarse en el hotel. Todo tenía una explicación: los zapatos la estaban matando y quería darse una ducha y relajarse. Incluso era posible que le diese tiempo a dar una cabezada. Al día siguiente les quedaba una videoconferencia con los responsables de marca internacional del cliente y quería estar descansada.

Llevaba poco más de diez minutos tirada en la cama, después de su ducha, cuando alguien llamó a la puerta de la habitación. Al abrir se encontró con Borja, que le echó una mirada extraña; Carmen había abierto en pijama, con un short y una camiseta blanca que transparentaba un poco. Probablemente, a Borja no le había pasado por alto la sombra de sus pezones intuyéndose bajo la tela.

—¿Querías algo? —preguntó ella cogiéndose a la puerta para taparse el pecho.

—Nada en particular. Solo… —Se mordió el labio superior, perdió el hilo, miró al suelo, se rio y, después de resoplar, terminó la frase— quería preguntarte si has comido algo…

—Pues no. —Frunció el labio—. Y empiezo a tener hambre.

—Si quieres te acompaño a la cafetería de abajo. —Los dos se miraron y sonrieron. Borja levantó las cejas y después dijo en voz baja—: Venga…

La antigua Carmen se habría puesto nerviosa pensando que detrás de aquella invitación podía haber algo más, pero para la nueva no se escondía absolutamente nada tras la proposición que no fuera «te acompaño a la cafetería».

—Dame un minuto y me cambio de ropa.

Cerró la puerta, se puso el sujetador, se colocó unos vaqueros y la blusa escotada y se marchó con él escaleras abajo…

Pero, oh, sorpresa, sorpresa. El destino le tenía preparadas más pruebas a la nueva Carmen, porque sentado en la cafetería encontraron a Daniel, que escribía en su BlackBerry delante de un café. Sería de muy mal gusto que se sentaran en otra mesa, así que cogieron dos sillas y se unieron a él.

—Hola —dijo Daniel en un tono seco y escueto.

—Hola. Carmen tenía hambre y pensamos que… —Borja y su continua manía de justificarlo todo.

—Bien, bien —cortó Daniel sin levantar los ojos de la BlackBerry.

Carmen pensó que si iba a estar callado, por lo menos la comida le sentaría bien, así que pidió un sándwich y un trozo de tarta.

Para su desgracia, Daniel resucitó de pronto y, con una sonrisa maliciosa, dejó caer:

—Vaya, Carmen, cómo te cuidas. Pues ten cuidado, que a tu edad se os pone todo en las caderas…

Carmen quiso estrangularlo ella misma con las manos hasta que se pusiera morado y luego darle patadas en la entrepierna hasta que se le descolgara lo que quisiera que tuviera allí. Lástima que por estar tan enfrascada en el odio pasara por alto la foto que tenía Daniel como fondo de pantalla de su móvil… Cuando miró hacia la mesa otra vez, la luz ya se había apagado y el teléfono estaba bloqueado.

10

¡Ups, yo no quería saber esto!

Aquel fin de semana Carmen se marchó a ver a sus padres, a los que hacía al menos dos meses que ni siquiera llamaba ella motu proprio. Harta ya de que le echaran en cara que era una hija horrible que siempre olvidaba los cumpleaños y aniversarios, cogió un billete para viajar «en mula» a «esa pútrida aldea» donde creció; evidentemente, la parafraseo.

Aunque nos pidió y nos suplicó que no hiciésemos nada interesante mientras ella estuviese fuera, Lola y yo pensamos que tomar una copa el viernes por la noche no era un plan demasiado apasionante que envidiara cuando volviera. A decir verdad, yo prefería quedarme en casa en pijama viendo *Moulin Rouge* (juraré no haber dicho esto jamás), pero Lola me metió en la ducha de muy malas maneras y me obligó a ponerme unos vaqueros ceñidos y unos zapatos de tacón. También me puse algo arriba, que dicho así parece que me fui enseñando las merluzas...

Llamamos a Nerea y le dejamos un mensaje en el buzón de voz animándola a venir. Creo que debimos hacerlo antes del primer margarita, porque el mensaje quedó como un guirigay de gritos a lo «postadolescente alocada», como si estuviésemos invitándola a un macrobotellón o algo así.

Luego, a la espera de su contestación, mandamos a Carmen un mensaje con foto: nosotras alzando unas copas. Como texto: «No te pierdes mucho. Te echamos de menos». Sabíamos que iba a hacerle mucha ilusión cuando encontrara un punto de cobertura en el pueblo donde vivían sus padres. Y conociendo a Carmen, no pararía hasta encontrarlo. Un fin de semana sin Facebook no entraba en sus planes.

Al poco, Nerea contestó un escueto «No puedo, nenas, he quedado con mi chico. Pasadlo bien» que nos dejó un poco decepcionadas. Teníamos miedo de que se convirtiera en una de esas chicas que abandona a sus amigas cuando se empareja. A lo mejor ya no le parecía tan importante emborracharse un viernes con dos personas como nosotras.

No quisimos darle más vueltas y seguimos bebiendo, brindando por acordarnos de ofrecerle planes a Nerea al menos con veinticuatro horas de antelación.

Cuando brindábamos con la tercera copa, mi móvil empezó a vibrar encima de la mesa y al contestar me sorprendió escucharla a ella.

—Chicas, Dani se va a retrasar porque aún no ha salido de la oficina; ha estado de viaje y no sé qué historias de un cliente muy importante que tenía que solucionar. ¿Dónde estáis?

—Pues estamos en Maruja Limón —contesté divertida.

—Oh, sois unas abuelas. Voy hacia allá. Dadme diez minutos.

Al colgar, sorprendida, le dije a Lola señalando el teléfono:

—Nerea, que dice que somos unas abuelas y que viene hacia aquí.

—Dios mío, ese chico le está haciendo mucho bien. ¡Le ha devuelto la sangre a sus venas!

Se levantó de la silla y entonó un «¡Aleluya!» que sonó a coro góspel.

Cuando Nerea entró con aquellos vaqueros ceñidos y una blusa negra de cuello desbocado, los que se desbocaron fueron los hombres del garito. Se la habrían podido comer a manos llenas en ese mismo instante si no los hubiese fulminado con su mirada de gata. Llamó al camarero con un gesto elegante y le susurró que quería lo mismo que nosotras. Luego se sentó y sonrió.

—Vaya, vaya, Maruja Limón, ¿eh? Os viene que ni pintado, porque sois unas marujas y unas agrias. —Se rio.

—¿Qué quieres de nosotras? Pero ¡si estoy con una mujer casada! ¿Dónde quieres que la lleve? —se quejó Lola.

—Esta mujer casada nos tumbó a tequila un mes después de su boda, así que…

—Gracias, gracias. —Hice una reverencia. Me encantó recordar aquellos tiempos en los que yo aún molaba.

—De eso ya hace mucho tiempo, zagala. Y, bueno, dinos, ¿a qué se debe tu cambio de planes? ¿Te han dejado tiradilla? —preguntó la mordaz Lola.

—No, Dani se iba a retrasar y pensé que qué mejor manera de presentároslo. Es casual, me vino al pelo y así no tiene que quedarse. Solo un hola, encantado, adiós, y vosotras, mensajito al móvil con vuestras opiniones.

«Ya lo sabía yo. No era posible que Nerea improvisase tanto…».

Después de una hora y dos combinados más, Nerea nos había contado ya la mayor parte de su naciente relación con Dani. Lo sabíamos prácticamente todo y, por lo que contaba, la cosa prometía.

Cuando ya pensábamos que no iba a aparecer, la puerta del local se abrió y un chico de unos treinta y pocos años entró mirando alrededor; fijó la mirada en nuestra mesa y sonrió. Tenía unos ojos azules de pasmo y una sonrisa preciosa. El cuerpo le acompañaba: era alto y apuesto, como un galán de película de los años cincuenta. Claramente aquel era Dani. Temí quedarme con la boca abierta viendo cómo le quedaba el traje a ese pedazo de hombre. Una barbaridad, una barbaridad…

En la siguiente copa póngame bromuro, por favor, Míster Waiter.

Miré de reojo a Lola para ver su reacción y me sorprendió ver que la cara le había cambiado por completo. Tenía los ojos abiertos de par en par y le costó cerrar la boca. En un primer momento pensé que se había quedado muy impresionada con el nuevo novio de Nerea, pero cuando empezó a agitarse extrañamente, me olí que había algo más que me arrepentiría de averiguar. Y si se agitaba era para contener sus carcajadas, que empezaron a escaparse de entre sus labios, al principio como silbiditos y después como toses. No entendía nada.

Nerea, que no se había dado cuenta, se levantó a darle un beso a Dani. Él le hizo una caricia dulce en la mejilla y Lola apartó la vista hacia el suelo. Siempre ha tenido la curiosa idea de que si se tapa los agujeros de la nariz se le pasan los ataques de risa, pero, por Dios, Lola, ¿no has visto ya que no es cierto?

Lo primero que pensé es que se trataba de un antiguo ligue de Lola, lo cual, seamos realistas, era fácil. Lola ha tenido más rollitos de una semana que la más popular del instituto, de modo que podía haber sido uno de esos chicos con los que se despertaba el domingo y no volvía a quedar jamás. Sin embargo, su risita no era de apuro ni de sorna, era de verdadera sorpresa.

Mi mente empezó a trazar historias paralelas.

De pronto se despidieron amablemente y casi ni me di cuenta de los cinco minutos que estuvieron intentando charlar con nosotras. Desde luego, el chico se había tenido que llevar una visión de nosotras de lo más tremenda. Ya me lo imaginaba contándoles a sus amigos: «¡Ese par de chaladas! Alguien voló sobre el nido del cuco».

Miré a Lola, que seguía riéndose pero ahora pasándolo realmente mal. Quería contarme qué era lo que le hacía tanta gracia pero no podía dejar de reírse y empezaba a lagrimear. De pronto cogió aire y gritó:

—¿Tú sabes quién es ese tío?

—¡No! Pero ¡¡dímelo ya!!

Volvió a coger aire. Mientras, mi cabeza daba vueltas: actor porno, gigoló, casado, cura…

—¡Es el jefe de Carmen!

El mundo se paró un instante. Ni siquiera escuchaba la música del local. Ahora sí que iba a armarse la Tercera Guerra Mundial, una orgía nuclear de la que no íbamos a saber salir ni Lola ni yo.

—Bromeas —respondí entre dientes.

—¡Ni de coña! —gritó Lola—. ¡Ese es el tío al que Carmen hace vudú!

No me lo podía creer. Lola no paraba de reírse a carcajadas, pero porque en realidad aún no se había dado cuenta de lo jodido de nuestra situación.

—Lola, no te rías. ¿Qué vamos a hacer?

—¡Y yo qué sé! ¡Es el jefe de Carmen! —No podía dejar de repetirlo, había entrado en bucle.

—¡¿Por qué has tenido que decírmelo, Lola?!

Y Lola se rio con tantas ganas que de pronto desapareció, cayendo de culo al suelo…

Al día siguiente se lo conté todo a Adrián, que parecía distraído. Qué novedad… Estaba como ido, serio y monosilábico, así que no me satisfizo demasiado la confesión.

Llamé a mi hermana después y se lo detallé. No podía parar de reírse, como Lola, pero con la diferencia de que estaba embarazada y con la vejiga floja, por lo que me tuvo que dejar para irse al baño con urgencia. Menuda mierda.

La siguiente con la que lo intenté fue con mi madre, que arregló el asunto tranquilamente con un: «Chica, pues decídselo, porque cuando se entere van a rodar cabezas». Sí, la teoría era muy fácil, pero en la práctica yo no quería que una de las cabezas que rodara fuese la mía. ¿Que por qué iba ella a enfadarse con nosotras? Con nosotras por nada, pero no iba a hacerle gracia la situación. Y Carmencita enfadada disparaba sin ton ni son y con munición blindada… ¿Y si esa relación no duraba? Mejor ahorrárselo.

A media tarde del sábado, mientras me fumaba un cigarrillo tirada en el suelo con los pies en el umbral de la ventana, llamó Lola. Acababa de darse cuenta de la magnitud del problema y lloriqueaba sin parar que querría poder sacarse los ojos, como Edipo, con tal de que Carmen ni se enterase.

—Lola, vamos a hacer una cosa.

—No, Valeria, no se lo voy a decir. Sabes que el mensajero siempre acaba siendo el peor parado y paso de ver a Carmen graznando y girando la cabeza como la niña del exorcista.

—Aunque parezca increíble, no quiero que se lo contemos…, me da miedo.

Lola soltó una risilla nerviosa como contestación antes de decir:

—¿Entonces?

—No sé, Lola, pero creo que debemos esperar un poco. A lo mejor esto no dura y podemos capear el temporal sin que Carmen tenga que enterarse.

—Bien, me gusta, me gusta tu plan.

Y prometimos que callaríamos como mujeres de vida alegre para salvaguardar nuestra integridad física. No es que nos fueran a pegar un par de sopapos si lo descubríamos, pero la situación iba a ser tan tensa que lo mejor era callarse… Pero ¿era mejor para Carmen, para Nerea o para nosotras?

Como soy un poco dispersa y por aquel entonces yo tenía más preocupaciones de las que creía, el domingo ya se me había olvidado el tema. La verdad es que mientras Lola y yo estuviésemos atentas y evitáramos cualquier encuentro «mamón»-Carmen, todo iba a salir bien, así que cuando por la tarde Nerea me llamó estuve de lo más natural:

—Valeria, ¿tienes un rato esta tarde?

—Claro —dije confiada.

—He avisado a las demás y he pensado que podíais venir a mi casa y os invito a unas cañitas.

—Intuyo que tienes ganas de contarnos algo. —Sonreí.

Nerea se rio, pero no contestó a ese tema.

—Bueno, pues nos vemos aquí, ¿vale? Carmen pasará a recogerte.

¿Carmen? ¿Cuándo había vuelto Carmen de su incursión en el turismo rural?

—¿Carmen también?

—Sí, quiero limar asperezas y disculparme por lo que le dije en la fiesta de tu casa. Al final me dio vergüenza llamarla y aún no he hablado con ella en serio.

—Oh, vale, vale. Pero… solo nosotras, ¿no? Nada de hombres —añadí con ánimo postizo.

—Sí, sí, a menos que Adrián quiera venirse…

—No, no, así está bien. Te veo dentro de un rato.

—¡Qué bien!

—Sí, sí, qué bien…

11

¡Oh, cállate, por Dios!

Cuando llegamos, Lola y yo solo compartimos una mirada que lo decía todo. Algo así como un «disimula como una campeona, por el amor de Dios».

Después de que Nerea se desahogara diciéndole a Carmen lo mucho que sentía haber sido tan superficial y Carmen le contase los avances nulos de la protorrelación que mantenía con Borja, Nerea añadió:

—De verdad que lo siento. No me di cuenta de la metedura de pata hasta que no lo hablé con Dani, mi chico.

Miré a Lola de reojo. Genial, ahora, si alguna vez se descubría el asunto, el jefe de Carmen tendría información privilegiada de su vida privada para poder martirizarla con mayor naturalidad.

—¿Se llama Dani? ¡Maldición, como mi jefe! Está en todas partes el muy cabrón.

—No lo sabes tú bien —susurró Lola.

—Y exactamente ¿qué le contaste? —pregunté haciéndome la descomida.

—Pues eso, que a mi amiga Carmen le gustaba un compañero de trabajo y yo había hecho comentarios poco apropiados y algo infantiles sobre el aspecto físico del chico.

—Bueno, bueno, ¡olvidémoslo ya! —dijo Carmen.

Lola, sadomasoquista por naturaleza, le preguntó si había algún motivo concreto para reunirnos con tanta premura.

—Bueno, algo hay.

Carmen se emocionó y dio un saltito en el cojín sobre el que estaba sentada.

—¿Sí? ¡Cuéntamelo todo!

Miré a otra parte tratando de disimular mi gesto de: «Ya desearás no saber tanto». Pero Nerea comenzó.

—Es que…, ya pasó. Después de tanto tiempo de sequía…

—¡Ya te han regado! —rio Lola.

—Vaya tela, Lola, lo tuyo es fuerte —añadí yo tensa como un espagueti por cocer.

—Dani y yo hemos pasado todo el fin de semana juntos…

—¿Sí? ¡Qué bien! Cuenta, cuenta —la apremió Carmen.

—Sí, sí, pero trae algo con alcohol antes, por favor —murmuré.

Unas claras con limón y unos cuantos ganchitos y Nerea se desató. Hacía tantísimo tiempo que no vivía aquellas pasiones que todo le resultaba tan emocionante…

—… entonces nos tumbamos en la cama y empezó a besarme el cuello y el estómago. Chicas, yo después de toda la noche aún estaba a cien, de verdad que nunca nadie me había tocado de esa manera. Y creo que ya…, ya había esperado suficiente, ¿verdad?

El momento de mayor tensión fue cuando Carmen empezó a hacer preguntas sobre tamaños y envergaduras. Yo no sabía dónde meterme y Lola no paraba de reírse.

Enterarse de que el jefe de Carmen era un amante genial, con muchísima experiencia, con un tamaño de talento bastante importante y un tatuaje escondido, me resultó desagradable sobremanera. Y no porque el chico fuera repugnante, a decir verdad estaba de buen ver (vamos, que yo también le habría hecho algún roto si no supiera quién era), pero para mí, en mi recuerdo, seguía siendo el mamón que «maltrataba» a su sutil manera a Carmen día tras día y por el cual las subidas de sueldo anuales siempre lucían más en unos casos que en otros. Además, recordaba el comentario de Lola sobre la almorrana gigante…

—¿Y qué tiene tatuado? Me lo imaginaba un hombre serio, de los de oficina, siempre trajeado y repeinado —dijo Carmen, soñadora.

—Bueno, debió de tener una juventud loca. Lleva un par de ideogramas japoneses.

—¿Dónde?

—Pues en una zona muy íntima. —Se rio removiéndose la melena.

—¿Y qué significan?

—Conocido en común —susurró Lola hablando hacia mí.

—¡Calla! —contesté en un susurro.

—Pues significan algo sobre el honor —respondió Nerea con cara de enamorada, como si aquello fuese una proeza de otro tiempo.

—Bueno, resumiendo, ¿qué tal folla? —soltó Lola con la boca llena.

—Lola, por Dios, eres mala —lloriqueé yo al ver la cara de interés de Carmen.

—A pesar de lo soez que eres —contestó digna Nerea—, te diré que muy bien, al menos en mi opinión, que en este caso es la que vale. Me fui dos veces.

—¡¿Dos?! Ese tío debe de ser una máquina —comentó Carmen estupefacta.

—Por Dios, no quiero escuchar más. —Me levanté—. Me voy a casa con mi marido. —Luego, sonriendo, mentí y dije que se me hacía tarde.

—Te recuerdo que mañana no trabajas —dijo con sorna Lola.

—Lo que me extraña es que tú sí. —Nos echamos a reír y añadí—: En serio, me voy. Tengo la mosca detrás de la oreja con Adrián; lo encuentro raro.

—Te vas a perder los detalles más escabrosos. —Lola levantaba las cejas una y otra vez.

—Pero seguro que luego tú me pondrás al día, sádica.

Carmen se rio sin saber en realidad que se reía de sí misma.

Anduve hasta casa, aunque se estaba haciendo de noche y había más de media hora de casa de Nerea a la mía. Llevaba zapato plano, como venía siendo costumbre, y prefería quedarme un rato conmigo misma para cavilar. Al principio iba sonriente, convencida de que al final el hecho de que Nerea saliese con el jefe de Carmen iba a ser hasta divertido. Luego me puse a pensar en los líos de folletín por los que pasábamos año tras año. Cuando no era una, era la otra. Como siempre, dando saltitos entre pensamiento y pensamiento acabé en la novela.

Tenía casi veintiocho años y aunque llevaba nueve años con Adrián había visto muchas cosas: desde mi experiencia antes de conocerle hasta cada una de las relaciones de mis amigas. Y la conclusión es que no existía el tipo de relación que yo quería hacer creer en lo que estaba escribiendo y, por mucho que alguna gente buscara en la literatura referentes verosímiles de sus propias fantasías, aquello no había quien se lo tragara. Era incluso presuntuoso y obscenamente ñoño.

Había relaciones intensas y ponzoñosas, autodestructivas, como la de Lola y Sergio; las había idealistas e inocentes, como la de Carmen y Borja; contemporáneas y reales, como la de Nerea y Daniel, pero… ¿qué era realmente lo que yo quería contar? ¿Cuál de ellas me interesaba más?

Me había perdido por el camino de lo que estaba escribiendo y nada tenía sentido. El planteamiento estaba bien, pero tampoco era para tirar cohetes; y el desarrollo había sido aún peor de lo que esperaba. Era ingenuo, superficial e infantil y me daba la sensación de que incluso podría parecer pretencioso. Lo tenía todo para ser un fracaso total y no podía jugarme mi carrera a la espera de que la historia se recondujera sola, pues parecía que cobraba vida y mandaba ella.

Lo importante era… ¿qué quería contar? Quería algo real.

Llegué a casa y encontré a Adrián sentado en el suelo viendo unas fotos en el ordenador portátil. Sonrió tímidamente al verme entrar.

—¿Qué tal con las chicas?

—Bueno, Lola le ha sonsacado a Nerea toda clase de detalles íntimos sobre su nuevo novio y ella y yo somos las únicas que conocemos el embrollo completo.

—Os lo habréis pasado pipa…

—Pse… —rebufé—. Cerveza y ganchitos *light*. En casa de Nerea todo es *light* y demasiado sano.

Olía a su cena preferida y al asomarme a la cocina comprobé cómo andaban las sartenes.

—¿Ibas a cenar sin mí?

—No, iba a llamarte para ver si venías ya o iba a por ti en moto.

—Oye Adrián. —Saqué dos cervezas de la nevera y me senté a su lado.

—Dime. —Me rodeó con el brazo.

—Llevamos una temporada un poco… rara, ¿no?

Me miró con el ceño fruncido.

—¿Rara?

—Sí, bueno, fría…, ya sabes…

—No, no, qué va —me interrumpió, y sonrió tirante, como si no quisiera hablar de ello.

De pronto, sin venir a cuento y por primera vez, me entró pánico. Empecé a imaginar a Adrián enamorado de otra mujer.

La posibilidad de que Adrián terminara besando a una chiquilla guapa y moderna de las que le acompañaban en las sesiones me resultaba monstruosa. Y sentí unos celos inútiles, fuertes y crueles tras mirarme en el espejo.

—¿Qué plan tienes mañana? —dije de pronto.

Dio un trago directamente al botellín y luego suspiró y comentó que tenía una sesión a media mañana, una cosa de publicidad que no le apetecía nada.

—Es un encargo que no puede cubrir un colega y, bueno, es dinero. La publi la pagan muy bien...

—Oye, ¿y si te acompaño? —Me miró sorprendido. Yo nunca, jamás, le había querido acompañar a ninguno de sus trabajos y tampoco es que él me invitase constantemente a hacerlo—. A lo mejor así me inspiro —añadí sonriente.

—Venga, vale. Por mí no hay problema. Avisaré a mi ayudante de que no comeremos juntos. Así vamos a picar algo los dos, ¿te parece?

Sonreí. Qué bien, hacía mucho que Adrián y yo no nos sentábamos con tranquilidad mientras otro nos servía la comida. Así mi ataque de pánico se diluiría.

Suponía que Álex, su joven ayudante, no se sentiría molesto porque su jefe no le acompañase a esa hora. Sabía que comían a menudo juntos, porque a veces lo escuchaba hablar con él por teléfono. Sé que solían quedar para llevarse un bocadillo o un *tupper* para los dos. Me encantaba que se llevara así de bien con su joven pupilo, aunque tampoco habláramos mucho de cuestiones de trabajo, claro. Ya ni pensé..., porque ¿qué sorpresa podría llevarme?

12
Ayudante...

Llegamos a un parque bajo un sol de justicia. De una furgoneta aparcada con las puertas abiertas subían y bajaban material de iluminación. Había mucho trajín y yo no sabría decir qué hacía nadie.

Adrián sonreía a todos los que nos encontrábamos a nuestro paso con esa cortesía tan tirante con la que trataba a los desconocidos y me comentó que lo de aquel día no era lo que acostumbraba hacer. Iba a cubrir a un compañero en algo que no era su especialidad y que le llevaría mucho trabajo en posproducción. No entendía mucho de lo que decía, pero yo asentía maravillada ante aquel despliegue de medios. Y a mí, la verdad, me daba un poco igual. Estaba concentrada en lo guapo que estaba. Llevaba unos pantalones vaqueros desgastados, una camiseta a rayas grises y marrones y un cárdigan con capucha también marrón. Para comérselo, con toda aquella mata de pelo revuelta y el ceño fruncido.

Pasamos junto a un desvalijado Opel Corsa gris y Adrián miró alrededor.

—Es el coche de Álex..., debe de estar ya por aquí. Es muy puntual.

—Buen chico.

Adrián me miró extrañado y levantó la ceja izquierda.

—¿Qué? —le pregunté.

—Nada, nada. ¿Me pasas la cámara, por favor?

Le pasé contenta una bolsa acolchada. Adrián se rio abiertamente.

—Esto son los objetivos, nena; es la otra bolsa.

—Ah, vale, vale, toma.

Miré a nuestro alrededor en busca de su joven pupilo, pero no vi a nadie que se acercara. Rebusqué en mi bolso hasta encontrar mis gafas de sol y cuando levanté la vista alguien saltó a espaldas de Adrián y le tapó los ojos de manera juguetona. Él tocó sus manos y, dándose la vuelta, dijo:

—¡Álex! ¡Menudo susto!

Mi mandíbula inferior tocó el suelo al darme cuenta de que Álex no era un veinteañero sin afeitar y algo greñudo con una camiseta de *Big Bang Theory*, sino una muy buena moza que no tenía nada que ver con lo que me había imaginado. Tendría unos veinte años, era morena y poseía una piel preciosa de color miel dorada. Los ojos le hablaban por sí solos; eran enormes y pardos, enmarcados por unas pestañas inmensas y tupidas, negras también. Llevaba el pelo larguísimo y ondulado.

Lucía unos vaqueros negros de marca, ajustadísimos, con tachuelas en la cinturilla, que, por cierto, era muy baja, y una camiseta negra de Los Ramones, ajustada y entallada. No podía dejar de mirarla. ¿Esa era la persona que pasaba más horas al día con mi marido que yo? Pero ¿tenía ya edad para tener ese par de tetas? Eso no era una ayudante, era el fruto prohibido recién caído del árbol justo a las manos de Adrián. Desde donde estaba podía oler su perfume fresco y atrayente. Joder, yo era hetero y hasta podría llegar a tentarme…

Miedo no es la palabra que define lo que sentí…, iba mucho más allá, como una pobre res que se ve condenada al matadero.

Me miré a mí misma avergonzada de sentir celos de casi una adolescente. Mis caderas eran ostensiblemente más anchas, mi piel menos tersa, mis pestañas menos frondosas, mi pelo menos bonito y brillante y yo no olía tan bien, ni podría ponerme unos pantalones así si no quería hacer el ridículo… A decir verdad, llevaba la cara lavada sin rastro alguno de maquillaje, el pelo mal recogido en un moño y vestía unos vaqueros y una camiseta de batalla. Sin glamur, sin sofisticación… Recordé vagamente que antes jamás pisaba la calle sin asegurarme de verme guapa. Y verme guapa yo, sin importarme lo que pensaran los demás. Y ahora… ¿era al revés?

Carraspeé mentalmente y traté de no pensar demasiado.

—Hola Álex —me adelanté con ansias de, encima, parecer «enrollada».

—¡Hola! —dijo, sorprendida.

—Es Valeria, mi mujer —explicó Adrián—. ¿No escuchaste el mensaje que te dejé anoche?

«Huy, huy, huy»…

—No, qué va, me fui de concierto y dejé el móvil en casa. ¿Qué me decías?

—Pues nada, que hoy vendría acompañado y… eso.

—Bueno…

Se miraron.

—Venga, ¡al trabajo! —dije, ridícula, dando una palmada al aire.

Asintieron.

Verlos trabajar me dejó con la boca abierta. Ni siquiera hablaban; tenían una conexión brillante. Adrián iba haciendo lo suyo y ella, siguiéndole como su sombra, se adelantaba a sus peticiones cargando objetivos y lentes y modificando las luces más próximas a los modelos que fotografiaban. Ni siquiera sé de qué puñetas era el anuncio…, ni me interesaba. Yo, sentada en una piedra, veía delante de mis ojos el tráiler de lo que me iba a suceder.

Cogí el móvil y le mandé un escueto mensaje a Lola: «El ayudante de Adrián no es ayudante, es ayudanta y está muy buena». Luego empecé a morderme las uñas sin parar.

Adrián se acercó tres horas más tarde cuando yo ya me había acomodado a tomar el sol tirada en el césped para tratar de distraerme con un libro.

—Ya terminé. —Lo encontré de cuclillas a mi lado.

Por un momento me perdí en el pensamiento victimista de que aquel hombre tan guapo no podía estar realmente enamorado de mí. Adrián se apartó de un manotazo parte del flequillo que le cubría los ojos en esa postura y levantó las cejas, animándome a hablar.

—Bien. Vamos a casa, que me estoy muriendo de calor —contesté.

—Tengo que ir al estudio antes.

Qué guapo está, pensé.

—Ohm… —dije y me interrumpió.

—¿Te llevo a casa? —lo dijo tan seguro que no me quedó más remedio que asentir. Era evidente que mi presencia allí solo podría agobiar y entorpecer el trabajo. Si no hubiese sido de ese modo, Adrián no habría mencionado la posibilidad de dejarme en casa antes—. De paso dejo la moto y me voy en el coche de Álex.

Glurp…, la saliva se me arremolinó en la garganta.

—Venga.

Cuando llegué a casa me eché sobre la colcha fría. Tenía la piel caliente por el contacto con el sol y parecía que había cogido algo de color. Estaba triste. Miré el móvil: Lola me había contestado que no fuera tonta y no me montase películas, pero a decir verdad, la película no estaba montada, estaba ya en cartelera.

Adrián con su perfecta cara de niño malo y sus manos grandes y suaves se controlaría para no acariciar la cintura de su ayudante como en un gesto casual. Un día, la tensión sexual entre los dos reventaría en el cuarto oscuro al revelar las fotografías. Recordé cuando hicimos el amor por primera vez en la habitación que sus padres tenían acondicionada para que Adrián diera rienda suelta a su pasión por la fotografía. Y… se me revolvió el estómago…

13
Oh, oh...

Carmen estaba enfrascada en su trabajo. Las gafas se le escurrían de la nariz y habría deseado poder atarlas a su cabeza con una cuerda y olvidarse de que las llevaba puestas. Tenía el pelo recogido en un moño; nunca se dejaba el pelo suelto para ir a trabajar.

Daniel pasó por su lado y, apoyándose en su mesa, le preguntó distraído, mientras miraba su móvil, por el avance de un proyecto.

—Tengo solucionado el tema del *briefing* y en Creatividad me han dicho que se ponen con ello esta semana. Te pasé ayer por email el archivo adjunto con el estudio paralelo de medios que hicimos y unas anotaciones referentes a esto. Creo que podríamos utilizar lo que ya tenemos para... —Se calló porque se acababa de dar cuenta de que hablaba sola—. Daniel, ¿me estás escuchando?

—Sí, sí, perdona. Todo bien, sigue así. —Le dio una palmadita en la espalda y se fue por el pasillo.

Carmen se giró con los ojos como platos esperando que alguien hubiese visto ese gesto de confraternización. Se encontró con la sonrisa divertida de Borja.

—¿Lo has visto? —le preguntó ella desde su mesa.

Borja asintió y con un gesto le indicó la máquina de café y ella, extrañada por tanto secretismo, anduvo a saltitos hasta allí y esperó a que llegara su informador confidencial.

—Carmen, ¿sabes que eres malísima disimulando? —se rio Borja.

—¡Qué va!

—Has venido andando hasta aquí como si fueras Chiquito de la Calzada.

Los dos se rieron por lo bajini y ella le preguntó si había echado algún tipo de opiáceo en el café del jefe.

—No, no, qué va. Lo que pasa es que… —se acercó a ella para cuchichear— Daniel está saliendo con alguien. Escuché cómo se ponía tierno ayer por teléfono. ¡Si le hubieses visto la cara!

—Ohm… —¿Daniel tierno? Imposible—. Vaya, vaya. Ya veo… ¿Y qué le decía?

—No sé, cariñitos. Se quiso apartar para que nadie le escuchara pero yo puse la oreja. —Se quedaron callados mirándose—. ¡Ah! —saltó Borja—. Ya me acuerdo de una cosa que le decía que me hizo mucha gracia. Le decía: «Tienes razón, tu número de teléfono es como una canción». Y me dieron ganas de decirle: «Macho, tú eres definitivamente retrasado mental».

Carmen se quedó parada. Nerea siempre daba la coña con que los números de teléfono tenían musicalidad. ¡Qué coincidencia!

—¿Y qué más? —preguntó ávida de cotilleos.

—Escuché que le pedía a Maite que le reservara mesa para dos. Se ve que se iba de cena romántica.

Daniel cruzó por delante de ellos y los miró, parándose un segundo frente a ambos. Ellos se habían callado de súbito al intuir que se acercaba.

—Un cafecito, ¿no?

—Sí, sí.

Aquel asintió y siguió su camino mientras ellos se partían de risa en un rincón.

Durante la hora de la comida, Carmen se quedó trabajando sola en su mesa pensando acerca de los beneficios que podía tener que Daniel hubiese cambiado el estado de su página de Facebook de cabrón infeliz a tonto enamorado. Mientras se comía la ensalada frente al ordenador, lo veía sentado en su mesa. Estaba visiblemente más feliz, signo inequívoco de que había pasado un fin de semana agitadito. Sonrió. No podía imaginar a aquel hombre siendo tierno con nadie...

No vio cómo Borja la miraba desde un rincón, con un café en la mano...

Antes de irse a casa llamó a Lola para rajar un rato. Lola estaba muy entretenida con el tema de lo que aquella desconocía y a Carmen no le pasó por alto; empezaba a picarle la curiosidad de cuál era el motivo por el que Lola le preguntaba tanto por su jefe. Y es que Lola tiene la boca como un buzón, no puede callarse nada. Pero Carmen no fue capaz de encontrarle una explicación lógica, como a la mayoría de los comentarios de Lola.

A las ocho de la tarde Nerea nos envió a todas un email en el que decía que su Dani y ella ya eran oficialmente pareja y podría referirse a él como novio. Lo habían establecido el día anterior en su restaurante favorito: un japonés escondido y pequeño que había en el centro, muy romántico. Era uno de esos mensajes protocolarios que tanto gustaban a Nerea y tan impersonales nos parecían al resto.

Carmen se fue a casa en autobús. Llovía a cantaros y no le apetecía meterse de lleno en el metro, con toda la gente agolpada, oliendo sudores ajenos y a gentío, escuchando las conversaciones de las personas que la rodeaban, mojándose los pies con los paraguas de todo el mundo y sin poder seguir con la novela guarrindonga que llevaba a medias y estaba tan interesante.

Llegó a casa empapada, de modo que se quitó los zapatos y se puso el pijama. Se soltó el pelo para que se secase y encendió el ordenador. Llamó a su hermano, revisó las cartas del correo y después se echó de cabeza a su entretenimiento preferido: mirar las fotos nuevas de sus contactos de Facebook. Le parecía muy divertido y, además, era tema de conversación asegurado en el trabajo. Quería estar al día.

Cuando accedió le llamó la atención ver que había cambios en la página de Nerea, así que entró a cotillear un poco. Un par de comentarios: uno de Lola, otro de Jaime, su ex. Tenía fotos nuevas. Se sobreexcitó. ¡Podrían ser las de su nuevo novio!

Y…

Un trueno sonó en la lejanía, poniéndole la piel de gallina, y de pronto… todas las luces de la casa parpadearon y el ordenador se apagó con un ruido extraño justo antes de quedarse en la penumbra más absoluta.

Carmen tuvo que acabar la noche leyendo su libro a la luz de una vela. De todas formas no había nada que temer. Nerea nunca colgaría las fotos de su recién estrenado novio…, aún.

14
Algo va mal…

El día había empeorado ostensiblemente, incluyendo con ello una tormenta bíblica que azotaba las ventanas. Y Adrián seguía sin venir. Al menos estaba agradecida de que no fuera en moto, pero… ¿metido en ese minúsculo coche con aquel cuerpo jovencísimo a su lado? Humm…, tampoco me gustaba.

Cuando escuché las llaves, salté del sillón y fui hacia la puerta. Adrián entró empapado.

—¡Hola! ¿Qué tal en el estudio?

—Pse… —murmuró—. Lo de siempre.

Me lancé a su cuello y le besé.

—Deja, Valeria, que estoy empapado y te vas a poner perdida.

—Me da igual, estás muy guapo.

Me quitó de su lado y, tras sonreír forzadamente, me pidió que le diese diez minutos para darse una ducha y quitarse la ropa mojada. Sin entender que entre líneas decía «Déjame un rato solo», me metí en el cuarto de baño con él.

Adrián se quitó el cárdigan y la camiseta que llevaba debajo y los dejó caer pesadamente sobre el suelo, empapados. Se quedó mirándome extrañado cuando vio que yo también me desnudaba.

—Voy a meterme en la ducha —dijo arqueando una ceja.

—Y yo. —Sonreí.

Se rio entre dientes como si en realidad no le hiciera ninguna gracia. Se desabrochó el vaquero y se quitó las Converse mojadas.

Cuando estuvo desnudo no pude evitar mirarlo. Adrián tenía uno de esos físicos agradecidos a los que no les hace falta ir al gimnasio. Siempre estuvo delgado pero firme. Tenía el pecho definido por naturaleza y el vientre plano como una tabla. Seguí mirando hacia abajo, hacia el vello que iba haciéndose más frondoso hacia el sur, y me encendí. Me sonrojé por el desnudo de mi marido. Me mordí el labio, pestañeé y me di cuenta de que me estaba hablando.

—¿Qué? —pregunté con un hilillo de voz.

—Digo que qué miras tan interesada… —Y ni siquiera lo decía con una sonrisa dibujándose en sus labios.

—Estaba mirando a mi marido desnudo. Mira… —Me bajé las braguitas, las lancé de una patada a un rincón y me solté el pelo—. Tu mujer desnuda.

Adrián me observó con el ceño fruncido.

—Vaya…, pues sí —repuso sin pasión alguna.

—¿No te gusta? —Me acerqué y me vi de refilón en el espejo.

Tenía los pezones duros por el cambio de temperatura y la piel ligeramente de gallina. El pelo me caía ondulado por la espalda. Me toqué el vientre y le sonreí.

—Claro que me gusta, cariño. Eres muy mona.

Mona. Mona, como esa bufanda que te regala tu madre que, aunque no te gusta nada, aceptas por no hacerla sentir mal. Mona, como esa niña a la que su madre ha llenado de lazos. *Mecagüenla…*

Bajé la mirada, avergonzada, y Adrián se metió en la ducha. Hice de tripas corazón y entré detrás de él. Estaba de espaldas y lo abracé y hundí la nariz en la piel de su espalda, tan tersa.

—¿Se puede saber qué te pasa? —dijo mientras se giraba hacia mí, empapado, esbozando una sonrisa pequeñita.

—Que te echo de menos —balbuceé estampándome en su pecho y acariciando con la punta de mi nariz su vello mojado.

—Pero si me has visto hace un rato… —Adrián cogió el champú y yo se lo quité de las manos y le pedí que me dejara a mí lavarle el pelo—. Casi no llegas —objetó cuando levanté las manos hasta su cabeza.

—Adrián…, ¿te acuerdas de la mamada que te hice en la ducha el día después de la boda? —Me reí al acordarme de aquello.

—Claro que me acuerdo.

Puso la cabeza bajo el chorro de agua y un montón de volutas de espuma se le escurrieron hacia abajo, como mis manos, por su pecho, por sus caderas y más tarde hacia su entrepierna. Jadeó secamente cuando la agarré.

—Entonces… ¿quedamos en que te acuerdas o mejor te ayudo a hacer memoria? —susurré en plan seductor.

Adrián abrió los ojos, con el pelo pegado a la frente y el agua chorreando por la cara. Lo conozco. Dudó. Dudó un momento. Después, con decisión, me cogió la mano, la apartó con suavidad y dijo:

—Me acuerdo bien. Era más joven y tenía más energía.

Al ver que yo no añadía nada más, se acercó, dejó un beso raro en mi frente y susurró que estaba cansado.

Y mi pregunta es: ¿desde cuándo un hombre está cansado para que se la coman?

No hablamos más del asunto. Él terminó de darse la ducha y salió. Yo tardé un poco más, tratando de quitarme aquella horrible sensación de encima. Después, al ver que no desaparecería, simplemente cerré la llave del agua y me sequé.

Al salir del cuarto de baño me encontré con Adrián viendo las noticias. Fui a la cocina, saqué la cena del horno (sándwiches de pavo y queso), me senté junto a él en el suelo y le pasé su plato.

Durante la cena estuvo callado, masticando en silencio. Mientras, yo rumiaba la forma de encauzar el tema, pellizcando el sándwich sin prestarle demasiada atención. Al final, carraspeé y me armé de valor:

—¿Cuándo te diste cuenta de que creía que Álex era un chico? No es un reproche, pero…

—Esta mañana —contestó sin mirarme—. Pero como ibas a verla en breve…

—Ya.

Volvimos a callarnos.

—Es muy guapa.

—Supongo. Tiene edad de serlo —contestó.

¿Tiene edad de serlo? ¿Quería decir que yo ya no tenía edad de parecerle nada más que mona?

—También es muy sexi.

Asintió.

—¿Te parece atractiva? —Me asusté.

—A estas horas la única que me parece atractiva es la cama, Valeria.

—Ya… —La cama, que no yo.

Me miró, serio, sin resquicio alguno de sonrisa.

—¿Y esto? —preguntó.

—¿Qué?

—¿A qué viene este interrogatorio? —dijo sin ni siquiera mirarme mientras se limpiaba las manos con una servilleta.

—A nada, solo quería charlar un rato. Llevo todo el día sola desde que te fuiste.

Hubo una pausa tras la que creí que diría algo trascendente, pero nada más lejano de la realidad:

—Estoy cansado. No te importa fregar a ti, ¿verdad?

—No, no me importa.

Y, sin más, Adrián se levantó y desapareció de mi vista. Se fue detrás del biombo que separaba el minúsculo salón del dormitorio, algo que hacíamos cuando uno de los dos quería intimidad.

Fregué los platos en silencio y ordené la cocina. Después, sentada bajo la luz de una lamparita de Ikea, me puse a fingir que hojeaba una revista cuando en realidad estaba muy lejos de allí.

Algo iba mal…, aunque sin engañarme a mí misma debía confesarme que hacía tiempo que algo fallaba. Pero… ¿el qué?

Lola escuchó su teléfono móvil sonar de fondo, pero no tenía intención de cogerlo. Estaba tumbada bocabajo en la cama. Sergio había sido especialmente duro con ella al final del día y la había encerrado en un despacho para decirle que dejase de acosarlo con la mirada. La amenaza estaba clara: «Si no puedes trabajar en esta situación, hay dos posibilidades: o dejas la empresa o te dejo yo». Y ella solo quería cortarle los huevos y hacerse un monedero con la piel.

Estaba fastidiada porque ella no soportaba ese tipo de cosas vinieran de donde vinieran. Si lo pensaba un poco, se daba cuenta de que en una situación de tensión ella podría tener la sartén por el mango y de que si él se permitía el lujo de hacer aquella especie de amenaza, ella haría lo propio.

Siempre se le ocurrían las mejores contestaciones dos o tres horas después de haber discutido con él, pero en el momento se quedaba callada con la cabeza bien alta para que Sergio no pudiera sentirse superior, pero amedrentada en su interior por el miedo que le provocaba la idea de dejar de tenerlo cerca.

Nunca se ponía triste por esas cosas. No solían afectarle. Que Sergio le ladrara no le importaba lo más mínimo, porque sabía que siempre acababa volviendo. No sabía qué había cambiado aquel día para que su ánimo se hubiera visto tan afectado.

Al final la música del móvil cesó y ella se sintió aliviada. Sabía de sobra que aquel no podría ser Sergio. Jamás llamaba para pedir perdón. Si se llamaban, era ella la que lo hacía y él quien tenía ganas de colgar. Y ¿por qué entonces no podía evitarlo? Por mucho que maquillara las historias para nunca parecer la que le buscaba sin cesar, nosotras nos dábamos cuenta de que Sergio no aparecía en mitad de la noche en su casa sin un mensaje previo o sin saber que ella estaría dispuesta a dejar cualquier cosa por pasar un rato en la cama con él.

Lola se dio cuenta de que estaba siempre demasiado accesible y, además, ser la bomba, la chica abierta, la que siempre está motivada, no era especialmente bueno en aquella situación. No es porque necesitara una pareja fija para serlo, pero con Sergio era contraproducente. Recordó algunas cosas y se sintió avergonzada y resentida consigo misma. Le daba la impresión de que el barco zozobraba y se hundía con ella dentro.

Se levantó, fue a la cocina y se sirvió una copa de vino, aunque siempre le pareció preocupante y patético beber sola. Tras el primer trago empezó a encontrarse mal. Y sin más, como en una arcada, un sollozo le fue a rendir cuentas y se echó a llorar.

Al día siguiente me llamó para que comiéramos juntas. Me acerqué a la zona donde trabajaba y nos refugiamos a tomar el almuerzo en un italiano que estaba cerca de su edificio. Nos sorprendimos las dos; yo porque Lola tenía pinta de no haber dormido demasiado… y no por haber pasado la noche acompañada; ella porque yo me había puesto un poco de maquillaje y me había peinado con un mínimo de esmero. Sin embargo, ninguna dijo nada.

Aquel día observé que Lola comía con ansia. La verdad, me preocupó. Me daba miedo que estuviera tratando de llenar un vacío…, de matar con la comida la ansiedad que le producía su situación sentimental, como otras tantas veces había hecho yo.

—Lola… —le dije con cariño apoyando mis dedos sobre el dorso de su mano.

—¿Qué? —Hubo un silencio que ella misma atajó—. Estoy comiendo como una cerda, ¿verdad?

Asentí con apuro.

—¿Estáis bien Sergio y tú?

—¿Alguna vez estamos bien Sergio y yo? Él está de puta madre. —Se metió un trozo de pan en la boca—. Pero yo ya empiezo a cansarme.

—¿Nunca te has planteado decirle que o deja a su novia o…?

Me miró extrañada.

—Valeria, yo nunca querría salir en serio con alguien como Sergio. Si a su novia la engaña conmigo, ¿con quién me engañaría a mí?

—Traga el pan. Te vas a ahogar. No tiene por qué ser una situación recurrente. A lo mejor…

Lola levantó la palma de la mano, tragó y dijo:

—Sergio es así por naturaleza. Se cree que esa es la función que tenemos las mujeres en su vida. No estoy diciendo que sea un machista, sino que, simplemente, debió de creerse aquello que decían nuestros abuelos de «búscate una buena esposa, las mujeres con las que pasarlo bien se encuentran solas».

—¿Y tú te consideras una de esas mujeres, Lola?

—¿Qué importa lo que yo me considere? —dijo mirándome a los ojos, triste. Sorbí un poco de mi coca cola *light*—. ¿Y tú? —espetó.

—¿Y yo qué?

—Llevas un vestido, te has maquillado, tomas coca cola *light*, ensalada, nada de pan…

—He decidido cuidarme un poco. No tiene nada de malo.

—No, no tiene nada de malo. A decir verdad, llevabas unos meses hecha un moscorrofio.

—Gracias, Lola —dije al tiempo que removía con desgana la ensalada.

—A lo que voy es…, esto no tendrá nada que ver con lo rebuena que dices que está la ayudante de Adrián, ¿verdad?

—No, nada de nada —negué con la cabeza.

—Me alegro, porque de lo contrario me vería obligada a explicarte que si piensas que Adrián va a quererte o desearte más por perder un par de kilos o volver a calzarte unos tacones, a lo mejor eres tú la que tiene un problema aquí dentro. —Se tocó la sien repetidas veces con un par de dedos.

—No digas tonterías.

—¿No tiene nada que ver?

—A lo mejor, pero no porque piense que Adrián me va a querer más, sino porque creo que me he dejado un poco y la imagen que tengo de mí misma ahora afecta a la relación que tengo con él.

—Eres de lo más retorcida, Val —dijo cariñosamente—. Pero estoy de acuerdo en que eres tú quien debe sentirse cómoda con la imagen que te devuelva el espejo, y ese moño a lo furcia enganchada al crack no te favorece, lo siento.

Callamos y seguimos comiendo. Era curioso. Ninguna de las dos estaba bien y sin embargo no quisimos ahondar en el tema por miedo a hacerlo real. Mientras calláramos no existiría; ni Lola notaría que algo iba mal ni yo me sentiría sola y asqueada.

Cuando llegué a casa, Adrián ya estaba allí, echado en la cama viendo un DVD en el ordenador portátil que tenía colocado sobre las piernas. Al escucharme entrar lo paró.

Me quedé delante de él, mirándole…

—¿Qué tal? ¿Comiste con las chicas? —preguntó con tono impersonal.

—Con Lola. Está pachuchilla.

—Ah… —asintió—. ¿Te apetece ver una peli? Estoy viendo *Miedo y asco en Las Vegas*.

—Qué desagradable… —Hice una mueca—. No me apetece mucho después de comer. Podríamos hacer algo. —Me arrodillé en la cama y me senté frente a él. Adrián no contestó, simplemente se quedó expectante—. Últimamente trabajas mucho, casi no nos vemos y cuando vienes estás demasiado cansado para charlar ni hacer nada… Podríamos, no sé, darnos un homenaje.

—¿Y eso qué quiere decir? —Sonrió escuetamente, tan poco que casi no parecía una sonrisa—. ¿Qué es un homenaje?

—Un cine, un paseo, unas copas… —Evidentemente no iba a ser yo la que ofertara la posibilidad de una tarde de sexo desenfrenado que durara más de tres minutos.

Adrián arrugó la nariz, mostrando desgana.

—Valeria, estamos a fin de mes…

Asentí y me senté en el escritorio donde tenía mi portátil, frente a la ventana. Follar era gratis, pero parecía que ni siquiera se lo planteaba.

—¿Has comido aquí? —pregunté.

—No, comí fuera con Álex.

Me puse alerta, pero disimuladamente.

—¿Y dónde comisteis?

—En un japonés estupendo que no conocía. Un fin de semana si quieres vamos.

Volví a asentir con desgana. «Un fin de semana si quieres vamos». Era fin de mes para ir al cine o cenar nosotros en cualquier sitio, pero no para comer con Álex en un restaurante japonés, seguramente bastante caro. Hacía un año o dos habríamos paseado por nuestro barrio, habríamos comprado un yogur helado y lo habríamos compartido mientras nos contábamos cosas. Ahora él se quedaba con su película en DVD y yo con mi miedo brutal.

—¿Sabes, Adrián? Me voy a ir a ver a mi hermana. Aquí me aburro y, visto lo visto, no quiero pasarme la tarde vegetando. —Claramente estaba molesta.

—Bueno, también podrías escribir; ya sabes, trabajar un poco. ¿Te acuerdas? —Y claramente él también.

Le miré sin contestarle, manteniéndole la mirada para que se diese cuenta de lo mucho que dolía ese tipo de comentarios. Como ni siquiera levantó los ojos del portátil, donde había puesto en marcha otra vez la película, cogí el bolso y salí con paso firme, aunque en realidad sin rumbo fijo. No quería que nadie me viera en esas condiciones.

15

Quiero saber algo pero no sé el qué

A Carmen algo le olía raro. No sabía qué era, pero mientras se tomaba un café rápido apoyada en una de las paredes prefabricadas de la oficina, no podía dejar de mirar a Daniel y de sospechar que algo tenía que ver él en su sensación de mal augurio.

Borja, desde su mesa, veía cómo Carmen clavaba sus ojos sobre la nuca de Daniel. Para él hacía tanto tiempo que aquello era evidente que no podía evitar sonreír. Había tantas cosas que no comprendía… Pero, claro, él no podía pedir ningún tipo de explicación, porque no se veía con derecho. ¿Qué iba a decirle? «Carmen, ¿te gusta de verdad Daniel lo mucho que creo que te gusta?». ¿Qué justificación podría tener él para hacer esa pregunta?

A media mañana, Carmen me llamó desde su mesa y en susurros me preguntó si todo iba bien. Yo, sorprendida por su don para la premonición, le dije que no.

—En realidad es una tontería, pero Adrián y yo tuvimos una bronca anoche y… esta mañana se ha ido sin darme ni los buenos días.

—Pero ¿por qué?

—Pues lo peor es que no sabría decirte cuál es el motivo. Está muy raro y yo estoy harta de ir contracorriente intentando que esto marche bien.

—No exageres, Adrián es un pedazo de pan. Te adora. Es un poco seco, pero eso lo has sabido siempre.

—¡Ya estamos con la misma cantinela! Entonces ¿soy yo la que tengo la culpa?

—No digas eso. Venga, si es una tontería… Esta noche os dais un revolcón y se os olvida todo.

—¡Ja! —espeté secamente.

Mi irónica respuesta soltó el mochuelo.

—Humm… —murmuró Carmen—. Creo que deberíamos tomarnos algo cuando salga del trabajo.

Refunfuñé y quedamos en vernos a las siete en el Broker Café, enfrente del trabajo de Nerea.

Lola se sentó en la taza del váter un momento. Tenía ansiedad y le costaba respirar. Parecía que los botones de su camisa iban a reventar si seguía respirando tan fuerte.

No era de esas que se encierran en el cuarto de baño a lloriquear, de manera que debía salvaguardar su dignidad. Ella era una perra del desierto de las que no lloran, sino de las que hacen llorar. Y así estaba…, escondida. Y entonces alguien llamó a la puerta y Lola se calló.

—Sé que estás ahí; ábreme la puerta antes de que alguien me vea entrar en el baño de mujeres, Lola.

La voz de Sergio sonaba tan suave… No era un reproche, que conste, más bien una súplica.

Lola quitó el pestillo y le dejó pasar al pequeño cubículo donde se encontraba. Él la miró a los ojos, le abrazó la cintura y le preguntó qué le pasaba desde tan cerca que ella no supo contestar. Ay, la perra del desierto empezaba a parecer un cachorrillo de las nieves.

—Algo te sucede. Estás muy rara. Sé que ayer me pasé, pero de verdad que pensaba que lo que yo te dijera jamás podría hacerte daño, que estabas muy lejos de mí en ese sentido.

—No sé lo que me pasa, Sergio, pero desde luego esta situación no me gusta.

Sergio la besó detrás de la oreja, como a ella le gustaba, y sus manos empezaron a subir su falda, palpando las ligas de sus medias, mientras abría la boca sobre su cuello.

—Sergio…, no creo que sea el momento de echar un polvo en el retrete.

—Bien, Lola. —La soltó desesperanzado—. Dime lo que quieres decirme, no le des más vueltas.

—No… —Ella sonrió con tristeza—. Es que no tengo nada que decirte.

—Pensaba que ibas a pedirme que dejara a Ruth.

—¿Ruth? Ni siquiera sabía cómo se llamaba. —Lanzó una risa triste—. No, no quiero que dejes a Ruth.

Se sintió de pronto con ánimo de decir que quería que la dejase a ella, pero entonces Sergio la besó en la frente y, al tiempo que la abrazaba contra su pecho, le dijo que no debía preocuparse por nada.

—Si necesitas cualquier cosa, ya sabes dónde encontrarme. Me da la impresión de que esto no tiene que ver conmigo.

Sergio sonrió y Lola no supo qué contestar. El silencio ni siquiera llegó a incomodarle, porque antes él se escabulló de allí sin ser visto.

Lola suspiró y se sentó nuevamente en la taza.

—Memo de mierda —murmuró.

Su móvil le alertó en aquel momento de que acababa de recibir un mensaje de texto:

«A las siete en el Broker Café. Estaremos todas».

Y sonrió. Nuevamente la salvábamos de tener que sentirse débil y desgraciada.

Nerea recibió un email mío en el que le proponía vernos cerca de su trabajo en un bar de lo más *cool* en la zona de negocios de la ciudad. Le hice un chantaje emocional grado uno y le dije que no estaba bien con Adrián y que necesitaba sentir a mis amigas cerca. Me las daba de escritora, evidentemente sabía cómo utilizar las palabras para manipularlas… Además, creo que las pintas con las que últimamente me dejaba ver ya les habían puesto sobre aviso de que algo no andaba lo que se dice bien. ¡Con lo que yo había sido!

Al leer mi correo electrónico cogió el teléfono de la oficina y llamó a Daniel para decirle que no la esperase a cenar porque le había surgido un imprevisto. Nos demostraba, otra vez, que no se convertiría en una de esas mujeres en edad casadera que abandonan a sus amigas ante la posibilidad de casarse…, al menos por el momento.

A las siete de la tarde la vimos entrar deslumbrante en el bar, con su melena dorada de estrella de cine y subida a unos tacones de infarto. Nos saludó a todas con una sonrisa dulce y, tras sentarse con las piernas cruzadas, pidió un vino blanco al camarero. Varios hombres del local murieron de priapismo en aquel momento.

Nerea lanzó una mirada hacia Lola, que estaba repantingada en su sillón comiendo unos cacahuetes con desgana, y me susurró que debíamos hablar cuando esta se fuera. Asentí. Me imaginaba que se estaba refiriendo a la relación que mantenía con Sergio, así que no quise ahondar en el tema con ella delante.

—Bueno, ¿qué es lo que pasa aquí? Y no me digáis que es la primavera…

—Ayer discutí con Adrián —dije mientras alcanzaba mi copa de vino.

—Odio a mi jefe —contestó Carmen.

—Aborrezco a mi ligue —balbuceó Lola.

—Vaya tela… —masculló Nerea desesperada—. Vamos por partes. ¿Qué pasa con Adrián?

—Lo que pasa con Adrián —se adelantó Lola mientras se incorporaba— es que tiene una ayudante jovencita y guapa y parece que a Valeria no le ha sentado muy bien.

Todas me miraron.

—No he venido aquí a que me juzguéis. He discutido con Adrián porque está muy raro, nunca quiere hacer nada y siempre que estamos juntos lo único que oigo salir de su boca son ronquidos. —Todas me escrutaron levantando las cejas y yo confesé—: Y luego está, claro, esa… niñita tetona…

—Pero, Valeria, ¿son eso celos? —dijo Carmen sorprendida.

—Sí —reconocí sin mirarlas.

—No, no tiene sentido —contestó tajante Nerea.

—Es que me siento… —me alboroté el pelo—, me siento rara y desganada. Él ya no…, y yo no…

En realidad, lo que pensaba pero no quería confesar era que Adrián llevaba muchos meses sin mirarme como un marido mira a su mujer. Vamos, que de folleteo mejor ni hablábamos. El capítulo de masturbación con mujer en vez de con mano había sido la guinda del pastel, por no hablar del «estoy demasiado cansado para que me comas el rabo». Y es que no veía en él esa chispa que tienen las parejas jóvenes que buscan cualquier excusa para sobarse a manos llenas y besuquearse. Vale que llevábamos juntos muchos años pero ¡es que se había apagado de golpe y porrazo! Aun así…, no quería confesarlo. Decirlo en voz alta sería hacerlo más real, materializarlo. No quería sentirme más humillada. Creo que mi imagen ya valía por mil palabras. Respiré hondo y, después de mirarlas a todas, añadí:

—Le pediré disculpas por ser tan bruja en cuanto llegue a casa.

—No eres una bruja, estás nerviosa y ves fantasmas. Eso es todo —susurró dulcemente Carmen.

—Valeria…, Adrián te quiere, lo sé y tú deberías saberlo también. Es algo que va más allá de la pasión, del enamoramiento, el compañerismo o la comprensión. Tenéis una relación sublime.

¿Sublime? Tuve ganas de pedirle a Nerea que definiera qué era para ella lo sublime. Tres minutos de folleteo para terminar e ir corriendo a coger una llamada.

—Pero, Nerea…, ¿y si…? —me atreví a decir.

—No termines la frase, Valeria, o caerá un mito —musitó Lola.

—Me parece increíble que una mujer como tú se sienta intimidada por una niñata con tetas grandes. Valeria, es una racha. —Y Nerea dio a su última frase cierto tono imperativo.

La explicación de Nerea no me satisfizo pero me tranquilizó. A lo mejor sí era yo el problema y Adrián necesitaba un poco más de apoyo. Quizá había algo que le preocupaba y yo no alcanzaba a darme cuenta y encima vagaba como alma en pijama y pena por casa. Estaba enfadada con su reacción, pero pensé que los dos debíamos poner de nuestra parte para que aquello funcionara. Quizá Carmen tenía razón y lo que nos hacía falta era una noche de pasión.

Después de cuatro copas más y de una disertación por parte de Carmen sobre todo lo que le daba mala espina de Daniel, Lola decidió hacer mutis por el foro y, tras pedirnos disculpas, se justificó con que el vino le provocaba mucho sueño. Nos dio unos besos de despedida y dejó un billete sobre la mesa.

Todas la seguimos con la mirada mientras salía del local. Ver a Lola tan apagada era extraño y triste. Carmen abrió la boca para decir algo, seguramente al respecto, pero Nerea la interrumpió cambiando de tema. Eso quería decir que lo que Nerea quería comentar prefería hacerlo solamente conmigo. No creo que se tratase de desconfianza hacia Carmen, sino que prefería no darle publicidad al asunto.

Después de que Nerea nos contase los avances de su nueva relación y que nos volvieran a servir más frutos secos, miré mi reloj de pulsera y dije que se me hacía un poco tarde. Eran las diez y no quería empeorar las cosas con Adrián. Era mejor replegar velas.

Carmen se despidió de nosotras con un abrazo y un beso en la mejilla derecha. Carmen siempre dice que odia que nos demos dos besos; eso es para la gente que se acaba de conocer y los conocidos a los que no quieres ver más de lo que ya los ves, aunque sea una vez al año. Esa es Carmen…, ya se sabe. Las manías no las curan los médicos.

Como Carmen, la de solo un beso, vivía muy cerca de allí, decidió ir paseando. Quedamos en vernos aquel fin de semana y Nerea y yo nos marchamos hacia el aparcamiento.

Cuando nos sentamos en el coche, Nerea suspiró y entendí por su expresión que buscaba las palabras adecuadas para expresar algo que le parecía demasiado duro.

—¿Es por Lola? —Atajé las mil vueltas que seguro Nerea daría para encauzar la conversación.

—A ver, no quiero que malinterpretes nada de lo que voy a decir… Lola me encanta; es genial, muy desinhibida y, por una parte, hasta me da envidia. Probablemente, además de ser una persona mucho más sexual que yo, disfruta una infinidad más del sexo, se siente muy a gusto con su cuerpo y con lo que hace con él y, piénsalo, es completamente libre en ese sentido…

Reflexioné en silencio sobre las cosas que Lola nos contaba acerca de su vida sexual; era algo así como la versión porno de *La vuelta al mundo en ochenta días*. Un viaje alucinante. Lo que decía Nerea era cierto. No tenía tabúes, ni vergüenzas, ni temores entre las sábanas; se conocía y disfrutaba, era una mujer completamente satisfecha, al menos en la cama. Si yo tenía alguna pregunta, sin duda acudía a ella.

—Pero… —siguió mientras se concentraba en el tráfico que había a aquellas horas en el paseo de la Castellana— me da la impresión de que paga un altísimo precio por ello y que lo de Sergio le está costando su dignidad.

—Bueno, ella dice que lo tiene claro… —Quise posicionarme como el abogado del diablo, para no demonizar a Sergio y Lola como posible pareja y para no extremar la opinión que todas en realidad compartíamos sobre el asunto.

—Ella no lo tiene nada claro, Valeria, ella mendiga amor y lo único que recibe es sexo. ¿Es cuando ella quiere o cuando a él le viene bien?

—Más bien lo segundo, pero esa es nuestra opinión y, si bien es cierto que medio mundo juzga a la otra mitad, nosotras ahí no tenemos mucho más papel.

—Debemos hacer algo.

—Bah, Nerea, ¿qué vamos a hacer? Se lo decimos, ella se enfada, no nos habla en dos semanas y al final, cuando decide volver a llamarnos, no se vuelve a hablar del tema. Y eso en el mejor de los casos. Ya lo hemos intentado. Ella ya sabe lo que pensamos sobre esto.

—Y ¿entonces?

—¿Entonces? Pues tenemos que esperar a que sea ella la que se dé cuenta e intentar no juzgarla, por mucho que nos cueste en algunos momentos.

—¿Tú sabes por quién la va a tomar ese tipo?

—Pero eso… —puse mi mano sobre su brazo—, Nerea, al final carece de sentido. A mí me preocupa más su situación laboral cuando todo esto acabe.

Nerea se quedó pensativa. Estaba visiblemente preocupada. Cuando le daba vueltas a algo fruncía el ceño, y eso que en su casa lo de fruncir el ceño estaba muy mal visto. Estoy segura de que su madre empezó a ponerles antiarrugas ya en la cuna para mantenerlas jóvenes, lozanas y casaderas. Educación decimonónica aparte, sé que estos asuntos a Nerea le revolvían el estómago. No podía soportar pensar que alguien tomase a alguna amiga suya como una fresca y creo que era así porque a ella misma, por mucho que minimizara ese pensamiento, tampoco le parecían lícitas algunas costumbres de Lola. Pero era su amiga…, ¿no estaba en su derecho de opinar?

Rompió el silencio cuando nos acercábamos a mi casa.

—Hay demasiadas cosas que no me cuadran, Valeria. No entiendo por qué Lola aguanta todo esto por Sergio. Quiero saber por qué y quiero, si no puedo ayudarla, al menos poder entenderla.

—Pero eso es muy fácil, Nerea…

—¿Sí? —Me miró sorprendida desviando un momento la vista de la calzada.

—Lola o bien está enamorada de Sergio por mucho que quiera negarlo o bien está enamorada de la situación que viven.

Nerea movió la cabeza.

—No la entiendo. —Paró el coche y yo, sonriendo, le di un beso y le pedí que no se preocupara tanto—. Ahora no podré pensar en otra cosa.

—Sí que podrás. —Sonreí socarrona—. Estás perfecta, ¿por qué no le haces una visita sorpresa a tu chico?

Sonrió y desvió la mirada hacia el volante.

—Quizá te haga caso.

El coche de Nerea se fue después calle abajo, pero yo sabía que iría directa a su casa, como el protocolo mandaba. ¿Ella presentarse sin avisar en algún sitio? Qué locura la mía.

16

Se desató…

Carmen me llamó al día siguiente preocupada por saber si las cosas volvían a su cauce. No supe qué contestarle. Cuando llegué a casa después de tomarme unas copas con ellas, Adrián ya estaba acostado y dormido, y si no lo estaba lo fingía muy bien.

La verdad es que prácticamente no había pegado ojo, pero aquello me lo callé. Lola tenía razón. Ellas miraban mi relación como quien mira una fotografía idílica en la que se quiere ver reflejado. Mi relación en su opinión era sublime…, y yo jamás debería bajarme de aquel altar contando que me había pasado la noche en vela, al borde del llanto y de arrancarme la camisa como Camarón, imaginando a mi marido enredado con una chica guapísima en una cama ajena. Porque pocas razones más me quedaban para tratar de explicarme por qué mi marido y yo hacíamos la cama juntos pero nunca la deshacíamos. Estaba la posibilidad de que otra lo saciara fuera de casa y también, por otro lado, que yo ya no le gustara y se matara a pajas. Al menos todo aquello me había servido para decidirme por solventar el problema de mi aspecto, que… como que no ayudaba.

Bien, bien, las cosas están mejor —Bien porque al menos ya me había decidido a deshacerme de casi toda aquella ropa antimorbo y desgarbada, como atestiguaba la bolsa de basura a rebosar que tenía junto la puerta.

—Me alegro. Es normal que tengáis vuestras peleas, Valeria. Sé indulgente con él y contigo misma.

—Sí, tienes razón. —Me mordí las uñas esperando no tener que mentirle durante mucho tiempo más—. ¿Y tú? ¿Cómo andas?

—Pues la verdad es que un poco angustiada. Este fin de semana es el famosísimo cumpleaños de Daniel y estamos todos invitados. Ya tenía decidido que ni siquiera haría acto de presencia, pero… no sé.

—¿Borja irá?

—No es por eso, ya sabes que no espero nada de Borja.

—A lo mejor si no vas Daniel se da cuenta y se molesta… Además, si está Borja te divertirás y estoy segura de que te acompañará a casa.

—Buf… —resopló—. No tengo nada que ponerme.

—No digas mentiras. Tienes un vestido negro precioso.

—No tengo zapatos con los que ponérmelo.

—Pues pásate por casa y te presto unos. Deja de poner excusas.

Carmen se rio, risueña.

—Probablemente lleves razón, pero tengo una poderosa intuición que me dice que será mejor que no vaya.

—Ay, la madre que te parió. Avísame si te animas a formar parte del elenco del teletarot, por favor. Te espero esta tarde para elegir los zapatos.

Y así lo hizo. Se llevó unos salones negros preciosos, un bolso de mano y una sombra de ojos.

El día del cumpleaños de su jefe, Carmen bajó al portal a las diez y media en punto y se encontró con que Borja ya la esperaba. Estaba apoyado en su coche fumándose un cigarrillo, con la mirada perdida en la calle, y Carmen tuvo ganas de gritar y de volver a subir a su casa. Estaba muy guapo. Aquello no ayudaba a alejarse del asunto y calmar lo que sentía por él.

Cuando la vio, Borja tiró el cigarrillo y sonrió de esa manera que la volvía loca. Lo demás se les olvidó. Carmen bajó la mirada, coqueta, y, haciéndole una caída de pestañas, dio la vuelta al coche y se sentó en su interior sin decirle nada. Borja se puso al volante y, después de mirarse en silencio, se dijeron un escueto hola.

Y yo me pregunto: ¿qué narices le pasaba a Carmen para no ver lo loco que estaba ese hombre por ella?

Como todos los años, Daniel se había esforzado organizando su propia fiesta de cumpleaños. Un local solamente para ellos, un cáterin sencillo pero cumplido y ríos de alcohol. Todo pagado. La gente solamente tenía que ir y pasárselo bien. Habría sido un plan de lujo para Carmen, que bebía como una auténtica esponja, si no fuera porque odiaba al organizador más que a nadie en el mundo.

Borja y Carmen entraron y localizaron a Daniel en un rincón.

—Vamos a saludarle —dijo Borja.

—No quiero —contestó Carmen.

Borja se echó a reír y pasó su brazo por la espalda de ella para conducirla hasta allí.

—Sé buena —murmuró cerca de su oído, lo que le puso la piel de gallina.

Daniel estaba exultante. Ellos le felicitaron, él les animó a tomarse una copa y hasta les prometió pasarse por la barra a presentarles a su chica. Estaba, evidentemente, bajo el efecto del «buen rollo» de la tercera copa. O cuarta. Por Carmen podía beberse todo el bar y morir de una intoxicación etílica o, mejor aún, ahogándose con su propio vómito.

Carmen es una macarra de cuidado…

Ella, harta de esa sensación de ser la pareja de Borja sin serlo, se fue a lucir modelito por la sala charlando con un par de compañeras mientras él, apoyado en la barra, no le quitaba los ojos de encima. Siempre le daba la sensación de que él estaba alerta, a la espera de tener que salvarla de alguna situación violenta. Carmen no entendía por qué, pero se sentía reconfortada con aquella sensación y también con el hecho de que él la llevara a casa. Los momentos en su coche eran especiales. Cada canción que escuchaban juntos se convertía en una bomba emocional y en un recuerdo precioso. Mi pequeña Carmen no era ñoña por naturaleza, pero estaba enamorada, qué le vamos a hacer.

Se sentía tan protegida, a salvo y apreciada junto a Borja que no entendía qué los separaba de entregarse al fornicio hasta desmontarse. Esa era mi Carmen, la del fornicio.

Al final, se cansó de escuchar cotilleos de oficina y quejas sobre niños hiperactivos y maridos que no ayudan en casa, así que se acercó a la barra a pedir una copa, al lado de Borja.

—¿Has fichado a alguna chica guapa? —le preguntó al tiempo que le daba un suave codazo.

—Alguna hay —dijo crípticamente él con una sonrisa.

Los dos se rieron como niños.

—¿Brindamos? —propuso Carmen.

—¿Por nosotros? —contestó Borja.

—Por nosotros.

Y ella quería creerlo al pie de la letra.

La música subió de volumen y Carmen, que ya llevaba un par de copitas, se animó a moverse alrededor de Borja. Y allí todo el mundo estaba ya medio borracho (o borracho y medio) y bailaba, se jaleaba y se restregaba como en un maratón de bachata. Y Carmen, mucho más contenida, movía las caderas, tarareaba la canción, se reía y su pelo se movía girando con ella cuando Borja le tomaba la mano para darle vueltas.

Y tras un ratito, sin saber si había sido efecto de tanta vuelta seguida, de pronto Borja y ella estaban apartados del resto de la gente en un rincón oscuro y la respiración de Carmen no era la única alterada. Se miraron sin saber qué decir y, como no había nada que decir, Carmen puso los brazos alrededor del cuello de Borja y le abrazó. Carmen abrazó a Borja, un hombre para el que el contacto físico no era lo que se dice… cómodo.

Pero él no solo no se alejó, sino que la cogió por la cintura y la atrajo hacia su cuerpo. Borja se acercó un poco a su cuello y dejó un beso distraído allí. Carmen abrió los ojos, esperando que al hacerlo no se desdibujara todo, pero la mirada viajó hacia el final del local, hacia la escalera de acceso por donde bajaba Nerea, cogida de la mano de Daniel.

Nerea de la mano de Daniel.

Un montón de fotogramas se le cruzaron por la cabeza. De pronto todo tenía sentido. Todas esas cosas que le habían chirriado. No había querido ni siquiera imaginarlo, pero ya no tenía dudas, ya no podía obviarlo más. Nerea y Daniel estaban juntos. Y tendrían hijos monísimos que llevarían con conjuntitos de perlé y a los que pasearían en cochecitos de cuatro ruedas antiguos. Nerea y Daniel estaban juntos. ¡Por Dios santo, Nerea y Daniel estaban juntos! ¡Que alguien la matase!

Se estremeció cuando cayó en la cuenta de que no debía encontrarse con ella. Daba exactamente igual que Borja la besara o la abrazara. Porque, entre otras razones, Dani ataría cabos, sabría que ella estaba enamorada de Borja y lo utilizaría en su contra. Tenía que salir de allí.

Se zafó de los brazos de Borja y salió corriendo entre la gente sin perder de vista a Daniel y Nerea. Borja vio a Daniel con una chica rubia…, pero no reconoció a Nerea. La explicación de la reacción de Carmen estaba bastante clara para él…, no debía seguirla.

Carmen salió a la calle y cuando la alcanzó gimoteó. Miró a su alrededor. Todo giraba a su alrededor. La cabeza le daba vueltas. Jadeaba. Se convenció de que aquello no era el fin del mundo, que tendría una solución. Recordó otra vez a Nerea diciendo todo lo que sabía su nuevo novio sobre los sentimientos que tenía Carmen hacia Borja y quiso llorar.

Y Borja…, ¿qué habría pensado él? ¿Por qué había salido corriendo? Dio un par de vueltas sobre sí misma. ¿La habría besado si ella no hubiera salido corriendo? ¿Por qué había salido corriendo, maldita sea? Tenía que cambiar de trabajo, tenía que escondérselo a Nerea. Quería matar a Lola. Ahora lo entendía todo. Le odiaba. No podía hacer nada por remediarlo. Odiaba a Daniel.

Salió corriendo calle abajo. Eran las doce y media de la noche y no había un alma en aquella calle, ni un taxi…, y escuchó unos pasos en su dirección que la asustaron. Siguió corriendo hacia la avenida con mis zapatos negros de tacón alto (y cuando me lo contó temí por mis zapatos y por sus dientes).

—¡Carmen! —gritó alguien a sus espaldas.

Ella se giró y, tras apoyarse en un coche, se sintió débil. Borja no la quería, su trabajo la hacía sufrir, estaba sola y ahora tendría que dejar entrar a Daniel en su vida. A un tío al que le deseaba una almorrana gigante en el mejor de los casos.

Borja llegó hasta ella corriendo.

—Carmen, perdóname, yo no pensé que…

—No, no, perdóname tú, Borja, perdóname. No debí irme corriendo, pero es que… —Se cogió de su brazo sin saber si iba a echarse a llorar y si podría contenerse.

—Lo sé. No te preocupes. Hace mucho tiempo que lo sé, pero tenía que intentarlo.

Carmen le miró sorprendida.

—¿Tú? ¿Tú lo sabías y no me lo dijiste?

—¿Qué iba a decirte sin ponerme en evidencia?

—¿Desde cuándo? —preguntó sorprendida.

—Desde siempre. —Ella movió su cabeza sin entenderle del todo—. Tenía que intentarlo, Carmen. A lo mejor le olvidabas. —Parecía desesperado—. Soy imbécil Carmen, ya lo sé, pero ¡dime algo!

Carmen no podía pronunciar palabra alguna. No entendía nada. Le parecía estar en un sueño de esos en los que nada tiene sentido. A lo mejor ahora aparecía su madre dirigiendo una comparsa de moros y cristianos por la calle. Eso estaría bien. Al menos se reiría. En fin, no era el caso. El *cri cri* de unos grillos la devolvió a la realidad y contestó, cerrando los ojos:

—¿A quién tendría que olvidar, Borja?

—Venga, Carmen…

—¿A quién piensas que tendría que olvidar, Borja?

—A Daniel.

Ella abrió los ojos asustada.

—¿Qué? —dijo Borja, alarmado.

—¿Doy la sensación de estar enamorada de Daniel? —preguntó en tono agudo.

—Yo… pensé que…

—Borja. Yo no quiero estar con… —Un gesto de asco le llenó la cara—. Le odio. Odio a Daniel por encima de todas las cosas.

—Entonces…

Carmen sintió cómo la risa le brotaba de la boca.

—Daniel sale con Nerea. —Ahora era Borja el que no entendía nada—. Mi amiga Nerea… —Se quedaron callados, apoyados en un coche, sin dirigirse la palabra—. Y me acabo de enterar, joder —acabó por decir ella.

—¿Tú odias a Daniel?

—Con toda mi alma —sonrió Carmen.

—Yo pensaba que…, no sé. No dejabas de mirarle.

Carmen se tapó la cara con ambas manos y se rio de pura desesperación. Temía ya en ese momento que hasta el mismísimo Daniel pensase que ella iba persiguiendo sus pantalones.

—Pero, Borja, ¡le odio! Me da un asco que no puedo reprimir. Pero ¡si le he hecho hasta vudú!

Él la miró con los ojos abiertos de par en par y ella bajó la mirada, tras darse cuenta de que había cosas que era mejor no mencionar fuera del círculo íntimo de amigos.

Ambos se quedaron callados un instante y Borja también sonrió un poco avergonzado. Carmen, atolondrada, preguntó:

—Oye, pero… ¿y por qué ibas a ponerte tú en evidencia por preguntarme si me gustaba Daniel?

Borja miró hacia el cielo con una sonrisa y susurró:

—Bueno. Algún día tenía que pasar. —Metió una mano en el bolsillo y con la otra cogió a Carmen por la cintura—. Creo que tenemos que hablar.

Ambos se subieron en el coche a la vez. Apenas habían intercambiado un par de palabras desde que Borja había confesado que tenían que hablar, pero no había que ser un lince para saber de qué. Solo postergaban el momento del beso un ratito más.

Borja enfiló el camino hacia casa de Carmen y al llegar aparcó. ¡Aparcó! Las braguitas de Carmen iban ya entonando canciones de campamento de contentas que estaban. Después subieron en el ascensor callados. Ni siquiera tuvo que invitarle a subir. Borja la miraba y sonreía con una leve nota de suficiencia en su cara que a Carmen le excitaba amargamente.

Entraron en casa tras un leve forcejeo con la puerta y él la llevó a oscuras hasta la habitación. Se quedaron de pie junto a la ventana y Borja la tomó de la cintura para acercarse a su cuello y susurrar su nombre.

Ella nos contó que la luz de unas farolas entraba por las rendijas de la persiana casi bajada cuando Borja se inclinó hacia ella. Se acercó despacio hasta sus labios y se besaron. Fue uno de esos besos de película que ponen la piel de gallina. Solo un roce que se convierte en un pellizco, que crece hasta convertirse en… Carmen dijo pasión desenfrenada, pero creo que yo voy a llamarlo «calentón infernal». Y es que no, Borja no era el hombre tímido que ella esperaba.

Él la tomó de la nuca, manteniéndola bien cerca mientras saboreaba sus labios y su lengua iba dibujando círculos junto con la de Carmen. Se separaron un momento y los dos jadearon.

—Joder… —dijo ella.

—Aún tengo más que decir… —sonrió él mientras se acercaba de nuevo.

Volvió a besarla y dio unos pasos hacia la cama. Carmen no daba crédito. ¡Hacia la cama! Él se sentó en el borde y después la acomodó sobre él, a horcajadas.

—Me encantas… —dijo él con una sonrisa.

—Y tú a mí —contestó ella al tiempo que notaba cómo iba bajando la cremallera de su vestido.

Con las manos temblorosas y el vestido totalmente arrugado a la altura de la cintura, se atrevió a desabrochar el polo de Borja y quitárselo por encima de la cabeza. Se acariciaron mutuamente la piel de la espalda y volvieron a besarse en un abrazo muy sensual. Carmen agarró el cinturón de Borja, lo desabrochó y tiró de él para poder hacerlo desaparecer. La mano de Borja se cernió sobre la suya y la apartó suavemente. Se tumbaron y, girando sobre sí mismos, él se colocó sobre ella, entre sus piernas.

—Carmen, no voy a hacer el amor contigo esta noche —dijo risueño mientras la acariciaba y le besaba la barbilla.

Carmen, que esperaba otro tipo de reacción, claro, se sintió frustrada y algo ridícula. ¿Qué pasaba? ¿Tan mal besaba? Pensó que ya no era sensual, que ya no tenía la capacidad de volver loco en la cama a ningún hombre. Quizá no la había tenido jamás. Bufó resignada al darse cuenta de que jamás sería tan guapa como Nerea, ni tan ardiente como Lola, ni tan segura como yo. Pobre Carmen…, estaba tan equivocada…

—Humm…, vale. —Se incorporó en la cama y se subió con dignidad el tirante de su sujetador negro.

—No, no me entiendes. —Borja le bajó de nuevo el tirante y volvió a sonreír con suficiencia.

—No, creo que no.

—He estado esperando demasiado tiempo este momento como para dejar que pase todo tan rápido. Quiero tenerte aquí durante dos o tres siglos. —Se miraron. Ella sonrió abiertamente y Borja le devolvió una sonrisa amplia. Al fin la besó de nuevo y, mientras se recostaba sobre su cuerpo, le dijo—: Estoy loco por ti.

Para Carmen aquella había sido la declaración de amor más bonita del mundo. Le daba igual que no bajara la luna hasta su cama, porque aquella noche no necesitaba todas aquellas palabras de novela romántica edición de bolsillo. Le daba igual que Nerea besara a Daniel, que la despidieran, que Lola la hubiese engañado y que incluso yo le hubiese ocultado aquella información.

A Carmen le daba igual no dormir, porque iba a pasarse la noche en vela dándole a Borja todos los besos que ella había imaginado desde su mesa.

Lola abrió la puerta sorprendida por tener visita un domingo por la mañana. Tenía aún los ojos llenos de legañas negras. No acostumbraba a desmaquillarse. A decir verdad, creo que no lo ha hecho como Dios manda nunca, pero es que la naturaleza le ha regalado una piel perfecta y color canela que no se resiente con sus excesos, así que no existe nada que le haga preocuparse lo suficiente como para pasar por el cuarto de baño para quitarse la pintura de guerra antes de acostarse.

Con legañas negras o sin ellas, lo que no esperaba era encontrarse a Carmen en el quicio de la puerta con una sonrisilla pérfida. Lo más curioso es que estaba perfecta, radiante; como si llevara levantada desde las seis de la mañana poniéndose mona.

Sin dejar que Lola articulara palabra, pasó hasta su salón y plantó una botella de ginebra fría sobre la mesa. Lola, con el pelo enmarañado y en camisón, miró con recelo la bebida y luego, girándose hacia Carmen, susurró:

—Pero… ¿y esto?

—La tenía guardada en el congelador esperando la ocasión. Me gusta tomar una copa para celebrar cosas importantes. ¿Por qué no sacas dos vasos, Lola?

—Carmen, son las once. Es demasiado pronto para la ginebra incluso para mí.

—Saca dos vasos —dijo firmemente haciendo desvanecer la sonrisa que tenía en los labios.

Lola estaba demasiado dormida para echarla de casa o para averiguar si realmente Carmen estaba colocada, así que sacó dos vasos chatos de la cocina, se sentó junto a ella y se encendió un cigarrillo. Las dos hicieron un duelo de miraditas. Al fin, Carmen carraspeó y sirvió las dos copas.

—¿A palo seco? —preguntó Lola escandalizada.

—A palo seco.

—¿Estás borracha, Carmen?

—No.

—¿Entonces?

—Bebe —ordenó Carmenchu.

Lola no se lo pensó dos veces: empinó el codo y se tragó todo el vaso de un sorbo. Si aquello era algún tipo de concurso para ver quién tenía más aguante, Carmen había elegido mal a su contrincante. Carmen tragó el suyo y dejó también fuertemente el vaso sobre la mesa.

—¿Y qué celebramos? —preguntó Lola expulsando el humo del cigarro.

—Anoche fue el cumpleaños de mi jefe. —Lola tragó saliva—. Conocí a su novia.

—Ah, ¿sí?

—Sí, me era familiar —susurró Carmen cínicamente.

—Humm… —dijo Lola haciéndose la tonta. Las dos guardaron silencio pero Lola no encontró sentido en seguir mintiendo—. Carmen, yo…

—Dirás vosotras —contestó Carmen con dureza.

—Nerea no sabe nada.

—Ya me imagino.

—Valeria y yo no sabíamos si decírtelo porque…, nosotras qué sabíamos, a lo mejor cortaban antes de que se hiciera importante y ¿para qué ibas a sufrir tú antes de tiempo?

—No estoy enfadada. —Y Carmen sonrió y sirvió dos vasos más de ginebra.

—Ah, ¿no? Nadie lo diría. Estás tratando de perforarme el estómago con ginebra en ayunas. Válgame Dios que no es la primera vez, pero, mujer, que una se hace mayor…

Carmen se rio.

—Quiero brindar.

—¿Por algo en especial?

—Porque por fin voy a poder hacerle la vida imposible a mi jefe y tú me vas a ayudar. Y, además, he pasado la noche con Borja.

Lola la miró y, carcajeándose, levantó el vaso y brindó con Carmen. Se los bebieron de un trago y luego chocaron las manos.

Aquello iba a ser muy divertido.

17

La mujer que vive dentro de tu armario dice…

«En aquel momento sus *ámame siempre* no me importaban. Ya carecían de sentido él y su nombre, él y sus ojos profundos y ese pestañeo decadente. Ya nada era lo que parecía. Miró a David esperando que al menos él reaccionara, pero, al igual que Héctor, se quedó impasible. ¿Qué más se podía decir? La callada por respuesta y rumbo a casa. Ya no había nada que defender allí. No era su guerra».

Resoplé. Aquello iba de mal en peor. Tenía ganas de quemarme a lo bonzo. El mojón de mi historia seguía creciendo y, con él, mi ansiedad.

Adrián estaba tirado en la cama escuchando música en su iPod y repasando algunas fotografías en su ordenador portátil a unos seis pasos de distancia, pero lo sentía mucho más lejos. Seguramente, llevaba más tiempo distante del que yo misma quería confesarme. Durante una temporada pensé ingenuamente que sería pasajero y ni siquiera le presté atención. Cuando vi que era la tónica general creí que se debía a su trabajo y ahora, simplemente, estaba segura de que el vínculo «sublime» que nos había unido tanto tiempo estaba a punto de caer muerto panza arriba. Al menos parecía que ya nos hablábamos con naturalidad. Naturalidad quizá no sea la palabra más adecuada, pero nos hablábamos.

Me miré en el espejo, con mi moño en lo alto de la cabeza, las gafas escurriéndose en la nariz…, la camiseta vieja y desbocada de Adrián… A lo mejor no era extraño que no se sintiera atraído por mí. ¿Y si yo era la persona que estaba boicoteando nuestra relación a base de dejadez?

El teléfono sonó sin que ni siquiera Adrián se inmutase. Solía poner la música tan alta que era completamente imposible que ni un elefante paseando por el salón pudiera sacarlo de su concentración y de su mundo.

Un solo vistazo al número de teléfono desde el que llamaban y sonreí antes de contestar:

—Hogar del hastío y la frustración, dígame…

—Aquí la Viagra. —Lola. La imaginé esbozando una preciosa sonrisa con los labios pintados de rojo.

—Vaya…, has resurgido de tus cenizas cual ave fénix.

—Bah, lo dices como si hubiera caído en un pozo sin fondo. —No contesté a la espera de que ella misma dejara de quitarle importancia al daño que le hacía estar con Sergio, pero cuando ya estaba resuelta a intervenir para aclarárselo yo misma, añadió—: Caía y caía, pero los dos paquetes de donuts y los dos litros de coca cola que tragué antes de ayer amortiguaron la caída. En una orgía de azúcar y cafeína, de pronto vi la verdad.

—¿Qué dices que le pusiste a la coca cola, Lola? Suena a historia de Mayo del 68.

—No, no, escúchame. El azúcar me abrió los ojos y compartió conmigo la verdad universal.

—¿Y cuál es? Si se me permite la pregunta…

—La verdad es que ayer intenté ponerme unos vaqueros y cuando conseguí subirme la bragueta me di cuenta de que por encima de la cinturilla, donde antes no había más que dos sexis curvas, ahora había dos ristras de chorizos adosados bajo mi piel.

Me reí a carcajadas.

—¿Y esa es la verdad del universo? —le pregunté.

—Los donuts no te pueden salvar.

—Lo tendré en cuenta.

—Ni la pizza. —Seguí riéndome hasta que ella volvió a interrumpirme—. Después de esa revelación me sobrevino otra, no te vayas a pensar.

—Vaya, ¡qué domingo tan productivo, Lolita!

—¡Si yo te contara!

—Ilumíname con tu nueva sabiduría.

—El azúcar engorda y Sergio no lo merece.

Me sorprendí.

—Me alegra que digas eso, cariño —susurré comprensiva, tratando de eliminar de mi tono el inevitable «ya te lo dijimos».

—Y…

—¿Hay más?

—Mucho más. Descubrí lo loca que puede llegar a volverse Carmen después de un revolcón.

Abrí los ojos de par en par.

—¿Cómo? —Y lo grité con voz aguda y una sonrisa enorme en los labios.

—Ayer fue al cumpleaños de su jefe.

—Lo sé, yo la animé a ir.

—Brillante idea, Valeria —dijo con un tonito impertinente.

—¿Y eso? Tenía pinta de necesitar despejarse.

—Pues porque Daniel aprovechó la ocasión para sacar de paseo a su nueva novia. Su nueva novia…, ¿espera? ¿No es esa Nerea la Fría? Me es familiar…

—Ya lo he entendido… —dije de mala gana.

—Pero tranquila, Nerea no vio a Carmen. Ella salió de allí corriendo y el pobre Borja salió detrás pensando que le había entrado un telele porque estaba enamorada del cabrón de su jefe.

—¿Cómooo? —solté.

—La cuestión, y resumiendo: Borja se le declaró y pasaron la noche juntos.

—¡¡¡Oh!!! —dije presa de la emoción.

—Besándose toda la noche —añadió con sorna—. Y he dicho besándose, no follando, que quede claro.

—¿Besándose? Oh, oh, Carmen ha vuelto a la adolescencia.

—No, qué va. Ella está más caliente que un mono de la India, pero él le dijo una ñoñería tipo: «He esperado durante demasiado tiempo como para metértela la primera noche».

—Si a ese comentario le eliminamos tu malintencionada mediación, es precioso.

—Sí, bueno…, un poco meapilas. Pero a lo que voy… Carmen ha decidido utilizar todo lo que sabe de su jefe y que la carcome en contra de él mismo. Estuvimos planeando un par de ataques furtivos mientras nos emborrachábamos a las once de la mañana con ginebra. ¡Y en ayunas!

—¡Jo! ¡Siempre hacéis las cosas más interesantes sin mí!

Hubo un breve silencio que se traducía en una sonrisa.

—Carmen tiene novio, Valeria. Ahora sí soy la única, ¿te das cuenta?

—Lola, abre la agenda y saca a algún ex del armario —dije mientras me miraba las uñas pintadas de rojo brillante.

—Ya lo he hecho.

—¡Qué rápida eres!

—El viernes salimos con unos amigos —dijo con seguridad.

—¿Quiénes?

—Tú y yo.

—Te has vuelto loca. —Y al decirlo, lo pensaba sinceramente, no era una pregunta.

—No, y espero que te pongas esos vaqueros que te quedan de vicio. A ti tampoco te irá mal lo de salir y airear tu berberecho.

—No voy a salir por ahí de discotecas contigo y un par de chalados que ni conozco.

—Valeria, no te lo estoy pidiendo.

Lola en ese plan me daba miedo.

—Pero, Lola…, yo ya no… No sé. No es lo mismo salir a tomar una copa a Maruja Limón…

—Por eso vas a desempolvar a la mujer que vive en el fondo de tu armario ¿Te acuerdas de esa Valeria? Sí, la que molaba y no tenía la misma vida social que un percebe, que no sé si sabes que es casi todo pene. Pues eso, que cogerás a esa Valeria y la sacarás a bailar…, porque no es lo mismo.

18

El lunes más feliz de la historia...

Carmen no estaba acostumbrada a sentirse tan poderosa y no sabía, siendo sincera consigo misma, si iba a saber llevar la situación como esta se merecía. No quería que se le fuera de las manos y en un ataque de ansias asesinas terminara con toda la diversión en media hora. ¡Orgía de odio y rencor! Y ella se imaginaba a sí misma empapada en sangre y riéndose en plan malvada.

Iba a ser un gran lunes y era una oportunidad fenomenal para ponerse esa falda lápiz que siempre le daba corte estrenar. Se calzó unos *stilettos* preciosos y una blusa negra, entallada, que no abrochó hasta donde solía hacerlo.

Borja estaba sentado en su silla cuando Carmen entró por la puerta y se la comió con los ojos sin tener fuerza alguna para disimular. No habían hablado mucho de lo que iba a pasar a partir de ahora, pero para ambos era bastante evidente. Estaban enamorados.

Carmen dejó el bolso sobre la mesa, encendió el ordenador y fue a por un café a la máquina. Cuando volvió tenía dos emails categorizados como urgentes en la bandeja de entrada de su Outlook; uno era de Dani..., el otro de Borja.

Abrió el de Daniel y se apuntó en la agenda la reunión que le solicitaba. Solo tendría que revisar un par de documentos para ir allí, a su despacho, y alcanzar el clímax. Sonrió para sí. Abrió el de Borja.

«Esta noche quiero repetir. Quiero, quiero, quiero. Qué guapa estás, joder. Y te miro y pienso: ¿todo eso es para mí? Me vuelves loco».

Carmen miró de reojo a Borja y, mientras se ponía las gafas de pasta negras, se recogió el pelo utilizando un bolígrafo para sujetarlo…

Eran las diez y media cuando entró en el despacho de Daniel y cerró la puerta a su espalda. No había tenido tiempo de planearlo demasiado, pero sabía que tenía que estar muy alerta para poder ir ligándolo todo sobre la marcha. Le entregó una carpeta llena de documentación a Daniel y, al tiempo que se sentaba, empezó a exponer su trabajo. Daniel hojeó el proyecto.

—Por cierto —la cortó él, sonriéndola—, Borja y tú desaparecisteis de la fiesta el sábado sin despediros…

Carmen se desesperó. Estaba hablando de su trabajo y él sacaba el temita de la fiesta. Era un crío inmaduro y superficial al que no le interesaba nada que no fuera él mismo. ¿Qué habría visto Nerea en él? Pensó que era poco inteligente dar una contestación cortante sin más, pero no podía evitar la tentación.

—Bueno, tampoco es que fuera de ese tipo de fiestas en las que se te pasa el tiempo volando. Escapé cuando pude.

—¿Te aburriste?

—Soberanamente —sonrió Carmen.

Era evidente que aquello había molestado a Daniel. Llevaba un par de años alardeando de ser el mejor anfitrión y organizador de fiestas de la empresa y todo porque a un par de tocapelotas se les ocurría darle la enhorabuena por la de su cumpleaños todos los años. Pero ¡vamos a ver! ¡Si era un suplicio lleno de imbéciles y chupaculos!

Daniel se humedeció los labios antes de lanzar una contestación que Carmen ya sabía que iría a matar.

—Supongo que estás acostumbrada a otro tipo de fiestas y a estar rodeada de otro tipo de gente más de tu pueblo, ¿no? Verbenas, calimochos a tres euros y tíos tatuados.

—Para encontrar a tíos que se tatúan ideogramas chinos en el pubis no hace falta irse a mi pueblo, me parece a mí.

Los dos se miraron. Ninguno dijo nada, pero Carmen, por dentro, ronroneó por fin de placer. A Daniel le costó tragar. Ahora sí. *Glin, glin, glin,* las tres cerezas en línea y el premio gordo. Pasaron al menos treinta segundos en silencio y después Daniel tiró la carpeta a las manos de Carmen.

—Dale una vuelta más al asunto y ven cuando lo tengas. No hay prisa. Es importante.

Aquella noche Borja y ella se bebieron una botella de vino tinto de cincuenta euros a morro y se besaron como adolescentes, pero tampoco pasaron de la ropa interior y él no se quedó a dormir.

A la una, cuando el efecto del vino solamente afectaba a Carmen, se despidieron en la puerta del estudio. Lo único que la hizo sentir mejor fue pensar que él también se marchaba con un evidente calentón y que no tardaría mucho en caer...

19

La inspiración y el modelo de ropa interior

Abrí la ventana. El ambiente estaba viciado de frustración. Para más señas, la mía. Estaba segura de que Picasso tenía razón cuando decía que la inspiración te debía encontrar trabajando, pero lo que yo estaba haciendo se acercaba más al comportamiento de un adolescente que intenta hacer creer a sus padres que estudia, en lugar de un proceso de creación serio. A lo mejor debía agenciarme una botella de absenta y unos terroncillos de azúcar...

Adrián estaba trabajando fuera como casi siempre a esas horas, y yo estaba... cansada y angustiada. Según pasaban los días, más cerca sentía la llamada de mi contacto en la editorial y no quería echarlo todo a perder presentando una novela birriosa, moñas, predecible y presuntuosa. Y lo que tenía entre manos cumplía todos los requisitos para hacerme una desgraciada.

Intenté recordar qué fue lo que funcionó de mi primera novela y me recordé a mí misma escribiendo hasta las tres de la mañana, durmiendo pocas horas y trabajando en la oficina sin ninguna pasión. Lo que funcionaba era la idea, no la rutina de trabajo. Estaba segura de que el problema era la calidad de la idea inicial. Mi primera novela era verosímil. Cualquiera podría creer que había sucedido en algún rincón del país. Una historia de amor complicada adornada con vida de verdad, dijo alguien en su crítica. Había ganado un premio. Había vendido suficientes ejemplares. Solo había recibido buenas críticas. Y no solo hablaba de amor. Cuando mi hermana la leyó, dijo de ella que era una declaración de principios. Yo, sinceramente, no sabía qué era, pero me sentía orgullosa. Él era un personaje bien construido y altamente atormentado al que, sinceramente, conocí una vez hacía muchísimo tiempo. Ella era una persona de carne y hueso y sus cavilaciones podrían ser reales porque eran un poco las mías, las de Nerea, las de Carmen o las de Lola.

¿Y ahora?

Tomé la iniciativa y marqué el teléfono móvil de Jose, mi contacto en la editorial, que contestó a los pocos tonos.

—Hola, Valeria. —Tenía una voz amable y profunda que reconfortaba.

—Hola, Jose.

—¿Qué tal andas? Pensaba llamarte un día de estos para comer.

—Lo sé. Sentía tu llamada como la espada de Damocles que pendía sobre mi cabeza.

—No me asustes. —Se rio.

—Quizá es una buena idea eso de comer juntos un día de estos. Quizá así no me dé tanto pánico confesarte que estoy realmente atorada con la novela.

Jose se rio. Supongo que estaba acostumbrado a aquellos vaivenes artísticos.

—Bueno, Valeria…, no quiero que te agobies. No tenemos nada cerrado.

Y eso sonaba peor aún.

—Bueno, ya sabes que dejé mi trabajo en un ataque de locura, así que… sí me agobia.

—Quizá le dedicas demasiado tiempo.

Me sorprendí.

—Adrián piensa lo contrario.

—Bueno, Adrián es fotógrafo, no es el mismo tipo de proceso creativo. Él puede encontrar una obra de arte sin buscarla. Tú la creas desde los cimientos.

—¿Cuánto tiempo tengo para presentarte algo y que sigas tomándome en serio? Necesito saberlo.

—Val…, no quiero sacar una novela que funcione. Quiero algo que explote. Ya sabes cómo va esto.

—Al final explotaré yo. Creo que mi idea no tira.

—¿Por qué no te vas unos días por ahí con Adrián?

—Bueno, pues… él está muy ocupado ahora. —Ocupado ignorándome, para concretar—. Temporada alta.

—Entiendo —contestó.

—He perdido el hilo de lo que quería contar. Recuerdo que te encantó la idea. Por eso me preocupa. Porque si no sé contar una historia que suene a algo real…, ¿qué…?

Jose me interrumpió.

—Te diré lo que necesitas escuchar: no tenemos prisa.

—Humm… —Medité una respuesta.

—Y ahora te diré una parte que quizá no quieras escuchar: que te dé más tiempo no hará que te guste más lo que has escrito.

—¿Quieres decir que debo empezar de cero?

—No quiero decir nada. No he leído el manuscrito.

—Gracias a Dios.

—Sé que sabrás sacarlo adelante. Aunque ahora puedas llegar a pensar lo contrario, *Oda* no fue cuestión de suerte. No se ganan premios con la suerte, y te recuerdo que nosotros no nos tiramos a la piscina con cualquier manuscrito. Ni siquiera era de un género que estuviera en boga. Será que era bueno, ¿no?

—Quizá se me acabó la creatividad en el epílogo.

—No, no. De eso nada. ¡Ay, Valeria! —Se rio—. Llámame cuando estés más animada y comemos juntos, ¿vale? Estaré encantado de leer el manuscrito cuando lo consideres oportuno.

Asentí y me despedí.

El viernes Adrián llegó tarde a casa, tanto que yo ya me estaba preparando para salir con Lola por ahí. Bueno, a decir verdad seguía en ropa interior frente al armario, mordiéndome las uñas.

Pasó por delante de mí sonriendo con suficiencia y me contagió. Al menos era un gesto muy suyo. Quizá estábamos retomando la normalidad a pesar de que yo llevara puesta mi mejor lencería negra de encaje y él no me hubiera echado ni una miradita lujuriosa.

—¿Te ríes? —le sonreí.

—Sí.

—¿De algo que acabas de recordar?

—Más bien de ti. Toda esa ropa y nada que ponerte, ¿eh? —Nos miramos, me rodeó por la cintura y me dio un beso en la frente. La frente. Yo con un *bustier* negro de encaje y un *culotte* a conjunto que dejaba entrever mi depilación extrema y él me besaba en la frente…—. Espero que te lo pases muy bien esta noche —dijo.

—Empiezo a dudarlo. He perdido fuelle. Y tienes razón: no sé ni qué ponerme.

—No te pongas ni esto —señaló un vestido negro colgado de una percha— ni esto. —Agarró otra percha con un top de seda verde.

—¿Por qué?

—Porque estás demasiado guapa con ello y me enfadaré si otro te mira.

¿Me enfadaré si otro te mira? Bueno, primero me tendría que mirar él, ¿no?

La tentación de coger una de las prendas «tabú» era demasiado poderosa, sobre todo porque no podía evitar desear que Adrián volviera a mirarme de aquella manera. Cogí la percha con el vestido negro y lo deslicé por encima de mi cuerpo. A pesar de lo que pensaba, no tuve problemas para abrocharlo.

Estaba guapa, favorecida. Me animé y al mirarme en el espejo me pareció intuir a la antigua Valeria, la coqueta, haciéndome un guiño.

Mientras me arreglaba en el cuarto de baño, Adrián se sentó en el borde de la bañera a comerse un sándwich.

—¿Qué tal el día? —le pregunté sin mirar mientras seleccionaba la barra de labios que me iba a poner.

—Bien. Un poco duro. Mucho trabajo. Álex se ha ido a casa agotada.

—Humm. —La tetona adolescente también se cansaba… Esperaba que no estuviera agotada de tanto chingarse a mi marido.

—Me ha comentado un proyecto que podría interesarme; creo que podría vendérselo a alguna de las revistas.

—¿Sobre qué? —Ahora la niñita, además de tener un cuerpo brutal, también era un genio.

—Va a ir a un festival de música independiente en Almería y, por lo que me ha estado contando, es todo muy fotografiable. El lunes voy a ponerme en contacto con la organización para ver si consigo un pase de prensa.

—¿En Almería? —Me giré sorprendida con el labio inferior pintado y el superior color maquillaje.

—Sí. Sería un fin de semana. El domingo por la noche estaría de vuelta.

—Pero… ¿irías con ella?

—No, no. Ya no tengo edad de dormir en una tienda de campaña sin posibilidad de darme una buena ducha al despertarme. Ella va con un grupo de amigos. Yo cogería una habitación en algún hostal cerca. —Me tranquilizó y seguí con lo mío.

—Bueno, ten cuidado no te metan nada en la bebida.

—Gracias, abuela.

Me alejé del espejo, me miré de perfil, de frente y me acerqué, evaluando el estado de mi maquillaje. Me di el visto bueno, me dirigí a Adrián y le di un beso.

—Estás increíble —comentó con una mano bajo mi vestido, acariciando mi muslo izquierdo.

—Gracias.

¿Debía quedarme y dejar que su mano siguiera viajando hacia arriba?

—Espero que no se te acerquen jovencitos de buen ver.

—Bueno, tengo derecho a un acercamiento al menos. Tú pasas ocho horas al día metido en una habitación oscura con una tía de bandera.

—¿Ocho horas en una habitación oscura? —Me miró de soslayo y se echó a reír.

Le miré con desconfianza. Evitaba darme una contestación directa.

Me encontré con Lola nada más salir del taxi. Sus acompañantes aún no habían llegado y ella esperaba en la puerta de un local de copas pitillo en mano. Nos saludamos con un abrazo. Nada de besos cuando llevábamos los labios pintados.

—Oye, ¡estás genial! —exclamó.

—No sé si tomarme a mal que lo digas tan sorprendida.

—No seas tonta. Creí que vendrías en vaqueros y zapato plano. No me esperaba este despliegue de armas de mujer.

—Bueno, fue para poner un poco celoso a Adrián —confesé avergonzada mientras alisaba la tela de mi vestido negro escotado.

—Sea por lo que sea, estás realmente espectacular. Muy tú, pero el «tú» que mola. Dime —entornó los ojos, suspicaz—, ¿otra vez dándole vueltas a la niña de la delantera?

—No, no. Lo he superado. —Me atusé el pelo, orgullosa de mí misma.

—Mira, aquí están. —Los ojos de Lola fueron directamente hasta detrás de mí y sonrió espléndidamente.

Me giré esperando encontrarlos a unos cuantos metros, pero los tenía tan cerca que me vi obligada a apoyar mi mano derecha en uno de ellos para no chocar la cabeza contra su pecho. De todas maneras, tampoco me habría importado chocar ninguna parte de mi cuerpo con él, que conste… Menudos amigos tenía Lola…

De pronto éramos dos liebres en una madriguera a la espera de la caza con hurón. Y supongo que ellos eran los hurones…, pero qué hurones más guapos, leñe…

Enseguida quedó claro que Juan era el simpático del grupo, lo que no quiere decir que fuera el feo. Tenía los ojos castaños enmarcados por unas espesas pestañas largas y una boca grande pero agradable que nos recibió con una sonrisa infantil adorable. Era el típico chico que mi madre habría mirado por encima de sus gafas con una sonrisita pérfida. Vamos, que no le dolía nada.

Carlos era evidentemente la cabeza que Lola quería colgar en la pared de su apartamento esa noche, con piernas largas, pelo rubio peinado de punta con gomina y ojos azules. Tenía un aire de gigoló para la tercera edad que me ponía la piel de gallina. Su sonrisa confiada se dirigió directamente a Lola y faltó que un destello nos cegara procedente de sus dientes acompañado de un *clinc*. Físicamente, el chico estaba de muy buen ver. Lo único es que era un pelín hortera todo él…

Y el tercero era… Víctor. Madre de Dios, Víctor. La primera reacción que tuvo mi cuerpo al olerlo fue apretar muy fuerte los muslos. El vientre se me contrajo entero y me hormiguearon las braguitas. Su cuerpo, su cara, su perfume, todo…, todo él emanaba una poderosa energía sexual. O esa quizá sea la excusa que yo me puse para justificar que, al momento, lo imaginase montándome en el baño con mi pelo enredado alrededor de su muñeca. Era moreno, muy alto, con la espalda torneada y unos ojos verdes impresionantes. Y cuando digo impresionantes me quedo corta. Recordé que Lola siempre hablaba de él como de un tío algo frío y distante, pero no pude creerla en cuanto vi sus labios dibujar una sonrisa solamente con la comisura derecha. Era cálido, masculino, guapo y elegante…, uno de esos hombres con los que no te molesta que te vean pasear. Era testosterona en cantidades ingentes. Todos los poros de su piel emanaban feromonas y yo sentía la poderosa tentación de alargar la mano y acariciar su antebrazo. ¡Joder! Menudo hombre. Creo que no pude evitar que se me notara que me gustaba lo que veía. Pero que me gustaba muy mucho. Seguro que cuando se ponía a follar, ese hombre no duraba tres minutos…

Lola los nombró uno por uno y ellos se fueron acercando para darme dos besos de cortesía. Se escuchaba el barullo de la gente que reía y charlaba a nuestro alrededor y apenas me pude concentrar en nada que no fuera la mirada que manteníamos Víctor y yo. Cuando se inclinó a besar mis mejillas llegó hasta mi nariz el intenso y magnético olor de su perfume. Víctor era un arma de destrucción masiva… En los segundos que duró su saludo le dio tiempo a acariciar mi cadera, la parte baja de mi espalda y mi pelo.

Y tras las presentaciones y mientras sostenía aún la mirada de Víctor, Lola se acercó y me susurró al oído:

—¿No me digas que no se da un aire a aquel modelo…?

Le miré con una sonrisa torcida y al tiempo que levantaba una ceja me encendí un cigarrillo. Él me sostuvo la mirada torciendo también su boca en un gesto perverso.

Había elegido el día perfecto para desempolvar a la Valeria coqueta. Al volver a casa debía plantearme avisar a la Valeria maruja de que le quedaban pocos días de vida.

20
Tengo miedo a la mujer que vive en mi armario...

No nos costó entablar conversación. Además de guapos, eran simpáticos. Un punto más a su favor. En busca de la virtud de la buena esposa, me senté lo más lejos de Víctor que pude y traté de no mirarlo. Una cosa es echar una ojeada a la mercancía y otra muy distinta recrearse, ¿no? Lola me ayudó, al menos, no apartándose en un rincón a comerle la boca a Carlos. Mejor seguir charlando por el momento, hasta que se asegurara de que yo estaba cómoda.

Rompí el hielo y les pregunté a qué se dedicaban. Aunque Lola ya me había puesto al día, era una pregunta facilona que ayudaba a entablar una conversación válida y distraída. Y a juzgar por lo distendido del ambiente, creo que me había salido bien eso de hacerme la simpática y la enrollada.

Carlos era profesor de optativas varias en un colegio privado donde, según me había comentado Lola, se encontraban muchas de sus conquistas sexuales. Había sido pareja de la directora, diez años mayor que él; había tenido un lío con la profesora de actividades plásticas extraescolares y con la de gimnasia, y también había tenido que ver con alguna que otra exalumna. Todo un gigoló de aula.

Juan trabajaba en una empresa de diseño gráfico. Según él mismo decía, se pasaba diez horas al día sentado delante de un ordenador, otras diez durmiendo y las cuatro restantes en el gimnasio intentando evitar el destino al que su profesión le tenía abocado.

Víctor era arquitecto, aunque ejercía más bien de diseñador de interiores. Qué sorpresa. Siempre pensé injustamente que para dedicarse a eso era condición sine qua non ser gay. Y algo me decía que de gay poco. Aunque traté de no hacerle más caso que al resto, me interesé por su profesión. Hablaba de su trabajo con pasión; se notaba que le gustaba aunque, bueno, también que su padre era el dueño del estudio de interiorismo donde nunca trabajaba muchas horas. No digo que fuera el típico niño malcriado, solo que esa situación le daba la ventaja de tener tiempo libre. Entraba a trabajar a las ocho y salía unos días a las dos, otros a las cuatro… El resto del día lo pasaba en el gimnasio, con proyectos personales o con sus ligues. Lola me había contado que Víctor tenía cierta inclinación hacia las chicas jovencitas. Solía dejarse ver por un máximo de tres meses con niñas de unos dieciocho años con un perfil bastante diferenciado: habían dejado los estudios, eran despampanantes y pasaban el fin de semana subidas a la barra de alguna discoteca luciendo sus tersos muslos. Me da que lo que le interesaba de ellas no era la conversación.

Tras una copa todos estábamos mucho más animados y ya no hacía falta echar mano de preguntas de formulario para conversar. Se sorprendieron mucho de que me dedicara a escribir y a todos les pareció una profesión de lo más chic. *Sexo en Nueva York* había hecho eso por las escritoras. Daba igual que te pasaras todo el día en pijama, con el pelo sucio y las pantuflas que te regalaron a los doce años, porque todos te imaginaban calzando unos Manolos y de fiesta en fiesta. Eso animó el ambiente y caldeó la discusión sobre si era o no *cool* ser escritor hoy en día.

Cuando vaciamos las copas de la segunda ronda, los tres se fueron a la barra a pedir la siguiente y, por supuesto, a cotorrear sobre nosotras sin piedad donde no pudiéramos oírlos. Lola se sirvió de la situación para bombardearme a preguntas.

—¿Qué te parece Carlos? ¿A que está como un tren? ¿Y Juan y Víctor? ¿Te caen bien? Y… oye, oye, esas miraditas con Víctor ¿son reales o producto de mi imaginación?

—Imaginaciones tuyas, por supuesto. Y, Lola…, Carlos es aún más chungo que Sergio. Sergio por lo menos tiene carisma y es elegante, este tiene pinta de… cantante guapo de verbena de pueblo.

Lola se echó a reír.

—Ya lo sé. Es un creído, pero esta noche se lo voy a hacer de todas las posturas posibles… y también de las imposibles. Y que tenga cuidado no lo sodomice también. —Ambas nos reímos. Me pareció evidente que Lola hacía aquello por despecho y que con seguridad el lunes iría con la historia a Sergio. Pero parecía saber lo que estaba haciendo, así que no me atreví a contradecirla—. Oye, me alegro de que te hayas quitado de la cabeza esa estúpida idea de que a Adrián le gusta su ayudante —dijo de pronto al tiempo que buscaba su mechero.

—Oh, sí, no tenía sentido. Creo que todo lo que me pasa es que estoy muy agobiada con lo del proyecto, pero hablé con mi editor y me tranquilizó bastante. Tampoco tiene sentido vagar como alma en pena por casa, hecha un moscorrofio.

—Estoy segura de que Adrián agradece mucho esa confianza y que hasta trabajará más a gusto, sobre todo si empiezas a peinarte.

Lola me guiñó un ojo y yo pasé por alto su mordaz comentario.

—Sí, he cambiado mi punto de vista sobre el asunto. Soy la nueva Valeria. Esta misma noche me ha comentado que seguramente se vaya a hacer fotos a un festival el mes que viene y, la verdad, aunque ha sido idea de Álex, me parece bien.

Lola contrajo el gesto.

—¿Qué? —dije secamente.

—¿Álex irá al festival?

—Sí, pero irá con un grupo de amigos. Adrián se quedará en un hostal. —Lola miró hacia el humo de su cigarrillo y se mordió el labio—. ¿Qué? —repetí—. Lola, dilo ya.

—Adrián no quiere nada con ella, pondría la mano en el fuego por él, y probablemente ni siquiera la vea de la manera que tú crees…, pero ella…

—Ella ¿qué?

—Esa putilla va a por todas. —Y lanzó una carcajada seca.

—¿Qué dices? —contesté irritada.

—Valeria, no pasa nada.

—Claro que no pasa nada —sentencié enseguida.

—Solo digo que… ¿viaje para hacer fotos? ¡Venga ya!

Víctor llegó hasta nosotras poco antes que los demás y, tras coger una silla, se sentó entre las dos.

—¿Qué cotorreáis?

Juan y Carlos se unieron a la mesa y a la conversación y nos pasaron nuestras copas. Lola contestó:

—Valeria me comentaba que un amigo suyo fotógrafo —recalcó la palabra «amigo»; era evidente que aquella noche quería hacerme pasar por soltera— va a ir a un festival el próximo mes con su ayudante de veinte años. Yo le comentaba que, aunque sé de sobra que él no quiere nada con ella, ella sí anda a la caza.

—¿Irán solos? —me preguntó Víctor.

—No, ella irá con unos amigos y él irá por su cuenta a trabajar. —E hice hincapié en el verbo trabajar.

—Yo no creo que entre en los planes de esa chica dejarle trabajar mucho —comentó Juan entre risas.

Le miré sorprendida.

—¿Todos pensáis lo mismo?

—Sí —respondieron al unísono.

—¿Soy la única alma cándida de esta mesa que piensa que no tiene por qué pasar nada? —dije señalándome el pecho.

—Si él lo tiene claro y posee una voluntad de hierro…

—Él está casado —contesté tajante.

—¿Desde cuándo eso significa algo? —comentó Víctor.

—Pues… —empecé a decir.

—No quiero decir que todos los casados echen canitas al aire, pero si él no lo tiene muy claro o es de fuerza de voluntad débil…, es fácil que pase algo. Ya se sabe: música, alcohol, drogas, chicas jóvenes… —sentenció Víctor.

Preocupada, perdí la mirada en el vacío ante el atónito escrutinio de los demás.

—Bueno, no te preocupes por tu amigo. Si le echa un polvo, tampoco le pasará nada —comentó Carlos con su cara de estríper.

Me revolví el pelo conteniendo las ganas de matarlo y suspiré antes de decir:

—No es mi amigo. Es mi marido.

Se hizo un silencio en la mesa. Todos miraron a Lola, que sonrió con vergüenza, como si la acabase de poner en un compromiso.

—Vaya… Lola nos dijo que… —se excusó Víctor.

—Lola es una lista —sonreí.

El ambiente se enrareció y Juan sacó otro tema para intentar desviar la atención. Yo me quedé pensativa, sosteniendo en silencio la copa que acababan de traerme. Sentí unos ojos sobre mi cuello y, al volverme en esa dirección, Víctor me golpeó suavemente con el codo y me susurró que no me preocupara.

—Bueno, es evidente que si él no tiene demasiada fuerza de voluntad…

—Valeria, cielo, está casado contigo. ¿Por qué tendría que mirar a otras mujeres teniéndote en la cama a ti? —contestó sensualmente mientras apoyaba la barbilla sobre el hombro.

—No tengo ni idea de lo que quieres decir con eso —me reí.

—Yo creo que sí lo sabes. —Y después de susurrarlo sonrió de una manera tan sensual que mis braguitas de encaje gritaron queriendo meterse en su bolsillo.

Joder, Valeria. ¿Este tío está tratando de ligar o es solamente coqueteo inofensivo? Y… ¿realmente importa?

Dios, estaba para hacerle un monumento. ¿Era tan grave el asunto de Almería para no poder esperar a la mañana siguiente?

No. No lo era.

Cambiamos de local cuando la cosa se empezó a animar. Y no sé por qué, pero Víctor decidió que yo era compañía más grata que el resto. Las excesivas rondas de combinados habían hecho que en mi cabeza se disipara la preocupación por ese maldito festival y esa pequeña y joven furcia; me reía y bromeaba tranquilamente con Víctor. A decir verdad, no es que lo hubiese olvidado, pero tenía otra perspectiva enturbiada por el alcohol y el hecho de que un hombre muy guapo estuviera tonteando conmigo aquella noche. Ya lo pensaría por la mañana. Esa era mi perspectiva.

Hacía siglos que no salía a bailar en serio, ni me ponía tan mona, ni conocía a gente nueva de copas. Me sentía cogiendo carrerilla, quitándome las telarañas y colgando por fin la bata de casa.

Cuando entramos en la discoteca, Juan y yo nos pusimos a hablar en un rincón sobre la música que nos gustaba escuchar, pero Víctor se acercó y al aviso de que allí no se hablaba se le unió un tirón de brazo que consiguió llevarme hasta la pista. Quitarse telarañas es una cosa y lanzarse al centro de la discoteca, rodeada de desconocidos que se agitan descontroladamente, es otra. Confesé que ni siquiera recordaba cómo se bailaba y Víctor me contestó, hablando junto a mi oído, que bailar era lo de menos. Levanté la vista alarmada hasta su cara y lo encontré riéndose. Me dio media vuelta, apoyó su pecho contra mi espalda y sus dos manos se aferraron a mi cintura. En aquel momento me pareció recordar cómo se bailaba…, ¿o bailar aquello no era una excusa estupenda para tocarse, rozarse y ponerse el caramelito entre los labios?

Bueno…, en aquel momento me pareció recordar, más bien, lo que es estar caliente y cachonda. ¡Y solo me había agarrado por la cintura!

Vimos a Lola pasar a la acción con Carlos en un rincón oscuro y de pronto fue como si Víctor y yo estuviéramos allí solos y nada más importase. Era liberador, pero… ¿y Juan? ¿Se quedaba compuesto y sin noche?

En un pispás, ejerciendo de chico mono al que sus amigos han dejado plantado y con más cara que espalda, se plantó en medio de un grupo de chicas para hacerse el simpático y tratar de camelarse a alguna. Y, cosas de la vida, una de ellas le hizo ojitos.

—Tu amigo Juan ha ligado —dije encaramándome al pecho de Víctor para que pudiera escucharme.

—Es un listo. ¿Con cuál de ellas?

Nos giramos hacia allí y Juan se acercó a la afortunada y susurró algo en su oído que la hizo estallar en carcajadas.

—La jovencita de pelo castaño —le aclaré.

—Ya veo, ya.

Volvimos a mirar y sus amigas nos devolvieron la mirada.

—Ups, ven, disimulemos —dijo Víctor mientras cogía mis brazos y los colocaba en torno a su cuello.

Sus manos fueron a parar al final de mi espalda y nos abrazamos, riéndonos.

—Creo que el listo eres tú —dije junto a su oído.

—Shhh…, estamos de incógnito. No pares de bailar.

Coloqué la cabeza junto a su cuello y noté como su respiración agitaba un mechón de mi pelo.

—Mal hecho, Juan. Esa no cae —murmuró.

—¿Cómo?

—Que esa no cae.

—¿Qué eres? ¿Adivino? —le pregunté mirándolo, divertida.

—Me apuesto lo que quieras a que esa chica le da calabazas.

—Venga, si se la camela me invitas a otra copa.

—Y si por el contrario ella se niega a irse a casa con él, me das un beso. —Levantó las cejas un par de veces.

—No te pases —le previne, con ganas de que en realidad se pasase mucho y muy fuerte.

—Es un trato justo.

—Bueno, pero donde yo quiera.

—Eso suena bien.

Le di un codazo y se quejó entre risas. ¿A quién quería engañar? Lo que me apetecía era su lengua en mi boca, bien profunda. O más abajo.

—Bueno, adivino, entonces ¿qué dices que va a pasar?

—Juan va a insistir —su mano me apartó el pelo y sus labios se acercaron más a mí— y ella supongo que caerá en el primer asalto. Se darán cuatro besos y cuando él quiera llevársela a casa…, zas, desaparecida en combate.

—¿Y por qué dices eso?

—Porque os conozco. Esa solo viene buscando besitos.

—A veces no somos lo que parecemos.

—A mí no me engañáis. Ninguna. —Y a continuación se separó para mirarme a la cara, me rodeó las caderas con un solo brazo y repitió—: Ninguna.

«¿Hola? ¿Los bomberos? ¿Pueden venir corriendo para enfriarme la entrepierna? Gracias».

Me concentré en el ceremonial de cortejo de otros. Era más sano que ahondar en lo que mi cuerpo estaba experimentando. Y en poco más de dos minutos Juan realizó una maniobra magistral de acercamiento y estampó su boca contra la de la chica, que se apretó a él. Se apartaron a una esquina oscura y le pedí a Víctor que nos acercáramos a mirar, pero, tras cogerme del cuello con las dos manos y acariciarme después el pelo, negó con la cabeza.

—¿No?

—No hace falta. Deberías ir dándome el beso ya. —Y se mordió el labio inferior.

—Estás muy seguro de ti mismo, ¿eh?

Sonrió, me cogió la mano y me llevó hasta la barra, donde me invitó a un chupito, al que no quiso acompañarme. Había venido en coche, dijo. Después tomé otro, al que invitó el camarero, y después otro más; este último no tengo ni idea de quién lo pagó, pero yo no, desde luego.

Cuando mordía el limón del tercer chupito de tequila, una mano se apoyó en el hombro izquierdo de Víctor. Los dos nos giramos para encontrarnos con Juan, que traía la boca roja y una sonrisilla tontorrona en la cara.

—¿Vienes a celebrar tu conquista? —le preguntó Víctor guiñándome un ojo.

—Pues más bien a anunciar mi retirada. Es tarde y mañana quería…

—Te ha dado calabazas, ¿eh?

—Ya te digo…

Víctor le dio una palmada en la espalda y Juan se despidió de mí con un beso en la mejilla. Cuando volvió a desaparecer entre la gente eran las cinco y cuarto de la mañana y Víctor me miraba con una mueca de suficiencia en sus labios de bizcocho.

—¿Qué te dije?

—Deberías dedicarte a esto y dejar el interiorismo —sentencié alucinada.

—¿No me debes algo?

Me acerqué y le besé en la mejilla. Qué buena chica, ¿eh? En la mejilla. Pues no, no fui tan buena chica porque el beso duró más segundos de los necesarios, la verdad. A él le dio tiempo de sobra para girar la cara y besarme en la barbilla.

—¡¡Eh!! —me quejé—. ¡Eso es una violación de barbilla en toda regla!

—No, más bien mala puntería.

Tiró de mi brazo de nuevo hacia la pista de baile.

Víctor entendió que ya no eran horas para andarse con galanterías y fusiló el espacio que había entre los dos, agarrándome firmemente. Cogiéndome de una mano, me dio un dramático giro de baile para dejar mi espalda apoyada en su pecho y pegó sus labios a mi pelo, sobre mi oreja. Entonces susurró:

—Venga, dímelo, lo de que estás casada es una broma.

Me reí.

—No. Llevo casi seis años casada.

—Pero ¿a qué edad te casaste? ¿A los quince?

—Muy galante por tu parte. —Me giré, me alejé un poco y sonreí coqueta.

—Sé que es de muy mala educación preguntarle esto a una señorita, pero, puesto que tú ya eres oficialmente una señora casada…, ¿cuántos años tienes?

—Casi veintiocho.

—Pero ¡te casaste con veintidós!

—Sí. —Sonreí.

—Y yo con treinta y uno sigo sin sentar la cabeza.

—No has conocido aún a tu chica…

—Y cuando la conozco está casada.

—¡Venga! ¡Prueba con otra cosa, que eso es muy viejo! —Me reí.

Me cogió de la mano y me volvió a acercar a él. Acarició mi alianza de casada e hizo una mueca.

—Pero ¡qué fastidio!

No supe qué contestar. Creo que él aún albergaba ilusiones de no irse solo a casa.

—Oye, Valeria. —Se volvió a acercar—. Voy a hacerte una proposición.

—Más vale que no sea indecente, si no mi marido se verá con la obligación de retarte en duelo al amanecer.

—Ah, conque es un caballero de los de antaño…

—Sí. —Me alejé un poco.

—Pues entonces no creo que tengas nada que temer de su ayudante, ¿no?

—Sí, ya, ahora arréglalo.

—No, ven, escucha lo que tengo que proponerte.

Me acerqué un poco, de manera que pudiera escucharle pero que nuestros cuerpos no se tocaran demasiado.

—Y si se va con su ayudante, yo te acojo en mi casa unos días… —Le di un golpe en el pecho, que aproveché para palpar. ¡Por Dios santo! Pero ¡qué duro!—. No, en serio. Prometo ser un buen chico y portarme bien, pero… podemos volver a vernos, ¿verdad? —Le miré con desconfianza. Él levantó las manos en son de paz—. Yo también puedo ser un caballero. Solo un café, una copa de vino, una exposición, un cine…, alguna fiesta. Pídele permiso a tu señor marido si quieres.

—No tengo que pedirle permiso. Puedo ver a quien quiera. —Piqué el anzuelo muy fácilmente.

—Si no te deja verme lo entenderé. Hay hombres a los que no les gusta un poco de sana competencia.

—Lo pensaré. —Y, cogiéndole de la mano, volví a arrastrarlo al centro de la pista.

—Espero que eso signifique que me vas a dar tu teléfono antes de que te deje en tu casa.

—¿Vas a llevarme a casa? Es mucho suponer, ¿no?

—Una mujer no debe andar sola a estas horas por la ciudad y creo que ella no va a poder acompañarte…

Miramos a Lola, que estaba literalmente empotrada en una pared, besándose con Carlos y metiéndole mano. A decir verdad, vi mucho más de lo que estaba preparada para ver. No sé qué hacían todavía allí. Deberían estar en una cama y no en medio de un montón de gente desconocida.

A las siete y media de la mañana me pareció que yo ya había bebido, bailado y coqueteado suficiente por aquella noche y, aunque el alcohol me había ayudado a no sentir demasiado el dolor de pies provocado por mis zapatos de tacón altísimo, ya empezaba a estar cansada y resacosa. Le anuncié a Víctor que me iba a casa y que cogería un taxi, pero me respondió que habían venido en su coche y que lo tenía muy cerca, en una zona de aparcamiento azul.

—¿Qué hago yo aquí sin ti? —dijo con una mirada muy intensa.

—Buscar un plan. La noche es joven, ¿no?

—Yo ya tengo mi plan.

Y después de esto, se mordió el labio inferior.

¡¡Por Dios y todos los santos!! ¡¡Dejad de probarme!! ¡¡Esto es tortura!!

Me acerqué a Lola para despedirme de ella, pero me dio corte despegarlos, así que me dirigí hacia la salida mientras le mandaba un mensaje de texto al móvil. Víctor me siguió con sus andares de galán de Hollywood a través de la discoteca, parcialmente vacía a esas horas.

Cuando salimos me sorprendió ver que había amanecido. Hacía años que no me sobrevenía el día con semejante cogorza. Estaba avergonzada pensando en la pinta que debía de tener después de tantas horas, tantas copas y a la luz del día, y habría agradecido que pasara un taxi libre por allí, pero todos circulaban ocupados. Insinué que cogería un autobús, pero a Víctor no le pareció suficientemente glamuroso para mí.

—Hace años que no llegaba a casa a estas horas —dije sonriente y contenta conmigo misma.

—Ni tan borracha.

—¡No voy borracha!

Se echó a reír. Al hacerlo, los ojos se le escondían y estaba muy guapo, quizá porque dejaba de preocuparse por estar perfecto.

—Venga, súbete. —Me abrió la puerta de su coche.

Negué con la cabeza mientras me partía de risa.

—¿Por qué? —Él también se rio.

—Porque no me fío de ti. Te acabo de conocer y has bebido.

—¡Dos copas al principio de la noche! ¡De eso hace casi siete horas! Venga, no me obligues a meterte en el coche a la fuerza.

—Bah, ¡me gustaría verlo!

No se lo pensó dos veces. Se arremangó la camisa y me cogió en brazos como si yo no pesase nada. Había que ver. Hacía nada yo era una maruja con un moño en la cabeza y pijama y de repente me sentía una chica sexi, joven y con ganas de divertirse, en brazos de un hombre guapísimo. Mis carcajadas debían de escucharse en todos los barrios de la ciudad. Y eran carcajadas, la verdad, de felicidad. Qué bien me encontraba. Flotaba. ¿No me habría colado algo en la bebida?

Víctor me acomodó dentro e incluso me abrochó el cinturón. Después dio la vuelta alrededor del coche y se sentó al volante. Siempre me han gustado los chicos conduciendo…

—¿Dónde vives, mala mujer? —Le miré de reojo, lanzándole una miradita pícara. Yo no vivo en ningún sitio. ¿Qué tal si follamos para celebrarlo?—. Si no me dices dónde vives, no tendré más remedio que llevarte a mi casa. Y no queremos eso, ¿verdad?

—Yo no —puntualicé mintiendo como una bellaca.

—Haces bien desconfiando de mí, así que dime ahora mismo dónde vives. A las ocho se me acaba la caballerosidad y vuelvo a ser un golfo. —Levantó las cejas un par de veces.

—Por allí. —Señalé una calle a la izquierda.

Víctor y yo nos sonreímos y, tras un trayecto cómodo y divertido, me dejó en la puerta de mi casa como el galán que no era.

Mientras entraba en casa empecé a sentirme culpable por habérmelo pasado tan bien con Víctor aquella noche. A lo mejor sí era una mala mujer…, una mala mujer que se ponía calentorra con un desconocido.

Adrián estaba durmiendo de lado, acurrucado. Todas las noches se destapaba con sus movimientos y a esas horas empezaba a refrescar. Le tapé y, abriendo un ojo, evaluó mi estado.

—Hola, cariño. —Sonreí.

—¿Te lo has pasado bien?

—Sí, muy bien. —Gemí de placer al quitarme los zapatos.

—¿Sabes que apestas a garrafón barato? —se quejó él.

Me tiré en la cama y me dormí casi en el acto, vestida. ¿Y a mí qué más me daba a lo que oliera? Pero… ¿y lo bien que olía Víctor?

21
¿Por qué yo?

Carmen estaba tumbada en la cama. Borja, tirado también sobre la colcha, le acariciaba las piernas.

Hacía un rato que Borja había impuesto la ya clásica pausa, medida cautelar ante el brío con el que Carmen se le enroscaba. Y ella empezaba a estar algo frustrada…, por no mentar el resto de sensaciones que campaban a sus anchas por su cuerpo. Tenía unas ganas locas de desnudarse frente a Borja y echarse sobre la cama con las piernas abiertas, a ver si él podía evitar la tentación.

Tras unos minutos callados, él se inclinó hacia ella en la cama.

—Carmen…

—¿Sí?

—¿Estás enfadada?

Ella se incorporó sorprendida.

—¿Enfadada?

—Sí, no sé. Enfadada o…, no sabría decirlo.

Ella se revolvió el pelo y luego giró en el colchón hasta apoyarse sobre su cuerpo. Él la agarró poniendo las manos sobre su trasero.

—No estoy enfadada, Borja.

—Pero…

—No hay pero. —A Carmen le daba vergüenza confesar que empezaba a estar más caliente que una adolescente.

Se besaron en la boca y las lenguas dibujaron un soez círculo perfecto. Carmen se sentó a horcajadas y ella misma se abrió el sujetador y lo lanzó por encima de su hombro. Borja pareció desenfrenarse y se echó sobre su cuerpo acariciándole un pecho con desespero; ella gimió cuando la boca de Borja descendió por su cuello, pero de pronto él respiró hondo y se echó a un lado, mirando, como ella, hacia el techo.

—Borja... —susurró Carmen.

—¿Qué?

—Es evidente, porque lo es y no me hagas dar más datos, que tú también estás excitado.

—¿Cómo no iba a estarlo?

—Entonces... ¿por qué no seguimos?

—Pues...

—Venga, venga, ¿pues qué? —replicó impaciente.

—Pues la verdad es que te va a sonar pasado de moda, pero quiero que sea especial, no quiero hacerlo a lo loco y...

—Por Dios, Borja, ni que fuéramos vírgenes.

Hubo un silencio en la habitación y Borja se levantó de la cama, se abrochó el pantalón y se encendió un cigarrillo.

Carmen se incorporó, asustada de pronto.

—Borja..., ¿eres virgen?

—¡Claro que no soy virgen, por Dios, tengo treinta años!

¿Entonces?

—Yo... —Se sonrojó y le dio una honda calada al cigarro—. Yo solo he tenido una pareja.

—¿Y?

—Estuve con la misma chica desde los dieciocho hasta los veinticinco. No tengo más experiencia que esa y llevo cuatro años sin...

—¿Y qué hay de malo? Bueno, no es que lo de los cuatro años no me deje alucinada, pero…

—Pues que…, que no quiero parecer torpe contigo. No quiero hacerlo en un calentón y que no signifique nada. Quiero…

—Vamos a ver —Carmen se rio mientras se incorporaba en la cama—, yo no soy el equivalente femenino a Julio Iglesias, Borja. No me he acostado con dos mil hombres. Y lo del calentón…, bueno, es lo que viene siendo normal, ¿sabes? Es lo que suele hacer la gente que se gusta…, se calientan y…

—Lo sé, pero… yo no soy así. —Se quedaron callados. Borja la miró y enarcó las cejas, interrogante—. ¿Cuántas parejas has tenido? —le preguntó.

—Salí con un chico durante tres años y durante un año y medio con otro.

—¿Y solo has estado con esos hombres?

—Humm… —dudó. Tenía miedo de parecer una cualquiera—. No exactamente.

—Me siento intimidado —sonrió abiertamente Borja—. No quiero hacerlo contigo hasta que no desaparezca esta sensación. Y quiero que signifique cosas que, a lo mejor, es pronto para decir, ¿me entiendes?

Carmen se quedó pensativa. Conociendo a Borja, aquella situación iba a dilatarse en el tiempo de manera indeterminada…, mucho más tiempo del que ella deseaba. ¿Sería ese el momento de hacerle caso a Lola y comprarse un vibrador?

22

La resaca y las consecuencias varias de una noche como aquella...

Adrián se marchó temprano el lunes. Estaba preparando una exposición de fotos en la galería de un colega fotógrafo y tenía mucho trabajo. La inaugurarían en unas semanas. Pero, como siempre, yo me acababa de enterar y de refilón. Habíamos llevado demasiado lejos eso de no hablar del trabajo, me temo.

Yo me dediqué toda la mañana a meditar sobre cómo podía costarme tanto recuperar el sueño y la energía después de una noche de marcha. Me estaba haciendo mayor..., aunque bien pensado quizá solamente había perdido práctica. ¿Y lo de Almería? Parecía habérseme olvidado. Lo que mantenía muy fresco era el recuerdo del olor de Víctor y esa manera de morderse el labio inferior... Me dio para un par de..., para un par de fantasías. Ejem.

A mediodía Lola me llamó para intercambiar impresiones sobre el sábado mientras se comía un sándwich en su mesa de trabajo.

—Quería llamarte ayer, pero cuando Carlos se fue caí inconsciente hasta esta mañana.

—Una noche movidita, por lo que me cuentas. —No como la mía, maldije internamente.

—Quien dice noche dice día. Ese hombre es una máquina. Me folló hasta que creí que se me saldrían los ojos. ¡Qué manera de darle al metesaca! Me ha dejado el chichi…

—Estarás más relajada, ¿no? —pregunté obviando todo su despliegue de vocabulario tabernario.

—Estoy en la gloria. Para más inri, ayer por la tarde Sergio me mandó un mensaje en el que me preguntaba si podía pasar por mi casa. Le contesté que estaba acompañada y el muy panoli me llamó diciendo: «Venga, Lola, no seas cría. Los dos sabemos que estás sola». Y ¿sabes qué?

—Le pasaste el teléfono a Carlos.

—¿Cómo lo sabes?

—Te conozco. Con eso me basta.

—Que se joda. Hoy me mandó un email diciendo que en realidad se alegraba de que los dos tuviéramos las cosas claras y que le encantaba ver que yo ya no dependía de él.

—Menudo gilipollas. ¿Y no te sentó mal?

—No. Me da igual. —Mentía y en su voz se traducía una rabia contenida de tamaño colosal—. Pero, bueno, a lo que íbamos… Víctor me ha llamado hace un rato…

—Ah, ¿sí? —comenté distraída mientras hojeaba una revista.

—Sí, y me pidió tu número de teléfono.

La revista se me resbaló entre las piernas y se cayó al suelo abierta de par en par, como estaba mi boca.

—Supongo que no se lo habrás dado —dije con rapidez.

—Pues iba a decirle que eras una mujer felizmente casada y que no se hiciera el menor tipo de ilusiones, pero me vino con el cuento de que le caíste muy bien y que pensaba portarse como un caballero, que solo quería tenerte como amiga y ya… Me pareció feo no dárselo.

—Estás loca. —¡Víctor quería mi número!

—Pero te encanta que se lo haya dado.

—No, no es verdad. —Comedí una sonrisa mientras me pellizcaba un labio.

—Valeria, te considero una mujer inteligente y, a pesar de que sé que este comentario estará de más, tengo que decírtelo: Víctor es un tren de mercancías. Cuando se le mete algo entre ceja y ceja tiene que conseguirlo, y los métodos que tenga que utilizar para hacerlo le vienen al fresco. Pasa por encima de lo que sea. Es un amoral…

—¡Dios mío, es como tú en hombre!

—Yo no me lo tomaría tan a broma.

—Lola…, no va a pasar nada. A mí también me cayó bien y no hay nada de malo en que vayamos a tomar algo. Una mujer puede tener amigos.

—No como Víctor —replicó muy segura.

—Tú lo tienes como amigo.

—Por eso te lo digo. Id a sitios públicos. Ese hombre puede llegar a ser muy…

—No termines la frase. Acabo de darme cuenta de que debes de haberte acostado con él. —Me tapé los ojos.

—¡Bah! Fue una noche y estaba tan borracha que ni cuenta me di.

—No me lo creo.

—No, haces bien; el cabrón folla como un dios y tiene una polla de dos palmos. Me corrí tres veces.

Pestañeé unas cuantas veces seguidas y quise olvidarlo al momento.

—Vale, Lola. No me des más datos, por favor.

—Entonces no te diré que se me corrió en la boca y que es de los que les mola que te lo tragues mientras le miras a los ojos.

—Oh, Dios… —Me tapé la cara.

—Nos vemos una tarde de estas, ¿vale? Me pasaré por tu casa. Quiero ver a Adrián e informarme bien sobre esa exposición de la que tú solo sabes dar datos inconexos.

—Vale.

No pude decir mucho más. Colgó. Como siempre.

Lola fue a su agenda roja y pasó hojas con soltura para apuntar en el día de la exposición: «Rescatar a Valeria o buscarle un abogado especialista en divorcios». Se mordió el labio preocupada con la idea de haberse equivocado al provocar toda aquella situación.

Eran las seis de la tarde cuando sonó mi teléfono. Llegué por los pelos desde la cocina, donde me estaba tomando un tazón de leche con cereales sentada sobre la encimera.

Se trataba de un número que no conocía, de modo que supuse de inmediato que era Víctor. Un avispón me agujereó el estómago. Carraspeé, aclarándome la voz, y contesté:

—¿Sí?

—Me apuesto una cena a que Lola ya te puso sobre aviso sobre esta llamada. —Su voz acarició de una manera sexual cada una de las sílabas.

—Cierto. —Tragué saliva.

—Me debes una cena.

—No acepté la apuesta. Directamente te di la razón.

—Te las sabes todas. ¿Estás ocupada?

—Pues… —Miré alrededor para ver qué podía inventarme.

—Eso es que no. ¿Por qué no me paso a recogerte y nos vamos a tomar algo?

—No sé…, se haría muy tarde. —Vagabundeé por la habitación—. Y no sé qué podría pensar Adrián.

—¿Estás sola?

—Sí.

—Pues venga, baja… —suplicó—. Llevo quince minutos frente a tu puerta armándome de valor para llamarte.

—Víctor…, yo…

—¡Incluso recuerdas mi nombre! Solo un café rápido.

—¿Quieres que te diga la verdad? Es poco glamurosa. —Me miré en el espejo con horror.

—Venga, sorpréndeme.

—Voy en ropa de casa.

—¿En salto de cama?

—No, no, yo… —dije apurada.

—Era broma. Ponte cualquier cosa. Te espero. —Colgó.

A hurtadillas, me asomé por la ventana y lo vi en la acera, apoyado en su coche. Llevaba puestos unos vaqueros, una camiseta gris lisa, un cárdigan de un gris un poco más oscuro y unas gafas de sol RayBan que le quedaban como si a un helado de vainilla le echas chocolate caliente por encima. Ciertamente, daban ganas de darle mordisquitos y luego lamerlo.

No muy orgullosa de mí misma, me acerqué emocionada al armario y lancé por encima de mi hombro los que un día fueron mis vaqueros preferidos y una camiseta muy casual de escote desbocado que se me escurría irremediablemente hacia abajo. Lola siempre decía de ella que era «sexi pero informal». No era, desde luego, el tipo de ropa que solía llevar últimamente, pero cuando me la puse y me vi en el espejo no pude más que confesar que me sentía favorecida.

Me hice una coleta de caballo despeinada y en el ascensor me entretuve poniéndome brillo de labios, colorete y rímel. Crucé la calle corriendo y le saludé con dos besos.

—¿Qué tal? ¿Qué haces por aquí?

Víctor sonrió, seguro de sí mismo, mientras me hacía un escáner visual. Luego contestó:

—Básicamente, te acoso. Si quieres vamos a la comisaría. Yo mismo me entregaré.

Chasqueé la lengua, puse los ojos en blanco y, tras pedirle permiso, me subí al coche. Me asomé por la ventanilla abierta y le pregunté adónde quería llevarme.

—¿Adónde quiero llevarte? —Se rio—. Esa pregunta es peligrosa.

Se subió al coche y nos quedamos mirándonos.

—¿Está usted coqueteando con una mujer casada, caballero?

—¿Está usted coqueteando con un hombre que no es su marido?

—Me prometiste que te portarías bien. —Hice un mohín.

—Eres tú la que se está portando mal. —No dejaba de sonreír mientras ponía el coche en marcha.

—No entiendo por qué.

—Dime que no te has puesto esos vaqueros y esa camiseta porque sabes que te quedan de vicio.

—Me gusta salir a la calle con buen aspecto. —Al menos desde que te conozco, añadí mentalmente.

—¿Vas a jugar a volver loco al chico soltero?

Nos miramos, divertidos.

—En absoluto.

—Eso espero. Supondría un problema que yo también jugara a volver loca a la mujer casada.

—Apuesto lo que quieras a que no es la primera vez que lo haces.

Se echó a reír.

—Lo siento, Víctor. Mejor tira la toalla. Conmigo no tienes nada que hacer. —Sonreí mientras hablaba.

—Oh…, no, no, no hagas eso. Lo vas a convertir en un juego apasionante.

—Tu proposición no incluía estas cosas… —Me miré las puntas del pelo, sin darle importancia.

—Lo sé. Mejor me portaré bien. No quiero verme al amanecer en un duelo a muerte.

—Aprendes rápido. —Observé cómo movía suavemente el volante—. ¿Qué tal el día?

—Humm…, bien. —Se rio—. Joder, hacía tanto tiempo que nadie me preguntaba algo así que no sé ni qué decirte.

—Es solo una pregunta de cortesía.

—¿Te gusta la cortesía? —Me miró fugazmente y se mordió el labio.

—Me gusta la naturalidad.

—Entonces yo no te preguntaré qué tal ha ido el día. Prefiero decirte que he pasado parte del mío acordándome de ti.

Los dos nos reímos.

—¿Adónde me llevas? —pregunté.

—A mi casa. Te voy a atar a la cama y te haré cosas perversas hasta que grites mi nombre. —Me quedé con la boca abierta sin saber qué contestar—. Vaya, aún suena mejor que en mi cabeza. —Se echó a reír y puso el intermitente.

¡¡Joder!! ¿Eso que sentía en la entrepierna era que me estaba poniendo cachonda solo con verlo conducir? Eché un vistazo a su cuerpo mientras él se concentraba en atravesar una rotonda con mucho tráfico: el pecho que se le marcaba, bien formado, bajo la camiseta; el vientre plano y… ¿ese bulto? Pensé en Lola.

—Vaya por Dios… —murmuré.

—¿Qué pasa?

—Eh…, qué tráfico.

Me echó una mirada de reojo y sus labios se curvaron en una mueca muy sexi.

—Cuando te canses de mirar, puedes tocar.

Me puse como un tomate.

—¿Qué dices? ¡Yo no te estaba mirando!

—Súbete un poco la camiseta, anda, que solo me falta verte el sujetador de encaje para terminar de ponerme tonto.

En una maniobra suave aparcamos frente a un parque enorme.

—Como ves, ni es mi casa ni te voy a atar a la cama con mi cinturón. Aún.

—¿Vamos a pasear? —pregunté con cara de buena chica.

—Y a tomarnos un café. Quédate aquí un momento.

Víctor bajó del coche y dio la vuelta hasta llegar a mi puerta. La abrió y me dio la mano para ayudarme a salir de su Audi. Al hacerlo, me pegó a su cuerpo y, acercando la nariz a mi cuello, susurró:

—Hueles deliciosa.

Tuve ganas de decirle que él olía de vicio y que no podía dejar de pensar en mis dedos desabrochando su pantalón. Pero mejor le dirigí una sonrisa enigmática y anduve delante de él, hacia la cafetería que había al otro lado de la calle.

—¿Qué quieres tomar? —preguntó mientras tiraba de mi mano y me plantaba en la puerta.

—Humm…, un café americano.

—Vaya… —dijo sonriendo—. Una chica dura. ¿Sin leche?

—Sin leche ni azúcar.

—Espérame aquí.

Cuando Víctor desapareció dentro de la cafetería, respiré hondo tratando de tranquilizarme. La calle estaba muy concurrida. La gente empezaba a salir de trabajar y de pronto recordé la sensación que tenía siempre que bajaba en el ascensor de la empresa, hacia la calle. Con qué ansia esperaba salir de la redacción cada tarde para marcharme a casa a escribir como una loca… La historia me perseguía allí donde fuera, en aquello que hiciera. Todo eran ecos de lo que quería escribir, caminos alternativos, diálogos mejor llevados, personajes más reales…

De pronto Víctor me tocó un hombro y me pasó el café preparado para llevar. Le di las gracias.

—¿En qué piensas?

Me mordí el labio y, después de poner los ojos en blanco y suspirar, respondí:

—En nada. Dejé la mente en blanco.

—Bueno…, como esta noche no creo que puedas dormir —susurró mirando mi café—, ¿por qué no damos una vuelta? A lo mejor consigo cansarte y duermes como los bebés.

—Oh, no, nunca duermo como un bebé, más bien como los murciélagos. De noche nunca tengo sueño, pero no intentes levantarme de la cama antes de las diez de la mañana.

Cruzamos la calle y me rodeó la cintura con su brazo izquierdo.

—No sería mi intención sacarte de la cama. —Me miró de reojo y puntualizó—: Más bien meterte en la mía.

Me reí, me separé un poco, carraspeamos y seguimos andando.

—Debes de tener el horario cambiado por la rutina de la escritora —dijo de pronto.

—No, no es por eso. Es por la teletienda de madrugada. Me pirra.

Le guiñé el ojo y él añadió «pornoadicta» entre dientes.

—Cambiemos de tema. No quiero empezar contigo una conversación sobre el porno. Es mejor no despertar a la bestia. —Se rio.

—¿Yo soy la bestia?

—No. Me refería más bien a mis ganas de tumbarte encima de ese capó… y ese… y ese… —Fue señalando todos los coches junto a los que pasábamos—. Dime, ¿cómo se llama tu primera novela? Quiero comprarla.

—*Oda*. Pero no la compres. Yo tengo ejemplares de la primera tirada en casa.

Me miró con las cejas levantadas y ladeó la cara.

—Menuda vendedora estás hecha…

—Lo sé. Soy pésima haciéndome marketing. Si por mí fuera, ninguno de mis conocidos habría gastado un euro en comprar el libro.

—Dime que tu marido no te lo permitió.

—No, pero no por un concepto económico, sino por otro más bien relativo al valor del arte. Adrián para estas cosas es muy… —hice un gesto con la mano que tenía libre, buscando las palabras—, quizá el término sea «filosófico». Desde que vendió su primera fotografía opina que el intercambio económico entre artista y comprador es más parecido a un mecenazgo que a una transacción del mercado y que, además, aumenta el valor intrínseco de la obra dándole el verdadero significado de arte.

Víctor abrió los ojos de par en par.

—¡Vaya!

—Ya. Tiene una vida interior muy rica. —Y pensé que, lamentablemente, demasiado interior.

—Pero… no estoy muy de acuerdo. —Me paré y le miré, a la espera de su pregunta—. ¿Cree que toda obra sujeta a la ley de la oferta y la demanda es arte?

Esto sí que no me lo esperaba. ¡Una conversación de verdad! ¡Con el hombre de las largas piernas y la boca más sexi que había visto en mi vida!

—No exactamente. También tiene una opinión bien formada sobre el efecto «bestseller» y las modas. —Reanudé la marcha.

—Un hombre inteligente.

—Y guapo. Tengo un gusto exquisito. —Nos reímos. Lo pensé durante un segundo y decidí que, dadas las credenciales con las que venía aquel hombre, era mejor no andarse con chiquitas con él. Así que le pregunté—: Dime, Víctor, ¿por qué me has llamado?

Asintió, como si esperara que tarde o temprano le hiciese aquella pregunta.

—Me quedaron muchas preguntas sobre ti el sábado. Me pareces alguien interesante. Una mujer que no debo descartar por no poder meter en mi cama.

Sonreí al tiempo que le quitaba las gafas de sol del cuello de la camiseta y me las ponía.

—Según Lola, tu tipo de mujer es otra.

—Bueno… —Se echó a reír, avergonzado—. Según lo que entiendas por tipo de mujer. ¿Puedo ser franco contigo sin que creas que soy un guarro?

—Claro. —Le devolví las gafas, colocándoselas en el mismo lugar sin tocarle.

Al colgarlas en el cuello de la camiseta atisbé un poco de vello en su pecho y, válgame Dios, qué pensamiento más tórrido me vino a la mente… Concretamente, mi lengua en dirección descendente por todo su torso. Descendente, que conste.

—Una cosa es la mujer que yo busco para pasar un buen rato, aunque pase con ella un par de meses. No nos tomamos muy en serio esas… —dudó un momento— relaciones.

—Guarrindongo —me reí.

—Un poco, sí.

—Entonces, ¿qué interés tienes en tomarte un café con alguien como yo? —Levanté una ceja.

—Nunca sobran las amistades, ¿no?

—¿Tienes muchas amigas como yo? —Y la pregunta fue toda una provocación.

—No —se rio.

—¿Por qué te ríes al decir que no?

—Quizá deba aclarar que en el pasado tuve algunos problemas para discernir entre…

—Ah, ya, ya entiendo.

—¿Te ha pasado?

—Sí, y acabé casándome con él.

—Explícame una cosa… ¿Por qué te casaste con veintidós años? Eres una mujer aparentemente independiente, inteligente, con su propio círculo de amistades, sin hijos…, porque no tienes hijos, ¿verdad? —preguntó parándose de nuevo.

—No, no los tengo. Sigue andando y bájate las gónadas de la garganta.

—No me asustaría que los tuvieras —aclaró.

—Ya, claro. La cuestión es que no tiene nada que ver con eso. Ni con la independencia, ni con las amistades, ni los hijos, ni la inteligencia. Bueno, quizá sí habría sido más inteligente que hubiera esperado, pero siempre tuve una idea más romántica que real sobre el matrimonio.

Me apoyé sobre una barandilla y luego me subí a ella y me senté haciendo equilibrios, mientras le daba un sorbo al café. Víctor estaba de pie, frente a mí, mirándome. Le sostuve la mirada durante al menos dos minutos, en los que, en silencio, nos examinamos al milímetro casi riéndonos. Coqueteo visual, supongo. Qué extraña pero cómoda situación.

—¿En qué trabajabas antes de ser escritora? —rompió el hielo él de nuevo.

—En una página web, era gestora de contenidos. ¿Y tú?

—Yo siempre trabajé en la empresa de mi padre. —Quizá no se había acercado, pero de pronto notaba su cuerpo mucho más cercano.

—Entonces…, eh… —miré hacia el cielo en busca de una pregunta absurda que rompiera el extraño momento de complicidad—, ¿qué fuiste en tu anterior vida?

—¿Y tú?

—Yo fui musa de un pintor. Ya sabes, de las de curvas rechonchas y sexis.

—Entonces desearía haber sido pintor…

Me reí. Sí, con aquello acababa la magia. Burdos trucos para postadolescentes impresionables. Justo a tiempo sonó mi móvil. Lo saqué y vi que tenía un mensaje de Lola:

«Valeria, eres una mujer mala de vida alegre que me va a arrastrar al infierno con ella. Aléjate ahora mismo de ese hombre. No le mires a los ojos o cuando te descuides estarás follándotelo en un portal. Luego te quedarás ciega y se te caerán las manos. Al menos eso decían las monjas que me daban clase».

Me reí de nuevo.

—Es Lola. —Me rasqué la frente, levanté la mirada hacia el cielo y dejé caer el móvil dentro de mi bolso otra vez.

—Lola, Lola… —Él también se rio y se sentó a mi lado en la barandilla.

—En un portal, ¿no?

—No debería haberte contado eso. —Volvió a reírse, pero mucho más orgulloso que avergonzado.

—Bueno…, ¿por qué no?

—Sois unas morbosas.

Se levantó, me cogió de la mano y me ayudó a bajar. Yo solté su mano como si ardiera. No quería tocarlo demasiado.

—Valeria…

—Dime.

—¿Sería ir demasiado lejos si te invito a una copa de vino mañana por la noche?

—Sí.

—Ya, entiendo… —Agachó la cabeza y metió las manos en los bolsillos.

—Mejor el jueves.

Sonrió y yo seguí andando un par de pasos por delante de él mientras me sentía, en el fondo, tremendamente culpable por querer volver a verlo. Víctor tenía algo… diferente.

23

Culpable de todos los cargos…

Lola miraba a Sergio agazapada detrás de sus sublimes gafas de pasta, frente al ordenador. Y digo sublimes porque todo el gusto del que carecía para elegir a los hombres lo tenía para los complementos. Faltaban poco más de diez minutos para el final de la jornada y muchos de sus compañeros ya recogían y apagaban sus ordenadores. Ella, sin embargo, esperaba para hacer que un efecto dominó le cayera encima a Sergio y disfrutar molestándole.

Uno a uno, todos se fueron de la oficina y ella se quedó fingiendo estar muy ocupada a la espera de lo que evidentemente iba a suceder.

Sergio rondó su mesa como quien no quiere la cosa y, después de vagabundear por allí unos minutos, se acercó. Llevaba el traje impoluto y al apoyarse en la mesa de trabajo de Lola se desabrochó el botón de la chaqueta con una elegancia innata que casi consiguió descentrarla.

—Lolita… —le susurró.

Pero ese «Lolita» de nada le valdría, porque hacía cinco minutos, con premeditación y alevosía, le había dado un toque a Carlos, que esperaba desde hacía tres días que Lola le llamara. Era cuestión de minutos que le devolviera la llamada y, entonces, Sergio la escucharía hablar con él. La cuestión era saber alargar lo suficiente la conversación como para que todo fuera según lo planeado.

—Dime —respondió ella.

—¿Te apetece una copa de vino en mi casa?

Lola puso su estudiada cara de «me lo estoy pensando» y luego negó con la cabeza.

—Será mejor que no. Estoy esperando una llamada.

—¿Y si no la recibes?

—La recibiré. —Se miró las uñas, pintadas de marrón chocolate.

—¿Cómo estás tan segura?

Le mantuvo la mirada mientras pensaba en lo segura que estaba de que su plan surtiría efecto.

—Simplemente lo sé.

Su móvil empezó a sonar justo entonces y Sergio espero allí. Él creía que acabaría la noche en su cama…

—¿Sí? —contestó Lola.

—Dijiste que llamarías el lunes —susurró la voz de Carlos desde la otra parte de la línea.

—Soy mala, pero por eso te gusto tanto.

—Tienes razón. ¿Paso a por ti? Te echo de menos.

—¿Sabes dónde trabajo?

—Dame diez minutos, estoy muy cerca.

Lola sonrió y colgó. Miró a Sergio y, fingiendo un gesto compungido, le dijo que esta vez no podría ser. Recogió el bolso, se miró en el espejo de mano y se retocó el pintalabios y se empolvó un poco la cara. Bordeó a Sergio, pero este la cogió del brazo y la mantuvo a su lado.

—Lola…

—Dime —repuso mientras se atusaba el pelo.

—¿Esto es por despecho?

—Sergio…, andas bastante equivocado conmigo desde hace tiempo. —Cogió los dedos de Sergio y los fue desprendiendo uno a uno de su ropa.

—No tiene otra explicación. ¿Me castigas? ¿Es eso?

Lola sonrió.

—¿Sufres? —le preguntó ella con una sonrisa sardónica en los labios.

—Simplemente estoy nervioso, Lola, no sé a qué atenerme contigo.

—Simplemente nunca debiste dar las cosas por sentadas.

Salió andando despacio. Sabía que él iría detrás de ella para asegurarse de que no se estaba marcando un farol, pero Carlos, más rápido de lo que ella esperaba, le puso la guinda al pastel y la aguardaba con su moto frente a la puerta del edificio. Sergio se quedó en la puerta, parado, aplastado mientras Lola saludaba a su nuevo amante con un beso antes de ponerse el casco y subirse a la moto junto a él.

Todo le había salido a la perfección… Entonces… ¿por qué se sentía tan vacía? ¿Por qué tan triste?

Carmen encendió unas velas perfumadas y colocó el incienso en la mesa baja del salón. La botella de champán se enfriaba en la cubitera y había un cuenco de fresas frías preparado junto a las dos copas. Borja subía por las escaleras y ella estaba peinada, depilada y perfumada para el momento.

Cuando le abrió la puerta, Borja dio un brinco, asustado. Una Carmen que no conocía lo esperaba en el quicio con una bata de satén que se abrió en cuanto Borja cerró la puerta tras de sí. Bajo la bata llevaba un escueto camisón que decía mucho de lo que Carmen esperaba de aquella noche.

—Hola cariño —susurró él anonadado con los ojos clavados en los pechos de su novia.

—Hola...

Borja le dio un beso en la boca y se fue directamente a la cocina, donde dejó unas bolsas.

—He pasado por el restaurante japonés y he traído algo de cena. Bueno, cena para ti, porque yo no me como eso ni loco. Espero que tengas algo en la nevera.

Carmen lo agarró por el cuello de la camisa y, acercándolo a ella, le dijo que quería pasar directamente al postre.

—Estás un poco rara, ¿no? —repuso él acongojado.

—No, no estoy rara. Estoy… —se lo pensó un poco pero al final confesó—, estoy cachonda.

Borja abrió los ojos de par en par y de pronto cayó sobre el sofá con Carmen sentada a horcajadas encima.

—Carmen, ¿por qué no te tranquilizas?

—Porque no quiero.

Le besó el cuello y empezó a desabrochar la camisa. Borja, claro, no estaba excitado, estaba aterrorizado, así que cuando Carmen metió mano dentro de su pantalón se llevó la decepción de ver que ella corría demasiado, que Borja no tenía ni amago de erección y que aquello parecía una película de Gracita Morales. Menuda primera vez para tocar la mercancía.

Miró a Borja a los ojos, chasqueó la lengua y se fue hacia la habitación, donde se encerró con un gran portazo. Él se acercó confuso a la puerta, con sigilo, pero antes de que pudiera llamar, ella volvió a abrir vestida con un pantalón corto y una camiseta con el cuello dado de sí.

—Carmen…, ¿qué pasa? —La cogió por la cintura.

—Tú sabrás —contestó tratando de zafarse.

—No, yo no sé nada y, la verdad, me estoy quedando un poco alucinado con este despliegue de sinrazones.

De pronto Carmen se dio cuenta de que no estaba discutiendo con su novio de toda la vida que la conocía y que perdonaría y pasaría por alto algunas rarezas. Borja y ella apenas llevaban juntos unas semanas. Se sintió avergonzada.

—Lo siento, Borja. Yo… no sé qué me pasa. No sé comportarme con este asunto. —Se revolvió el pelo.

—Pero ¿qué asunto? ¿Qué problema hay?

—Pues… —Señaló el sofá, donde acababa de admitir que estaba cachonda—. Eso.

—Carmen… —Borja se rio—. Tú has visto demasiadas películas porno.

Horrorizada, ella ni siquiera tuvo fuerzas de negarlo, mientras Borja se encendía un cigarrillo y se dejaba caer en el sofá.

—Con aquel comentario…

—¿Qué comentario? —se apresuró a preguntar Carmen.

—Al decirte que me sentía algo intimidado no esperaba esto…, más bien lo contrario. No te estoy pidiendo nada del otro mundo. Solo que mires hacia otra parte, que te distraigas, porque tengo muchas ganas de hacerte el amor, Carmen, pero quiero que pase a mi manera y estoy empezando a sentirme un poco presionado.

—Es que… nunca pensé que un hombre pudiera tener esa… opinión.

Carmen empezó a temer que Lola tuviera razón y que Borja, por mucho que le gustara, fuera un poquito meapilas…, pero entonces él dejó el cigarrillo en el cenicero y, tras obligar a Carmen a sentarse sobre él, le susurró al oído:

—Déjame que te sorprenda. No necesito saltos de cama, ni velas, ni ninguna de esas chorradas. Solo quiero tenerte desnuda en la cama y poder hacer todo lo que quiero hacer. Y que cuando nos corramos, signifique algo de verdad.

—No deberías haber dicho eso… —lloriqueó Carmen entre la risa y la desesperación.

—¿Por qué?

—Porque me arrancaría la ropa ahora mismo.

Borja se echó a reír y se marchó a la cocina dejando a Carmen suavemente a un lado del sofá. Entonces ella lo admitió: quizá era una ansias, quizá él estaba barajando el factor sorpresa…, quizá aquella podría ser su primera relación de verdad.

Me miré de nuevo en el espejo y me retoqué el pintalabios y el colorete, consultando el reloj de vez en cuando. No me gusta hacer esperar a nadie.

Adrián había llegado a casa hacía un rato y estaba muy concentrado tirado en el suelo haciendo una selección de fotografías, en silencio. Le había preguntado si le molestaba que me fuera a tomar algo, pero él susurró que no.

—No voy a ser muy divertido esta noche. Tengo que decidir de una vez qué fotos de esta serie voy a presentar en la exposición.

Tuve ganas de decirle que nunca resultaba demasiado divertido, pero estaba decidida a ser una buena esposa, al menos mientras estuviera en casa.

—¿Quieres que me quede y te ayude? —pregunté solícita.

—Qué va. Tengo que hacerlo solo.

Solo. Como todo. También debía apañarse él solo con su mano, porque si no...

Salí del cuarto de baño calzando unos tacones altísimos, unos vaqueros rectos y una camisa blanca entallada con un par de botones sin abrochar. Adrián me miró sorprendido.

—Vaya, qué guapa. ¿Te llevan las chicas a algún local chic de los suyos?

—No salgo con las chicas hoy. Voy a tomar algo con un amigo.

Se quedó callado un momento.

—¿Con quién?

—Con Víctor.

—¿El amigo de Lola?

—Sí. —Me miré de cerca en un espejo sin darle importancia al tema.

No dio muestras de que aquello le molestase, pero antes de que pudiera añadir nada más, sonó el fijo de casa. Miró el teléfono y me lo lanzó.

—Es para ti.

Descolgué.

—¿Sí? —contesté mientras me miraba la manicura. Con lo bien que quedaban las manos arregladas, ¿cómo podía haberlas llevado siempre hechas un desastre?

—Hola.

—¡Hola, Nerea! ¿Qué tal?

—Pues… desconecto un par de semanas y cuando vuelvo a manifestarme de entre los muertos Carmen tiene novio, Lola lo ha dejado con Sergio y tiene otro rollo y tú sales por ahí con un colega de Lola como si fuerais novios adolescentes. No sé qué pensar.

—Qué tonta eres. ¿Qué tal con Dani?

—Muy bien, pero no cambies de tema. ¿Cómo es que sales por ahí con ese chico?

—Me cae bien y es divertido.

—Y por lo visto también es bastante guapo. Dime, por Dios, que no estás coqueteando con la idea de tener un amante.

—Claro que no, loca.

—Cuéntamelo todo, por favor, Val…

—No puedo. Estoy esperando a que me recojan.

—¿Las chicas? ¿Y no me habéis avisado? —preguntó alarmada.

—No, Víctor.

—Víctor es el otro.

—Lo dices como si fueran personajes de una copla de la Piquer —contesté al tiempo que vigilaba a Adrián por el rabillo del ojo.

—Ay, Valeria, por Dios, que tú eras la sensata…

—No te preocupes tanto, Nerea. Te saldrán canas. —Seguro que estaba parafraseando a su madre sin saberlo.

—¿Cenamos mañana? —propuso.

—Por mí perfecto. ¡Oye! ¿Sabes lo de la exposición de Adrián? —Lancé una sonrisa hacia donde estaba él.

—¡No!

—Expone en una galería dentro de unas semanas. Vendrás, ¿verdad?

—Claro que sí. ¿Puede venir también Daniel?

Un coche hizo sonar el claxon un par de veces en la calle. Adrián se asomó.

—Por supuesto —contesté a Nerea sin saber ni para qué le estaba dando el beneplácito.

—Creo que tu amigo está ahí abajo —dijo Adrián con sorna.

—Nerea, te tengo que dejar. Mañana hablamos, ¿vale?

—Besitos y no hagas nada que yo no haría.

—Duerme tranquila.

Colgué el teléfono, le di un beso a Adrián y bajé las escaleras a toda prisa.

Víctor me esperaba apoyado en su coche con vaqueros y una camisa negra que le quedaba como si la hubiesen cosido sobre su cuerpo. Qué barbaridad de hombre. Nos saludamos con un solo beso en la mejilla, pero cuando Víctor te daba un beso en la mejilla una de sus manos se instalaba en tu cintura, pegándote mucho a él, y la otra en el cuello. En las décimas de segundo que duraba aquel gesto, le daba tiempo a juguetear con un mechón de tu pelo. Tenía tanta práctica que le salía solo.

Después nos miramos un momento y poco a poco, sin apenas darnos cuenta, las comisuras de nuestros labios se arquearon hasta formar una sonrisa pérfida e incluso sensual que, probablemente, decía más de lo que pretendíamos.

Un cosquilleo en la nuca me recordó que, seguramente, Adrián estaba mirando desde la ventana como quien no quiere la cosa, así que le apremié para que me dejara sentarme en el coche. Además de por la vigilancia de mi marido, no era cuestión de seguir violándole visualmente de aquella manera. Víctor dio la vuelta, se sentó frente al volante y sin más dilación nos pusimos en marcha.

—¿Hoy no me preguntas qué tal el día? —dijo sonriente mientras se incorporaba al tráfico.

—¿Qué tal el día?

—Se ha hecho muy largo. He pensado mucho en ti y en la camiseta del otro día.

—Eres un cerdo —me reí, muy coqueta.

—Tengo ojos en la cara. Hoy tampoco estás nada mal, que conste.

—Lo mismo digo.

—¿Qué te hace tan sexi, Valeria?

—No soy sexi, eres tú, que estás enfermo.

—Enfermo me pongo cada vez que te veo, tienes razón, pero de morbo.

Lancé un par de carcajadas y le golpeé el brazo.

—Déjalo ya.

—El chico asomado a la ventana del cuarto piso era tu marido, ¿verdad? —preguntó con los ojos sobre el retrovisor.

De verdad, Víctor al volante era como una escena de porno para mí. Pero ¿qué tenía que me excitaba tantísimo?

—Es probable.

Sonrió, se acomodó en el asiento, cambió de marcha y aceleró para incorporarse al tráfico de una avenida muy amplia de tres carriles.

—¿Está inquieto con la idea de que te lleve por ahí?

—No creo. No tiene motivos.

Se mordió el labio y giró a la derecha en una pequeña bocacalle.

—Ah, ¿no? —susurró malicioso.

—No.

—Qué pena…

—No sé qué esperabas. —Me reí.

—Esperar, esperar…, nada del otro mundo. Desear…

—Víctor. —Miré distraída por la ventanilla—. Me doy perfecta cuenta de que esto es simplemente un juego de palabras. No hay nada de verdad tras esos comentarios.

—Tienes razón. Nunca podría desear meterte vestida dentro de la ducha de mi casa y arrancarte la ropa empapada.

Lo miré. Había detenido el coche y miraba hacia delante con una sonrisa cínica en la boca.

—Bah, si quisieras no lo dirías.

Pasó el brazo por encima del reposacabezas de su asiento para aparcar, sin dejar de sonreír, y cuando el coche estuvo perfectamente colocado junto a la acera me miró mordiéndose el labio inferior.

—¿Qué? —espeté contagiándome de su sonrisa.

—¿Crees en serio que no lo diría?

—Sí.

—¿Por qué?

—Por pudor —dije como si fuera algo evidente.

Torció la boca en una mueca perversa.

—Yo no tengo de eso. Vamos a aclarar las cosas —dijo muy seguro de sí mismo mientras se desabrochaba el cinturón de seguridad y se giraba hacia mí—. Que no pueda no significa que no me apetezca. Y por supuesto que me apetece meterte en mi cama. Ahora mismo haría volar todos los botones de tu camisa con un solo tirón, te lo aseguro. Otra cosa es que conozca mis posibilidades y me dedique solamente a fantasear. —Tragué con dificultad. Él siguió—: Cosa que, por supuesto, hago. Y creo que tú también. Mientras se quede ahí, no creo que suponga ningún problema para mí, para ti o para tu marido. Si estoy equivocado, por favor, corrígeme.

—Jamás he fantaseado contigo.

—Bueno, yo contigo sí. Y no sabes los buenos ratos que me haces pasar. Tengo fe en que más pronto que tarde yo también te los haré pasar a ti. —Abrió la puerta del coche y salió. Yo le imité. Al juntarnos en la calle yo ya no sonreía, pero disimulaba haciendo como si buscara algo en mi bolso de mano. Él me rodeó con el brazo y, zarandeándome suavemente, añadió—: Relájate, Valeria. Vamos a charlar un rato, a tomar un poco de vino y a escuchar jazz. No vamos a hacer nada que tengas que ocultar a tu marido, ¿vale? No estás haciendo nada malo.

Asentí. De pronto me sentí mejor. Era una presuntuosa. Un hombre como él, con su historial de conquistas, era evidente que no intentaría nada conmigo.

Después, la noche pasó tan rápido que no me enteré…

Me dejó en casa a las doce y media de la noche. Las tres copas de vino tinto sin haber cenado nada se me subieron tímidamente a la cabeza. Me lo había pasado de maravilla, aunque esa expresión resulte repipi. Además, estaba un poco achispada y tenía ganas de encontrarme a Adrián despierto y juguetón. A decir verdad, tanto tiempo de abstinencia, el vino, las luces tenues del local, el sensual sonido del jazz y el suave y elegante coqueteo de Víctor habían terminado por despertar ciertos instintos en mí, por no hablar del olor que desprendía su cuello. Víctor tenía una manera muy sutil de hacer que una mujer se volviera loca de ganas. Simplemente se inclinaba hacia ti, apartaba tu pelo suavemente hacia un lado y susurraba junto a tu oído. Aquello era suficiente para ponerme la piel de gallina y de paso erguir mis pezones dentro del sujetador.

Víctor debería ir con un cartel de precaución enorme y luminoso junto a él…

Pero por muchas ganas que tuviera, al abrir la puerta de casa me recibió la oscuridad total. Adrián roncaba con sordina en la cama, así que entré en la cocina, piqué algo de la nevera, fui al baño, me lavé los dientes y la cara con agua fría y me desmaquillé antes de meterme en la cama. Cuando fui a ponerme la camiseta de dormir me lo pensé mejor y, tras rebuscar en el último cajón de la cómoda, rescaté mi camisón de raso negro.

Me tumbé y aunque pensé en la posibilidad de despertar a Adrián a las bravas y desnudarme sin pudor, noté cómo el sopor venía a rendir cuentas de mi consumo de vino…

«Notaba la respiración de Víctor agitada junto a mi cuello mientras sus labios lo recorrían entero y sus manos me acercaban a su cuerpo. Y notaba su perfume, mientras pensaba que me gustaba demasiado.

»Me colocó delante de él y de un tirón me abrió la blusa. Todos los botones rodaron por el suelo desconsolados y él me agarró el pecho con desespero y me besó apasionado en la boca, con desenfreno…, con lengua. Con los dedos índice y pulgar me pellizcó el pezón y me hizo gemir.

»Yo también le quité la ropa. No sé cuántas piezas, muchas, como un milhojas, pero de pronto estaba sentada sobre él. Víctor yacía tumbado en una cama en una habitación con pinta de suite de hotel que recordaba vagamente a uno que visitamos Adrián y yo cuando solo éramos novios. Pero no era Adrián. No. Era Víctor en una espléndida desnudez susurrándome que quería estar dentro de mí y hacer que me corriera. Me balanceé sobre su erección y de pronto, en un hondo gemido, empezamos a follar.

»Me acarició todo el cuerpo con las manos y era como si supiera en cada momento dónde debía tocar. Cambiamos de postura, se puso encima de mí y de repente estaba atada al cabecero de la cama. Le sujeté con las piernas con su erección clavada profundamente, sintiendo la fricción de su cuerpo y el mío más salvaje en cada penetración, y grité cuando una fibra vibró dentro de mi cuerpo. Dios. Pero ¡qué bien lo hacía!

»De pronto, estábamos arrodillados sobre la cama y aunque no sabía cómo habíamos llegado a aquella postura, no me importaba lo más mínimo, porque Víctor estaba entregado, penetrándome con mi espalda pegada a su torso y sus manos sujetando mis pechos, que temblaban en cada embestida.

»Empecé a gemir desesperada y me pareció sentir incluso la vibración en mi garganta. Pensé que estaba a punto de despertarme. Me enfadé, porque iba a perderme un orgasmo brutal, así que le pedí a Víctor que acelerase el ritmo y él, sobre mi cuerpo otra vez, gimió con los labios pegados al lóbulo de mi oreja. Una colección de gemidos, uno detrás de otro, más rápidos, más rasgados, rítmicos, y de pronto sentí que me iba, que me iba, que me iba y que Víctor, sosteniéndose con sus fuertes brazos sobre mí, lanzaba un quejido de alivio que…», me despertó.

Me incorporé en la cama, jadeando y empapada. Adrián que estaba a mi lado se había despertado también.

—¿Qué pasa? ¿Estás bien? —preguntó adormilado.

—Una pesadilla —dije mientras intentaba recuperar el aliento y notaba el súbito hormigueo en las piernas.

—Bueno, vuelve a dormirte, no es nada.

Me tumbé de nuevo. Pesadilla…, sí; pesadilla es que otro hombre me hiciera correrme de aquella manera en sueños mientras mi marido dormía plácidamente a mi lado, abrazado a su libido muerta.

24
Confiesa, pecadora...

El sueño me produjo, por supuesto, una profunda desazón que se vio alimentada (y con creces) por la expectativa de la cena de aquella noche con las chicas. Estaba claro que no iba a poder callármelo ni esconderles el hecho de que había tenido un sueño tórrido con alguien que era «solo un amigo».

En principio no había nada de malo en aquello, pero pensé que después de la conversación que habíamos mantenido la noche anterior, seguida de las copas y la velada de jazz, la situación tenía agravantes. Por otro lado, si lo pensaba bien, me tranquilizaba la idea de poder compartir aquel secreto que me quemaba por dentro en todos los sentidos. Yo no era muy buena confidente de mí misma. Necesitaba desahogarme con frecuencia. Normalmente, si eran asuntos que despertaran verdadera preocupación, solía comentarlos con mi hermana o mi madre. El resto era incumbencia de las chicas. Siempre daban tres visiones totalmente diferentes e incluso contrapuestas, pero cuando coincidían era signo inequívoco de que tenían razón. Además, se trataba de una buena terapia de grupo y una tradición con demasiados años como para ni siquiera cuestionarla. Sí, aquella noche iba a confesarlo todo.

¿No le ha llamado a nadie la atención que el nombre de Adrián no se encontrara entre mis confidentes? Una vez lo estuvo, pero se perdió por el camino de las cosas que le importaban demasiado de sí mismo.

Cuando me desperté, para variar, ya no estaba allí. Más que un matrimonio parecíamos compañeros de colchón. Pensé en hacerle una visita al estudio, pero me distraje y se me olvidó. Estaba dispersa... y además no me apetecía. Era trabajoso e incómodo lo de tratar de recuperar una relación de intimidad con él, así que prefería obviarlo. Ojos que no ven...

Para mejorar la situación, cuando me disponía a comerme un enorme plato de pasta con queso y tomate escuché mi teléfono móvil en la lejanía. Descolgué sin mirar, después de encontrarlo sepultado por revistas y cojines en el único sillón de la casa.

—¿Sí?

—Hoy no te lo esperabas... —La aterciopelada voz de Víctor me acarició al otro lado del teléfono.

—No, hoy no te esperaba a ti en general. Es fin de semana. —Me sonrojé y me tapé la cara con uno de los cojines que había desperdigado al acordarme de que me había hecho correrme en sueños—. Pensé que saldrías con tus amigos por ahí, de caza.

Se echó a reír. ¿Resultaría convincente mi fingida naturalidad? Lo que realmente me apetecía era preguntarle por qué estaba llamándome o..., mejor pensado, soltar el teléfono y marcharme gritando hasta debajo de la cama.

—La expresión salir de caza es un poco... —dijo entre risas.

—Horrenda, lo sé. Le presento mis disculpas.

—Disculpada queda, señorita. ¿Tienes planes hoy?

Me quedé unos segundos callada. Me cogía por sorpresa su interés.

—Sí, he quedado con las chicas para salir a cenar.

—Vaya. ¿Solo chicas?

—Solo chicas.

—Mmm. Me encantaría verlo. —Y la vibración de su garganta fue directamente hasta mi entrepierna, adonde me llevé una mano con el objeto de parar la sensación de hormigueo.

—Fantasea con ello si quieres —contesté.

—No dudes que lo haré, aunque prefiero imaginarnos solo a ti y a mí… —Carraspeé y él prosiguió—: Oye…, y esas salidas de chicas ¿se suelen prolongar hasta la madrugada?

—A veces.

—¿Me das un toque si acabas pronto?

— Humm… —dudé. No estaba preparada para aquella insistencia.

—¿No te estaré asustando?

—Asustando no, pero… —Me reí.

Se quedó callado un momento y luego rio con vergüenza.

—¿Ves? Deberíamos haber ido a la comisaría aquel día. Ahora, sumergido en este frenesí, no querré hacerlo.

—Bueno, no te preocupes, contrataré un servicio de guardaespaldas.

—No quiero molestar. Estaré en casa; llámame si te apetece.

—Víctor —dije antes de que colgara.

—¿Sí?

—¿Por qué me llamas? —Cerré los ojos y me mordí el labio inferior.

—Me apetece…, me apetece hacer cosas contigo. Eres tan… —resopló—. Prometí que me portaría bien, pero no sé por qué no dejo de pensar en ti… —Me quedé callada y ahogué un suspiro. ¿Dónde narices me había metido?—. ¿Ves? Ahora sí que no me llamarás —afirmó.

—No sé si te llamaré, pero si no lo hago no tendrá nada que ver con lo que acabas de decirme —confesé.

—¿No tienes nada en contra de eso?

—Tendría que creérmelo para que me supusiera algún problema. Un abrazo.

Colgué, muerta de miedo, y sentí tentaciones de meterme debajo de la cama, pero con meterme dentro y taparme con la colcha por encima de la cabeza tuve suficiente.

Aparecí en nuestro restaurante favorito a la hora convenida. Nerea ya estaba allí, deslumbrante, con un vestido corto lleno de flecos, como de los años veinte, que a mí me habría hecho parecer un tonel pero que a ella le quedaba de ensueño. Solamente pudimos saludarnos, porque al momento llegaron Carmen y Lola, cada una desde una esquina diferente.

Carmen llevaba unos vaqueros de talle alto y pernera ancha con una blusa beis estampada, algo transparente y con lazada en el cuello, muy *seventies*. Lola, por su parte, lucía unos pantalones negros de cinturilla baja con un top negro bastante escotado y unos zapatos rojos. Era una especie de rebelde Olivia Newton-John al final de *Grease*, pero más sexi. A pesar de que todas estaban espectaculares, esta vez no me miré con vergüenza ni me hundí dentro de mí misma en mi ropa arrugada o demasiado holgada, porque yo había sacado de mi armario una blusa de seda de color coral y unos pantalones negros tobilleros que quedaban de vicio con mis zapatos negros de tacón XXL.

No pude evitar darme cuenta de que las tres me echaban una miradita y sonreían, dándole la bienvenida a la nada tímida antigua Valeria, que se asomaba por momentos.

Nos sentaron en la mesa de siempre y, tras pedir cuatro copas de vino, todas me miraron con una sonrisa tonta en la cara. Podía pensar que se debía a mi nuevo atuendo y mis renovadas ganas de hasta rizarme las pestañas antes de salir de casa, pero sabía de sobra que si me estaban escrutando de aquella manera era porque Lola había estado cotilleando por teléfono con ellas acerca de mi «relación» con Víctor.

—Lola…, ¿vas a llamar también a la madre de Adrián para comentarlo con ella? —dije malhumorada.

—Venga, Valeria. ¡Cuéntanoslo todo! —me animó Carmen.

—No hay nada que contar —contesté haciéndome la dura.

—Ayer volviste a salir con él, ¿no? —inquirió Lola.

—Sí, pero dicho de esa manera suena muy raro. No es nada depravado ni extraño.

—Antes de que sigas mintiéndonos te diré que he hablado con Carlos hace un rato y me ha dicho que esta noche Víctor no va a salir…, se va a quedar en casa ¡esperando que le llames! —Y al decir esto Lola abrió mucho los ojos y dejó las manos a la vista, con las palmas hacia arriba.

—Me dijo esta tarde que no deja de pensar en mí. —Me reí sin mirarlas, al tiempo que doblaba la servilleta.

—Me parece muy mal, Valeria; le estás dando cancha a un tío con el que no vas a querer nada al fin y al cabo —afirmó Nerea muy seria.

¿Que no iba a querer nada con él al fin y al cabo? Bueno…, eso esperaba.

—¡Déjala que fantasee un poco, Nerea! No hay nada de malo —intervino Lola.

—Creo que Nerea tiene razón…, esta noche ya fantaseé demasiado. —Les guiñé un ojo.

—¡¿Qué significa eso exactamente?! —preguntó Carmen emocionada.

—Tuve un sueño de lo más excitante con él…

Nerea y Carmen exclamaron su sorpresa, a lo que Lola contestó con un bufido:

—¡Normal! Se nota que no le conocéis. Es el morbo en persona.

—¿Y qué soñaste?

—Pues que hacíamos calceta —contesté con desdén.

—Quería que entraras en detalles. El contenido general ya lo entendí —protestó Carmen.

—Buf…, aquello era el *Kamasutra*.

—La tiene como un trabuco y folla como un dios —sentenció Lola mientras se encendía un pitillo.

—¿Te has acostado con él? —preguntó Nerea sin llegar a sorprenderse.

—Hace un par de años.

—En un portal —añadí yo.

—Esa información era confidencial, Valeria —dijo con firmeza Lola a sabiendas de que si yo no lo hubiera dicho, habría sido ella la que habría añadido esa información.

—¿En qué portal? —preguntó Nerea asustada.

—¡Yo qué sé! Pues en uno. Nos dio el apretón en pleno casco antiguo. ¡Igual era en el de tu madre y no me di cuenta!

Nerea puso los ojos en blanco y me miró de nuevo, dándome a entender que quería que siguiera explicándoles.

—Bueno, lo realmente digno de mención es que me cae muy bien, me gusta estar con él y punto.

—Mientras se quede ahí… —susurró Nerea mientras desdoblaba su servilleta y se la colocaba en su regazo.

—Pero, chicas…, estoy casada con Adrián. No puedo pedirle nada más a la vida. —Y yo no sé si es que estaba borracha o que lo que me emborrachaba era el mero recuerdo de Víctor, pero lo dije ahí, mintiendo sin contemplaciones.

—Pasando por alto ese comentario taaaan empalagoso y mis repentinas ganas de vomitar, te diré, como consejo, que no te fíes demasiado de él y que, por encima de todo, jamás subas a su piso. Es como un antro de perversión. Si entras ahí, follas…, está claro.

—Pero ¿cuántas veces has estado con él? —dije frunciendo las cejas.

—Dos…, creo. O tres. Quizá cuatro. No sé. Una en el portal y otra en su sofá, eso seguro. Y no sé en cuál disfruté más. —Y puso los ojos en blanco.

Los imaginé desnudos, sudorosos, gimiendo y apretados, entregados al fornicio y no me gustó nada la sensación de celos que me despertaba. Así que, dando un saltito en mi silla, dije fingiendo una sonrisa:

—Tema zanjado. ¡Cambiemos de tercio!

Carmen nos puso al día sobre su relación con Borja y su «no vida sexual» y aprovechó para que Nerea hablara de lo lindo sobre la suya. Hasta podíamos verla hacer anotaciones mentales del tipo «que esto no se me olvide». También hablamos sobre el nuevo ligue de Lola y lo rabioso que estaba Sergio y, aunque me lo estaba pasando muy bien, tuve ganas, sintiéndome peor que un perro, de llamar a Víctor y tomarme una copa con él… Era divertido, guapo y amable y olía a gloria divina, además de tratarme como una reina. ¿Cómo no me iba a gustar estar con él?

A las dos llegué a casa y tras dudar durante diez minutos en el portal, me decidí a subir, al considerar que era demasiado tarde para llamar a Víctor y que no tenía por qué mandarle ni siquiera un mensaje para justificarme. Así que entré en el apartamento, me desnudé frente a la cama, me deslicé dentro y me abracé al cuerpo somnoliento de Adrián. Moviéndome como una culebra conseguí abrirme paso bajo uno de sus brazos y apoyar la cabeza sobre su pecho. En el fondo le echaba de menos. Si él diera algún paso…

—¿Qué tal la noche? —murmuró medio en sueños.

—Lo de siempre. Mucho cotorreo.

—¿Me has echado de menos? —preguntó con sus dedos serpenteando en mi cintura.

—Un montón.

Adrián se giró hacia mí y, cogiéndome por sorpresa, me besó, primero inocentemente. Después el beso dio más de sí de lo que yo esperaba y nos besamos profundamente. Mi cuerpo reaccionó al microsegundo y lo agarré. Giramos y me senté sobre él;

moví ligeramente las caderas con el fin de provocarle y sufrí un escalofrío húmedo al sentir el roce de una tímida erección bajo mi pubis. Jadeé. Adrián siguió besándome, pero atisbé algo de desgana en el ritmo en que lo hacía. Cuando cogí una de sus manos y la coloqué sobre mi pecho derecho, él me paró.

—Valeria…, son las dos de la madrugada.

—¿Y qué?

—Estoy sobadísimo. No…, no tengo ganas.

¿No tengo ganas? ¿Son las dos de la mañana? Pero… ¿qué narices estaba pasando? Aunque visto lo visto en los últimos meses, lo extraño y realmente reseñable habría sido que hubiéramos echado un polvo digno.

Me dejé caer a su lado en la cama y respiré hondo, tratando de no llegar a desarrollar todo aquel torrente de humillación. Sin más, Adrián se dio la vuelta en la cama y tras unos minutos se durmió, dejándome completamente desvelada. Tenía demasiado en lo que pensar como para imitarle.

Me desperté porque la persiana dejaba entrar un maldito haz de luz que me daba directamente en la cara. Llamé a Adrián en voz alta, pero enseguida recordé que los sábados en temporada alta también eran laborables para él. Maldije la puñetera exposición.

Eran las once de la mañana y sabía de sobra que por mucho que me pusiera frente al ordenador no saldrían ni tres frases seguidas, y si salían, otro día con más criterio las borraría. Delante del espejo del cuarto de baño recordé el lamentable episodio pseudoerótico de la noche anterior y me pregunté amargamente qué había pasado en mi relación en el último año para haberse convertido en el antagonista de lo que era. Me analicé bien en el espejo y, muerta de miedo, me pregunté si mi cuerpo ya no le gustaría a Adrián. No había cambios sustanciales en él, pero a lo mejor a él ahora le gustaba más alguien como Álex.

Me mordí el labio. No. Yo no me iba a quedar allí, meditando qué había pasado. Quizá ignoraría, por mi propia dignidad, el rechazo de la noche anterior, pero no iba a cruzarme de brazos y resignarme. Tenía veintiocho años; era muy joven aún.

Así que me metí en la ducha y decidí visitar a Adrián en el estudio que tenía alquilado.

Me puse unos vaqueros ceñidos y una camiseta negra de los Rolling Stones que a Adrián le encantaba. Empezaba a hacer calor.

Tres paradas de metro, un transbordo, un paseo de quince minutos y estaba llamando al timbre de su estudio. Era un bajo que siempre estaba cerrado a cal y canto. Nada más entrar tenía una mesa y una silla a modo de despacho, con un teléfono y muchos archivadores con su cartera de clientes e historiales de trabajos realizados que, no obstante, también tenía informatizados. Esa parte la solía tener siempre en orden porque era donde recibía a los clientes, pero hacía ya algún tiempo que eso no le hacía falta y los encargos le llegaban por teléfono. A mano izquierda tenía un sofá negro de Ikea con unos originales cojines con forma de carrete de película fotográfica y de cámara que compramos en un viaje.

En esa estancia había dos puertas. Una llevaba a un pequeño aseo y la otra a una habitación que hacía las veces de cuarto oscuro. Adrián era de la vieja escuela y le seguía gustando revelar y positivar sus propias fotos.

Cuando Adrián abrió por fin la puerta, el sol me había enrojecido hasta el cogote. Pero parecía que no era la única que estaba pasando calor, porque el pecho de Adrián estaba empapado de sudor y no llevaba camiseta.

—No te esperaba. Pasa —murmuró al tiempo que se metía otra vez hacia la sala.

—¿Se te ha estropeado el aire acondicionado?

—No me gusta ponerlo cuando positivo, ya sabes.

Me quedé plantada en el despacho tratando de averiguar qué iba mal también allí. Todo estaba extrañamente en orden pero él tan tirante…

—¿Pasa algo? —le pregunté.

—No, es solo que no te esperaba. —Metió las manos en los bolsillos de su vaquero.

Joder. Ese era mi marido. Me mordí el labio, porque era tan deseable… y estaba tan lejos…

—Bueno, me apetecía estar un rato contigo. Antes veníamos juntos muchas veces. ¿Te acuerdas? Seguro que aún puedo ayudarte en algo. —Sonreí.

—No, qué va, ahora mismo se están secando las copias y…

—¿Estás positivando? Hacía mucho tiempo que no lo hacías. Pensé que ya te habías hecho a la fotografía digital…

—Bueno, de vez en cuando…, por no perder la costumbre…

Le pasé los brazos por detrás del cuello y lo acerqué a mí. Hice de tripas corazón. Aún me sentía humillada por la noche anterior, pero era mi marido. Me senté sobre la mesa del escritorio y le besé en los labios, sin ni siquiera cerrar los ojos. Tal y como me imaginaba, él me paró de nuevo.

—Valeria…

—¿Qué pasa ahora? —supliqué.

—No estamos solos.

—¿Cómo que no estamos solos?

Miré hacia la puerta del cuarto de revelado, que estaba entrecerrada. En el proceso en el que decía que se encontraban, las fotografías podían tolerar un poco de luz sin velarse.

De pronto la puerta se abrió y Álex se asomó. Pareció avergonzada por interrumpir el momento de «intimidad» entre nosotros, pero se quedó allí pasmada el tiempo suficiente para que yo apreciara lo ligera de ropa que andaba dentro de aquella pequeña habitación. Se acercó con su minifalda vaquera colocada lo más debajo posible de la cadera y un top negro corto que, la verdad, parecía ropa interior.

—Hola, Valeria.

—Hola, Álex. —Mantuvimos la mirada.

Estuve a punto de no enfadarme con ella, solo con él. Luego pensé en hacer todo lo contrario, pero al fin decidí salir de allí antes de asfixiarme y llorar.

—Bueno, os dejo en la sauna turca, parecéis muy ocupados. —Bajé de la mesa y recogí el bolso, que me colgué al hombro.

—Valeria. —Adrián, que me conocía, me agarró de un brazo para impedir que me fuera—. Álex, ¿puedes dejarnos solos un momento?

—No hace falta. Lo que tengamos que hablar ya lo hablaremos en casa —contesté.

Abrí la puerta y salí a la calle. De pronto me asaltó a la mente la imagen de los dos enredados y sudorosos en el cuarto oscuro...

Aún no había llegado a la parada de metro cuando metí la mano en el bolso y alcancé el teléfono móvil. En el momento en que fui a buscar el número al que quería llamar me di cuenta de que me temblaban ligeramente las manos. Respiré hondo, quería parecer tranquila. No dio más de tres tonos.

—¡Hola! —Y su voz me subió el estómago a la garganta.

—Hola, Víctor.

—No llamaste anoche —se quejó sutilmente.

—Bueno, te estoy llamando ahora... ¿Estás ocupado?

—No para ti. ¿Dónde te recojo?

—Dame tu dirección. Estaré allí en una hora.

Víctor debió de frotarse las manos con la expectativa y yo..., yo no sé lo que debí de pensar.

25
Víctor y Valeria

Pasé por casa para cambiarme, claro. Víctor no iba a verme de esa guisa. Me solté las horquillas que me sujetaban el pelo, me coloqué un vestidito vaporoso color verde y unos zapatos de tacón y volví a salir a la calle, donde paré un taxi y apagué el móvil.

Víctor me abrió la puerta de su casa con una sonrisa de lo más explícita, y válgame Dios que las sonrisas de Víctor ya eran explícitas en un bar y hasta en la calle. Entrar en su casa me dio hasta escalofríos.

Me cogió de la cintura y con educación me metió dentro del piso, donde me dio el beso de rigor en la mejilla, con caricia en el pelo incluida, claro.

—¿Y esto? No me malinterpretes, me encanta verte aquí, pero pensé que… —dijo sonriente.

—Me apetecía.

—No necesito más explicación que esa.

Si una se fiaba de las explicaciones de Lola, era fácil imaginar aquella casa como un antro de perversión pintado de rojo, lleno de correas de cuero, juguetitos para adultos y olor a látex, pero nada más lejos de la realidad.

Se trataba de un estudio de una habitación independiente, moderno, reformado y de lo más *cool*. Estaba impecablemente limpio, era muy luminoso y olía a lavanda y limón. Debía de tener a alguien contratado para encargarse de las tareas del hogar; no podía ser tan sumamente perfecto y además ser un ejemplar amo de casa.

Víctor iba vestido con un polo negro y un pantalón vaquero y olía tan delicioso que temblé de ganas.

Después me senté en un taburete en la cocina, a la espera de que él y su coctelera me sirvieran un *dry* Martini en una impecable copa ad hoc. Estar con él me hacía sentirme segura de mí misma. Era más agradable que ser el manojo de nervios en el que la actitud de Adrián me convertía.

—¿Has comido? —preguntó mientras me pasaba la copa.

De pronto, la seguridad con la que había ido se esfumó. Ni siquiera había tenido en cuenta la hora que era. Quizá estaba molestándole. Tal vez me creía que él iba a estar a todas horas dispuesto a dejarlo todo por verme. Me avergoncé.

—No. Lo siento, ni siquiera lo pensé y…

—¿Te gusta el sushi? —Sonrió al tiempo que me miraba de reojo con su encanto habitual.

—Me encanta. —Me relajé un poco.

—Tengo la suerte de vivir sobre el mejor restaurante japonés de la ciudad y, además, tienen servicio a domicilio. —Levantó las cejas.

—Perfecto, pero invito yo.

Negó con la cabeza.

—Me parece que no.

La comida transcurrió con naturalidad. Aunque la saliva se me arremolinara en la garganta cuando Víctor se acercaba, estaba muy cómoda con él. Bebimos cerveza japonesa, comimos sushi y tomamos un café expreso en la barra de su cocina americana, sentados en taburetes altos. Después de comer me cogió de la mano y me llevó al salón, donde nos acomodamos en el suelo, entre unos cojines inmensos y preciosos, a charlar como si fuésemos viejos amigos. Pero aunque todo estuviera fluyendo tan bien, los dos éramos conscientes de la realidad y de que yo no era de ese tipo de chica que olvidaba las broncas con su marido echando un polvo con un recién estrenado amigo. Víctor, al fin, levantó una ceja y torciendo los labios en una sonrisa me preguntó:

—Oye…, ¿y tu marido? ¿No se molestaría si supiera que estás sola conmigo en mi casa?

—No tiene motivos.

—¿Aún no los tiene? —De pronto recordé el sueño y me sonrojé—. Te has puesto colorada. ¿Debo preocuparme? —Sonrió.

—En absoluto.

—¿Debe preocuparse él?

—De esto no. Tiene otros motivos.

—Déjame adivinar… —Se levantó y colocó un CD en la cadena de música. Su sonido apareció de la nada, repartido por un equipo de sonido que envolvía el salón.

—¿Qué quieres adivinar?

—¿Pelea doméstica?

—Más o menos. —Quise desaparecer cuando se giró hacia mí y levantó las cejas significativamente, dibujando una sonrisilla.

—Vaya…, me he convertido en el arma arrojadiza. ¿Y por qué discutisteis, si se puede saber?

—Fui a verle al estudio donde trabaja y lo encontré a pecho descubierto, metido en el cuarto de revelado con su ayudante, bastante ligerita de ropa. —Aunque no quería contarlo, las palabras burbujearon solas de mi boca.

—¿Los pillaste haciendo algo? —Frunció el ceño.

—No, pero no me gusta que mi marido ande quitándose ropa delante de niñas de veinte años con minifalda y sujetador. De todas formas, no quiero hablar de esto ahora.

Se pasó la mano por la barba de tres días y, apretando los labios, susurró:

—¿Y quieres hablar de por qué no me miras como antes?
Sonreí y le miré de reojo.

—No hay ningún motivo. Te miro como siempre.

—Algo hay. Estás como tensa…

—Será la espalda. Ya sabes, demasiadas horas sentada frente al ordenador —dije mirándolo desde el suelo.

Se echó a reír. Acto seguido se sentó detrás de mí, en el sofá, apoyó su mano sobre mi cuello y apretó levemente. Casi gemí de placer.

—No pareces muy contracturada.

—Pues me duele —reí.

—Farsante. —Me masajeó el cuello durante unos minutos y enredó su mano entre mi pelo. Me acomodé, quitándome los zapatos de tacón y dejándolos a un lado—. Sería más fácil si te quitaras el vestido.

—No te pases —me reí.

—Tenía que intentarlo.

—Si fueras un buen profesional te tendría que dar igual si no llevara el vestido. Deberías estar concentrado en lo tuyo.

—Por eso no soy fisioterapeuta ni quiropráctico. Todos conocemos nuestras limitaciones.

Volvimos a callarnos y sentí su respiración pegada a mi cuello. Lo que más me apetecía en el mundo, por mucho que me empeñase en negármelo, era que me besara, que me lamiera y que me follara encima de la alfombra sin darme ni siquiera oportunidad de pensármelo dos veces.

—¿Sabes? Habría jurado que rehuías el contacto físico conmigo —susurró mientras sus manos resbalaban sobre mi piel.

—Lo evitaba. Casi no te conozco. —Cerré los ojos.

—¿Y esto no es demasiado?
Me giré y le miré.

—Según por dónde se mire.

—Me lo estás poniendo verdaderamente difícil. —Se mordió el labio, grueso y jugoso. Me volví del todo hacia él y apoyé los brazos en sus rodillas—. Muy difícil —insistió.

—No es lo que pretendo.

Mis manos, con vida propia, se deslizaron por sus piernas, sobre la tela del vaquero, hasta una altura aún honrosa de sus muslos.

—¿Tú sabes lo deseable que eres? —susurró devorándome.

—No digas tonterías. —Agaché la cabeza, con las palmas de las manos todavía en sus muslos.

—No digo tonterías. Me haces sentir como un jodido adolescente. —Me alcanzó la mano derecha y jugueteó con ella. Toqueteó mi alianza de casada y después dejó caer la mano. Los dos nos miramos y él añadió algo que yo también estaba empezando a plantearme—: Quizá deberías irte a casa con tu marido y arreglar las cosas, ¿no?

Me levanté. Él también. Dios, qué grande era y qué ganas me daban de pedirle que me envolviera.

—¿No vas a preguntarme por qué? —Me retuvo, cogiéndome de la cintura.

—No. Tienes razón. Lo que debería estar haciendo es…

—Sabes que no quiero que te vayas, ¿verdad?

—Entonces… ¿por qué?

—Porque tengo un límite, Valeria. Y porque además me cabrea que ese tipo te haga sentir tan poca cosa.

—No me hace sentir poca cosa.

—Seguro que ni siquiera te toca… —Joder…, menudo giro a la conversación. Alargó una mano y me acarició un brazo—. ¿Te toca?

—No —confesé sin poder dejar de mirarle.

Víctor dio un paso hacia mí, se inclinó, me apartó el pelo hacia un lado y susurró:

—Dile algo de mi parte. Dile que no se merece lo bien que me estoy portando. Y dile que no se merece lo bien que te estás portando tú. Dile que si él no estuviera, tú y yo follaríamos hasta echar abajo las paredes. Que se espabile. Un día dejará de importar si está o no.

Me alejé un paso y le miré con los ojos como platos. Tenía los labios entreabiertos y se me escapaba el aire a trompicones. Debía irme; nos estábamos poniendo demasiado cariñosos.

—Joder —susurré.

—Sí, ¿verdad? —dijo sin dejar de mirarme.

Sin embargo, a pesar del momento de tensión y complicidad, miré detrás de él, al sofá, y sonreí juguetona. No quería irme con aquella sensación.

—¿Fue en ese sofá donde Lola y tú…?

Víctor esbozó una sonrisa sensual y contestó:

—No sé quién es peor: Lola por contarlo o tú por ser tan morbosa. —Y esa sonrisa me recordó que Víctor en realidad no era uno de esos chicos dulces que buscan querer siempre, sino de los que cada fin de semana tienen unas piernas enroscadas a las caderas.

—¿Lo es o no? —Y quise jugar.

—Sí, lo es. —Lo estudié, mordiéndome el labio, sin poder evitar imaginarlo—. ¿Estás fantaseando? —preguntó al tiempo que se metía las manos en los bolsillos del vaquero.

—No. No te hagas tantas ilusiones.

—Al menos deberías decirme si lo que dice Lola me deja en buen lugar…

—He llegado a pensar que la has sobornado.

Levantó las cejas sorprendido.

—¿Sí? —Entonces me cogió de la cintura y me acercó a él.

—Dice que… —empecé a decir.

—¿Qué?

—Nada.

—Venga —suplicó, y me apoyé en su pecho.

—No debería decírtelo. —Le acaricié por encima del polo sutilmente.

—Pero quieres.

—Sí. Quiero ver tu reacción.

Nos echamos a reír y Víctor me rodeó las caderas.

—Dice que follas como un dios —susurré.

—¿Como un dios?

—Sí. Dijo que se corrió tres veces cuando apenas habías empezado.

—¿Y qué opinas de eso? —Una de sus manos bajó por la curva de mi espalda y se dejó caer levemente en mi trasero.

—Que deberías dejar de tocarme tanto.

—¿Eres consciente de la cantidad de cosas que me están pasando ahora mismo por la cabeza? —Y sus brazos volvieron a envolverme las caderas.

—No. Cuéntame alguna.

En una especie de abrazo, Víctor y yo jadeamos levemente. Me apartó el pelo y susurró:

—Para mientras puedas. Me estoy poniendo muy tonto…

—Algo noto —repuse refiriéndome a su amago de erección.

—A Lola no le hice ni la mitad de lo que te haría a ti. —La respiración entrecortaba levemente las palabras.

—El ambiente se está caldeando un poco, ¿no crees? —Traté de alejarme ligeramente.

—Un poco, sí.

—Tengo que irme —dije poniéndome un poco más seria.

—Vete antes de que te arranque las bragas y te folle contra la pared —me susurró perversamente al oído.

Buf. Demasiado. ¿Era sensación mía o mi ropa interior estaba a punto de desaparecer por combustión espontánea?

—Ahora sí se ha caldeado demasiado el ambiente. —Me alejé un paso y me dirigí hacia la puerta, fingiendo tranquilidad.

Víctor se adelantó y se colocó frente a la salida.

—Perdona, no debería haber dicho eso.

—No, no deberías. Soy una persona muy sensible y luego tengo pesadillas. —Pestañeé coqueta un par de veces seguidas.

Nos quedamos callados y en su boca fue dibujándose una sonrisa.

—¿Has soñado conmigo?

—Eso pertenece a mi intimidad.

—Daría la talla, espero.

—No te lo diré —sonreí.

—¿Cuánto vale esa información?

—Mucho. No tienes nada con suficiente valor para ofrecerme.

—Si me lo dices, te dejo marchar sin intentar besarte.

Me agarró de la cintura y se inclinó sobre mí.

—Échate faroles con otra —sonreí de lado.

Le aparté y me despedí de él con la puerta ya abierta.

—No te vayas… —suplicó—. Quédate…

—Adiós —le dije riéndome.

—Te llamaré esta noche —repuso apoyado en el quicio.

—No creo que te lo coja…

Oh, oh…

Se había convertido en un juego apasionante.

No pensé en nada durante el trayecto de vuelta a casa. Estaba embotada en todas las sensaciones y en la cara me reinaba una sonrisa muy perversa con la que no me escondía a mí misma lo caliente que me había puesto Víctor con un par de susurros. Me sentía tan mujer, tan orgullosa de ser deseable… Tal cantidad de hormonas flotaban por mi cuerpo que no me di cuenta de que la moto de Adrián estaba aparcada frente a casa, así que me llevé la sorpresa al entrar en el piso.

Adrián me esperaba apoyado en el respaldo del sillón, de espaldas a la puerta, mirando por la ventana. Dejé las llaves en la entrada y me descalcé. Era de imaginar.

—Te he llamado como unas veinte veces —dijo sin girarse en un tono que presagiaba el tipo de conversación que íbamos a tener.

—Apagué el teléfono.

—¿Dónde estabas? —El mismo tono tenso y frío.

—Por ahí.

—Llamé a las chicas. Ninguna sabía nada de ti desde anoche. —Se giró y me miró la ropa, extrañado—. ¿Has salido con tu amigo?

—Sí. Fuimos a comer. —Dejé el bolso de mano y me revolví el pelo.

—¿Lo haces para molestarme, Valeria?

—Tú estabas muy ocupado como para prestarme atención.

—Y él seguro que te dedica todas las atenciones del mundo, ¿no?

—¿Estás celoso? —Me apoyé en la pared, tranquila.

—No lo conozco y no sé a qué juegas. Creo que no puedo estar demasiado tranquilo.

—¿Y puedo estar tranquila yo? —Arqueé las cejas.

—No seas tonta, Valeria. —Puso los ojos en blanco.

—Yo no me quito la ropa cuando estoy con mis amigos.

—Sabes de sobra el calor que hace allí dentro cuando no enciendo el aire acondicionado, no seas cría.

—Ni siquiera sabes por qué estoy enfadada.

—¡Claro que lo sé! ¡Te conozco desde hace diez años! —Y por primera vez en muchísimo tiempo, Adrián levantó la voz. Hubo un silencio denso. Pensé que si no contestaba, él volvería a callarse y saldría de casa con cualquier excusa, pero no fue así. Abrió la boca y, después de un par de intentonas y de chasquear la lengua contra el paladar, por fin dijo—: Valeria, no soy Superman.

A veces esperas demasiado de mí. No puedo contentar a mis clientes, preparar lo de Almería, organizar la exposición y hacerte el amor todas las noches.

En cuanto lo dijo me di cuenta de lo mucho que me hacía falta.

—¿Todas las noches? —rebufé.

—Sí, todas las noches.

—Eso implicaría que al menos una lo hicieras, ¿no?

—¿Qué quieres decir con eso? —Se mordió el labio superior y puso los brazos en jarras.

—Que me rehúyes.

—Eso no es verdad. —Se revolvió el pelo.

—¿Que no es verdad? Entonces ¿por qué hace meses que ni me tocas? —inquirí resentida.

—Lo hicimos hace muy poco. —A Adrián nunca le gustó hablar de sexo, así que se sentía violento.

—¿A eso le llamas hacerlo? —pregunté en un tono cruel.

—No puedo tener las energías al mismo nivel que tú.

—Pues no entiendo por qué no.

—¡Porque yo no estoy de continuas vacaciones, Valeria! —Me quedé mirándolo alucinada y él siguió, como si se hubiera dado cuerda—: No madrugas, no escribes, te limitas a arreglar la casa por encima, llenar la nevera cuando te da el venazo y salir hasta altas horas de la madrugada a saber con quién. Apenas nos vemos y ¿esperas que cuando te vea entrar medio borracha me lance sobre ti? ¿Es que estamos locos?

Tardé un poco más de lo necesario en encontrar las palabras adecuadas con las que contestar porque, me gustase o no, había algo de razón en aquel comentario.

—Eso es injusto, Adrián.

—Es lo que pienso.

—Esta es mi vida. Si no te gusta, ya sabes qué hacer —contesté muy en plan pasivo agresivo.

—¿Y ya está? No puedes vivir eternamente de lo que te dieron con la primera novela porque el dinero que te prometieron de la segunda no llegará si ni siquiera la escribes. Pero, claro, como Adrián carga con los gastos...

—Eso no es verdad. ¡Vivimos en una casa que es mía!

—¡Ya estamos con lo de la casa! ¡¿Cuántas veces te he dicho que compremos otra casa?!

—Pero ¡¡es que no quiero!!

En un punto indeterminado de la discusión habíamos empezado a gritar. Desde luego no era a lo que estábamos habituados, pero el silencio en el que nos habíamos acomodado tampoco nos beneficiaba mucho, la verdad. Respiré hondo, me senté sobre la cama y quise reconducir la conversación.

—Estoy cansada, Adrián. Luchar todos los días contigo es..., es agotador. ¿Cómo voy a escribir si me paso el día pensando qué te pasará o cuándo me dirás que en realidad estás decepcionado conmigo? —Adrián se pasó la mano por la cara y no contestó. Su silencio me molestaba de tal manera...—. ¡Dímelo ya! ¡Dime que estás decepcionado! ¡Dime que no te gusta verme en casa, que no puedes soportar esta rutina! ¡Dime de una puta vez que ya no te gusto y que no te apetece una mierda tocarme! ¡Yo qué sé!

—No se trata de eso. Deberías calmarte y dejar de hablar de sexo, porque ese no es el problema.

Pues él debía de ser de piedra para que el sexo no formara parte fundamental del problema en su opinión. Yo había venido desde casa de Víctor con la ropa interior empapada. ¿Era eso sano para nuestra relación? ¡Por Dios! ¡Claro que no!

—Tú me apoyaste cuando decidí dejar la oficina... —dije apartando a Víctor de la discusión.

—No estás siendo constante, Valeria..., y ya no eres una cría a la que hay que atosigar para que haga los deberes. No puedes seguir con ese ritmo de vida adolescente.

—Hace tan solo meses que publiqué *Oda*.

—¡Eso no tiene nada que ver con la constancia!

—¡¡Sí lo tiene!! ¡Estoy cansada y sola, joder, Adrián! ¡Dame un puto respiro! ¡A mí tampoco me gusta esto! —jadeé.

Adrián suspiró y ni siquiera contestó. Se dio la vuelta y se marchó hacia la cocina. Los gritos no le gustaban, pero la vida es así. A mí tampoco me gustaba gritar y después soportar el nudo en la garganta para que él no me viera llorar.

Diez años después de haberle conocido seguía sin acostumbrarme a aquello. Con Adrián siempre serían discusiones inacabadas, asuntos que se eternizaban y se instalaban con nosotros como parte de nuestra relación.

Estaba claro que yo sería la que diría la última palabra, pero, a pesar de lo que se suele creer, no me satisfacía en absoluto. ¿De qué me servía? Solamente para hacerme sentir más débil y más vulnerable.

No cruzamos más frases aquella noche y cada uno durmió en su lado de la cama, muy lejos del otro. Así era intentar arreglar las cosas en mi matrimonio.

26

La exposición...

—Entonces ¿habéis hecho ya las paces? —me preguntó Nerea desde la otra parte del hilo telefónico.

—Más o menos. Es una especie de tregua. Pero las cosas están muy tirantes —contesté mientras apagaba un cigarrillo.

—Bueno, pasado mañana es la inauguración de la exposición. Verás como se tranquiliza después.

—Ya, pero no puedo quitarme de la cabeza el hecho de que piense que me paso el día vagabundeando y bebiendo. ¡Bebiendo! Como si escondiera una botella de vodka en el baño y me sirviera copas todo el día.

—No lo piensa —dijo con paciencia—. Solo... está molesto por tus salidas con Víctor.

—Ya..., Víctor. —Jugueteé con el paquete de tabaco.

—¿Pasa algo con Víctor?

—Me ha llamado cuatro veces esta semana para vernos y le he estado dando largas.

—¿No quieres verlo?

—Claro que sí, pero no me gustaría que Adrián se molestase más. —Y no quería que volviera a decirme que quería quitarme las bragas y follarme contra una pared por miedo a dárselas yo misma.

—Lo de Víctor es solo un pasatiempo, ¿verdad? —preguntó preocupada.

—Me cae bien. Pero mejor vamos a dejarlo. No quiero darle vueltas —atajé la conversación.

—Descansa, pequeña.

—Nos veremos el viernes.

Miré el reloj. Eran las doce de la noche y Adrián seguía sin llegar.

Día laborable. Once de la mañana. Carmen entró en el despacho de Daniel sin ni siquiera llamar. Llevaba toda la semana martirizándolo con la información que había conseguido el viernes en la cena y estaba comiéndole terreno a pasos agigantados.

Cuando Daniel la vio entrar dio un salto en su silla.

—¿Te he asustado?

—Podrías llamar, ¿sabes? —se quejó él llevándose la mano hasta el pecho.

—¡Bah!

—¿Tienes lo que te pedí?

—Sí, toma. He añadido un par de puntos más, *cucurucho* —sonrió.

Cucurucho era el nombre cariñoso con el que le llamaban su madre y sus hermanas mayores y que a él le avergonzaba por encima de todas las cosas. Carmen llevaba toda la semana dejándolo caer cuando tenía la oportunidad para la rotunda sorpresa e irritación de Daniel, que no comprendía nada.

Este se apretó el puente de la nariz con dos dedos. Estaba a punto de volverse loco. Necesitaba aclarar las cosas con ella…

—Carmen.

—¿Sí?

—¿Has pagado a alguna de mis ex o algo por el estilo? —Y al decirlo se apoyó cansado en la mesa.

—No te entiendo.

—Claro que me entiendes... —continuó diciendo en tono cansado.

—No, no tengo ni idea de qué me estás hablando.

—¿Cómo sabes lo de cucurucho?

—No sé. Te lo escucharía a ti en alguna cena de Navidad. Me resulta tierno.

—Pues deja, por favor, de llamarme así si no quieres volverme loco del todo.

—Tranquilo, Daniel, si te molestaba no tenías más que decírmelo. Hay confianza, ¿no? —Y Carmen sonrió enseñando su blanca dentadura.

—Bueno —suspiró él—. Voy a revisar esto. Convoca una reunión mañana con todo el equipo para ver los temas pendientes del proyecto.

—Ok. Oye, Daniel... —Se levantó y fue hacia la puerta—. ¿Puedo preguntarte algo?

—Supongo que sí.

—¿Te ocurre algo? Te notamos apagado.

Daniel rio entre dientes, por no llorar. Llevaba una semana horrible y ella lo sabía. Estaba más que enterada de los pormenores de esos problemillas: Hacienda le había pegado un palo terrible, el jefe le había llamado la atención por su dejadez y había tenido una mala noche con Nerea en la cama, en la que no pudo dar... nada de nada. Gatillazo se llama.

—Bueno, no debes preocuparte, pero gracias por preguntar.

De pronto Carmen tuvo que suspirar profundamente. Quizá se estaba pasando. ¿Qué estaba haciendo?

Salió del despacho y pasó de largo por su mesa sin ni siquiera mirar a Borja. Cuando llegó al pasillo se escondió en un recoveco de la escalera y volvió a respirar hondo un par de veces hasta que se abrió la puerta y Borja apareció a su lado.

—¿Qué te pasa, enana?

—Borja, creo que soy mala persona. —Le miró desde abajo, preocupada.

—No, no eres mala persona.

—Estoy volviendo loco de remate a Daniel. Va a acabar cogiendo la baja por depresión y Nerea tendrá un novio inválido por mi culpa.

—Un deprimido no es un inválido.

—Sí en la cama. —Le miró, asustada.

—Estoy empezando a preocuparme por la obsesión que tenéis tus amigas y tú por este tema —sonrió Borja, y se sentó junto a ella, con su pelo bien peinadito hacia un lado.

—Borja…

—A ver, Carmen. Lo del tatuaje estuvo muy bien… Darle a entender que las verrugas en ciertas partes del cuerpo se podían quitar tras un doloroso proceso también; invitarle a desayunar y colarle un pastel con crema pastelera para que le entraran las cagaleras de la muerte fue magistral, pero creo que se te ha ido un poco de las manos…

—Sí, ¿verdad? —Borja asintió y ella se acurrucó sobre su hombro—. Creo que ya está bien. Voy a dejarlo en paz. Ya me he cobrado mi venganza.

—Sí, y recuérdame que jamás me enemiste contigo. —Se besaron en los labios—. Mañana es la exposición de Adrián, ¿no? —preguntó Borja muy animado.

—Sí, es verdad. Casi lo había olvidado.

—Será divertido…

Lola y Sergio llevaban un rato mirándose, pero con desdén. Lola sabía que a Sergio aún le quedaba un asalto antes de desmoronarse y bajarse los pantalones. Estaba empezando a desesperarse porque estaba hasta el moño de Carlos. No podía aguantarlo más; se miraba en todos los espejos, se tocaba el pelo constantemente, ponía morritos. Estaba empezando a cogerle hasta asco y sabía que terminaría averiguando que le mentía cuando le decía que se encontraba con el periodo. Pero estaba tan segura de que su plan iba a surtir efecto…

Las dos últimas personas del departamento desaparecieron y Sergio, como siempre, se acercó a Lola. Se sentó en la esquina de la mesa, se desabrochó el botón de la chaqueta del traje y la miró fijamente.

—¿Qué está pasando, Lola? —susurró.

—No sé de qué me hablas.

—Creí que nos lo pasábamos bien.

—¿No sabes aceptar que te han plantado? —Y no podía ni mirarlo.

—No que me hayas plantado de repente.

—No fue de repente, Sergio. —Lola sonrió, pero le costó sudor, dolor y lágrimas fingir tan bien aquella sonrisa.

—¿No podemos al menos ser amigos, Lola? No me gusta esta situación.

—No. —Él le tocó la mano y ella, mirándole, tragó con dificultad—. Se ha acabado, Sergio. Tú tienes pareja. Llórale a ella.

Se levantó y caminó por el pasillo mientras escuchaba, con placer, cómo los pasos de Sergio la seguían. Junto a la puerta principal dejó de sentirse perseguida y volvió a entristecerse.

Después del cuarto tono me atreví a contestar.

—¿Sí?

—Hola —una pausa—, soy yo. Solo quería asegurarme de que no me equivoco al pensar que me evitas.

—No, no te evito, Víctor. —Me tiré en la cama.

—¿Fue por lo de mi piso de la semana pasada?

—No, no, de verdad.

—¿Te apetece un café?

—No puedo; me pillas a punto de salir de casa.

—Bueno, Valeria…, llámame cuando quieras. —Parecía desconcertado de verdad.

—Espera, espera, no cuelgues.

Nos quedamos callados y los dos suspiramos a la vez.

—Es que… —murmuró— me apetece verte. Me…, yo… te echo… de menos, ¿sabes?

¿Echarme de menos? Un montón de burbujas se arremolinaron en mi estómago. ¿A quién quería engañar? Yo también tenía ganas de verlo. Llevaba tres días sin pensar en otra cosa.

—No te mentía cuando he dicho que estaba a punto de salir. Voy a comprarme un vestido. Si te apetece acompañarme…

Hubo un silencio. Después Víctor suspiró y dijo:

—Claro.

—¿Nos vemos en el centro dentro de media hora?

Lo encontré frente a un escaparate con cara de buen chico, hecho un mohín. Se sentía rechazado y creo que aquella sensación no le resultaba familiar. Estaba acostumbrado a ser él quien evitara a las mujeres y no al contrario.

—Eres mala —dijo cuando estuve lo suficientemente cerca.

—Bueno, bueno, no lloriquees tanto.

Nos acercamos, pensé que para saludarnos con un beso en la mejilla, pero me cogió y me estrechó entre sus brazos. Nos dimos un abrazo largo (quizá demasiado largo) y, aún agarrados, me acarició el pelo que me caía sobre la cara. Estaba muy guapo. Un par de chicas lo miraron al pasar.

—Las niñas te miran —le dije sonriendo.

—No me he dado cuenta, yo solo te miro a ti.

Nos soltamos algo avergonzados y empezamos a andar.

—¿Para qué es el vestido? ¿Alguna ocasión especial? —Y su mano rozó la mía.

—Adrián inaugura la exposición mañana por la noche.

—Vaya, la primera dama.

—Quiero algo espectacular —expliqué girándome un poco hacia él mientras seguíamos andando.

—¿Puedo ir?

—¿Adónde? —Le miré, desconcertada.

—A la exposición.

Me paré en medio de la calle y clavé la vista en él, haciendo una mueca.

—Bueno…, no sé si es muy buena idea.

—Ya. Cierto. Lo entiendo. —Metió las manos en los bolsillos del pantalón.

—¿Eres bueno de compras? —cambié de tema.

Se rio y reanudamos el paseo.

—Sí, muy bueno. —Apretó los labios dándose importancia—. Como en casi todo.

Entramos en una de mis tiendas preferidas y paseamos entre los percheros mirándonos de vez en cuando. Silbó suavemente entre dientes y, al girarme hacia él, me señaló con un gesto un par de vestidos espectaculares. Tenía un gusto exquisito.

—Elígeme un par más para probármelos y te daré hasta comisión.

—Tendré que vértelos puestos. Ese es el precio.

Era tan encantador…

Después de elegir cuatro vestidos de entre todos, conseguí sentarlo a la fuerza en un sillón de la tienda mientras yo entraba en el probador sola.

Me desnudé pensando que era la ocasión en la que más cerca había estado de él con poca ropa y me hizo gracia. Dios, estaba volviendo a la adolescencia. Cogí el primer vestido y me lo coloqué por encima de la cabeza. Abroché la cremallera bajo el brazo izquierdo y me miré. Descartado, era demasiado transparente. Creo que dejaba a la vista hasta mi código genético. Me lo quité, lo colgué en su percha y tiré del segundo para probármelo.

Me entró la risa floja. ¿En qué momento de enajenación mental había pensado que podría estar cómoda paseándome por la galería con un vestido como aquel? Era bonito, pero se me marcaba hasta la costura de la ropa interior, y no era un decir. Para quitármelo casi necesité a un ingeniero.

El tercero, por fin, me gustó. Era negro, de silueta *new lady* y escote en barco. Me di un par de vueltas, tratando de verme desde todos los ángulos, y después me lo quité para probarme el cuarto. Este tenía un solo tirante, era verde botella y la tela hacía aguas muy sutilmente. Me parecía muy elegante. Lo deslicé por mi cuerpo, pero la cremallera estaba detrás y cuando intenté subirla... no pude. Dudé. Me asomé en busca de alguna dependienta, pero al único que vi fue a Víctor jugueteando con su teléfono móvil, con las eternas piernas cruzadas a la altura del tobillo y mordiéndose los labios.

—Víctor —le llamé.

—¿Qué? —Alzó la mirada hacia mí y ese único gesto ya me derritió.

—Llama a alguna dependienta.

—¿Qué necesitas?

Se levantó, se colocó bien el jersey y vino hacia mí con las manos en los bolsillos.

—Bueno... Nunca pensé que te pediría algo así, pero ¿puedes abrocharme el vestido?

Miró al cielo y, muerto de la risa, le pidió explicaciones a Dios de por qué tenía que sufrir él aquel martirio. Entró en el pequeño cubículo y corrió de nuevo la cortina.

—No hace falta que entres... —Me sonrojé—. Solo sube la cremallera.

Aquello era demasiado pequeño para los dos, así que quise hacerlo rápido. Me giré de espaldas. A través de la cremallera abierta se veía parte de mi ropa interior y él suspiró sonoramente.

—Eres mala, Valeria, muy mala —susurró mientras abrochaba el vestido hasta arriba.

—Pero tú eres fuerte —me reí.

—Pues no sé si lo suficiente, para ser sincero.

Su dedo me acarició la piel que el escote de la espalda dejaba al descubierto y yo me giré de nuevo hacia él.

—Sal y dime si te gusta. —Me alejé un paso y me puse de frente, haciendo caso omiso a su caricia.

Pero Víctor no contestó, solo se quedó mirándome los labios. Yo tampoco insistí para que se fuera porque en el fondo lo que el cuerpo me pedía era lanzar los brazos alrededor de su cuello y besarle hasta la extenuación.

Los dedos de su mano izquierda acariciaron los míos, mientras su mano derecha se apoyaba al final de mi espalda y me acercaba tímidamente a él. Sentí su aliento cercano a mi boca y se acercó aún más. Sé que debí pedirle que saliera de allí, pero ¿lo hice? No. No me moví.

Víctor respiraba de forma entrecortada, como si el aire no terminase de llegarle a los pulmones. Yo estaba confusa, nerviosa y excitada y no podía disimular ninguna de las tres cosas. Me rodeó la cintura con ambos brazos y yo me cogí a su espalda. Víctor era tan firme y seguro que no pude evitar contagiarme de aquella sensación. Era demasiado fácil dejarse llevar con él, de la misma manera que siempre fue demasiado fácil sentirse cómoda a su lado. Eso hacía las cosas terriblemente difíciles.

Una de sus manos se apoyó sobre el cristal del probador y dejé la espalda sobre su superficie fría. Víctor se inclinó hacia mí y nos apretamos en una especie de abrazo sensual, casi preliminar. Su respiración era rápida y cerré los ojos para notar cómo sus labios se acercaban mucho más. Mi cabeza empezó a dar vueltas, probablemente porque no estaba respirando lo suficiente como para que a mi cerebro le llegara la cantidad correcta de oxígeno. Y mientras notaba aquel mareo y el repiqueteo nervioso de mis rodillas temblorosas, empecé a pensar en excusas que me convencieran a mí misma de que besar a Víctor en un probador no era pecado mortal… Pero cuando ya notaba su respiración en mis labios húmedos, en el mismo instante en el que aquello empezaría a estar peor de lo que ya estaba, torció de nuevo la cabeza y apoyó la frente en la mía, con los ojos cerrados.

—Joder —murmuró.

—Ehm… —masculló.

Víctor se inclinó de nuevo hacia mí y cuando ya giraba la cara para encajar su boca en la mía pegué un respingo involuntario y me di con el cristal en el cogote. Debió de ser mi conciencia, que no estaba muy contenta conmigo últimamente.

—Deberías probarte el otro —dijo al tiempo que se incorporaba.

—Claro. ¿Puedes bajar la…?

—Sí, sí. —Movió la cabeza de un lado a otro, como tratando de espabilarse. Un silencio solamente llenado por el sonido de la cremallera rumbo descendente…, muy sugerente—. Joder, Valeria —se quejó.

—¿Qué?

—Tengo el cielo ganado después de esto, lo sabes, ¿no? —Pero no rio al decirlo.

El único tirante se resbaló cuando me daba la vuelta para justificarme y el vestido, desabrochado, cayó. Cuando quise alcanzarlo, en un manotazo desesperado, ya estaba en el suelo, a mis pies.

Víctor gimió y yo, paralizada, no supe ni taparme.

—Deberías salir —susurré. No contestó. Cerré los ojos con fuerza queriendo que me tragara la tierra—. Vete por favor, Víctor.

Suspiró sonoramente y salió del probador. Pasamos algunos segundos callados, separados solo por la cortina. Le escuchaba respirar hondo. Probablemente se debatía entre seguir allí fuera o entrar y hacer lo que a los dos nos apetecía hacer en aquel momento. Chasqueó la lengua y dijo:

—Al menos enséñame cómo te queda puesto. Necesito quitarte de mi mente estando tan desnuda…, por favor. —Y rio, para quitarle importancia.

—Sí, sí. Dame un minuto. Es que…, bueno, ya te lo diría Lola. Soy tan… patosa. En vez de manos tengo, ya sabes, cuatro pies izquierdos. Siempre estoy cayéndome, tropezándome, atragantándome y haciendo el imbécil en general.

Me coloqué el vestido mientras parloteaba, presa de los nervios, y a la vez alcancé el móvil de dentro del bolso y le envié un mensaje lo más rápido que pude a Lola: «Lola, ampútame las manos. Soy rematadamente torpe. Me acabo de quedar en bragas delante de Víctor en un probador minúsculo».

Suspiré hondo y abrí la cortina. Víctor me miró de arriba abajo.

—El otro color te favorece más.

—¿Sí?

—Sí.

Me empujó hacia el interior del probador con suavidad y volvió a correr la cortina. Después lo escuché caminar hacia el centro de la tienda.

Después de pasar por caja decidimos tácitamente no hablar del asunto. No mencionamos mi piel de gallina, mi sujetador de encaje negro ni mis pezones marcándose sobre su tela. Tampoco el evidente bulto que había tomado vida propia en su cuerpo, en el interior de su pantalón, ni lo cerca que habíamos estado de besarnos. Obviarlo no lo hacía desaparecer, pero al menos nos evitaba tener que mentir para decir que lo que acababa de pasar no significaba nada.

Fuimos directamente hacia el aparcamiento. Nada de tomarnos algo o de perder un poco más el tiempo con cualquier distracción tonta. Ya habíamos hecho suficiente aquella tarde.

—Puedo ir en autobús —comenté sin mirarle.

—No digas tonterías.

Cuando nos sentamos en el coche, Víctor tardó un poco más de lo necesario en arrancar el motor. ¿Y si no solo se me había ido de las manos a mí? ¿Y si para Víctor tampoco era un juego ya? Bufó y me miró de reojo.

—Lo siento —murmuré. Y pedí perdón sin saber muy bien por qué.

—No tienes nada que sentir —rebatió—. Es culpa mía.

Dicho esto, hizo girar la llave en el contacto y el motor rugió, bajo, grave. Hasta eso me excitó, tal era mi estado.

No hablamos más. Ni qué tal el día, ni qué vas a hacer este fin de semana, ni, yo qué sé, qué calor hace. Nada. Ni una palabra. Cuando me dejó en mi casa nos despedimos en el portal con un adiós distraído. No nos dimos un beso en la mejilla, como venía siendo costumbre. Solamente desaparecí. Por primera vez desde que lo había conocido sentí alivio al perderlo de vista y no poder oler la mezcla de su perfume y su piel. Tenerlo a mi alcance y saber que solo con deslizar la mano a lo largo de su pierna podría detonarlo todo me aliviaba y me preocupaba a la vez.

Me recompuse en el rellano y entré en casa, pero allí no había nadie esperándome, como de costumbre. Pensé que si hubiera estado Adrián dentro, tampoco habría habido nadie esperándome. Me senté en la cama y consulté el móvil. Tenía un mensaje de Lola: «No voy a preguntarte por las circunstancias que han hecho que termines dentro de un cubículo con Víctor. Sin embargo superaste la prueba de su casa y su sofá y ahora la del probador. Eres una máquina de voluntad de acero, Valeria, pero me preocupa el cariz que está tomando esto, ahora en serio».

No quise contestarle para quitarle importancia. Me centré en mis remordimientos de conciencia. No podía quejarme porque mi marido no remara en la misma dirección que yo y luego sentirme tan tentada por Víctor. Cogí el móvil y, fingiendo ser una dedicada esposa, le envié un mensaje a Adrián en el que le decía que había encontrado un vestido espectacular para su exposición y que sería una acompañante muy sofisticada.

Me desnudé delante del espejo y me miré al tiempo que me preguntaba si realmente Víctor sería sincero al decirme cuánto le gustaba. Me acaricié el vientre y después me quité el sujetador. Me escruté en el reflejo y me mordí el labio al recordar lo del probador. Me bajé las braguitas y bufé cuando me di cuenta de cuánto me excitaba solo con abrazarme. ¿Podría capear todas aquellas sensaciones o tendría que dejar de ver a Víctor? ¿Quería hacerlo? Las manos de Víctor eran tan firmes, tan cálidas, tan hábiles…

El agua de la ducha caía con fuerza y lo llenaba todo de vaho cuando me metí debajo. Cerré los ojos y no pude dejar de imaginar las manos de Víctor deslizándose por mis costados, pegándose a mí debajo del agua, mientras él me susurraba al oído que aquello estaba mal… Entonces mi mano derecha fue hacia abajo y se metió entre mis piernas. Me apoyé en la pared, con el pelo pegado a la cabeza, y solo con el roce de mi dedo corazón me agité. Lo moví en círculos, me mordí el labio y gemí. Dios. No podía más. ¿Por qué tenía que sufrir porque mi cuerpo pidiera algo tan completamente natural?

Empecé a respirar agitadamente y, de fondo, escuché que mi móvil recibía un mensaje. Pensé que Adrián habría contestado mi SMS y dejé caer la mano. No iba a hacerlo. No iba a masturbarme pensando en Víctor; no quería sentar ese precedente tan peligroso… Pero ¿qué estaba haciendo?

Salí enrollada con la toalla y me encontré con Adrián, que entraba por la puerta en ese mismo instante. Se quedó observando el vestido, que colgaba de una percha, sonrió con cortesía fría, me dio un beso y me dijo que era precioso. Miré al suelo. Era una pésima mujer. Quería acostarme con otro hombre.

—¿Qué te vas a poner tú? —le pregunté mientras me secaba el pelo con la toalla.

—Pues no tengo ni idea. Igual voy en pelotas, así, en plan artista excéntrico.

—Te ganarías más de una fan.

Nos miramos fijamente y después los dos sonreímos. Me relajé. No había pasado nada. Nunca había llegado a pasar nada. Aún podíamos arreglarlo.

—¿Me preparas tú la ropa para mañana? —Me miró suplicante.

—Claro. ¿No has visto el buen gusto que tengo? Me pondré los zapatos rojos de tacón. Te sacaré un palmo. —Me reí y seguí cepillándome el pelo hacia un lado.

Adrián se sentó en el borde de la cama y se cogió la cabeza entre las manos. Me acerqué.

—¿Pasa algo?

—No, no. —Levantó los ojos hasta mí—. Estoy nervioso. Mañana me espera un día duro. Aún quedan cosas por hacer.

—Venga, va a salir todo muy bien y, además, estaré allí contigo.

—Ese es… otro tema…

—¿Qué tema? ¿No puedo ir? —pregunté mientras me agachaba hasta encontrarme con sus ojos.

—No es eso. Es que… quizá mañana deberías buscarte otra pareja. Queda con tus amigas, no sé, trae a tu hermana, lo que más te apetezca. Pero yo voy a estar algo ocupado y no voy a poder prestarte atención. Estaré más tiempo con Álex que contigo, tienes que saberlo desde ya. No quiero que luego te sientas decepcionada y acabemos discutiendo.

Asentí. Me incorporé y fui hacia el sillón, donde me dejé caer casi desnuda, con las braguitas y con el pelo húmedo y liso tapándome los pechos. Alcancé el teléfono móvil, por distraerme con algo y no parecer tan torpe y ociosa. Su respuesta había sido tajante y no sabía qué contestar. Estaba cortada y me sentía vulnerable y ridícula. Jugueteé con el teclado del móvil y vi que el mensaje que me había llegado hacía unos minutos era de Víctor…

«No creo que pueda dormir, soy del todo sincero. No voy a poder cerrar los ojos y no recordarte allí casi desnuda… Sé que no está bien, pero no quiero dejar de verte. No quiero dejar de verte nunca. Él me da igual. Voy a pasar la noche en vela imaginando que he sido menos valiente. Lo siento. No me guardes rencor».

Cerré los ojos, bufé y contesté con un hormigueo en el estómago: «No me guardes rencor tú a mí por ser tan torpe. ¿Me acompañas mañana a la exposición? Habrá mucha gente, será un espacio amplio y yo llevaré ropa».

Cuando me ponía el camisón recibí el último mensaje, aunque no me hacía falta leerlo para saber lo que ponía.

«Sí quiero». Palabras textuales.

Tenía claro que deberían construir barricadas en la galería, por si aquello acababa convirtiéndose en una guerra.

Después, solamente borré los mensajes y me acosté. Adrián se quedó despierto, tecleando muy rápido en su ordenador portátil, como si chatease con alguien.

27

¡A las barricadas!

Mientras me arreglaba frente al espejo pensaba que quizá había sido un impulso algo suicida invitar a Víctor a la exposición. Podía habérselo pedido a mi hermana, aunque con lo avanzado de su embarazo tenerla horas de pie no era lo más indicado. Quizá…, quizá todo iría bien y Adrián entendería que Víctor solo era un amigo. Porque… solamente éramos amigos, ¿verdad?

Me encendí un cigarrillo y llamé a la persona más sensata que conocía. La pasión no le cegaría los ojos a la hora de darme su verdadera opinión sobre mi decisión.

—¡Hola! —dijo Nerea.

—Hola, pequeña.

—Me estoy arreglando. No quiero llegar ni un segundo tarde. Me he comprado un vestido para la ocasión que os vais a caer de espaldas —comentó emocionada.

—Estoy deseando verlo —murmuré.

—¿Qué te pasa? —preguntó extrañada.

—He tomado una decisión algo precipitada y necesito saber que…

—¿Qué?

—Ayer Adrián me dijo de manera un poco cortante que me buscara a alguien con quien ir a la exposición porque él iba a tener que estar más tiempo con Álex que conmigo.

—Y tú… ¿invitaste a Víctor?

—Sí. —Me maravillé de lo mucho que me conocía, la muy *jodía*.

—Bueno, nena… —susurró. Cerré los ojos, a la espera de una reprimenda de primera—. No lo veo para nada descabellado.

—¿No?

—No, así os verá con los demás y se lo presentas como lo que es, un amigo. No es como si le restregases un amante por la cara.

Menuda verdad a medias…

—Así visto…

—¡Claro! Es el día de Adrián. Lo importante es que no se sienta apabullado. Piensa en cómo fue la presentación de tu libro.

—Nerea…, la presentación de mi libro dio risa. Me la da solo de acordarme.

—Pero tú estabas como un flan.

—Bueno…

—Cada uno soporta la presión como sabe. Oye…, ¿y no está por ahí arreglándose?

—No, se llevó la ropa al estudio. Allí tiene un aseo. Creo que prefería estar solo… o con Álex. No sabría decirlo.

—No seas tonta.

Llamaron al timbre de casa.

—Gracias por el consejo, nena. Nos vemos allí.

—No le des vueltas —dijo antes de despedirse.

Pocas vueltas podía darle a algo que ya estaba hecho. Colgué y me acerqué a la puerta. Tras echar un vistazo a través de la mirilla descubrí que quien llamaba era un Víctor espectacular, algo inquieto.

—Estoy en bata —le dije.

—Me gustaría decirte que quería sorprenderte sin ropa, pero la verdad es que me adelanté y necesito… —se acercó a la puerta— mear.

Le abrí y le indiqué.

—Al fondo. No hay pérdida.

Corrió por allí tan rápido que ni siquiera aprecié cómo sorteaba los muebles de la habitación.

Me miré en el espejo. Estaba maquillada y peinada. Me había pasado la última hora rizando mi pelo largo con unas tenacillas y pintándome con un esmero que apenas recordaba. Solo me faltaba ponerme el vestido y calzarme aquellos tremendos zapatos rojos de tacón que me esperaban solícitos junto a la cama.

Escuché el sonido de la cámara del móvil disparar una foto y me quedé confusa mirando hacia la puerta del baño.

—¿A qué demonios le estás haciendo una foto ahí dentro? —pregunté, divertida. Vi salir a Víctor con una sonrisa pícara en la cara y reparé en las fotografías del cuarto de baño—. Oh, no… —me reí.

—Oh, sí, sí —dijo.

Se guardó el móvil en el bolsillo de la americana entallada, me miró de arriba abajo y silbó.

—Esas fotos tienen muchos años, en realidad no es el cuerpo que ves delante de ti —objeté.

—Bueno, creo que algo he visto y… este es mejor. ¿Vas a dejar caer la bata al suelo?

—Me parece que no. —Me acerqué a él sin poder evitarlo y palpé la chaqueta, dispuesta a encontrar su teléfono móvil y borrar la foto.

—Solo tirar de este lazo y… —dijo mientras alargaba la mano hacia el cinturón de la bata japonesa.

—No juegues… y dame el móvil. No quiero que tengas esa foto ahí.

—¿Qué más te da? ¿Tú sabes los buenos ratos que me va a dar? Ten misericordia, mujer.

Me cogió del antebrazo, me acercó y me abrazó contra su pecho, besándome la sien, la mejilla y el cuello mientras sus manos se deslizaban por la tela suave a la altura de mi espalda y mi cintura. Cuando bajaron hacia el trasero siguiendo la línea de mi ropa interior, bufé.

—Ay, Dios... —suspiré pegada a su pecho al tiempo que trataba de reprimir las ganas de quitarme de verdad la bata.

—¿No puedo abrazarte tampoco? —susurró juguetón con los labios por mi cuello.

—No así, por favor.

—Un día nos correremos solo con mirarnos, lo sabes, ¿no? —Di un paso hacia atrás y los dos nos reímos un poco avergonzados—. ¿Necesitarás ayuda para subirte la cremallera?

—No. — Alcancé un cable de encima de la cómoda—. Me he fabricado mi propio Víctor. —Se echó a reír—. Voy al baño a ponerme el vestido.

—No hace falta que te vayas. Ya he visto todo lo que tienes ahí debajo.

—No, no has visto nada —le sonreí.

—Ah, ¿no? Dime que debajo de esa bata estás desnuda.

No contesté porque si me apetecía decir algo era un desesperado «ven y quítamelo todo con los dientes». Mejor callarse. Cerré la puerta del baño y tras deslizar el vestido por mi cuerpo me di cuenta de que mi invento no era demasiado práctico. Leñe. *Mecagüenla* leche agria. Asomé la cabeza.

—Víctor..., mi invento no funciona. ¿Podrías...?

—Claro. —Se asomó—. Es mi momento preferido del día.

Bajamos las escaleras a caballito (ya se sabe..., los tacones) y la viejecilla que vivía en el primero nos aplaudió al llegar al rellano. Creo que lo confundió con Adrián, porque no le pareció extraño que otro hombre me sacara de casa en volandas. Pero, vamos, que me dieron ganas de bajarme y explicarle que de Adrián nada, que este al menos parecía tener aún libido en el cuerpo y sangre recorriéndole las venas.

Víctor me abrió la puerta del copiloto y, después de entrar rápidamente en el asiento del conductor, sacó de la parte trasera una flor roja preciosa, con un gran tallo.

—¡Oh! ¡Gracias! ¡Qué bonita!

—Bah, una tontería.

—¡Me combina con los zapatos!

Hubo un silencio sostenido dentro del coche. Víctor, que sonreía, me miró detenidamente. De mi pelo a mis ojos, de mis ojos a mis labios, de mis labios a mi pecho. Después levantó las cejas y, riendo por lo bajo, como en un suspiro, afirmó:

—Vas a volverme loco, de verdad…

Y nos miramos de reojo.

Aparcamos a una manzana de la galería y Víctor se ofreció a llevarme otra vez en brazos, pero antes de que pudiera obligarme nos cruzamos con Carmen y Borja, que se unieron a nosotros después de las presentaciones. Carmen lo miró durante un rato con la boca abierta. Evidentemente, Víctor no solo me parecía guapo a mí. Además, aquella noche estaba especialmente espectacular. Se había quitado la americana al salir del coche y la había guardado doblada en el maletero; ahora, con aquella camisa blanca arremangada parecía que tenía los ojos más verdes que nunca.

En la puerta, tal y como habíamos quedado, nos esperaban Lola y Carlos. Después de los saludos, los besos y los apretones de mano, todos entramos a la vez en la galería, que ya empezaba a estar llena de conocidos de los dos, colegas de Adrián e invitados que no había visto en mi vida.

Me abrí paso entre la gente hasta encontrar a mi marido, que estaba muy sonriente. Parecía que todo iba bien.

—¡Hola! —dijo sorprendido.

Me dio un beso

—¡Hola, cariño! —contesté.

—Estás muy guapa.

—Gracias. Tú también estás muy guapo.

—¿Con quién has venido? —Miró entre la gente.

—Pensé que debías conocerlo…, ya sabes, para estar tranquilo y… —Miré hacia donde estaban las chicas y llamé con una seña a Víctor, que me devolvió una mirada de incomprensión. Después, sin que me pasara por alto que suspiraba, estuvo allí en dos zancadas de sus largas piernas—. Adrián, este es Víctor.

Se dieron la mano.

—Encantado —dijo Víctor educadamente.

—Igualmente. Gracias por acompañar a Valeria esta noche. Yo no voy a poder estar con ella mucho tiempo.

—Ya, bueno, es normal. Es la noche del estreno.

Un silencio.

—Álex, ven. —¿Cómo? Víctor y yo nos miramos compartiendo una mirada de esas que dicen: «¿De verdad está pasando esto?»—. Álex, este es Víctor, un amigo de Valeria. Víctor, Álex es mi mano derecha. Bueno, a ella ya la conoces —dijo señalándome a mí.

—Sí. Encantada. ¿Qué tal? —sonrió ella.

Me quedé mirando a Álex con cara de tonta; en realidad no sé comportarme en ese tipo de situaciones. Encima, la jodida niñita tetona estaba impresionante; llevaba el pelo liso con la raya en medio y un vestido negro de corte ibicenco y mucho escote. Paradojas de la vida, lo primero de lo que me preocupé fue de averiguar si Víctor la estaba mirando, pero este me observaba a mí. No supe qué hacer. Lola se habría agarrado a Víctor, Nerea habría lanzado algún comentario educado e ingenioso pero de lo más ofensivo y Carmen se limitaría a hacer un corte de manga en condiciones, pero yo no sabía hacer nada de eso.

Víctor rompió el silencio por mí y se dirigió directamente a Adrián para decirle que eran unas fotografías preciosas.

—Me he quedado de veras muy impresionado. Creo que deberíamos incluso hablar de negocios… —sonrió, encantador.

Adrián le miró inexpresivo.

—¿Tienes una publicación?

—No; trabajo en un estudio de arquitectos y de diseño de interiores y en muchas ocasiones nos encontramos con la demanda de algunas cosas que no tenemos a mano. La fotografía decorativa es una de ellas y la verdad es que no conocía a nadie en el que poder delegar estas cosas.

—Bueno…, ya, fotografía decorativa… —Miró al suelo y sacó de su bolsillo una tarjeta de visita—. Llámame en caso de que tengas algo o mándame directamente a los clientes, como prefieras.

Jamás había visto a Adrián tan tirante. Y no es que en una situación normal fuera la alegría de la huerta.

—Encantado. Voy a dar una vuelta más por aquí… —Víctor cogió la tarjeta, se la metió en el bolsillo y sonrió de forma tirante antes de alejarse.

Bien.

Adrián me miró fijamente. Álex seguía plantada detrás de él, pero me acerqué y le rodeé con mis brazos. Ella desapareció en cuestión de segundos.

—Cariño…, ¿te ha molestado que me acompañe Víctor?

—No, pero es una situación un poco particular.

—Como aún no os conocíais… No pensé que fuera a molestarte.

—No es eso. Estoy algo nervioso. Va a venir un marchante y… —Se acarició la barbilla.

—Vale. —Le puse cariñosamente las palmas de las manos sobre el pecho y sonreí—. Oye, estaré dando una vuelta por aquí, con las chicas; si me necesitas búscame. No quiero atosigarte, pero… te echo un poco de menos.

Asintió y en cuestión de segundos volvió a estar acompañado por Álex. Parecían John Lennon y Yoko Ono y yo una *groupie* demasiado colocada como para ver que sobraba.

Víctor se acercó a mí con cara de circunstancias.

—¿Qué ha sido eso? Tienes un marido muy rarito.

—No es rarito. Está nervioso —contesté tajante.

—Bueno, cada uno soporta la presión como sabe… o puede.

—Has sido muy rápido, por cierto. —Le sonreí, indulgente.

—No me gustaba ese silencio. Era maligno. —Abrió los ojos expresivamente.

—Todo lo que puedas ofrecer que nos haga ricos estará bien. —Le guiñé un ojo.

Lola corrió hasta nosotros prácticamente fuera de sí.

—Valeria…. ¿invitaste a Nerea?

—Claro que invité a Nerea.

—¡Muy bien! ¡Muy bien! —dijo a modo de reproche.

—¿Cómo no iba a invitarla?

—¿Y con quién vendrá? ¿¿Por qué ninguna pensó en decirle que trajera a Jordi??

Abrí los ojos de par en par y busqué a Carmen.

—¿Qué pasa? —preguntó Víctor.

—¿Ves a Carmen por ahí?

—Pues no.

—Nerea está enrollada con el jefe de Carmen pero no lo sabe y ella… —Le miré—. Bah, es demasiado complicado para explicártelo ahora. Búscala y échala.

—Su impecable educación de seductor no se lo permitirá —dijo Lola.

Se miraron con una sonrisa.

—Contigo quería hablar yo… —susurró él.

—¿Por? —preguntó Lola entrecerrando los ojos.

—Por esa boquita de piñón que tienes.

—¡No es momento! —levanté la voz.

Carmen pasó por allí comiendo algún tipo de aperitivo y con una copa de vino en la mano.

—¡Carmen! —La abordé a las bravas y con voz de abuelo cazallero.

Ella se atragantó del susto y empezó a toser, poniéndose morada.

—Vaya, qué sorpresa… La que suele atragantarse es Valeria, ¿sabes? —comentó Lola tranquilamente mirando a Víctor.

Borja apareció de la nada y empezó a golpear la espalda de Carmen, que hacía unos esfuerzos sobrehumanos por respirar por la nariz; en ese momento Nerea entró en el local junto a Dani.

Nos encontraron enseguida. Allí no había tanta gente como para pasar desapercibidas y, además, todo el mundo nos miraba mientras le hacíamos cerco a Carmen.

—Oh, pero nena, ¿qué te pasó? —Corrió Nerea preocupada.

Daniel se quedó unos pasos por detrás de ella, mirando fijamente a Carmen y a Borja. En un segundo todo le encajó. Oh, oh… Adiós a la tregua que Carmen había planeado… ¡A las trincheras! Y no dijo nada, pero Lola y yo nos quedamos sin respiración cuando se encontraron con la mirada. A Borja le cambió por completo la expresión de la cara y Carmen habría preferido ahogarse con aquella croquetita antes que estar allí, con el culo al aire.

—Hola, Nerea… Valeria me asustó y me atraganté —dijo al tiempo que recuperaba el aliento y aceptaba el vaso de agua que una chica, solícita, le ofrecía.

Nerea me miró.

—No fue mi intención —aclaré.

—Mujer, ya me imagino… ¿Conoces a Dani, Carmen? —Miró a Daniel—. Esta es Carmen, una de mis mejores amigas. Y este es Borja, su novio.

—Vaya… —dijo Dani paladeando las palabras—. Encantado, Carmen. ¿Y dices que este es tu novio?

Nerea se quedó mirándolos un momento, seria. Esas cosas no le pasaban por alto por mucho que ninguno de los dos quisiera darle aquel disgusto.

—¿Os…, vosotros os conocéis?

—No. —Los tres al unísono: Dani, Borja y Carmen.

Nerea no añadió nada más. Esperaba las explicaciones. Carmen tomó la palabra. Lola, Carlos, Víctor y yo mirábamos asombrados.

—Nerea…, Dani es mi jefe.

—Y el mío —añadió Borja.

—Oh. —Se quedó callada y se llevó dos deditos hacia los labios—. Y… ¿desde cuándo lo sabes?

—Desde hace unas semanas. Quizá un mes.

Nerea nos miró.

—¿Tú sabías algo? —le preguntó a su novio.

—Me acabo de enterar —contestó Daniel.

No podía montar un numerito, porque no podía admitir delante de Dani que contaba a sus amigas algunos detalles íntimos que quizá debería callarse. Y acababa de darse cuenta de toda la información confidencial que procuraba en ambas direcciones.

—Bueno… —Una cara prefabricada de normalidad—. No pasa nada, nena. ¡A veces eres tan tímida! Qué coincidencia.

Se giró y buscó al camarero para tomarse una copa de vino mientras Daniel aprovechaba para acercarse a Carmen y decirle:

—No voy a poner al día a Nerea sobre las semanas que me has hecho pasar…, pero tú…, mejor voy a callarme lo que opino de ti.

Carmen suspiró con fuerza. Daniel siguió a Nerea y, tras besarla en la sien, la agarró de la cintura.

—Bueno, no pasa nada…, tenía que ocurrir. El cosmos se rige por sus propias normas y yo merezco un castigo —sentenció Carmen resignada.

—Yo no lo pensé… —contesté.

—No te preocupes. —Miró a Borja con apuro y él le dedicó una caricia—. ¿Os importa si nos marchamos?

—No, no, por supuesto.

—Voy a despedirme de Adrián.

Asentimos. Miré a Lola, que ya empezaba a aguantarse la risa tapándose los agujeros de la nariz, y le di un codazo sin poder evitar contagiarme un poquito.

Nerea tardó un rato más en disculparse e irse. Como no estaba al día de los castigos que Carmen le había infligido a su novio, no se mostraba demasiado molesta. A decir verdad, la copa de vino la había convencido de que aquello no tenía importancia y de que conseguiría hacer que Carmen dejara de odiar a su chico. A Daniel, por el contrario, parecía haberle dejado claro que ahora le tocaba a él, pero no parecía enfadado con Nerea, así que... Karma, le llaman.

Lola quiso quedarse un rato más. Me veía un poco perdida y no había nada que le motivase a marcharse. Sabía que Carlos iba a ponerse pesado con subir un rato a su casa y a ella no le apetecía en absoluto; si se quedaba un rato más tendría como excusa que estaba cansada y que se había hecho demasiado tarde. Su segunda opción era darle una patada en los cojones y después, cuando estuviera en el suelo, pisárselos con el tacón. También era una buena opción.

Víctor parecía entretenido y yo buscaba sin cesar a un Adrián que me ignoraba. Qué planazo. Y encima me dolían los pies. Ya había perdido la costumbre de andar con tacones y aguantar carros y carretas por estar mona.

Cuando ya me preguntaba si no sería mejor marcharse a casa, el dueño de la galería y colega de Adrián llamó la atención de los que quedábamos allí; quería dedicarle unas palabras a la exposición. Todos le prestamos atención, y aunque hubiera querido estar junto a Adrián, él no parecía demasiado predispuesto a necesitarme a su lado. Quería respetarlo, pero empezaba a estar molesta. Álex se encontraba detrás de él y lo observaba con esa adoración con la que una adolescente mira a ese profesor del que está enamorada. La odié. Por ser tan mona y por estar tan cerca de mi marido.

—¿Quién es la morena? —escuché murmurar detrás de mí a Carlos.

—La ayudante del marido de Valeria —contestó Víctor con un tono neutral.

—Pues está bien buena. —Víctor no contestó—. Víctor, no me jodas, está para preñarle la boca.

Me giré hacia Lola, que sin duda también lo había oído. Ella puso los ojos en blanco y dijo entre dientes: «Subnormal». Víctor siguió sin contestar. Solo alargó la mano y la colocó disimuladamente en mi cintura. Su calor me reconfortó.

El director de la galería se deshizo en halagos en un discurso en el que situaba el trabajo de Adrián a la vanguardia de la fotografía artística actual. Decía de él que cosecharía éxitos que le llevarían por todo el mundo. Me pregunté si yo le seguiría y después me preocupé por que Adrián no viera lo cerca que estábamos Víctor y yo. Y, entonces, le cedieron la palabra.

Si lo tenían ya acordado, él no me había contado nada. Lo único que sabía es que Adrián odiaba hablar en público. Pero en lugar de declinar la invitación a dirigirse a todos los presentes, respiró hondo, me miró y miró a Álex que, a su lado, le dio una palmadita en la espalda que debía haberle dado yo. Me sentí fatal. Quizá debería haberle obligado a estar conmigo aquella noche, quizá me lo habría agradecido después… Quizá debí quedarme en casa. O debí ir a la de Víctor a tomar una copa de vino.

Adrián se aclaró la voz.

—Bueno, los que me conocéis ya sabréis que no estoy muy ducho en esto de dar discursos. —Se rio—. Pero no puedo dejar pasar la oportunidad de agradecerle a mi colega la ocasión que me brinda de inaugurar mi primera exposición seria. Esta experiencia enriquece mucho mi carrera y mi vida y le doy las gracias. Espero que las alabanzas no tengan nada que ver con el porcentaje acordado por la venta de las fotos. —Le sonrió directamente a él y se escucharon algunas carcajadas—. También querría daros las gracias a todos por estar aquí, especialmente a los que me apoyáis día a día en mi trabajo y más especialmente a alguien que sufre codo con codo conmigo todos los días los vaivenes de una profesión como esta. Muchas gracias, Álex, por todo. Nada más. Gracias a todos.

Lola me miró de reojo, supongo que para comprobar cómo me había sentado la patada moral en el estómago que Adrián me acababa de dar. Y yo debía de estar de color morado, porque me quedé sin respiración. Víctor también me miró disimuladamente mientras su mano dedicaba una sutil caricia al dorso de la mía, que colgaba inerte.

—¿Estás bien? —me preguntó Lola.

—Disculpadme un momento.

Me acerqué sigilosamente a Adrián. Quizá debía enfriarme, quizá debía irme a casa y esperarle…, pero ¡qué narices! No lo hice. Él no se lo había pensado mucho para humillarme y ningunearme en público, ¿no?

—Adrián.

—¿Qué?

Álex estaba adosada a su lado y se quedó mirándome con sus enormes ojos oscuros.

—Oye, niña, de verdad, ¿puedes dejarme hablar con mi marido con tranquilidad de una jodida vez, por favor? —dije de malas maneras.

Y lo que más me molestó fue que, antes de marcharse, mirara a Adrián a la espera de que él aprobara el hecho de que fuera a dejarnos solos. ¿Qué pasaba? ¿Yo no contaba? ¿Mi voz desaparecía como el viento o es que además de tía buena era imbécil de remate? Me contuve y volví a dirigirme a Adrián.

—¿Se puede saber qué te pasa? —espeté.

—Nada, ¿qué te pasa a ti?

—No entiendo por qué estás tan enfadado como para apartarme de ti y para mantenerme al margen un día como hoy.

—¿Era tu día y no me he enterado? —contestó con malicia.

—Eres muy ruin, ¿sabes? No se trata de celos ni ansias de protagonismo. Soy tu mujer. Esperaba que quisieras hacer esto conmigo; hacerlo juntos.

—Bueno, estás muy bien acompañada. Creo que no te hago falta hoy, ¿no?

—No entiendo si esto es por Víctor, es por Álex o es por ti y por mí. Creo que deberías hablar claro.

Resopló.

—Valeria, no es momento. —Miró al suelo.

—¿Quieres que me vaya?

—Sí, estoy enfadado.

—¿No vas a decirme por qué? —pregunté alucinada.

—Creo que ni siquiera yo lo sé.

—Y después de decir eso ¿crees que estás siendo justo?

—No, pero es lo que hay. Así que márchate.

—Sí, claro que me voy.

Me di la vuelta hacia donde me esperaban los demás, pero Adrián volvió a hablar:

—¿Te vas con Víctor?

—¿Es ese el problema?

—No entiendo por qué estás haciendo todo esto. ¿Es una pataleta?

—Lo traje para que lo conocieras, para que vieras que es un buen chico y que te respeta —mentí.

—Eres una cría, Valeria. Vete ya. —Se pasó la mano por la barbilla e hizo amago de girarse.

—¡Tú me dijiste que me buscara acompañante! Te recuerdo que yo quería estar contigo hoy.

—Pensaba en alguna de las chicas. —Se volvió de nuevo hacia mí.

—¿¡Y qué más te da!?

—Eso no es un amigo, Valeria, y los dos lo sabemos.

—¡Tú qué vas a saber! ¡Ni siquiera te has preocupado por averiguarlo! ¡Lo traje para que lo conocieras, para que te quedaras tranquilo! —insistí.

—Haz lo que quieras, pero vete. No quiero ponerme a discutir. No me esperes levantada. Luego iremos a celebrarlo.

—Si acabas celebrándolo con Álex en la cama, avísame para que deje de esperarte como una gilipollas, por favor. —Me di la vuelta y, muerta de rabia, fui hasta Lola—. Vámonos.

—¿Adónde? —preguntó.

—Me da igual. Vámonos. —Vacié de un trago una copa de vino.

Carlos y Víctor se unieron a nosotras en la calle, sin hacer preguntas.

—Valeria…, ¿adónde vamos? —inquirió Lola.

—Vamos a tomar una copa, por favor.

Me miró, preocupada.

—Valeria… ¿Por qué no vienes a casa? Puedes quedarte a dormir. Nos beberemos la botella que guardo en el congelador, ¿vale? —Me acarició la espalda.

Me tapé la cara. No sabía qué hacer.

—No, no, vamos por ahí. Vamos a hacer algo, vamos a…, vamos a hacer algo que no me permita pensar.

—Val, no creo que te vaya bien andar por ahí esta noche, en serio —insistió Lola.

—Necesita airearse. Yo la llevaré a dar una vuelta.

Las dos miramos a Víctor. Él se metió las manos en los bolsillos y, mirando hacia el suelo, le murmuró a Lola que no tenía de qué preocuparse.

—¿Quieres irte con él? —susurró Lola mientras se acercaba a mí.

Miré a Víctor confusa y me tendió una mano, con la palma hacia arriba. Alargué la mía hasta tocar su piel y sus dedos se cerraron alrededor de mi muñeca con suavidad.

—Me voy con él.

Lola se mordió el labio con desazón.

—Mañana te llamaré. —Y sin importar que mi mano aún estuviera cogida a la de Víctor, me abrazó y añadió en mi oído—: No hagas ninguna tontería, por favor. Deja las tonterías para la gente como yo. Tendré el móvil encendido. Llámame si cambias de opinión.

Asentí y la besé en la mejilla.

No miré hacia atrás cuando me marché rumbo al coche de Víctor de nuevo, con su brazo alrededor de mi espalda.

28
Airearme...

En el coche Víctor y yo guardábamos silencio mientras observábamos cómo nos engullían las luces de la ciudad. Yo miraba por la ventanilla y le daba vueltas a todo lo que había estropeado la noche y él conducía sin decir nada. Eran las doce y, a pesar de todo, no quería ir a casa. Estaba hambrienta, necesitaba un cigarrillo y quitarme los zapatos de tacón. Necesitaba saber si era culpa mía, pero tal vez aquello era lo único que no podía solucionar por el momento.

Víctor se aclaró la voz antes de decir:

—¿Qué puedo hacer para arreglarlo?

—Nada —contesté melancólica.

—¿Prefieres volver a la galería? Te dejaré en la puerta si quieres.

—No, conozco a Adrián. Esta noche no vamos a sacar nada en claro.

—¿Va tan mal?

Lo miré de reojo y sopesé la idea de sincerarme con él. Pero no, aquello lo complicaría todo. Suspiré y fui políticamente correcta.

—Llevamos unos meses difíciles. Supongo que, como todas las relaciones, va por épocas. Él tiene mucho trabajo, no está contento con mis rutinas...

—Y… —Me miró.

—¿Qué?

—¿Y no hay nada más que le moleste?

—¿A qué te refieres?

—A ti y a mí. A eso me refiero. —Me quedé mirándolo mientras conducía. ¿A quién quería yo engañar? Él volvió a tomar la iniciativa al decir—: Valeria, yo puedo ser todo lo caballero que quieras, pero Adrián no es tonto y tiene razón. —Y lo dijo en un susurro sin despegar la mirada de la calzada.

—¿En qué?

—En lo que piensa de mí. Si tú estuvieses dispuesta, yo no iba a tener ningún miramiento con él. Si lo tengo es contigo, no con Adrián. —Cambié mi expresión a confusa—. No iba a perder el tiempo pensando en si es lícito o no —añadió.

—El otro día…, en el probador…

—No. —Negó con la cabeza con una sonrisa resignada en la boca—. Me interesas como algo más que un rollo de cama. Parar fue prácticamente una obligación. ¿Qué si no? ¿En un probador? No, Valeria…

—Estoy algo confusa. —Me tapé la cara.

—Lo sé. Por eso no quiero insistir. Yo tampoco lo tengo…, ya sabes…

Asentí.

—Me caes bien. Eres una persona franca —contesté dándole una palmadita en la pierna.

—Tú también me caes bien. Eres una mujer increíble. —Puso su mano sobre la mía—. Y no puedo dejar de pensar en ti…

Otra vez en silencio dentro del coche. Jugueteó con mis dedos. Nuestras manos cogidas sobre su muslo.

—¿Adónde quieres que te lleve?

—No quiero ir a casa. Podría llamar a Lola, pero sé lo que va a decirme. Estoy harta de escuchar que tengo que ser paciente y sensata.

—Iremos a mi casa. ¿Te parece? Comemos algo, nos tomamos una copa y pensamos qué hacer. Allí nadie te dirá que tienes que ser paciente y sensata.

—Gracias, Víctor.

Sonrió. No sabía hasta qué punto todo aquello era buena voluntad o tenía realmente algún interés. Quizá yo misma buscaba forzar aquella situación…, y sus dedos me apretaron la mano.

Llegamos a su piso en silencio. Abrió la nevera mientras yo, descalza, me sentaba sobre una banqueta de la cocina y movía los deditos de mis pies hinchados. Su cara fue un poema, iluminada por la bombillita interna del frigorífico.

—Guau… —exclamó al ver el interior del frigorífico.

—Nevera de soltero, ¿eh? —le dije, divertida.

—Cerveza, limón mustio y poco más —ratificó.

—Yo me contento con la cerveza.

Sacó dos botellines helados, los abrió y, tras tenderme uno, le dimos un trago largo uno frente al otro. Luego nos miramos.

—¿Un limón? —me ofreció.

Nos echamos a reír como dos tontos.

—Algo más debes de tener. Déjame echarle un vistazo a los armarios. Sujeta esto.

Víctor dejó su cerveza y la mía sobre la barra y sujetó el taburete al que intentaba subirme.

—Ten cuidado… —susurró—. Me estás dando pánico.

—Tranquilo…

Me moví y se desestabilizó, haciéndome caer sobre su pecho.

—¿Lo ves, monito de circo…? —se rio.

No, no veía nada. Solo aprovechaba para olerle y agarrarme a él, sumida en un montón de sensaciones, todas ellas carnales e inconfesables.

Bajé a tierra firme y él propuso un plan alternativo.

—Yo te cogeré.

No sé si estaba más interesado en que encontrara algo en los armarios o en el proceso de la búsqueda en sí. Dio dos palmadas, me llamó con sus manos y yo me lancé sobre él como si estuviéramos haciendo el *remake* de la actuación final de *Dirty Dancing*. Baile sucio le iba a dar yo, eso seguro.

Sus manos me cogieron por la cintura, me auparon dándome impulso hacia arriba y después sus brazos se cernieron alrededor de mis caderas.

—Oh, Dios… —le escuché decir.

—¿Peso mucho? —pregunté avergonzada.

—No, pero hazlo rápido. Tengo buenas vistas desde aquí y soy humano…

Me afané en consultar todos y cada uno de los entresijos de sus armarios sin tener demasiado en cuenta la proximidad de su cuerpo ni que mis pechos se hallaban más o menos a la altura de su cabeza.

—¡Lo tengo! —exclamé triunfal.

Víctor me bajó hasta el suelo y yo me recoloqué el vestido y le entregué una bolsa de patatas fritas.

Acabamos tirados en la alfombra del salón con la segunda cerveza en la mano, comiendo distraídamente. Estaba tan cómoda con él…

—Tienes que hacer la compra —dije tirándole una patata—. Eres un desastre.

—Bah, nunca como aquí. Si quiero alimentarme en condiciones voy a casa de mi madre.

—¡Tendrás cara! ¡Con treinta años!

—Treinta y uno —puntualizó.

—¿Puedo fumar, señor de treinta y uno?

—Claro.

Se levantó, abrió las ventanas de par en par y sacó un cenicero del mueble del salón.

—¿Exfumador?

—¿Tanto se me nota? —se rio.

—Se huele el miedo desde aquí.

—Dame un pitillo —dijo mientras se dejaba caer junto a mí.

—No. Si lo dejaste por algo será. —Me encendí uno y le di una honda calada que me llegó hasta los pies. Víctor se acercó, me robó el cigarro de entre los labios y también le dio una calada. Expulsó el humo dibujando unos aros que yo atravesé con el dedo—. No deberías volver a fumar.

—No. No debería, pero es una excusa increíble para probar a qué sabes…

Le miré y me partí de risa. Él también.

—¿A Lucky Strike?

—Light.

Le di un sorbo a la cerveza y al mirarle volví a reírme y me atraganté.

—¡Vaya, Lola me avisó pero no me dijo qué hay que hacer! —dijo.

Respiré hondo.

—Ya está.

—Genial, así no tendré que hacerte el boca a boca —añadió con resentimiento.

—Oye, hablando de Lola…, ¿es tan como parece?

—Tan… ¿qué?

—Ardiente.

Me sostuvo la mirada.

—Vaya pregunta, Valeria. —Levantó las cejas un poco incómodo—. Es como todas las mujeres en la cama, supongo.

—¿Como todas? ¿No encuentras diferencias entre unas y otras?

—Bueno, Lola es muy desinhibida. Otras chicas se esconden más, otras son más comedidas al expresar el placer… A Lola no le importa ninguna de esas cosas. A Lola no le interesa lo que nadie piense cuando está en la cama. Solo lo que siente. En ese aspecto siempre me ha gustado mucho… No en la cama, sino en la vida. Le da igual la gente.

—Y una duda personal: ¿por qué no la llamaste nunca más?

—Humm… —Se mesó el pelo entre los dedos de la mano derecha, despeinándose—. Sí la llamé, pero no para pedirle una cita ni nada similar. Tratamos de hacerlo lo más natural posible. Me sorprende incluso que te lo contara. Fue todo un poco raro y no hablamos demasiado del asunto. En realidad, la traté como siempre la había tratado. Lo nuestro fue un desliz que alargamos demasiado…, placentero pero desliz. Lola no me podría interesar como nada más que eso. No es mi tipo.

«Un desliz que alargamos demasiado» no sonaba a esas dos o tres veces que Lola decía haberse acostado con él. Pero quise cambiar de tema. Ya le aplicaría un tercer grado a ella en cuanto pudiera.

—Pensé que no habría hombre sobre la faz de la tierra que no se sintiera atraído hacia ella. —Se encogió de hombros y yo toqué el sofá y le miré—. ¿Aquí? —pregunté.

—Morbosa. —Y su boca dibujó una sonrisa que me dejó bastante tocada.

—Estoy medio borracha, ¿qué esperas?

—Sales barata de emborrachar.

—Si no me ofreces más que alcohol y unos ganchitos rancios…

—Ahora la culpa va a ser mía. Tienes una obsesión insana con este sofá.

—Sí, es verdad —me reí—. Os imagino ahí, ya sabes…, dándole. —Hice un movimiento obsceno con los brazos mientras me mordía los labios.

—A estas alturas creo que los dos sabemos que te vas a quedar a dormir. ¿Por qué no vamos a la cama y nos ponemos cómodos? Allí me cuentas qué significa eso de «dándole».

—¿Tú y yo? ¿En tu cama? —Levanté las cejas a la espera de que me dijera que era broma.

—Claro, tú y yo y la media docena de chinos que viven abajo, espera que los avise.

Me eché a reír a carcajadas.

—Charlamos un rato y cuando vea que caes, me vengo al sofá de la perversión. ¿Te parece? —Y al decirlo se acercó y me acarició el pelo.

—No, no, de eso nada. Si tú duermes en el sofá de la perversión, yo también.

Me miró de reojo.

—Ya veremos. Vamos.

Entré en el dormitorio con precaución, no sabría decir por qué. Me encontraba un poco asustada aunque no quisiera admitirlo. Estaba tan enfadada con Adrián y tan desilusionada por aquella noche… Y Víctor era tan increíble…

Y para hacerlo todo más difícil (o más fácil, no sabría decirlo), Víctor puso un CD en la cadena de música y encendió solamente la luz de una sinuosa lámpara de pie. Todo aquello creó una atmósfera extraña que me hizo sentirme dentro de una película, pero no de las que dan vergüenza, sino de esas en las que esperas que se lo quiten todo y follen sin control. Hale, ya lo he dicho.

Después abrió el armario y me pasó una camiseta mientras se desabrochaba la camisa. Me quedé mirándole.

—¿Vas a quitarte la ropa aquí? —pregunté sorprendida.

—Sí. ¿Vas a mirarme mientras lo hago?

—Sopeso la posibilidad.

Se quitó la camisa botón a botón sin despegar los ojos de mi cara y la dejó sobre un sillón negro de cuero que tenía en la esquina, junto a la ventana. Me quedé observándole atontada. Claro. ¿Qué iba a hacer el chico con tanto tiempo libre si no iba al gimnasio a trabajarse un cuerpo como aquel? ¿Y para qué lo iba a tener si no era para quitarse la camisa delante de mí con aquella seguridad tan sexi?

—¿Vas a quitarte la ropa o esperas a que te la quite yo? —susurró con un puntito de chulería que me deshizo por dentro.

Respiré hondo tratando de apartar los ojos de su pecho y de su vientre. La virgen… Conque eso eran los abdominales, ¿eh? Pensaba que su existencia era un mito, una leyenda urbana…

¿Quería que me quitara la ropa él mismo, el dueño de ese vientre tan firme? Sí, sí quería.

—Sopeso la posibilidad —dije de manera enigmática.

—Ven.

—¿Qué?

—La cremallera.

—Ah, sí.

Me acerqué y me quedé de espaldas a él. Bajó un poco el tirante del vestido y nos quedamos quietos y en silencio. Cuando sus dedos tocaron la piel de mi espalda y su boca besó suavemente mis hombros, mi cuerpo reaccionó al momento. Suspiré sonoramente y cerré los ojos. Una cosa es que la razón nos diga que no debemos hacerlo y otra muy distinta que las hormonas la secunden. No, no, de eso nada. Y era natural como la vida misma: una mujer de veintiocho años sexualmente normal, que llevaba meses sin hacer el amor de verdad, respondía a un estímulo físico.

La mano de Víctor viajó hasta la cremallera y la bajó. No sabría decir si había estudiado previamente cómo hacerlo desaparecer o si yo lo facilité en exceso, pero el hecho es que el vestido cayó al suelo. Me quedé parada, sin volverme, porque en el fondo quería ser buena chica, en serio. Quería portarme bien, sobre todo porque no quería ni que Víctor me perdiera el respeto ni que yo terminara arrepintiéndome y culpándome. Traté de poner la mente en blanco y relajarme. Así, cuando un pensamiento en firme cruzara mi cabeza podría escucharlo mejor.

Sin embargo, lo único que escuché fue a Víctor suspirar profundamente. Mi espalda tocó su pecho y una de sus manos, que estaba muy caliente, se posó sobre mi vientre.

—Víctor…

—Lo siento. —Pero no se alejó.

Sus labios me besaron el cuello otra vez, en un beso húmedo que hizo lo propio en mí. Su mano me desabrochó el sujetador en un rápido *clic*.

—Víctor, por favor, no me lo pongas más difícil. —Cerré los ojos y contuve la respiración.

Sus dos manos se posaron en mis hombros y bajaron los tirantes. Ahora sí sé decir lo que pasó: yo misma lo dejé caer al suelo.

—Dime que no quieres y te juro que pararé —me susurró junto al cuello.

—Sabes de sobra que mentiría. —Tenía su erección pegada a mi ropa interior. Mis pezones se irguieron—. Y tú también me habrías mentido si pasase algo esta noche. Dijiste que no querías insistir…

Se lo pensó. Fue un par de segundos solamente, pero sé que Víctor se pensó muy mucho si debía cumplir su palabra y dejarlo estar. Al fin y al cabo él no estaba casado y no tenía que darle explicaciones a nadie sobre lo que hiciera o dejara de hacer. Era yo la que tenía el problema. Pensar que el problema también le incumbía a él era imaginar demasiado sobre lo que Víctor sentía por mí.

Pero creo que él también quería ser un buen chico aquella noche, ya que resopló y dejó en mis manos la camiseta. Toda mi piel se había puesto de gallina y me sentía ridícula y vulnerable. Me la coloqué y me volví para escrutar su expresión. Estaba desabrochándose los botones del vaquero y me giré de nuevo. No quería ver tantas cosas en una sola noche y menos en aquellas condiciones.

—¿Nunca has visto a un hombre en ropa interior? —Su voz fue algo hosca entonces.

—A ti no —contesté ruborizada.

—Ya está.

Me giré despacio. Llevaba un pantalón de tela azul marino que le caía sobre la mismísima línea donde empezaba su ropa interior, pero parecía que por ahí debajo la cosa se estaba normalizando y que yo no podría intuir demasiado. Una lástima. Ya que estábamos, me habría gustado saber qué tamaño se gastaba el chico. Volví a mirarle el pecho, el vientre y, cuando se giró, también la espalda. Cuánta piel, tersa, bonita, desnuda. Joder. Virgen santa. Tragué con dificultad.

Víctor se echó en la cama y me llamó para que fuera a su lado. Me dirigí tímidamente hasta él y me tumbé boca arriba, mientras sujetaba la camiseta de modo que no se viera mi ropa interior.

—Cuando te prometí que sería un caballero no sabía que me pondrías tanto a prueba.

—No te pongo a prueba, Víctor. —De repente me sentí incómoda y quise marcharme.

Qué tontería haber ido. ¿Qué esperaba? ¿Que dormir en casa de mi nuevo amigo iba a hacerme sentir como en la mía? ¿Que estaríamos cómodos, reiríamos, nos abrazaríamos y yo no me iría a casa más confundida aún?

—No es justo —dijo, interrumpiendo mis cavilaciones.

—¿Qué no es justo?

—Que siempre sea yo quien tenga que contener la situación —resopló al tiempo que se ponía un brazo sobre los ojos.

—Yo no hago nada de esto a propósito.

—Ya sé que no lo haces. Pero no me dices que no quieres, ni me pides que me aparte… —Suspiró, se apartó el brazo y me miró—. Es solo que… —Se colocó de lado en la cama.

Le imité, poniéndome delante de él, y me acarició con la mano caliente introduciéndose rápidamente por debajo de la camiseta. Primero fue la cadera, después el culo y a continuación, en dirección ascendente, la espalda. Me puso la piel de gallina y los pezones volvieron a tornarse duros bajo la tela de la camiseta.

—¿Qué? —pregunté, e hice que despegara los ojos de mis pechos.

—Que no sé cómo voy a poder responder la próxima vez que me sienta tan tentado, Valeria.

Su mano se abrió sobre la superficie de mi espalda y yo sonreí tímidamente.

—Lo siento —susurré muy bajito.

Víctor también sonrió.

—Yo también lo siento. Y lo peor es que no te haces a la idea de todo lo que está pasándome por la cabeza ahora mismo.

—Cuéntamelo.

—No puedo contártelo.

—¿Por qué?

—Porque saldrías huyendo despavorida. —Abrió mucho los ojos para darle dramatismo.

—Apuesto a que no...

—¿Qué apuestas?

—Contigo prefiero no apostar, porque perdería hasta la camisa.

Compartimos una mirada cómplice y...

Y por eso desaconsejo el consumo de cerveza con el estómago vacío...

29
Apuesto a que...

—Ahora me debato entre portarme bien, portarme mal o portarme regular —dijo con la voz muy queda, mirándome la boca.

—Explícate —pedí.

—Portarme bien sería charlar contigo, esperar a que te durmieras y marcharme al sofá. Como un buen chico.

—¿Y mal?

—Echarme sobre ti y hacer todo lo que llevo deseando hacerte desde que te conocí, que son cosas que no se le hacen a una señora casada.

Los dos nos sonreímos y Víctor acercó sus labios a la punta de mi nariz, donde dejó un beso distraído.

—Entonces, ¿regular? —Mi pierna izquierda se acercó a él y se enredó entre las suyas.

—Portarme regular sería quedarme aquí contándote todo lo que haría si te dejases y luego dormir contigo.

—La primera es la más lícita.

—Lo sé. —Su mano bajó un poco.

—Pero la última…

—Vas a tener que elegir tú.

—Estoy planteándomelo —sonreí.

—¿Quieres que me porte regular?

—No sé si quiero.

—¿Y en qué tono quieres que me porte regular? —Arqueó la ceja izquierda—. ¿Me pongo tonto o sigo siendo un caballero?

—Hazme un mix. —Me mordí el labio.

—Pues quiero quitarte la camiseta —susurró—. Y empezar besándote el estómago.

Me coloqué tumbada boca arriba y miré al techo, tragando con dificultad. Víctor me subió la camiseta hasta la mitad de mi estómago, dejando mis braguitas negras a la vista, y mientras se incorporaba me sopló en el ombligo, lo que me provocó una sacudida. Cogí aire y le pedí por favor que no siguiera, pero su boca me dio un beso húmedo en el vientre, muy cerca de la ropa interior.

—Quiero tumbarme sobre ti, lamerte los pezones y morderlos. Quiero lamer el interior de tus muslos. Tienes la piel tan suave... Quiero oler tu cuello. Saborearte. —No dije nada. Víctor se sostuvo sobre mí con sus brazos y después deslizó su nariz por el arco de mi cuello. Los dos miramos la zona de la camiseta donde los pezones se me marcaban exageradamente de nuevo—. Quiero —se acercó hasta que sus palabras se convirtieron en un susurro en mi oído—, quiero saber de verdad a qué sabes. Quiero quitarte la ropa interior y tocarte mientras aprendo qué es lo que te gusta. Quiero meter un dedo dentro de ti, saber si te hago ponerte húmeda. Y quiero follarte con mis manos, prepararte para lo que vendrá luego...

—Víctor..., por favor. —Su mano se deslizó desde mi rodilla hasta mis muslos por la parte interior.

—Quiero que me toques también. Estoy... —tragó saliva—, yo también estoy preparado. La noto dura, me duele y sé que está húmeda. Quiero que la toques y comprendas cuánto me gustas. Quiero escucharte gemir como lo haces cuando sueño contigo. Porque lo hago a menudo, ¿sabes? Soñar contigo. Con que te beso, con que te toco, con que me corro dentro de ti..., y es una sensación brutal.

—Víctor... —jadeé.

Un beso húmedo en mi cuello me puso la piel más de gallina si cabe y el peso de su cuerpo entre mis piernas me hizo soltar un suspiro al que él respondió con un jadeo.

—Sueño que te follo, que estás húmeda esperándome y que aprietas los muslos en torno a mis caderas. —Me besó el cuello otra vez y su mano me sobó una nalga por debajo de las braguitas—. Joder, Valeria…

Sí, joder…

—Creo que saberlo no… —empecé a decir.

—A veces sueño que estoy contigo dentro de la ducha. Me lames tan despacio…, me provocas hasta en sueños.

Me mordió uno de los hombros y nos rozamos un poco de cintura hacia abajo. Luego se dejó caer a mi lado, pero tan cerca que nuestras cabezas casi se tocaban y las piernas se enredaron esta vez más estrechamente. Sobre mi muslo tenía una erección de lo más tentadora. Y el pantalón liviano del pijama no escondía mucho, la verdad.

—Cuéntame lo que te hago mientras duermes al lado de tu marido… —gimió.

—No me hagas decírtelo. —Me mordí el labio inferior.

—¿Hago que te corras?

—Sí. Y me despierto en mitad de un orgasmo.

—¿Qué hago?

—Dios…, muchas cosas. —Respiré hondo mientras su mano, aún debajo de mis braguitas, bajaba peligrosamente—. Me haces muchas cosas que me gustan pero que están tremendamente mal…

—Y que no voy a poder hacerte nunca.

—Jamás. —Y al decirlo no me lo podía creer. ¿Que jamás podría hacérmelas? Pero… ¿por qué?

—Qué pena. ¿No?

—Ahora sí me apena —dije mientras su mano salía bordeando la cinturilla de mi ropa interior de encaje—. Pero mañana me arrepentiría.

—Mañana no tiene que saberlo nadie más que tú y yo.

—Empezábamos a estar desesperados y se notaba.

—Por más que me atraiga la idea…, yo lo sabría y eso sería suficiente.

—Quiero besarte en la boca. —Se acercó más—. Déjame besarte. Te prometo que solo te besaré una vez.

—No, por favor —supliqué cerrando los ojos.

La mano de Víctor se posó en mi nuca y me acercó hacia su boca. Debería haberme apartado, debería haberme resistido, debería haberme vestido y haberme ido a mi casa, pero no lo hice y noté cómo sus labios, que estaban calientes y eran suaves, se posaban sobre mi boca. Sentí su respiración algo agitada y me pareció adivinar una suerte de jadeo en su garganta. Me excité y respondí a aquel beso. Abrió la boca y atrapó mi labio inferior entre los suyos; lo saboreó y yo saboreé su saliva. Suspiramos y nuestras lenguas se acercaron tímidamente. Lo aparté un poco de mí y Víctor, antes de dejarse caer en su lado de la cama, se despidió con un beso corto. Luego volvió a apoyar la cabeza en la almohada y me miró con sus ojos verdes.

—¿Cuándo dejarás de probarme? —le pregunté mientras me tocaba los labios.

—Cuando no puedas más.

—¿Y si te digo que ya no puedo más?

Bajó la mano y me acarició la cadera, resbalando con sigilo hacia mi trasero. Nuestras piernas se apretaron.

—¿Tienes sueño? —me preguntó.

—No. ¿Y tú?

—No, pero ya no me dejas jugar más… —Me reí—. Me voy al sofá —dijo con rotundidad a la vez que se erguía.

—No, no te vayas. Iré yo —repuse totalmente avergonzada.

—No, eres la invitada.

—Pues… quédate. —Agarré su antebrazo con las dos manos.

Resopló mirando hacia el techo.

—Es la primera vez que tengo a una mujer en mi cama y que no pierde toda la ropa. —Levantó las cejas y pasó la mano por su erección, quizá tratando de mandarle que bajara de una vez.

—Eso no cambiará aunque te vayas al sofá.

—Pero al menos no te tendré tan cerca. —Tiré de su brazo más fuerte y se dejó caer de nuevo sobre mí, muy suavemente—. Me quedo, pero... ¿puedo abrazarte? —pidió.

—No lo sé —contesté—. ¿Puedes?

Víctor se acomodó a mi lado y me giré dándole la espalda; él se acercó hasta rodearme con el brazo por la cintura, sin más tacto que este. Sentí cómo me olía el pelo.

—Vas a hacerme perder la cabeza —suspiró.

—Y tú a mí.

—Nunca había sentido esto.

Y su mano se metió por dentro de la camiseta y me agarró la cintura, colándose entre esta y el colchón. Decidí no contestar. No. Valeria, cállate, porque lo próximo que digas va a ser algo de lo que te arrepientas seguro.

Tras unos minutos en silencio, creí que se habría dormido, pero se acercó más a mí y me llamó:

—Valeria.

—¿Qué?

—Me gustas mucho. Empiezo a..., a sentir cosas. Tienes que saberlo.

Silencio de nuevo. ¿Qué podía contestarle? Era lo suficientemente cobarde para callarme y esperar a que se durmiera, así que eso fue lo que hice. Su respiración, tras quince minutos, se regularizó, pero aunque tenía pensado irme a hurtadillas hasta el sofá, mis párpados pesaban tanto y era tan agradable sentir cómo me abrazaba...

30
La realidad...

A las nueve de la mañana ya estaba sentada en el autobús, vestida de fiesta y de camino a mi casa. Intenté hablar con Lola mientras un par de abuelas me miraban con desaprobación y cotilleaban sobre mi indumentaria, pero la muy *jodía* no contestó. Debía de estar durmiendo a pierna suelta, no muy preocupada por mí, cabe decir.

Me sentía angustiada, como es natural. No estaba orgullosa de lo que había pasado la noche anterior, aunque con una fuerza de voluntad de hierro me abstuve de sentarme sobre Víctor y hacerle todo lo que el cuerpo me pedía hacer. Aquel beso... Me acaricié los labios. Aquel beso no parecía nada sucio, no parecía pertenecer a algo que no estuviera bien. Me avergonzó acordarme de la sensación que había invadido mi estómago al dejarle durmiendo en su cama, abrazado a la almohada donde antes me apoyaba yo.

El cuerpo a veces nos da señales engañosas. La lujuria es como la gula. La sientes latiéndote dentro, pidiéndote más: en algunas ocasiones lo pagas con un empacho y otras con una equivocación que te puede arruinar la vida. No valía la pena. ¿Verdad? Porque... ¿era lascivia lo que me empujaba a Víctor?

Al llegar a la puerta de casa, respiré hondo y entré; no había por qué dilatarlo más. ¿Qué sentido tenía esconderse ahora?

Adrián estaba sentado sobre la cama, mordiéndose las uñas, cuando entré. Me quedé de pie delante de él sin despegar los labios, esperando que dijera algo como «¿Dónde has estado?», pero no habló. Tenía cara de no haber pegado ojo en toda la noche y se encorvó más sobre sí mismo, suspirando. Llevaba aún la misma ropa que la noche anterior.

Me senté en el suelo, frente a él, dispuesta a tragar con todo lo que me dijera. Pensaba que me lo merecía, pero él me miró y confesó:

—Estaba preocupado.

—Lo siento. —Agaché la cabeza.

—Estaba preocupado por si no volvías. Me porté como un gilipollas.

Tal fue la sorpresa al escucharle que me costó reformular una contestación.

—No, yo debía haber vuelto a casa.

—No quiero saber dónde has estado. —Se miró las manos.

—No ha pasado nada —le aclaré, mintiendo como una bellaca.

—Está bien —asintió.

—Siento haberte molestado con el tema de Víctor.

—No debía molestarme. Me piqué yo solo. Estaba celoso. Es un tío muy guapo. —Sonrió mientras jugueteaba con su reloj.

—Tendría que haberlo sabido y haber ido sola con las chicas.

—No, no, te dije que buscaras a alguien. No tendría que haberlo hecho, tendrías que haber estado conmigo y yo te alejé. No tengo derecho a elegir tus amistades. Si ese chico te cae bien, yo…, pero es que me da la sensación de que él quiere…

—Nadie me obliga a tomar las decisiones que tomo. Si me equivoco, me equivocaré sola. Nadie tendrá la culpa; pero quiero estar contigo.

Él me miró con el ceño fruncido pero no por lo que acababa de decir, sino porque era casi su gesto natural.

—Álex también es…, es guapísima —murmuré.

—Probablemente lo es, pero nunca la he visto de esa manera. —Y Adrián mentía tan mal…

Me sentí desgraciada. Quería estar en cualquier otro sitio. Para ser sincera, quería estar despertándome al lado de Víctor sin tener que preocuparme de aquello.

—A mí también me da la sensación de que ella tiene unas intenciones diferentes a las tuyas —dije al fin.

—Es problema suyo. —Me miró—. ¿Víctor te corteja? —Y sonrió, de lado, como tanto me gustaba.

—A su manera sí, pero es un buen chico.

—¿Has estado con él?

—Dijiste que no querías saberlo.

—Pero sí quiero.

—Sí, estuve con él —asentí.

—¿Se portó bien?

Regular, pensé. Y eché de menos a Víctor.

—Claro. —Fue lo que dije.

—¿Te besó?

—No. No. —Tragué el nudo de mi garganta—. Él no… Solo me invitó a unas cervezas y me ofreció su casa para dormir.

—¿Y no intentó nada?

—No. —Negué con la cabeza—. A Víctor la boca le pierde, pero luego se queda ahí.

—Me alegro. Así no tendré que retarme en duelo con él al amanecer.

Le lancé una mirada de soslayo y me reí entre dientes.

—Cómo te conozco.

Adrián se inclinó hacia mí y me besó en los labios. Con la mano derecha me sujetó el cuello y luego se perdió entre mi pelo. De pronto recordé a Víctor y pensé en lo diferente que podían resultar las sensaciones que provocaba una acción exacta. Me sentí extraña. Víctor olía diferente. Víctor olía a perfume, a su casa, a sus sábanas, a jabón y al suavizante de su ropa. Adrián olía casi a mí.

Adrián apoyó su frente sobre la mía y, riéndose, susurró que si no estuviese tan cansado me iba a enterar… Cerré los ojos. Deseé que no estuviera tan cansado. Llevaba meses demasiado cansado. Me pregunté por qué lo estaría. Desde luego por hacerme el amor a mí, no…

Me di una ducha, me templé los ánimos y para dejar dormir a Adrián me vestí y me marché a contarle la noche anterior a la única persona que iba a entenderme. Necesitaba desahogarme y tratar de sacar algo en claro de lo que había casi pasado esa noche.

Lola abrió la puerta con un moño indescriptible y todo el rímel corrido debajo de los ojos. Me gruñó y, dejando la puerta abierta, volvió a su habitación y se tiró encima de la cama, bocabajo. No parecía hacerle mucha gracia que la hubiera despertado, pero es obligación moral de las mejores amigas responder a llamadas de auxilio.

—Lola…, ¿podrías prestarme algo de atención o busco el carro de paradas?

—Busca el carro de paradas y a un enfermero de esos de anuncio…

—Tú no necesitas más hombres en tu vida. Con los que tienes ya te sobra.

—Calla, calla. Estoy por pasarme al bando de las comechirlas. Ayer tuve que dejarle las cosas claritas a Carlos. Pretendía subir a casa y no aceptaba un no por respuesta. Se creía, el muy patán, que estaba jugando a hacerme la estrecha. —Y al hablar gesticulaba tirada bocabajo en la cama, una habilidad que nunca podré copiarle.

—¿Y qué le dijiste exactamente?

—¿Me preparas café? —Se giró hacia mi lado.

—¡Estás en tu casa!

—Venga… —Lola me miró con una sonrisa bendita en sus labios y después, al tiempo que me acariciaba la manga del vestido y un mechón de pelo, añadió—: Estás tan guapa…

Chasqueé la lengua, fui a la cocina y empecé a preparar la cafetera. Lola me siguió y se sentó en el banco a comerse un pepinillo casi más grande que la nevera.

—¿Pepinillos con el café? Pero qué cerda eres… No sé por qué me sorprenden aún tus hábitos alimenticios.

—No critiques la base de mi alimentación y escúchame.

—Sí, venga, ¿qué le dijiste a Carlos?

Lola se agarró al bote de los pepinillos y bebió un trago del líquido en el que flotaban. No vomité al verla de milagro. Después eructó, se pasó el dorso de la mano por la boca y comenzó a explicar.

—Primero le di una torta. Le dejé todos los dedos marcados, pero seguía creyendo que jugueteaba y se puso más cachondo, el muy guarro. Quería que me bajara las bragas y lo hiciéramos en el rellano. Víctor debió de contarle…, en fin. Así que le dije: «Carlos, eres un cretino, no quiero volver a acostarme contigo en la vida. La tienes pequeña y torcida. Déjame en paz de una puta vez y lárgate».

—No me lo creo —me reí.

—Pregúntaselo a Víctor. Seguro que lo ha llamado para dejarle claro que yo soy una furcia y él es un machote que para nada la tiene pequeña. Ni torcida. Pero dile de mi parte a Víctor que es verdad, la tiene como…, como un…, como un ganchito de esos naranjas con sabor a queso.

Puse los ojos en blanco. La madre que la parió…

—A Víctor mejor no le pregunto —sentencié.

—¿Por qué? —De pronto cayó en la cuenta y saltó del banco y empezó a dar brincos—. Madre mía, madre mía, madre mía. ¡Te dije que no hicieras tonterías de las mías!

—Y no las hice.

—¡Qué le pasa a la puta cafetera que no furula! —gritó fuera de sí dándole una patada al armario de la cocina.

—Lola, ¿te has drogado? —Arqueé las cejas. No es que Lola fuera muy cabal, pero leñe…

—Es el caldo de los pepinillos, que me pone a cien —contestó mientras abría y cerraba los puños.

—Creo que acabo de hacer las paces con Adrián. —E ignorando su estrambótico despertar, me concentré en preparar las tazas.

—Me alegro mucho, pero por muy mal que suene ahora mismo, no es lo que más me interesa.

—Pasé la noche con Víctor, pero no ocurrió nada. —Suspiré—. Eso es fuerza de voluntad y no aquella dieta que hice antes de la boda. —Cerré los ojos y me acordé de todos sus susurros en la cama, de su beso…

—Sabía que te ponía.

—Pero ¿cómo no me iba a poner? —Y la miré como si estuviera loca—. Lo que pasa es que por encima de todo… no quiero cagarla poniéndome retozona con él.

Lo que en realidad quería decir y no podía era que, por encima de todo, empezaba a sentir cosas que se salían del esquema en el que tenía metido a Víctor. No quería ponerme retozona con él porque estaba casada, porque se supone que tendría que sentirme culpable por todo aquello, porque nuestra relación estaba mal desde el principio hasta el final y porque no entendía nada de lo que me pasaba estando con Víctor. ¡Yo no era de esas! Al menos nunca había creído serlo…

—Entonces ¿no te pusiste retozona anoche? —Y al decirlo arqueó una ceja.

—Pues sí…, supongo que un poco sí. Pero creo que no sobrepasé el límite —contesté mientras quitaba la cafetera del fuego y servía el café.

—¿Qué es no sobrepasar el límite?

—Nos tumbamos en la cama y nos dijimos todas las cosas que haríamos si pudiéramos. Bueno, más bien las dijo él. —La miré de reojo para medir su reacción.

—¿Nada más? —Ni se inmutó.

—¿Te parece poco? —Preferí no mencionar el beso por el momento.

—¿Por qué vienes a mi casa a contarme mentiras? —sonrió Lola.

—No son mentiras —sonreí también.

—Son verdades a medias, que es peor. ¿Qué pasó?

—No pasó nada, por los pelos…, pero no pasó. Bueno, me dijo que le gustaba mucho, que empezaba a sentir cosas, pero eso debe de decírselo a todas.

—Nena, siento chafar tu bonito autoconvencimiento, pero lo más que me dijo a mí fue: «Me estás poniendo cerdísimo» y «¿Tienes un condón?».

—Lola…, pero tú eres facilona —me reí.

—Y tú una zorra estrecha y frígida. —Se rio a carcajadas—. Eso me lo dice otra y le cruzo la cara con una sartén.

El móvil sonó dentro del bolso avisándome de que acababa de recibir un mensaje.

—Ese es Víctor —dijo Lola entrecerrando los ojos.

—¡Qué va a ser Víctor! Será Carmen o Nerea.

—Ese es Víctor y me juego lo que quieras.

Fui a por el bolso y volví con el móvil en la mano. Lola, que se bebía su taza de café, me miraba a la espera de que le diera la razón.

—Tú ganas… Es Víctor —sonreí.

—¿Qué te dice?

Lo leí para mí: «Me desperté cuando cerraste la puerta y no he podido volver a dormirme. Llevo un rato pensando si llamarte o enviarte un mensaje. Al final soy cobarde; estoy algo avergonzado por lo de anoche. Ya sabes, la cerveza y los ganchitos rancios. Me da miedo haber rebasado la línea y que no quieras volver a verme. Si pudiera, sí, haría todo lo que te dije y más y te besaría durante horas. Estoy seguro de que una parte de ti también querría más…, mucho más. Pero me conformo con lo que me das. ¿Te sirve como disculpa? No sé hacerlo mejor. Me muero por verte otra vez. Llámame».

—¿Qué? ¿Qué? —preguntó Lola inquieta.

—Nada en especial. —Y al decirlo puse la boca pequeñita.

—¿Nada en especial?

—Nop. —Escondí el teléfono en el puño.

—¡Ja! Dame el móvil.

—¡No!

—Dámelo por las buenas.

Salí corriendo, pero ella me cazó en el comedor y, tras tirarme sobre el sofá, se subió encima y me mordió la mano hasta que solté el móvil. Grité y me quedé allí tendida, gimoteando mientras ella leía el mensaje a media voz.

—¡Lo sabía! ¡Te la quiere meter!

—¡¡¡Lola!!!

Se echó a reír mientras bailoteaba y canturreaba. Luego se sentó a mi lado, besó la marca de sus dientes en mi mano y, después de darme una palmadita en la pierna, se puso seria.

—Vale, Valeria, ahora en serio… ¿Cuánta parte de ti querría que él hiciera todo lo que dijo?

—El noventa y cinco por ciento… de la cerda e inconsciente.

—¿Solo es eso? ¿Es sexo?

—Sí, creo que sí… —Me reí, sonrojándome.

—Oye, Valeria, ¿nunca te has planteado echar una canita al aire?

—Me sorprende que me preguntes esto sabiendo lo mucho que aprecias a Adrián.

—Sí, pero… tú eres tú y yo…, ¿sabes?, podría entenderte.

—No puedo permitírmelo. Con Víctor sería perder la cabeza. No sé qué podría pasar después.

—¿Te gustaría poder hacerlo sin pensártelo?

Resoplé.

—Decir que no sería faltar a la verdad.

—Por Dios santo, Val, qué fuerza de voluntad tienes. —Se tumbó en el sofá.

—Ya te digo. ¿Tú has visto a ese hombre? Es como para caerse de culo. Aún no puedo entender cómo se siente atraído por mí.

—Lo que no entiendo es por qué no debería sentirse así. —Me lanzó una mirada severa.

Hacía ya años que nos habíamos prometido a nosotras mismas querernos tal cual éramos y ese tipo de comentarios no estaban permitidos.

—Me hace sentir muy bien —admití.

Y el sonido de su saliva y la mía vino a mis oídos. De pronto me di cuenta de que quería volver a besarle, pero me callé. Lolita se incorporó y me achuchó. Después me dio un beso en la mejilla y sentenció:

—Que no te ciegue. No dudo que sea sincero, pero ya te dije que es capaz de cualquier cosa para conseguir lo que le apetece. Y parece que tú le apeteces mucho.

¿Por qué esa amenaza me parecía tan tentadora?

31
El peor lunes de la historia...

Carmen estuvo a punto de fingir una enfermedad para no tener que ir a trabajar aquella mañana, pero retrasarlo no iba a mejorar las cosas, sino que le proporcionaría más tiempo a Daniel para pensar en su venganza.

Ahora ese hombre cruel sabía, probablemente, que le había hecho un muñequito vudú, que una vez le aflojó los tornillos de las ruedas de la silla de su despacho esperando que se cayera, que daba puñetazos a los cojines de su sofá pensando en su cara y que agujereó una foto suya y después la quemó... Todo cositas agradables y bonitas, sin duda.

Entró cabizbaja en el departamento, esperando, no sé, un manguerazo de mierda de vaca en la cara. Pero ni caca ni miradas incriminatorias. Buena señal, la campaña anti-Carmen aún no habría empezado. Mejor así. Al menos ella podría defenderse desde el principio.

Se sentó, encendió el ordenador y fue a por café. Borja pasó por su mesa y le sonrió con timidez. Los dos tenían una mala sensación que se acrecentaba al poseer un secreto en común que no querían que se hiciera público. Nadie debía saber que estaban juntos. Este hecho les restaba seguridad para hacer frente a la *vendetta*.

Daniel pasó sin mirarles con su portafolios debajo del brazo y antes de entrar en su despacho le pidió amablemente a Carmen que fuera con él. Bueno…, a lo mejor no iba a ser tan malo, a lo mejor se dedicaban a hablarlo como dos personas adultas. Bien mirado, no había sido para tanto.

—Hola, Daniel.

—Hola, Carmen. Siéntate, por favor. Y cierra la puerta.

—Cuánta ceremonia… —rio nerviosa.

—Es que tengo que decirte algo importante. —Carmen se quedó mirándolo en silencio. Mientras, él se acomodó en el asiento y encendió su ordenador. La miró también y se aclaró la voz—. Carmen, quiero que presentes tu dimisión voluntaria.

Ella no supo qué contestar. Se imaginaba trapos sucios, pero no esto. Esto era demasiado serio.

—No puedes estar diciéndomelo de verdad —murmuró.

—Totalmente.

—Llevo muchos años trabajando aquí, Daniel, desde que me licencié. Hice las prácticas en este departamento.

—Lo siento.

—No, tú no sientes nada. —Empezó a ponerse nerviosa—. Y no puedes despedirme. Es despido improcedente. Te ciega tu antipatía por mí. Me buscaré un abogado y lo sabes.

—Carmen, vas a presentar tu dimisión sin rechistar. —Se acercó a ella aparentemente tranquilo. Si la mesa no hubiera estado en medio de los dos, ella le habría abofeteado.

—Estoy esperando la explicación de por qué voy a hacer eso.

—Porque si no lo haces tú voy a tener que sugerirle lo mismo a Borja y me temo que él va a ser mucho menos problemático a la hora de tomar la decisión.

—Pero ¿qué dices?

—La política de la empresa prohíbe expresamente que sus empleados mantengan relaciones sentimentales.

—Pero, Daniel…

—Carmen, podría hacer la vista gorda, pero es que ahora no me da la gana.

—Te he aguantado durante años y nunca he descuidado mi trabajo.

—Bueno, pero estás infringiendo las normas, Carmen. O lo dejas con Borja o te vas.

—Y dime, ¿cómo vas a saber tú a quién me follo yo fuera de estas cuatro paredes? —Estaba empezando a perder los nervios.

—Lo primero es que me da la sensación de que follar, más bien poco. Si al menos hicierais lo que tenéis que hacer, tendrías menos tiempo libre para tratar de darme por el culo. Y lo segundo es que me parece bastante evidente cómo voy a saber si sigues o no con él.

—¡¡Nerea no va a ayudarte con esto, loco de mierda!!

—Te estás pasando.

A Carmen le tembló la voz. Le estaba costando horrores aguantar el llanto.

—Sabes de sobra que me voy a ir, que no voy a permitir que sea él quien lo haga.

—Por eso te lo pido a ti. Sería más cruel por mi parte hacerlo al revés; disfrutaría más, pero, la verdad, prefiero perderte de vista y quedármelo a él, que al menos sirve para algo. Y tú tranquila, a la gente se le dirá que te vas por propia voluntad. Así conservarás un poco de dignidad, aunque sea postiza. No creo que tengas ni pizca.

—¿Por qué me haces esto? —Carmen se desmoronó y rompió a llorar.

—Porque soy un cabrón de mierda, un loco sicópata, un gilipollas, un inepto, un retrasado mental y todas esas lindeces que vas comentando sobre mí.

—¡¡Lo que yo diga de ti fuera de aquí a ti te importa una puta mierda!! —gritó sollozando.

—Baja la voz. No te pongas histérica. Si ya has tomado una decisión, no hay motivo para ponerse de esa manera.

—Mira, Daniel… —Se levantó de la silla y se acercó a él—. Yo me voy a ir de aquí, pero cuando Nerea se entere de esto te va a dar semejante patada en el culo que te va a partir en dos.

Carmen se dirigió a la salida con el pecho agitado, llorando como jamás pensó que lo haría delante de Daniel. En todos los años que llevaban trabajando juntos siempre había tenido el estómago suficiente como para aguantar la rabia hasta que saliera a la calle. Pero esta vez, sencillamente, no se lo podía creer.

Daniel la llamó cuando ya estaba abriendo la puerta del despacho.

—Carmen…

—¡¿Qué?!

—No gastes nunca una broma pesada si tú no vas a saber encajar otra.

—¿Qué?

—Ahora vuelve a tu mesa. No quiero volver a escucharte levantar la voz en tu vida. Es la primera y la última vez que me faltas al respeto. Sigue con el trabajo. Y no levantes la cabeza del teclado en todo el día.

Carmen no le lanzó el perchero por vergüenza, pero le tranquilizó imaginar cómo lo habría hecho Lola de haber estado allí. A Lola se la habrían llevado esposada.

—¿Me estás diciendo que era una broma?

—Sí, del mismo estilo que las tuyas. Vuelve a tu sitio ya —levantó un poco la voz.

—No.

—¿Cómo que no? —Se extrañó—. Pues no te vas a quedar aquí plantada.

—Me voy. Búscate a otra que te aguante. —Respiró un momento con los ojos cerrados, para asegurarse de que quería hacer aquello. Luego siguió—: Llevas tanto tiempo hinchándome las pelotas que ya tengo las espaldas cubiertas; sabía que esto iba a pasar. No hay quien te aguante y encima eres un incompetente, de verdad que lo eres. Pero eso ya debes de saberlo de sobra, patético lameculos de mierda. Me voy, pero por la puerta grande, y esta vez voy a salir de tu despacho sin quedarme con las ganas de decirte que eres un retrasado mental y que ojalá te la pilles con la bragueta. Y, por cierto, Nerea jamás te la va a chupar porque le da asco, así que deja de intentar restregársela por la boca, puto pervertido.

Carmen salió del despacho ante la atónita mirada de todos los compañeros del departamento. Evidentemente, no habían escuchado la conversación, pero todas las palabras pronunciadas más altas resonaron como explosiones.

Pasó por delante de la mesa de Borja, le dio un beso en la boca y se fue a su mesa, donde cogió una taza, unas cuantas fotos, una pluma y un portafolios. Daniel salió corriendo detrás de ella.

—Carmen.

—¿Qué?

—Haz el favor, vas a tomar una muy mala decisión.

Carmen bajó la voz. Los demás no tenían por qué enterarse de nada.

—No verte cada día es la mejor decisión que tomaré en la vida, Daniel. Lo de hoy le ha puesto la guinda al pastel. No te puedo aguantar más. No puedo tolerártelo. ¿Piensas que yo me he pasado estas semanas? Piensa entonces con qué sensación me iba a casa yo cuando en una comida de empresa me decías que no me comiera el postre delante de todo el mundo, cuando ridiculizabas mi ropa, cuando te reías de mi trabajo para luego presentarlo como tuyo.

Daniel la escuchaba callado.

—Carmen, ven, de verdad, vamos a hablarlo.

—No. —No podía parar de llorar.

—Si te marchas no vas a poder cobrar ni el paro, Carmen, lo sabes.

—Pero ¿no ves que ya no hay vuelta atrás?

Echaron un vistazo al departamento: todo el mundo les miraba.

—Todo tiene solución, Carmen, no te vayas. Te lo estoy pidiendo como jefe, no como persona. Me dejas el equipo cojo.

—Ya encontrarás a otra.

—Como tú no.

—Ahora no me vengas con esas —levantó moderadamente la voz.

—Carmen…

Se secó las lágrimas con el dorso de la mano y se fue sin mirar atrás. Borja se levantó, pero Daniel le gritó fuera de sí que si salía por la puerta no se dignara volver y él…, él se sentó sin saber muy bien lo que hacer. Desde luego que los dos estuvieran en el paro no mejoraría la situación.

Carmen vagabundeó con sus trastos en los brazos un rato hasta que se dejó caer en el banco de un parque y se puso a llorar, tapándose la cara. Aquel trabajo era lo único que tenía allí aparte de nosotras. Ni familia, ni aficiones, casi ni vida privada. Le había vendido a aquella empresa por un módico precio los últimos seis años de su vida con tanta pasión que nunca pensó en que le invadiría aquella sensación de desamparo el día que decidiera dejarla. De pronto necesitó contárselo…

Nerea era gerente desde hacía poco menos de un año y, como tal, trabajaba en un pequeño despacho de paredes prefabricadas cuya única pared real era una gran ventana desde la que veía buena parte de la ciudad. Trabajaba en el piso treinta y seis de una gran torre de negocios.

Como todas las mañanas, estaba revisando el correo con su taza de café en la mano cuando le sonó el móvil dentro del bolso. Nerea prácticamente nunca cogía llamadas personales en horas laborales, así que lo dejó sonar hasta que paró.

Siguió con su rutina hasta que sonó el teléfono de su despacho, cerca de una hora después.

—¿Sí?

—Hola, Nerea —dijo amable la secretaria de su planta.

—Hola, dime.

—Llaman de recepción. Tienes una visita.

—No espero a nadie. Mira a ver si podéis despacharlo… —No dejaba de atender su correo electrónico mientras hablaba.

—Me parece que es una visita personal, Nerea. Es Carmen Carrasco.

—¿Carmen?

—Sí.

Se quedó mirando a la pared.

—Sí, que pase.

Se levantó y abrió la puerta de su despacho. Como casi todos los compañeros del departamento trabajaban con el cliente, el *staff* se encontraba prácticamente desierto y ninguno de los que sí estaban reparó en Carmen. Llevaba en las manos una taza y dos marcos de fotos y una carpeta bajo el brazo; tenía los ojos como puños de tanto llorar, la cara enrojecida y todo el rímel dibujaba ríos negros sobre sus mejillas.

—Carmen, ¿qué pasa? —Nerea se asustó—. ¿Estás bien?

Carmen se echó a llorar y Nerea la hizo pasar al despacho y cerró la puerta. Carmen se sentó en su silla.

Pasaron veinte minutos en los que Nerea prácticamente no habló. Carmen se dedicó a contarle cómo había descubierto que Daniel era su novio, cómo decidió tomarse la justicia por su mano y utilizar la información que ella les daba en confianza para castigar a Dani, cómo esperaba que él se la devolviera y cómo lo había hecho en realidad.

Nerea no daba crédito. Estaba enfadada: con Carmen, por no haberle sido sincera desde el principio; conmigo, por lavarme las manos; con Lola, por animar a Carmen a utilizar unas confesiones que ella había hecho en la intimidad para martirizar a Daniel; pero, sobre todo, con él. No entendía cómo podía haber hecho aquello. Iba mucho más allá de la antipatía y de la profesionalidad. ¡Él debía dar ejemplo!

—Quiero que te vayas a casa y que duermas un rato. Yo voy a… —dijo Nerea sin saber por dónde empezar.

—No, Nerea, no quiero que hagas nada, pero yo tenía que ser sincera contigo.

—Y lo entiendo, Carmen, pero ahora tienes que irte a casa.

El móvil de Carmen empezó a sonar y ella a sollozar.

—Es Borja. Lleva llamándome una hora, pero no puedo hablar con él, no quiero que me oiga en estas condiciones. —Las palabras le nacían entrecortadas.

Nerea cogió el móvil y contestó:

—Borja, soy Nerea. Carmen está muy disgustada, pero está bien. Tienes que hacerme un favor. ¿Está Daniel en la oficina?

Abrí la puerta asustada. Carmen no solía ponerse así por cualquier cosa y al entrar cargada con todos aquellos trastos me imaginé toda la historia. Le preparé una infusión, la acosté en la cama y le pedí que se tomara un Lexatin. Nunca la había visto así. Estaba desconsolada.

Nerea entró en la planta donde trabajaba Daniel con paso firme. La chica de recepción la siguió preguntándole si podía ayudarla; la fórmula educada de decir: «¿Dónde crees que vas?». Pero ella la despachó con una mirada de hielo y un golpe de melena.

Borja le señaló dónde se encontraba el despacho de Daniel y, tras asegurarse de que estaba solo, Nerea entró sin llamar. Él la miró mordiéndose el labio y luego se cogió la cabeza con ambas manos.

—Nerea…

—¿Tú sabes lo que has hecho?

—¡Ella misma se despidió! Yo solo le di un escarmiento. Está desequilibrada.

—¡Basta, Daniel! Esto no ha sido profesional ni humano.

—Pero ella…, yo sentía que debía darle una lección.

—¿Y quién eres tú para dársela? Tú tendrías que haberle demostrado que estabas por encima de estas cosas ignorándolo todo. Eres su jefe, por el amor de Dios, y has quedado como el matón del colegio. ¿Y sabes lo peor? Que no va a volver. No la conoces si piensas que vendrá.

—¿Y qué hago? ¿Qué se supone que tenía que hacer yo?

—Tienes que arreglarle los papeles para que pueda cobrar el paro. Eso es lo primero. Luego vas a redactarle una carta de recomendación.

—¡Pero Nerea!

Ella le miró.

—La habéis cagado tanto los dos que o uno se baja los pantalones o… Mira, os habéis comportado como críos. Lleváis años haciéndolo, a decir verdad. ¿Te crees que toda la gente de mi departamento me cae bien? Pero tengo que juzgarlos por otros temas y nunca se me ocurriría martirizarles con el fin de… ¡Es que ni siquiera sé qué buscabais con eso! —Daniel no contestó. Estaba avergonzado—. Mira, Daniel… ¿Recuerdas cuando te dije que mi amiga Carmen odiaba el pueblo en el que había crecido? No es por una cuestión de superficialidad. Creo que nunca lo entendiste. Allí no tenía el futuro que ella quería. Carmen es una de las mujeres más inteligentes que conozco y probablemente tú lo sabes y te ha dado mucho miedo… Ha luchado muchísimo para poder estar haciendo esto y no sabes el respeto que despierta en sus padres.

—Yo pensé que tenía que poner el punto y final a la lucha, pero no me daba la gana de que ella se fuera de rositas.

—Cariño… —dijo cerrando los ojos—, es una de mis mejores amigas. Envíale la carta directamente a ella, pero cuando hayan pasado unos días..., los suficientes para que se tranquilice y no la rompa. No voy a decir más. ¿Entendido?

Nerea se levantó y se fue. Daniel salió de su despacho, se acercó a Borja y le dijo que fuera a ver a Carmen.

—Está en casa de Valeria.

Borja dio gracias a Dios por conocer a Nerea. Nerea dio gracias a Dios por tener tanta sangre fría y por que Carmen tuviera a alguien como Borja a su lado. Carmen dio gracias a la industria farmacéutica por la comercialización del Lexatin.

32

La importancia de las cosas bonitas...

Me pasé dos días tirada en la cama mirando al techo pensando en lo que le había sucedido a Carmen. Ella, después de la siesta inducida por cierta misteriosa pastillita, había resurgido de sus cenizas cual ave fénix y estaba resuelta a encontrar un nuevo trabajo más creativo y mejor pagado. Acababa de recibir la carta de recomendación y ya había arreglado todo el papeleo pertinente para poder cobrar el paro mientras encontraba otro empleo.

Todas nosotras pusimos nuestro granito de arena llamando a todos los conocidos que podrían hacer algo por encontrarle un hueco en una empresa de características similares. Carmen tenía un buen currículo que hablaba por sí mismo; lo único complicado era que, estando las cosas como estaban, las empresas se decidieran a contratar más personal.

Medité mucho acerca de por qué era tan importante aquello. Todos veíamos que lo era, pero... ¿por qué? ¿Se trataba de una cuestión meramente económica? ¿Era necesidad de reconocimiento? ¿Ambición? Iba mucho más allá. Pero ¿hasta dónde?

Al fin, al tercer día me di cuenta. Me vi allí tumbada con el ordenador en *stand by*, sin saber cómo contar lo que realmente quería contar, y lo vi. ¿Cómo hablar de lo que era real?

Mi trabajo anterior no era un mal trabajo; incluso tenía opciones de, con el tiempo, ir haciéndome un hueco. Se trataba de un trabajo tranquilo, con sus rutinas. Con un jefe carente de todo tipo de habilidad social y, además, chupaculos, pero supongo que todos los trabajos tienen uno de esos. Contaba con unas condiciones laborales realmente buenas, pero siempre me faltaba algo. Un vacío enorme en el pecho. Un vacío enorme y constante. Estaba harta de él, pero ¿por qué? No era cuestión de ambición personal, sino de vocación... ¿Podía permitirme estar allí tumbada, perdiendo días y días teniendo lo que siempre había querido tener? Una oportunidad.

Me senté delante del ordenador y abrí un nuevo documento. Miré las teclas unos segundos con respeto y tras un suspiro abrí comillas y pulsé la ese, después la e, un espacio y esta vez la eme... Los dedos empezaron a volar sobre el teclado y me acomodé en la silla. Sin darme apenas cuenta empecé a dar forma al proyecto que me había estado tratando de cazar desde que empecé a escribir. Él me perseguía continuamente, pero nunca antes logré darle forma. ¿Por qué? Porque cada cosa sucede cuando debe suceder.

Adiós a lo irreal, a lo que no era creíble. Podía hablar de la vida de verdad, porque me levantaba todos los días teniéndola alrededor. No sabía si resultaría, pero de repente los dedos acariciaban el teclado del ordenador con la misma pasión con la que lo hacían a las dos de la mañana, exprimiendo el tiempo, cuando el despertador era el que mandaba. De pronto, tenía una razón para escribir. Tenía algo que contar.

33
Sexo…

Me levanté de la silla con el culo dolorido. Gimoteé estirándome y me tiré en la cama. Había escrito cuarenta páginas del tirón. Dicen que los buenos escritores tardan días en escribir una página porque es la calidad lo que cuesta trabajo, no la cantidad. Probablemente yo no fuera tan buena escritora, pero estaba satisfecha con lo que estaba gestándose en el archivo «Proyecto nuevo». Satisfecha pero agotada. Agotada pero satisfecha de estar tan cansada. Además, a pesar de llevar tan poco desarrollado, la historia ya había empezado a hacerme pensar…

Adrián seguiría muy ocupado durante aquella semana. Al menos eso es lo que me había dicho. Estaba intentando arreglarlo todo para que el viaje a Almería le saliera rentable; antes de hacer el reportaje, ya lo tenía vendido. De manera que estaba concentrado en gestionar otro de sus trabajos y unos encargos antes de marcharse al festival de música. Dedicaba doce horas del día a su trabajo, que era una amante muy exigente. Yo, como parecía no serlo, me conformaba con el tiempo restante que me tocaba…, humm , no sé…, ¿veinte minutos? Veinte minutos que se parecían demasiado a cuando no estaba en casa.

Me decidí a llamarle, aunque solía ser poco proclive a hacerlo. Si queríamos arreglar las cosas no bastaba con hacer las paces y darse un beso. No me apetecía demasiado llamar, pero lo hice. Sin embargo, él pareció algo distraído y ausente.

—Bueno, nos vemos esta tarde en casa —dije desilusionada por su actitud.

—No creo que llegue a casa antes de las nueve de la noche. Quiero pasarme por la galería y ya sabes cómo es Antonio…, se enrolla como las persianas.

—Vale. No te preocupes.

—¿Llevas toda la mañana escribiendo?

—Sí, desde que te marchaste —sonreí.

—Pues me fui hace siete horas. ¿Por qué no sales un rato y…? —se calló—. Espera, Valeria. —Tapó el auricular, detalle que me puso en alerta—. Álex, por favor…, estate quieta. —¿Realmente había dicho eso?—. Digo que por qué no sales un rato…

—¿Qué ha sido eso?

—¿El qué?

Adrián mentía de pena, por no mencionar lo mal que disimulaba. ¿Era el momento de montar un numerito y exigir una explicación?

—Sí, quizá salga —contesté.

—Eso, llama a las chicas.

Pues no. Era momento de volver a ver a Víctor.

Llamé al timbre de casa de Víctor muy segura de mí misma. Si no estaba me marcharía por ahí, no sé, de compras…, pero con la tarjeta de Adrián. Gastaría una cantidad de dinero aberrante en zapatos y un vestido de firma. Cuando ya estaba probándome mentalmente una blusa blanca de Carolina Herrera, Víctor abrió la puerta. No pudo ocultar su sorpresa y, precavido, dejó la puerta entreabierta detrás de él.

—Hola —dije con una sonrisa tímida.

—¡Hola! ¿Qué…, qué haces aquí? —preguntó sonriendo.

—Pensé que a lo mejor te apetecía salir…

—Verás, es que… —puso cara de apuro y juntó más la puerta a su espalda— ahora no estoy solo.

Una voz surgió del salón con fuerza, femenina y muy joven:

—Víctor, mucha cháchara para ser el del contador del gas, ¿no?

Me quedé mirándole sin saber qué hacer. ¿Me estaba camelando Víctor mientras se calzaba a todos los contactos de su *chorbi* agenda en días alternos? ¿Tenía yo realmente derecho a molestarme porque él estuviera con otra chica? No era nada mío. No nos debíamos fidelidad eterna y, que yo supiera, él aún no había jurado que guardaría celibato por mí.

La chica en cuestión salió del salón y abrió la puerta, quedándose detrás de él. ¿No era suficiente tener que estar celosa por un hombre al día?

Era una chica de veintipoquísimos y preciosa, lo que correspondía con el historial de conquistas de Víctor, por supuesto. Tenía el pelo negro y ondulado, increíble y suelto, el cual le llegaba por debajo del pecho, y unos ojos de un verde clarísimo. Llevaba unos vaqueros ceñidos y una camiseta de tirantes ancha de color rosa flúor. Y allí estaba, mirándome de la misma manera que yo a ella: con sorpresa.

—Perdona, Víctor. La próxima vez llamaré.

—No, no, Valeria…, no te vayas —dijo él sosteniéndome de un brazo.

—Bueno, es evidente que te pillo ocupado. No te preocupes.

Sonrió enigmáticamente y añadió:

—Entra, por favor.

¿Qué quería? ¿Montar una orgía en su salón? Debía de estar loco si pensaba que una mujer como yo iba a aguantar que un hombre como él la toreara. Y cuando digo como yo, no sé ni a lo que me refiero, porque me dejé arrastrar sin dificultad, cómo no. Me llevó hasta el pequeño recibidor de su casa y cerró la puerta.

—Ahora mismo estábamos hablando de ti. —Se rio al tiempo que se revolvía nervioso su frondoso pelo negro—. Esta es mi hermana Aina.

—Oh… —contesté al tiempo que notaba una oleada de calor en las mejillas.

—¡¿Tú eres la casada!? —preguntó ella emocionada—. ¡Pues me la imaginaba vieja!

Abrí los ojos de par en par.

—Aina, por Dios… —musitó Víctor.

—Pasa, pasa. Estábamos aquí, ya sabes…, hablando de ti. —Y sonrió.

Ahora, con aquel gesto en la cara, la verdad es que se parecía muchísimo a él.

—Yo pensé que… —empecé a decir.

—Ya me imagino lo que pensaste. Anda, pasa. ¿Una cerveza?

—Vale.

—Yo quiero otra —dijo su hermana.

—Tú a callar, y lo digo literalmente. Calla —le contestó muy serio.

Víctor desapareció unos segundos y Aina me pidió que me sentara. Él volvió con dos botellines fríos y una coca cola.

—Por Dios, Víctor… —se quejó ella cogiendo el refresco—. Hace rato que soy mayor de edad.

—Coca cola o agua.

—O un limón mustio —añadí yo presa de los nervios.

Víctor se echó a reír sonoramente.

—¿No me lo perdonarás jamás? —me dijo.

—Matar a alguien de hambre es delito, campeón.

—Vaya, ya empezáis con vuestras bromitas privadas —suspiró su hermana.

Los dos la miramos y creo que deseamos exactamente lo mismo: que tuviera prisa por marcharse a dondequiera que tuviera que ir. Víctor chasqueó la lengua, se volvió hacia mí y me explicó:

—Va a salir por ahí y se queda a dormir. Se cree que porque mis padres no la oigan llegar no van a imaginarse la cogorza que piensa pillar esta noche —dijo Víctor mortificado.

—¿Te has puesto celosa? —me preguntó ella risueña.

—Aina. ¿No tienes que arreglarte? —le contestó él hoscamente.

—Os dejaré solos. —Hizo morritos—. Voy a ponerme bella.

Víctor puso los ojos en blanco y la chica desapareció por el pasillo. Abrí la boca para hablar pero él me paró. Se giró hacia la puerta y gritó:

—Sé que estás en el pasillo. Vete al baño de una pu… ñetera vez.

Se la oyó reír y la puerta del baño se cerró con pestillo.

—No sabía que tenías una hermana pequeña.

—Sí, hija, sí —contestó con un suspiro. Nos quedamos callados—. ¿Te pusiste celosa? —preguntó también.

—Vaaayaaa, qué familia tan preguntona, ¿no?

—Un poco.

Hice un mohín y quise cambiar de tema pronto.

—Sí estás ocupado, no sé, vine sin llamar…

—No te preocupes. Ella se irá en cuanto se pinte como una puerta. Pero dime, ¿qué tal? ¿Qué tal el día?

Nos miramos recordando esa primera vez que pasamos la tarde juntos y nos sonreímos como dos tontos. Pestañeé un par de veces, tratando de espabilarme, y dije:

—¿Hablabais de mí? —Levanté las cejas.

—Sí.

—¿Y bien?

—Pues le contaba que había conocido a alguien especial pero que había una diferencia insalvable entre nosotros…: que ella estaba casada y no conmigo.

—No te creo.

—Yo lo que creo es que te encanta escucharme decir que me gustas. —Sus dedos serpentearon sobre mi piel.

—Víctor, yo… —De pronto sentí la necesidad de decirle que él también a mí. Lo complicaba todo, pero era verdad…—. Yo…

—Ya lo sé. Soy un caballero. No insistiré.

—Sí, ya…, ya me contó Lola lo romántico que puedes llegar a ser. —Alejé la tentación de confesarme.

—Prefiero no saber qué te contó.

—Mejor…

—Seguro que es mentira.

—No lo creo.

Aina salió sorprendentemente pronto del baño con un vestido sin tirantes, verde, de falda corta. Víctor miró de reojo y suspiró.

—Espera un segundo —me dijo antes de girarse hacia el pasillo—. Aina, ¿no puedes ir un poco más desnuda, chata?

—Sí, hombre, puedo ir en tanga.

—Si te lo veo desde aquí. ¡Haz el favor de bajarte un poco el vestido!

—Si me lo bajo se me salen las tetas, no sé qué va a ser mejor… —Era refrescantemente natural.

—¡Aina, por Dios santo! ¡Vas desnuda! ¡Ponte pantalones o… yo qué sé!

—¡¡Seguro que tú ligas todos los fines de semana con tías que van bastante más en porreta!! —Me miró con apuro y añadió—: Huy, perdona. Quería decir que ligaría en su momento…, ahora ya no, claro, porque con esto de estar…

—¡Cállate, por Dios! —suplicó Víctor avergonzado.

Hizo un gesto con la mano, dejándola por imposible. Entonces ella agregó:

—Oye, Víctor, si vengo acompañada, ¿te vas tú al sofá?

—Si vienes acompañada te calzo una hostia como un pan —contestó él con naturalidad cruzando las piernas a la altura del tobillo.

—¿Prefieres que vaya haciéndolo por los portales?

Me atraganté con la cerveza y él se volvió para decirme que no hiciera comentarios.

—Prefiero que te calles ya, Aina.

—Bueno, por si acaso te he cogido unos cuantos condones de la mesita de noche. No creo que vayas a utilizar todo ese arsenal en años, así que…

—Yo la mato… —Se levantó y fue hacia ella, pero Aina desapareció después de coger las llaves.

—Déjala. —Le agarré de la muñeca y tiré hacia mí.

—Pero ¡si es que tiene solo veintiún años!

—¿Solo? Ya es mayorcita. —Y me abracé a su pecho sin apenas pensarlo.

Hizo un mohín.

—Para eso no. —Me apretó contra su cuerpo y me besó en el cuello.

Mal. Mal empezábamos.

—¿Es verdad que tienes un arsenal en el cajón? —le pregunté mirando hacia arriba para encontrarme con su cara.

—Bah… —Se sentó en el sofá y me acomodó sobre él, a horcajadas.

Nos miramos a la cara y nos reímos.

—Muy cerca —susurré.

—¿No quieres estar aquí? —Me acarició los brazos con las dos manos.

—Sí, pero…

Me dejé caer a su lado, me tumbé en el sofá y le puse los pies en el regazo. Él cogió la hebilla de mis sandalias de tacón y las desató, dejándome descalza. Moví los deditos de los pies con placer.

—Oye, ¿por qué no nos vamos a la cama y así yo también me puedo tumbar, listilla?

—¿Siempre utilizas la misma excusa?

—Sí, y luego las ato a la cama con condones.

Nos echamos a reír. Víctor se levantó y fue hacia el dormitorio. Yo le seguí descalza.

Cuando llegué se estaba quitando el jersey de cuello de pico, que dejó tirado en el sillón de cuero negro, sobre el que había un sujetador. Se estiró la camiseta blanca que llevaba puesta y cogió el sostén.

—¿Me quieres decir que esa niñata va por la calle sin esto?

—¡Que la detengan! —Me tiré en la cama dramáticamente.

—Bueno. —Cerró los ojos—. ¿A qué se debe tu visita? —Tiró el sujetador de su hermana con asco otra vez sobre el sillón.

—Pues… he empezado una nueva novela.

—Ah, ¿sí? ¿Una nueva? ¿De qué va?

—Aún no puedo contar nada. Solo diré que no tiene nada que ver con la anterior. Aunque me encuentro con la necesidad de saber más sobre los hombres.

—Llevas casada seis años… ¿y me necesitas a mí para saber más sobre hombres?

—Necesito información sobre por qué los hombres solteros hacen las cosas como las hacen. Soy Carrie Bradshaw. —Menuda excusa me había buscado…

—¿Quién?

Me eché a reír.

—Vosotros ¿de qué habláis cuando estáis solos?

—De sexo. No hablamos de otra cosa. —Se recostó a mi lado.

—Vaya. Me esperaba una respuesta del tipo: mujeres, coches, música.

—No, no. Sexo. Solo sexo. —Me sonrió.

—¿Y qué os contáis? ¿Batallitas, posturitas preferidas…?

—¿Posturas? No, no, eso me parece que lo hacéis vosotras. No tengo ni idea de la postura preferida de ninguno de mis colegas, ni me interesa. —Hizo una mueca.

—Tampoco es para tanto…

—Demasiado visual. Pero, oye, ¿a que tú sabes la de todas tus amigas?

—Sí. A Lola le gusta encima, a Carmen sentados y a Nerea el misionero con la luz apagada.

Me miró con una sonrisa pervertida en la boca.

—¿Y a ti? —Me cogió de la cintura y me zarandeó suavemente.

—¿Y a ti? —repuse yo.

—Los hombres no hablamos de esas cosas.

—No con otros hombres. Yo no tengo pene.

—Creo que ya lo habría notado… —Y se acercó hacia mí ladeando la cara.

—¡Venga! —Lo aparté, juguetona.

—¿Tú dirás la tuya?

Asentí.

—De pie —sonrió ampliamente.

—Eso es imposible —me reí.

—¿Cómo que es imposible? De eso nada.

—¡Fantasma!

Me eché a reír a carcajadas.

—Ven. —Se puso de pie.

—Que vaya ¿dónde? —pregunté tomándolo por loco.

—Ven, ponte de pie.

—Oh, no. No flipes.

—De flipar nada, ven.

Tiró de mí hasta echarme de la cama y me puse de pie frente a él, rígida como un palo. Se acercó un paso a mí y con fuerza me cogió en brazos. Mis piernas se engancharon de manera automática a su cintura para no caer y, girando sobre nosotros mismos, apoyó mi espalda violentamente contra la pared, mientras me sujetaba los muslos con las manos abiertas y se acercaba hacia mi boca.

—¿Se puede o no? —dijo, seguro de sí mismo.

—No. En menos de dos minutos te has cansado. A menos, claro, que esa sea tu marca récord…

—No lo es y te lo demuestro cuando quieras. —Su boca se acercaba peligrosamente a la mía.

—Sí, claro. Además… ahora estamos quietos. Me niego a pensar que aguantas así, ¿cuánto?, ¿media hora?

—Esta postura es para un polvo rápido, listilla, y sobre lo de que estamos quietos…, si quieres… un poco de ropa menos y…

—Déjame en el suelo. Me estás tocando el culo.

—Pero sin disfrutarlo. —Arrugó la nariz, pícaro.

Me dejó sentada sobre la cama y se quedó de pie.

—Venga, ahora la tuya. —Me hice la remolona—. ¡Venga…, estoy esperando!

—De rodillas —confesé.

—¿Cómo que de rodillas?

—De rodillas.

Se acercó a la cama y en una maniobra rápida me colocó de espaldas a él y me empujó hacia el colchón, de manera que me quedé a cuatro patas de espaldas a él. Me sujetó de la cintura con ambas manos y preguntó:

—¿Así?

Cerré los ojos mientras me decía a mí misma que debía mantener el control. Al notar su cuerpo pegarse a mi trasero, imitando el movimiento que haríamos si estuviéramos follando en aquella postura, por poco no me dio un síncope.

—No, así no. Esto tiene otro nombre… —Me reí nerviosamente cuando una de sus manos me sobó una nalga.

Me levantó poniendo una mano sobre mi estómago y, tras arrodillarse sobre la cama detrás de mí, se pegó a mi espalda. Ahora solo faltaba estar desnudos para cumplir mi fantasía…

—¿Así?

—Algo así.

—Perdona, pero esto sí que es imposible.

Me acerqué más y me acoplé a su cuerpo; coloqué sus manos justo debajo de mis pechos y me giré levemente para verle la cara. Moví las caderas, frotándome muy sutilmente.

—No es imposible —susurré.

—¿Por qué no te quitas algo de ropa? —sugirió al tiempo que rozaba la punta de su nariz con mi cuello.

—¡Víctor!

—Es que juegas sucio conmigo, Valeria —lloriqueó mientras se tiraba sobre la cama.

—¡Eres tú! ¡Me perviertes!

Me quedé en su lado de la cama y, aprovechando que miraba al techo, abrí el cajón de su mesita de noche.

—¡Valeria! —gritó. Me eché a reír a carcajadas. Su hermana tenía razón—. Maldita Aina…

—Pero ¡es verdad! —Seguí riéndome.

—Ella levanta la liebre y se va.

—Pero ¡¿qué haces con todo esto aquí?! —Yo no paraba de reírme.

—Soy un chico precavido.

—Víctor, si hubiese un cataclismo y te quedaras aislado en esta casa con un harén, seguirías teniendo para años.

—Pues con esos te aseguro que me quedaba corto.

—¿Corto? —pregunté.

—Contigo. Contigo esos no me duraban ni un fin de semana.

—Fantasma —me reí.

—No me hagas demostrártelo. —Levantó su perfecta ceja para enfatizar.

—Eso sería violación.

—Violación es cuando uno de los dos no quiere, no cuando uno de los dos no puede.

—Estás muy seguro de ti mismo, ¿no? —Le coloqué una pierna encima.

—Claro. Estoy seguro de que ahora mismo te metías en la ducha conmigo. —La acarició.

—No cabríamos.

—Soy arquitecto y el piso está reformado…, sí cabríamos.

Se colocó sobre mí soportando su peso con los brazos. Los acaricié y abrí las piernas flexionando las rodillas, dejándole espacio entre ellas.

—No me toques mucho, Valeria, porque hago un destrozo. —Me miró de arriba abajo.

—¿Como qué?

—Te estás aficionando a que te diga guarradas… —Se rio dejándose caer sobre mí.

—Sí. —Sentí cómo su nariz me acariciaba el cuello y se me aceleró el corazón—. Dímelas…

—¿Sí? ¿Te gusta? —Un movimiento suyo de cadera me sorprendió y me arrancó una suerte de gemido.

Me escondí en el arco de su cuello, abrazándolo a mí, avergonzada.

—Me gusta —le confesé al oído.

—Has vuelto a ponérmela dura, ¿lo notas?

Abrí algo más las piernas y Víctor me besó en el cuello rozándose sin demasiado disimulo. Me retorcí, mordiéndome el labio inferior, y con sus labios casi tocando mi boca nos movimos a la vez, friccionando su sexo contra el mío. Gemí abiertamente cuando un escalofrío me recorrió entera al sentir la dureza de su pene detrás de la bragueta de su pantalón vaquero, presionándome.

—Joder, Valeria… —resopló.

Nos mecimos otra vez y le rodeé las caderas con las piernas casi instintivamente, con la respiración acelerada. No me podía creer lo que estaba haciendo, pero había algo, no sé cómo llamarlo, algo que me decía internamente eso de… «solo un poquito más…».

—Deberíamos parar —susurré en su cuello.

—Deberíamos, deberíamos… —repitió junto a mi oído—. ¿Quién lo dice?

—Lo digo yo. —Me reí y lo abracé contra mí.

Se mordió el labio inferior y embistió de nuevo entre mis piernas. Me agarré fuertemente a su espalda y deseé llevar menos ropa.

—Te lo haría tan fuerte y tan duro… —gimió.

—Cada día me obligas a ir un poquito más allá. Te voy cediendo terreno sin darme cuenta —susurré.

—Sí te das cuenta —sonrió, y volvió a sostenerse con los brazos sobre mí.

No dijimos nada, solo nos miramos y nos miramos durante tanto tiempo que todo empezó a tener un significado diferente. No parecía un calentón. Víctor se humedeció los labios antes de decir:

—Dime, ¿estás enfadada con Adrián?

Me quedé anonadada, simple y llanamente, porque no esperaba escuchar el nombre de mi marido en ese momento. Me sentí fatal, sucia y, sobre todo, extraña. Nunca pensé que fuera capaz de hacer ciertas cosas que ahora hacía con toda naturalidad.

Con un gesto le pedí que se retirara de encima y me senté en el borde de la cama. ¿Dónde habría dejado mis malditas sandalias?

—Pero ¿ahora qué pasa? —preguntó molesto.

—Tienes razón. Esto está mal. Me voy a casa.

—Pero, Valeria, por Dios.

—Tú mismo lo has dicho, Víctor. Esto no es justo, estoy enfadada con Adrián. Es mejor que me vaya…

—Eh —llamó mi atención.

—¿Qué?

Al girarme encontré a un Víctor que no había visto nunca y lo vi venir. Ahora es cuando comenzaba la charla, estaba claro. Lo que me pregunto es cómo yo había pensado sobrellevar la situación sin sentarme a hablar de ello con Víctor, aunque fuera superficialmente. Y allí estaba él, con el ceño fruncido.

—Mira, Valeria, no voy a contradecirte, pero sabes que siempre que vienes aquí es porque hay algún problema con Adrián.

—Pues me voy. Ya está. Esto no está bien —musité.

—No haces más que repetirlo, pero ¡vuelves! ¿Qué es lo que tengo yo que pensar?

—Que vuelvo porque me gusta estar contigo.

—Bueno, también te gustaría acostarte conmigo y de eso no hablamos. —No contesté. Quien calla otorga—. ¿Crees que Adrián se acuesta con la otra? ¿Es eso?

—No lo sé. No estoy segura. —Me sujeté el puente de la nariz entre los dedos y me apoyé en la pared.

—¿Y si él estuviera haciendo lo mismo que tú? Técnicamente no le estás siendo infiel, pero… Por Dios, Valeria, ¿te das cuenta de lo que estábamos haciendo?

—¿Qué quieres que te diga, Víctor? —pregunté.

—Quiero que lo tengas claro y que no te equivoques. —Se levantó y se puso enfrente de mí—. No voy a engañarte. No soy de esos. Esto está igual de mal que el sexo. Yo diría que incluso es sexo. Pero ¿sabes cuál es el problema? ¡¡Que no lo es!!

—No, claro que no lo es.

—Si tú estuvieras conmigo, me volvería loco si él te hiciera lo que te hago yo, te lo aseguro.

—Esto no es sexo, Víctor.

—¿Por qué? ¿Porque no estamos desnudos y no terminamos jamás? ¡Esto es un gran y eterno preliminar! —Levantó los brazos y después los dejó caer, al tiempo que hacía chasquear la lengua contra el paladar—. ¡Y yo mientras tanto aquí, esperando! Te juro que hasta me duele mirarte, Valeria. ¡Me duele físicamente! ¡Voy a reventar! Mira, si no lo tienes claro, no lo tienes claro. Si es por despecho, es por despecho, pero tú estás continuamente tanteando la línea conmigo y los dos sabemos que tarde o temprano acabaremos teniendo un problema.

—Y ¿qué propones? ¿Un polvo rápido? Porque…, total, ¿no?, es casi lo mismo.

—¿Y qué quieres que haga yo? ¿Qué esperas? ¿Me quedo cruzado de brazos esperando que decidas lo que quieres? ¿Tú sabes lo mal que lo paso cada vez que te vas?

—Tenías un montón de amigas con quien solucionarlo, ¿no?

Víctor levantó una ceja, muy serio.

—¿Nos ponemos en ese plan, Valeria?

Reculé. Supongo que se me notó hasta en la cara que me arrepentía soberanamente de haber hecho un comentario de tales características a alguien que no era mi novio ni mi amante ni mucho menos mi marido.

—No quería decir eso. Es solo que…

—No me apetece follar con otras —dijo en un tono muy tirante—. Me apetece que tú soluciones esto, porque tú lo has provocado. No utilizo a otras mujeres para hacerme una paja y descargar, ¿sabes? Esto es un problema nuestro. De nadie más.

—Pero yo no puedo, Víctor. —Y mi tono fue tan blandito entonces…

—No es que no puedas, ¡es que no quieres, joder! —Víctor se pasó las manos por el pelo y después las dejó caer en un suspiro.

—Víctor… —Le toqué el brazo pero se apartó un paso—. No puedo. Estoy casada.

—¿De qué sirve estarlo si en realidad con el que quieres estar es conmigo? —Abrí los ojos de par en par y contuve el aliento. ¿Qué me quería decir con aquello? ¿Me echaba en cara que empezara a sentir algo más que atracción? ¿Me pedía que dejara a Adrián? No lo entendía. Víctor se recompuso y se volvió hacia mí—: De todas maneras, mira, no sé… También existe la posibilidad de que lo superemos o que simplemente aprendamos cómo conjugar nuestra situación con esta tensión sexual. Pero ahora me lo pones tan difícil…

—Soy una…

—No, no, no eres nada. Estás…, estás hecha un lío. Y lo comprendo. Estoy seguro de que quieres mucho a Adrián. —Cerró los ojos, se dejó caer sentado en la cama y cogió aire—. Simplemente, no sabes cómo enfrentarte a esto y él… te está dando la excusa perfecta.

—La culpa no es de él —respondí.

—No, es de los tres. De él, de ti y de mí. —Levantó las cejas y dibujó una sonrisa tímida que de repente me consoló y me reconfortó.

—Sobre todo tuya —dije contagiándome de su expresión.

—Sobre todo mía —sonrió—, que soy un guarro y anoche soñé que te lo hacía encima de la mesa de la cocina. —Me mordí el labio—. Venga, vete a casa porque si no… —apostilló avergonzado.

—Si no…

—Si no… —suspiró—, me encantaría terminar la frase, pero creo que me abofetearías y no tengo ganas de que me pegues. —Lancé una carcajada y Víctor se quedó mirándome con una expresión extraña—. En serio…, si pudiera odiarte, lo haría —dijo—. Sería mucho más fácil. —Tiró de mi brazo y me empujó hacia él. Caí a horcajadas sobre sus rodillas y sus brazos se asieron a mis caderas rápidamente—. ¿Por qué no nos conocimos hace siete años? Joder, Valeria…, ¿le quieres de verdad? Dime…, ¿le quieres? —susurró mientras me besaba en la barbilla.

—No…, no lo sé. —Cerré los ojos.

—¿Por qué no te divorcias? Me casaría contigo mañana mismo. —Ahora me besó en los labios.

—Lo que tú quieres no es casarte conmigo, patán. —Me reí apartándome un poco—. Vámonos a tomar algo, venga, empiezas a decir tonterías.

Negó con la cabeza.

—No.

—No ¿qué? —dije agarrándome a su espalda, con sus brazos apretados a mi cintura.

—No digo tonterías. Solo pienso en ti.

Si se trataba de truquitos para conseguir que bajara la guardia, eran muy buenos. Ya casi no le hacía falta presionar para que fuéramos trasladando el límite cada vez un poco más allá. Ahora fui yo la que me incliné hacia él, girando la cara hasta encajar su boca con mis labios. Cerramos los ojos y sus pestañas me hicieron cosquillas en las mejillas. Nos dimos un beso inocente y apretado, en medio de un abrazo. Tenía tantas ganas de él que no podía refrenarme. Nos miramos y, acercándose de nuevo, nos besamos un par de veces, primero yo a él, después él a mí.

—Valeria… —imploró.

Nos apretamos otra vez y nos dimos otro beso en los labios, en esta ocasión mucho más salvaje. Su boca se abrió lentamente y su lengua salió al paso, acariciando la mía. Pronto las dos se enredaron como dos cobras y su mano izquierda me acarició un pecho. Me separé un poco y Víctor gimió despacio mientras trataba de desabrocharme el vaquero.

—Para… —supliqué—. Más despacio, Víctor. Para…

—¿No vamos a pasar de aquí? —preguntó con los ojos cerrados, jadeando.

—No. No podemos pasar de aquí.

—Pues vete, por favor.

Nos miramos desde muy cerca y me sentí extraña. Avergonzada, rechazada.

—¿Por qué?

—Porque me duele. —Hizo una mueca cuando me acomodó sobre su regazo—. En serio, al final terminará gangrenándose.

No me quedó más que levantarme de sus rodillas.

—Entonces… ¿no vienes?

—No. —Negó con la cabeza—. Creo que no me va a venir mal estar solo.

Me revolví el pelo y suspiré.

—Voy a… —señalé el pasillo.

Víctor no contestó; se quedó mirando al suelo, mordiéndose los labios. Fui con paso decidido, entré en el salón y me senté a abrocharme las sandalias. Quería desaparecer cuanto antes de allí. Nos habíamos besado. Habíamos querido más. Yo había parado. Él me echaba de casa. Estaba claro: si no podía echarme un polvo dejaría de interesarle un día. ¿Era lógico estar tirando mi matrimonio por la borda por él?

Víctor apareció en el quicio de la puerta del salón cuando ya me levantaba y me sonrió un poco tirante.

—Me voy —le dije al tiempo que me colgaba el bolso al hombro.

—Me cuesta horrores decirte que es mejor que te marches porque en realidad lo que me pide el cuerpo es pasarme la tarde mendigándote un poco de atención. Pero tengo que concentrarme en ser un poco más inteligente, al menos emocionalmente. —Miré la alfombra y resoplé. Joder. Él siguió—: Esto es una putada, ya lo sé.

—No es que sea una putada…, yo… —balbuceé.

—Si te vas jodida porque tienes un calentón que tu marido no te soluciona, no vuelvas. Esto se está poniendo raro y yo… —miró hacia el techo y se metió las manos en los bolsillos— paso de seguir sufriendo si al final solo voy a convertirme en el acicate de lo vuestro. No quiero que me utilices.

—No eres un calentón. Me gusta estar contigo… —Agaché la cabeza, avergonzada.

Víctor se acercó y empezó a envolverme con sus brazos mientras dibujaba una sonrisa suave y triste. El bolso se me escurrió hacia el suelo y nos apretamos los dos. Dios, qué bien olía. Apoyé mi mejilla en su pecho.

—Me estoy cansando, Val. —«Y yo…», pensé. Le miré y Víctor susurró que me echaría de menos—. Dame un beso antes de irte —pidió.

Me puse de puntillas, le besé en la comisura de los labios y después los dos giramos la cara hasta encajar las bocas. Fue como una descarga eléctrica. Su lengua acarició la mía y todo me supo a él. Apreté las yemas de los dedos en sus hombros y me encaramé a él. Su mano se metió entre mi pelo y lo mesó hasta que lo agarró a la altura de la nuca y tiró ligeramente hacia atrás para terminar con un beso que se empezaba a poner serio.

—Vete y piensa mucho en mí.

—Y tú en mí.

Nos dimos un beso corto, recogí el bolso y fui hacia la puerta. Él se quedó allí, mirándome, y antes de que cerrara me llamó y con una sonrisa dijo:

—Llámame, por favor.

34

Ay, Carmela…

Carmen estaba sentada en el suelo de su casa. Quería ser fuerte, pero solo alcanzaba a fingirlo. Había hablado con Borja por teléfono y aunque este le había propuesto pasar por su casa, a ella no le apetecía que la viera en aquellas condiciones.

Se acababa de dar una ducha y pensaba acerca de que el hombre que más odiaba en este mundo estuviera enamorado de Nerea y, lo peor, que ella también estuviera enamorándose de él.

No tenía derecho a meterse en medio y tampoco podía castigar a Nerea con su silencio por el hecho de que estuviera enamorándose de alguien que no le caía bien. Sabía que ahora Nerea la Fría también se debatía entre la lealtad y lo que sentía. No tenía obligación de dejarlo, pero en su cuadriculada y germánica mente no estaba bien que siguiera con él.

Habían mantenido una conversación breve pero intensa sobre esto en la que Carmen le dijo que ella la respetaría por el resto de sus días, pero que esperaba que la respetáramos a ella en su decisión de no volver a ver a Daniel.

—Yo te quiero a ti y por eso lo toleraré, pero no esperéis que hagamos cenitas de pareja porque podemos acabar a hostias.

Prefería tomárselo a risa.

De pronto se le ocurrió que si Nerea se sentía tan unida a ese hombre, probablemente él tenía algo bueno que Carmen no había conseguido averiguar; incluso se planteó el hipotético caso de que, quizá, ahora que no trabajaban juntos, pudieran llevarse bien. Sin embargo, arrugó la nariz y desechó ese pensamiento que no la convencía y que estaba en clara lucha con lo que sentía en ese mismo momento. Seguía teniendo ganas de que se quedara calvo, sufriera almorranas y se le cayera la chorra. Todo a la vez y sin darle tiempo a asimilarlo.

Llamaron al timbre. Se levantó del suelo, donde estaba tan cómodamente sentada, y descolgó el telefonillo.

—Soy Borja.

Abrió. Qué chico tan cabezota. Y ella sin arreglar y en camisón.

Dejó la puerta entreabierta y se fue a la habitación a ponerse algo encima. Escuchó cómo se cerraba la puerta desde allí.

—Estoy en el dormitorio —indicó con desgana. Un ramo de calas entró en la habitación antes que Borja. Ella se enterneció y sonrió—. Oh…, no tenías que haberlo hecho —dijo mientras se anudaba el cinturón de una bata de raso rosa palo.

Borja no contestó. Solo sonrió suavemente. Carmen cogió el ramo, fue a la cocina y lo puso en un jarrón con agua. Antes de que se pudiera girar hacia Borja, sintió las manos de él subiendo su camisón por los muslos. Después le besó el cuello. Ella suspiró mientras notaba sus pezones irguiéndose. Borja la volvió hacia él, la agarró de los muslos y la subió sobre la encimera. Tiró del cinturón y deshizo el nudo; la bata resbaló por uno de sus hombros, dejándolo al descubierto, y Borja suspiró. Las manos de él fueron a sus hombros, haciendo que la tela cayera del todo, y después se dirigieron hacia sus pechos. Carmen gimió al sentir las yemas de sus dedos presionando la piel, mientras los apretaba. Supo que por fin iban a hacerlo. Y, por primera vez en muchísimo tiempo, se sintió más nerviosa que excitada.

Se inclinaron uno sobre el otro y se besaron. Y aquel beso dijo muchas cosas, entre ellas que Lola no tenía razón al decir que Borja era un poquito meacamas. Cuando separaron los labios, Carmen se llevó la mano a la boca y con los ojos abiertos de par en par murmuró:

—Oh…

Él no contestó. La agarró por la cadera y la levantó. Carmen apretó las rodillas contra sus costados y antes de que se diera cuenta, estaba dejando caer la espalda suavemente sobre el colchón.

Juntos se deshicieron del camisón de tirantes y lo lanzaron a un rincón de la buhardilla. Borja se quitó el polo, se acostó sobre ella y le besó el cuello. Carmen gimió cuando la mano de Borja bajó entre sus pechos, atravesó el estómago y se adentró finalmente entre sus piernas. Hacía tanto que esperaba aquellas caricias…

Reaccionó y le desabrochó el pantalón, no fuera a arrepentirse. Borja se levantó de la cama y entre los dos bajaron los vaqueros. Cuando solo les quedaba la ropa interior, los dedos de Borja agarraron la goma elástica de las braguitas negras de Carmen y fueron bajándolas. A ella no le pasó por alto que le temblaban un poco las manos.

—Tranquilo… —susurró.

Se besaron, se acariciaron, se acomodaron en la cama y Carmen sintió que, por primera vez en su vida, iba a darle sentido al sexo. ¿Cómo sería hacerlo con tanto amor?

—Cariño… —dijo él desnudo entre sus piernas—. ¿Tomas la píldora?

Y ella sonrió, conteniendo la risa, al ver cómo Borja se sonrojaba al preguntarle una cosa tan natural en una pareja.

—No —musitó—. Pero en la mesita de noche hay…

Borja no le dejó terminar. Se incorporó, alcanzó el cajón de la mesita, cogió un preservativo y suspiró.

—No me gustan estos chismes —se rio mientras lo abría.

A los dos les entró la risa.

Borja se tumbó sobre ella y se acomodaron, ella con las piernas abiertas, mirando al techo, tratando de imaginarse si sería como en las películas. ¿Sería su novio uno de esos chicos que lo hacían despacio? Una embestida certera la sacó de la duda y ella se retorció de placer. No. Borja no era, en absoluto, el hombre que ella pensaba cuando lo miraba en el trabajo sin atreverse a decirle todo lo que sentía por él. Ni era tímido ni inseguro ni torpe. La siguiente penetración profunda la hundió en el colchón y pensó que se correría en menos de dos minutos si él seguía así. Quién iba a pensar que Borja la haría gozar mucho más que cualquiera de los chicos con los que Carmen había compartido cama.

Le sujetó las muñecas por encima de su cabeza, sobre la cama, y empezó a imponer un ritmo más rápido a sus embestidas.

—Te voy a hacer esto todas las noches hasta que me muera. —Y esa sonrisa sexi que se le dibujaba en los labios entre gemido y gemido volvió loca a Carmen.

La respiración de los dos empezó a acelerarse y por primera vez en mucho tiempo Carmen se sintió lo suficientemente desinhibida para expresar ese placer.

—Me voy… —dijo ella echando la cabeza hacia atrás.

—Te tengo…, no te dejaré ir. —Carmen le miró y él sonrió de lado antes de decir—: Te daré lo que me pidas de aquí al resto de mi vida. Déjate ir…, déjate ir.

Apretó a Borja contra ella, oliendo su piel, y arqueó la espalda justo antes de deshacerse los dos en un orgasmo brutal que los dejó semiinconscientes.

No duró mucho, no estuvieron rodeados de velas y no se habían deshecho en preliminares, pero había sido perfecto.

Carmen se dio cuenta mientras acariciaba el pelo de Borja, echados en la cama, de que quizá habría perdido el trabajo por el que había luchado mucho tiempo, pero había conseguido encontrar al amor de su vida…

Borja levantó la cara y al tiempo que la besaba le dijo:

—Te quiero.

Y de pronto entendió por qué él había querido esperar…

35

¿Preparada para el viaje?

Aunque hubiera preferido olvidar ese detalle, el de la frase furtiva que se le había escapado a Adrián por teléfono y que yo había cazado furtivamente, no lo hice. Qué raro. Con lo rápido que parecía olvidárseme que Adrián existía cuando estaba con Víctor... Y lo peor es que haberlo pillado susurrando no me entristecía, sino que me cabreaba.

El día anterior a que Adrián tuviera que marcharse para Almería me vi con las chicas en mi casa y aproveché para contarles lo de las confidencias que mi marido se gastaba con su ayudante. Paradojas de la vida, de lo que había parecido olvidarme era de los revolcones con ropa que me daba en la cama con Víctor (con los que disfrutaba un rato, todo hay que decirlo) y el numerito del final, con discusión tipo pareja. Y para que conste en acta, a mí también me dolía. Mucho y en todos los sentidos, incluso el físico. No soy de piedra.

Nerea, que llevaba a Carmen de un lado a otro como si se sintiese responsable de que hubiera perdido el trabajo, me comentó que debía confiar en él.

—Estáis en un plan en el que parece que estáis esperando escuchar esas cosas para poder pelear. No sé, Valeria, quizá ese Víctor no te convenga mucho como amigo.

—¿Ahora la culpa es mía por andar con Víctor? —Me señalé el pecho indignada.

Claro, era mejor pensar que Adrián era el que estaba destrozando nuestro matrimonio aunque la realidad fuera que ninguno de los dos estaba haciendo nada productivo para arreglar las cosas. Más bien todo lo contrario.

—Hombre, es que te buscas unos amigos… Este asunto es un poco provocador… —siguió argumentando Nerea.

—Sí, Nerea, él está como un tren, pero ese no es el caso —intervino Lola.

—No, digo que es provocador el hecho de que vayan siempre como Pili y Mili. —Puso los ojos en blanco.

—¡Oye, que no le veo tanto! —me quejé mientras pensaba que si fuera por mis apetencias, en ese mismo instante estaría con él.

—¿Cuántas veces le has visto esta semana? —preguntó Carmen con una sonrisita reprobadora en los labios.

—Pues creo que dos.

—Sí, pero qué dos —dijo Lola riéndose.

—Joder, Lola, qué boquita de piñón tienes —me quejé, y me recosté sobre mi asiento.

—Si pides opinión, lo menos que debes hacer es dar todos los datos, ¿no? —contestó ella risueña.

—¿Nos hemos perdido algo? —inquirió Carmen frunciendo el ceño.

—Nada del otro mundo. El día que escuché la puñetera frase me cabreé y como me cabreé…, me fui a casa de Víctor.

—¿Y?

—Pues… —miré a Lola y la fulminé con la mirada— estuvimos jugueteando un poco.

—¿Jugueteando, Valeria? —se rio Lola.

—Bueno, pues eso…

—Define, Val… —suplicó Nerea.

—¿Haciendo manitas debajo de la mesa o follando? Hay una diferencia abismal entre una cosa y otra —afirmó Carmen atónita.

Lancé una mirada locuaz a las tres, dejando claro que no nos habíamos entregado al fornicio. Bien pensado, ya nos habíamos enrollado en el sentido adolescente de la palabra, pero eso no me convenía airearlo, sobre todo porque llevaba ya días tratando de olvidarlo. Después, cogí aire y confesé lo que más me pesaba:

—La cuestión es que me dio una charlita de lo más moralista sobre lo que estábamos haciendo. ¡Él!

—¿Del tipo «o dejas a tu marido o no me busques»? —preguntó Nerea abrazando un cojín.

—Bueno…, fue un poco críptico. Ya sabes cómo son los tíos. —Me revolví el pelo, nerviosa—. Pero yo creo que fue más bien: «Tú sabrás lo que estás haciendo, pero esto va a acabar mal».

—¡Cuéntaselo mejor! —protestó Lola.

—¡Es que no me acuerdo exactamente de lo que dijo! Además, no deja de darme la sensación de que lo que pasa es que está hastiado de este rollito adolescente sin llegar a meterla en caliente.

En realidad no me apetecía recordar nada porque iba adosado como una bomba lapa al recuerdo de la fricción y los gemidos y la posterior sensación de que me echaba de su casa. ¿Y no sería que me echaba para llamar a alguna amiguita con la que desfogarse? Él decía que no, pero… ¿por qué tenía yo que creerle? No nos debíamos nada. Y lo peor: dado que yo estaba casada, ¿por qué narices me iba a tener que importar a mí que él echara un polvo? Pero me importaba y mucho.

Lola miró a las demás y susurró que estaba sorprendida… Gracias. Al menos la intervención de Lola me sacaba de la recreación de la escena que se había desencadenado dentro de mi cabeza.

—No esperaba que Víctor reaccionara de esa manera. Yo pensaba que él iría a por todas, que se comportaría como el encantador amigo que te dice lo mucho que le gustas pero que luego, a la mínima, no tendría piedad. Y lo siento, Valeria, pero piedad está teniendo mucha. Ese chico se habría hecho un pinchito moruno contigo ya si hubiera querido.

—Cuánta fe en mí… —me quejé entre dientes a sabiendas de que tenía razón.

—A lo mejor se está enamorando de ti —dijo Nerea.

—Nerea, esto no es amor. Yo lo aprecio mucho, pero estoy de acuerdo con él en que es atracción sexual.

—Creo que en ningún momento te ha dicho eso; es más, dice que le gustas mucho y yo estoy empezando a no ponerlo en duda —añadió Lola—. Porque el Víctor que yo conozco no es el Víctor que me cuentas pero ni de lejos. Y yo también he tenido mi historia con él.

—Sí, ya, algo he escuchado…, pero no sé si quiero saberlo. Solo me faltaba saber que os prometisteis amor eterno —comenté tapándome la cabeza.

—¡Sí, hombre, amor eterno con ese jamelgo! Solo digo que…

—Mira. A lo mejor lo que está haciendo es fingir lo mucho que le importo para camelarme y luego largarse —dije mirándolas.

—¿Con qué fin? Voy a ser cruel, Valeria, pero… a Víctor no le hace falta currárselo tanto para follar un rato. Con salir, apoyarse en una barra y echar un vistazo tiene ya un par de candidatas. ¿O no?

Me mordí el labio. ¡Joder! ¡Maldita sea! Tenía razón. Entonces… ¿le gustaba, le caía demasiado bien, le sabía mal o era solo un reto?

—Estáis complicando el asunto mucho más de lo que merece. El problema no somos Víctor y yo, sino Adrián y yo, que es con quien estoy casada.

—Bueno… —añadió Lola—. Conozco a Víctor desde hace ya algunos años y jamás lo había visto ser así con nadie. Está muy diferente. He salido muchas veces por ahí con él y con el resto de la pandilla y la verdad es que nunca, nunca, se iba solo a casa. Ahora ya ni sale los fines de semana y cuando le preguntas, siempre salta el nombre de Valeria.

—El problema es Adrián —contesté yo queriendo creerme que si Víctor no salía por ahí era por mí.

—El problema eres tú —afirmó Carmen—. Aparte de que Adrián tenga o no tenga un rollo con la tetona esa, tú estás haciendo algo más que coquetear con Víctor. Yo ya no sé qué pensar. A veces da la impresión de que estás buscando una excusa para poder acostarte con él.

—Si quisiera acostarse con él lo habría hecho ya. Creo que ha demostrado una fuerza de voluntad que al menos yo no tengo —me defendió Lola.

—Gracias. —Incliné la cabeza en su dirección.

—Pero a lo mejor te estás cansando de ser tan fuerte.

Nerea, que llevaba un rato callada masticando pepinillos, pidió la vez.

—¿Queréis que os diga mi opinión? Es evidente que Víctor está como un tren y que Valeria, por mucho que esté casada, es una mujer y tiene ojos en la cara. Si su relación con Adrián hace tiempo que empieza a hacerse rara, y no voy a entrar en por qué, es normal que le apetezca estar con un hombre que no le presente complicaciones.

Me sorprendió aquella opinión al venir de una persona tan cuadriculada como Nerea.

—Yo sí quiero entrar en el tema de por qué se enrarece tu relación con Adrián —dijo Lola—. Al principio pensaba que eran paranoias tuyas, pero después de la exposición, no sé. Me huele raro. Estoy segurísima de que Adrián no se acuesta con la niña esa, pero no sé…

Resoplé. Me estaba agobiando.

—Pobre Valeria. Aquí todas opinando sobre tu vida…
—volvió a hablar Carmen—. No tenemos ningún derecho.

—Es vuestra opinión, no me estáis juzgando. Además, yo
os la pedí. Lo que pasa es que a mí me da la misma sensación
que a Lola y no me gusta escucharlo de una persona que no soy
yo, porque reafirma mis sospechas. Adrián no se acuesta con
Álex, pero puede que esté muy tentado.

—Pero ¿no te sientes tentada tú a hacerlo con Víctor?
—preguntó Carmen.

—Sí, pero…

—Pero ¿qué? —me reprendió cariñosamente.

—¿Me estoy justificando? Ya ni lo sé. Pero yo no estoy
rara con él. Es él quien está raro. No sé. Este viaje a Almería no
me gusta.

—¿Por qué no te vas con él?

—¿Yo? Qué va, él sería el primero que me diría que no
fuera. Va a ir a trabajar. De eso estoy segura porque ya ha vendido el reportaje, pero lo que pase cuando acabe el día…, eso ya no
lo sé. Yo ya empiezo a plantearme…, yo qué sé…, ¿y si ya no le
gusto? ¿Y si…? —resoplé.

—No. No. Eso ni se te ocurra —atajó Nerea.

—No quiero ser su amiga. Quiero ser su mujer. Si él me
tocara como antes…, ¿habría fantaseado yo con Víctor?

—Bueno, bueno, chica, que Víctor es Víctor —repuso Lola.

—Estoy empezando a creer que estáis hechos el uno por
el otro —le susurré.

—Huy, sí, hombre.

—Es que… —rio Carmen— no te podrías haber buscado
un amigo más tentador.

—Pues eso que no le habéis visto sin camiseta. —Me sonrojé solo con el recuerdo.

Nerea enarcó las cejas.

—¿Tú sí?

—Dormimos juntos la noche de la exposición —les recordé.

—¿Y?

—Que dormimos juntos la noche de la exposición. —Me reí.

—Nerea, está claro que tú y yo siempre somos las últimas en enterarnos de las cosas —replicó Carmen.

—Las últimas y mal. Aún no sé qué narices pasó la noche de la exposición.

Me levanté y fui hacia la cocina, poniendo tierra de por medio.

—Chicas, Adrián debe de estar a punto de llegar y tendrá que preparar las cosas.

Recogieron sus latas de cerveza, pasaron por allí a tirarlas y me dieron un beso.

—Mañana va a ser una noche rara…, aquí sola, dándole vueltas a la cabeza. —«Pensando si llamar a Víctor y que se pase por aquí», pero eso no lo dije.

—Mañana va a ser una noche genial porque acabo de decidir que voy a celebrar una fiesta exclusiva en mi casa —anunció Lola.

—¡Yo no puedo! —sollozó Nerea—. He quedado con… —Miró a Carmen—. Bueno, me apunto. Esta es una ocasión especial.

—Así me gusta. En mi casa a las nueve, ¿vale? Traed algo de alcohol.

—No sé si voy a estar yo con mucha chispa —comenté.

Todas me miraron.

—No hay excusa que valga —repuso Lola.

Adrián tardó apenas diez minutos en llegar. Me dio un beso distraído y me pidió ayuda para hacer la maleta. Luego se comió un sándwich delante de la tele y cayó rendido antes de las once y media. Sí, oficialmente éramos compañeros de piso. Pues nada…, a pensar en Víctor.

36
El viaje…

Adrián no me despertó cuando se fue. Una pena porque me habría gustado poder darle uno de esos besos de esposa dedicada que pudiera recordar cuando la niñita tetona se paseara medio desnuda delante de él. Ya no tenía ninguna duda de que ella intentaría alguna treta… De lo que no estaba tan segura era de que Adrián fuese tan fuerte como pensaba. ¿Tenía derecho a esperar que me fuera fiel después de todo lo que yo había hecho en las últimas semanas?

Víctor me llamó a mediodía al salir del trabajo y me preguntó si tenía algún plan para aquella noche. Sabía que aquel fin de semana Adrián no estaría en casa. Le respondí que iba a estar en casa de Lola con las chicas y él se ofreció a comer conmigo, pero dado que, sinceramente, tampoco estaba segura de ser tan fuerte como para seguir soportando la tentación mucho más tiempo, mentí y le dije que ya me había preparado algo.

—Me pillas con el plato en la mesa. —Cerré los ojos, pues era consciente de que no se merecía que le mintiera y le mareara.

Tenía ganas de estar con él pero no podía ser…, no podía permitirme el lujo de flaquear.

—Pues ven a echarte la siesta conmigo. Eso aún no lo hemos hecho —susurró con un hilo de voz pedigüeño.

—Pues debe de ser de lo poco que no hemos hecho.

Víctor no contestó inmediatamente. Tras unos segundos musitó:

—Me quedé con mal cuerpo cuando te fuiste. Luego no llamaste y… solo tenía ganas de estar contigo. Es todo.

—Ya. —Me tapé la cara.

—¿Y tú?

—Víctor… —supliqué.

—Está bien. Bueno, esta tarde iré un rato al gimnasio. Luego, si te apetece, dame un toque y nos damos una vuelta, ¿vale?

Era incansable, como mis ganas de estrujarlo y besarlo hasta dejarlo sin aire. Bueno, y de que me follara hasta que se me olvidara el nombre.

Para hacer las cosas más interesantes, Adrián me llamó dos o tres segundos después de colgarle a Víctor para avisarme de que acababa de llegar a su hostal.

—No te llamaré esta noche. No sé a qué hora llegaré y creo que prefiero no molestar a esas horas.

—Como quieras. Pero échame mucho de menos.

—Garantizado.

Bueno, puede que no tuviera tan mala pinta…, puede incluso que yo fuera una perra mala que justificaba sus acciones moralmente reprochables escudándose en la vaga sospecha de que su marido estaba raro.

Sin embargo, conocía a Adrián y me conocía a mí. Aquello no iba bien. Todo sonaba falso, postizo y cogido con alfileres.

Lola remoloneaba en la cama. Eran las doce, pero no tenía ganas de levantarse. La casa estaba prácticamente impecable; solo la ropa que había llevado el día anterior tirada en el suelo. Le iba a costar diez minutos adecentarla y… se sentía tan rara… Tenía una suerte de intuición que no tardó mucho en materializarse en una llamada de teléfono. Consultó quién la hacía… Era Sergio.

—Sí.

—¿Te he despertado?

—No. Llevaba un rato despierta remoloneando.

—¿Puedo pasar por allí? Necesito hablar contigo.

—No sé, Sergio, estoy en pijama.

—No me importa. Necesito hablar contigo de verdad.

—Bueno, dame diez minutos.

Colgó. Se puso unos vaqueros, se recogió el pelo en una coleta y se lavó los dientes y la cara. Había llegado el momento de enfrentarse a los resultados de su plan.

Sergio subió los escalones de tres en tres. Lola lo hizo pasar y le ofreció café.

—No te molestes.

—No es molestia. Tengo la cafetera encendida, iba a tomarme uno yo.

Él negó con la cabeza y Lola se apoyó en la barra de la cocina, a la espera de que hablara. Como no arrancaba, le dio un empujoncito verbal.

—Bueno, tú dirás…

—Anoche rompí con Ruth. —Ella asintió—. Lola…, no quiero estar con otra persona que no seas tú.

La cafetera terminó y ella se sirvió una taza mientras en un suspiro intentaba ordenar ideas y sentimientos encontrados. Se moría por comerse un pepinillo. Cosas de Lola.

—Sergio, yo…

—Tienes razón. La situación en la que estábamos era insostenible y yo… ya lo vi claro. No soporto pensar que otro hombre te tiene. No soporto que te alejes…

Lola pensó que ahí tenía lo que había estado esperando durante tanto tiempo. Podía engañarse y convencerse de que ella era de esas chicas que huían de una relación, pero no era verdad. Ella había querido a Sergio. Ella se había enamorado de Sergio.

De pronto se sintió desubicada y no supo qué contestar. Por primera vez en mucho tiempo, Lola realmente se quedó sin palabras.

—Lola, yo… sé que quizá sea tarde, pero soy un tonto…, tardé demasiado en darme cuenta.

—Quizá ahora estés equivocado.

—No. No lo estoy.

Ella se frotó los ojos y apretó los labios.

—¿Y ahora qué? —le dijo.

—Quiero que empecemos de nuevo. —Se acercó y la cogió de la cintura.

Lola sintió ganas de llorar. ¡Ella! ¡Ganas de llorar!

—Sergio, te das cuenta de que nosotros no podemos empezar de cero, ¿verdad?

—Pues empecemos en el punto en el que tú te sientas más cómoda. —Lola se rio sin ganas, como en un carraspeo—. ¿Qué? —preguntó Sergio.

—Es que… —Quiso ser sincera—. No puedo decirte que no esperara todo lo que me estás diciendo. Siempre tuve claro que te engañabas…, y aunque lo deseaba, ahora todo esto está tan viciado…

—Lola, no me hagas esto —suplicó Sergio buscando su mirada.

—Sergio, es que no puedo darte otra respuesta. Lo de Carlos… Ni siquiera me gustaba, solo quería darte celos y que vieras que no dependía de ti, pero… han cambiado tanto las cosas…

—No, no han cambiado. Tú eres Lola y yo Sergio.

—Eso en sí mismo ya es un problema. —Le acarició el cuello—. Y creo que ya no espero nada de ti. No quiero seguir contigo, Sergio. Creo que quiero estar sola.

—Esperaré lo que haga falta.

—No…, no es cuestión de tiempo y sabes que si lo fuera no tendrías paciencia.

Sergio rio entre dientes. Lola lo estaba abandonando. En el fondo sabía que se lo merecía.

—Lola, si estás haciendo esto para castigarme lo comprendo, pero no lo hagas si quieres otra cosa.

Ella negó con la cabeza. Se acercó más a él y le besó en los labios, con una dulzura que les supo rara a los dos. Negó nuevamente.

—No, Sergio. No soy la mujer que esperas y tú no puedes darme lo que quiero.

De pronto, Lola sintió que se quitaba un peso enorme de encima. Cuando Sergio cerró la puerta, se dio cuenta de que por fin después de tanto tiempo se quedaba sola con ella misma, sola de verdad, sin más fantasmas, sin planes, sin expectativas que la hicieran sentir insatisfecha.

Abrió su agenda y su nota para aquel sábado fue «Hoy empiezo otra vez». Después se sentó a hojearla con una sonrisa en la boca, como quien lee una novela cuyo final ya ha leído.

Cuando nos lo contó, nos quedamos con la boca abierta. Nunca hubiéramos esperado de Lola una reacción como aquella. Le pegaba mucho más un corte de mangas y un «jódete». Sin embargo, todas quedamos satisfechas y asentimos, orgullosas. Ella volvió a llenar todos nuestros vasos de licor y brindamos alzando la copa. Por la valiente Lola. Por mi nueva novela. Por Nerea y su cruzada por hacer posible el binomio Carmen-Daniel. Por Carmen y Borja. Pero brindamos con la boca cerrada.

—Suena un móvil —dijo Lola jadeando por el trago de alcohol.

—¡Es el mío! —comenté mientras alcanzaba mi bolso—. ¿Hola?

—Hola. —Era Adrián. Sonaba raro—. Te llamo para que te quedes tranquila. Voy de camino al hostal. Hoy no hay más que fotografiar.

—¿Estás bien?

—Ssssí —arrastró la sílaba.

—¿Estás borracho? —Todas me miraron.

—Nnno, no. Qué va, estoy cansado.

—Vale. Pues, eh…, descansa.

—Y tú —contestó.

—Te quiero.

Pero nadie me escuchó. Colgó el teléfono antes de que pudiera oírme mendigar. Miré a todas las demás con el ceño fruncido.

—¿Esto qué ha sido?

Lola se encogió de hombros, Nerea apretó la boquita y Carmen miró hacia otro lado.

Adrián colgó el teléfono y lo metió en uno de los bolsillos de su vaquero, pero en vez de caer dentro, cayó al suelo. Al agacharse a recogerlo la cabeza le zumbó. Un zumbido que iba de un oído al otro, penetrando en el cerebro. Miró a Álex, miró la copa que sostenía en su mano y volvió a mirar a Álex, y se acercó a ella dubitativo.

—Álex.

La chica se aproximó a él y lo abrazó amistosamente.

—¿Te lo pasas bien?

—¿Has metido algo en mi bebida?

—¿Yo? No, no —negó muy seria—. Creo que te estás sugestionando.

—Debe de ser.

—Ven, sírvete otra copa.

—No, no, creo que me voy al hostal. Mañana quiero venir a primera hora a hacer fotos. Ya sabes…, el «después».

—No, venga, otra y te acompaño.

—Luego irás borracha o colocada o lo que quiera que empiezas a ir.

Ella se agarró a su cintura y le suplicó que se quedara un rato más. Adrián se encogió de hombros y se acabó el contenido de su vaso.

—Pero un ratito solo.

—Luego te prometo que te acercaré al hostal con el coche. No he bebido más que una copa. Puedo conducir.

Él asintió mientras movía la boca extrañado por el hormigueo que sentía en los labios. Parpadeó varias veces seguidas. Vio colores. No se encontraba bien, pero tampoco mal. Se sintió viejo entre todos aquellos amigos de Álex que apenas habían cumplido la veintena. Diez años. Era una década mayor que el resto. Quiso irse. Tocó el hombro de Álex y le susurró entre el gentío que se lo había pensado mejor y que se iba, que no hacía falta que lo acompañase, que cogería un taxi.

—¿Dónde vas a encontrar un taxi ahora, tonto? Yo te llevaré —sonrió.

—No quiero molestarte.

—Y no lo haces. A cambio tengo que pedirte un favor.

—Lo que quieras.

—¿Puedo darme una ducha en el hostal? Soy un poco marquesita y las duchas aquí…

—Claro, no te preocupes.

—Espérame, cogeré algunas cosas de la tienda.

Adrián recogió sus cámaras y las cargó a sus hombros. Álex se agachó para entrar en la tienda y la cinturilla de su vaquero dejó a la vista su escueta ropa interior. Adrián, de pronto, ardía y hervía por dentro. Hacía mucho tiempo que no se había sentido tan… excitado. Cerró los ojos y miró hacia la salida. La mejor idea era irse al hostal y dormir.

Álex condujo como siempre, temeraria, pero en esta ocasión Adrián no tuvo que pedirle que fuera más despacio, porque estaba alucinado con la sensación del viento que entraba por la ventanilla. Cada vez era más consciente de que había tomado algo… y que no lo había tomado voluntariamente.

—Álex —dijo mientras subían las escaleras hacia su habitación.

—¿Qué?

—¿Qué me has metido en la copa?

—¿Yo? Nada…, con esas cosas no se juega.

—¿Qué has tomado tú? —sonrió de lado.

—¿Yo? ¿Vas a decírselo a mis padres?

—No creo.

—Éxtasis líquido.

Entraron en la habitación. Él se apoyó en la cómoda esquelética que había frente a la cama.

—¿Y qué efectos tiene eso?

—Pues no sé. Cada uno lo siente de una manera. —Se acercó a él.

—¿Y tú? ¿Cómo lo estás sintiendo?

—Yo… —Carraspeó y se quitó la camiseta—. Tengo mucho calor. —Adrián no pudo despegar los ojos de su sujetador verde, que contenía, prietos y turgentes, sus dos pechos. Sintió que le faltaba el aire—. Y me siento, no sé, desinhibida, ligera y…

—¿Y qué más?

—Un poco cachonda.

Adrián asintió sin saber qué contestar. De pronto intentó salir de aquel jardín metiéndose más.

—Pues a mí me deben de haber dado lo mismo…

—¿También tienes calor?

—Sí, la verdad es que sí.

Álex le ayudó a quitarse la camiseta. Él sacó todo lo que llevaba en los bolsillos del pantalón vaquero y lo echó sobre la cama.

—¿También estás cachondo? —Adrián se mordió el labio inferior y respiró agitadamente—. ¿No te atreves a decírmelo?

—Álex, esto no… —Cerró los ojos. Nunca se había sentido tan tentado a tocar a otra mujer.

—No está bien. Ya lo sé. Pero tampoco está bien que me des cancha, y me da la impresión de que llevas meses haciéndolo.

—No, no. Yo no…

—Deja de comerme con los ojos y fóllame. Deja de imaginarlo y hazlo.

Álex se quitó las zapatillas, los calcetines y finalmente los pantalones. Adrián gimió y se apoyó contra la pared. No sabía qué hacer. Se sentía tan raro… Tenía la boca tan seca…, estaba tan excitado…

Se humedeció los labios. Álex pegó su espalda al pecho de Adrián, le cogió una mano y se la introdujo dentro de la ropa interior. Adrián volvió a gemir. No podía, no podía, pero era incapaz de resistirse.

—Álex, yo estoy casado… y…

—Adrián…, me da igual y a ti también. Sigue tocándome, por favor.

Adrián no pudo ni supo sacar la mano de su ropa interior. La mano de Álex palpó por encima de sus pantalones, acariciándole. Él la alejó un poco y ella se dejó caer sobre la cama, encima de todas las cosas que Adrián acababa de sacar del bolsillo de su pantalón vaquero…, incluso el móvil, accionando sin querer la tecla de llamada y repitiendo la última que había hecho.

Adrián se quedó mirando a Álex mientras ella se quitaba el sujetador. Estaba tendida sobre la cama con aquella minúscula ropa interior y la piel color canela, tan tersa y suave… De pronto nada le angustiaba. Se decidió. No tenía por qué pasar por todo aquello. No tenía por qué decir que no. Ya no le preocupaban en absoluto las llaves de la habitación, la acreditación del festival, la cartera o el móvil que ella acababa de apartar de un manotazo. Se acercó y se besaron en la boca, escandalosamente, con lengua. Ella le desabrochó el pantalón y susurró en su oído que tomaba la píldora. No hubo más. Solo apartó su ropa interior y Álex recibió la primera embestida.

Mi móvil empezó a vibrar encima de la mesa donde nosotras charlábamos. Apagué el cigarrillo y me sorprendí cuando vi que Adrián volvía a llamarme. Dos veces seguidas, ¿qué pasaba? Contesté.

—Dime, cariño. —No hubo respuesta—. ¿Hola? —volví a decir.

Se escuchaba algo de fondo. Afiné el oído y les pedí a todas que se callaran. Algo me ató la garganta y una oleada de calor me enrojeció la cara. Estuve tentada de colgar y hacerme la tonta, pero era muy evidente que lo que se escuchaba eran susurros, gemidos y jadeos. Era sexo.

—Sigue, sigue, sigue… —escuché decir a una voz joven y jadeante—. No pares.

—Joder… —contestaba Adrián entre jadeos.

El móvil se me cayó encima de la mesa. Todas me miraron y con un manotazo le pasé el móvil a Lola, a la que le cambió la expresión cuando se lo colocó en la oreja. Carmen y Nerea repitieron la operación y esta última cortó la llamada. Me miraron, esperando verme reaccionar. Supongo que esperaban llantos y lamentos, pero yo solo miraba al vacío, moviendo mentalmente todos los engranajes que iban a hacerlo posible. Lo tenía tan claro…

—Dame el móvil —le dije a Nerea.

—No se lo des, Nerea. Valeria, haz el favor, mírame a mí, esas cosas no salen bien. —Lola me había adivinado las intenciones.

—¡¡Que me des el teléfono!! —grité fuera de mí.

Nerea me lo tendió y, mirando a las demás, dijo que yo ya era lo suficientemente mayorcita para tomar mis propias decisiones. Sorprendente comentario para alguien como Nerea, y más en un momento como aquel.

Y yo… busqué el número de Víctor y marqué…

37
La llamada

—¿Valeria? —dijo Víctor entre el barullo.

—Víctor..., ¿dónde estás?

—Salí a tomarme algo con unos amigos. ¿Paso a recogerte? ¿Te apetece?

Escuché cómo el gentío y la música se alejaban.

—Quiero solucionarlo esta noche. Quiero..., quiero acostarme contigo de una maldita vez.

Víctor se quedó callado un momento y Carmen, Lola y Nerea contuvieron la respiración.

—¿Qué? —preguntó.

—Me has oído perfectamente.

—Valeria..., estos jueguecitos van a acabar conmigo. En serio, esto no está bien. Te lo dije el otro día. Yo...

Las chicas me miraban sin saber qué decir. Nerea se dirigió a Lola y le susurró:

—Todo esto es culpa tuya.

—Oh, sí, soy un agente patógeno peligrosísimo. ¡Venga ya! ¡Tú le diste el teléfono!

Nerea la miró ofendida.

—¿¡Y yo qué sabía!?

—¡Hombre, a Telepizza no iba a llamar!

Carmen se rio sin poder evitarlo. Yo las ignoré.

—No estoy jugando. ¿Quieres darme más tiempo y que me lo piense mejor?

—¿Dónde estás? —contestó muy deprisa.

—En casa de Lola, ¿sabes la dirección?

—Espera…, tenemos que hablar de esto.

—Estoy cerca de… —dudé.

Nerea volvió a mirar Lola y dijo:

—Te has acostado con él dos veces y no sabe ni dónde vives…

—Sí, Nerea, yo no necesito conocer los escudos heráldicos de su familia para que se me abran las piernas.

Seguí haciendo como si no las escuchara.

—Da igual. Iré a tu casa.

—Dame…, no sé, quince minutos. No creo que tarde más.

—Nos vemos allí.

Colgué y las miré a todas. Debía de haberse producido una alineación de los planetas del adulterio porque, como había pensado quedarme a dormir en casa de Lola, iba cargada con todo el kit de supervivencia femenino. Iba bien preparada. Saqué un pintalabios y un espejo y me retoqué con frialdad. Lola habló la primera.

—Valeria…, estas cosas no salen bien. De verdad, la venganza no es la solución. Quizá hayamos malinterpretado lo que se escuchaba.

Puse los ojos en blanco, realmente irritada.

—Sí, estaban haciendo *spinning* —murmuré.

—Es verdad, Valeria, la venganza no es la salida, mira Carmen —intervino Nerea.

—O al gilipollas de tu novio, ¿no? —le contestó la aludida.

—Adiós. No me llaméis. Voy a apagar el móvil en cuanto salga por la puerta.

Intentaron convencerme, pero cuando se dieron cuenta yo ya estaba en la calle parando un taxi. Se miraron entre sí.

—Lola, yo no es por meter más mierda en el asunto, pero estas cosas pasan por llevarse a una casada a esas citas múltiples que tienes.

—Oh, Nerea, es que no estaba enterada de que las casadas no pueden salir a bailar.

—¡Dejadlo ya! —exclamó Carmen—. Y, Lola…, haz algo.

Esta suspiró y buscó su móvil. No era partidaria de hacer esas cosas, pero…

38
La decisión

La decisión estaba más que tomada, así que no tuve remilgos a la hora de llamar al timbre de casa de Víctor. Él abrió el portal en cuestión de segundos sin ni siquiera preguntar y yo, tranquila como una loca, subí en el ascensor.

Víctor me abrió la puerta con el teléfono en la oreja y con cara de pocos amigos.

—Vale —contestó a su interlocutor—. ¡Te he dicho que vale! —repitió de malas maneras. Luego colgó y tiró el móvil sobre el pequeño mueble de diseño que tenía en el recibidor.

Cerré la puerta y me acerqué a él con decisión.

—Valeria. Era Lola… —dijo parándome—. Me lo acaba de contar…

—¿Y qué?

—Que yo no quiero… Bueno, sí quiero, claro que quiero, pero…

—¿Ahora que puedes no quieres, Víctor?

—Valeria, no lo compliquemos más. —Cerró los ojos y me apartó suavemente de él.

—¿No quieres acostarte conmigo?

—Claro que quiero, pero… Valeria, tú ahora estás enfadada y quieres vengarte. Eres tú la que no quieres. —Lo empujé levemente contra una pared y me acerqué para besarle en la boca; él se retiró un poco—. Vas a tener que darme más razones que esta… —susurró.

—Adrián acaba de darme la excusa perfecta. Lo sabemos los dos.

Víctor resopló y echó la cabeza hacia atrás.

—¿Por qué tienes que ponérmelo tan difícil, Valeria?

—Quiero hacerlo.

—Y yo. —Cerró los ojos y tragó—. Pero así no. No quiero meterme en este follón…

Me cogió por la cintura y una de sus manos acarició mis caderas y se apoyó en mi culo, sobándome con disimulo; de paso me acercó hacia él y su naciente excitación. Me encaramé a su pecho y le susurré al oído que me llevara a la cama.

—No quiero hacerlo sabiendo que piensas en otro. —Aunque su cuerpo dijera lo contrario…

—Cuando estoy contigo no pienso en nadie más.

—Valeria…, no me hagas esto. Esto va a ser un problema…

Le besé el cuello y le mordí el lóbulo de la oreja. Era verdad que en aquel momento yo estaba más enfadada que excitada, pero era cuestión de segundos que se abriera la caja de Pandora que yo, tan cuidadosita, había cerrado con clavos. Pero ¿y si llegados a este momento Víctor se había dado cuenta de que no le compensaba meterse en aquel lío por mí? ¿Y si dudaba sobre mi capacidad para enfrentarme a la situación posterior a acostarnos? ¿Iba a convertirme yo en una acosadora?

Poco importó, al menos por el momento. Víctor me llevó hasta el salón, creo que para intentar razonar conmigo, pero sus fuerzas flaquearon poco a poco. Ya no fui yo la que tuvo que inclinarse hacia su boca. Una de sus manos me pegó a él y la otra me tomó de la nuca. Sus labios me recibieron ya entreabiertos y noté la calidez de su saliva. Su lengua se abrió paso en mi boca, lamiendo el interior de mi labio inferior y jugando con la mía. Y… no había nada que ese beso no me hiciera olvidar.

Me senté a horcajadas sobre él y le desabroché dos boto-nes de la camisa sin poder evitar sentirme algo extraña. En un principio ni siquiera me lo planteé; un día fantaseé y poco a poco había ido haciéndome a mí misma concesiones en cuanto a Víc-tor. Ese era el resultado: estar allí sentada, tocándole, besándole, oliéndole. Él me separó de su pecho, jadeando, y me preguntó si estaba segura de querer hacer aquello.

—Segurísima.

—Sé que es por despecho, pero dime al menos que… —Y Víctor jadeaba al hablar.

—Me gustas demasiado…

Y al decir esto sentí cómo un peso enorme se aflojaba so-bre mi espalda y caía al suelo. Era el alivio de ser sincera por primera vez con él y conmigo misma. Le deseaba desde hacía semanas. Creo que le deseaba desde que lo conocí. Me gusta-ba la cadencia de su voz, sus manos, el color de sus ojos, su sonrisa, su manera de sostener las copas, la pasión con la que hablaba y cómo me miraba. Me gustaba lo fuerte que me hacía sentir y esa complicidad que hacía posible que no necesitáramos demasiadas palabras. ¿No era aquello desearle más de lo que podía soportar?

Para él aquella declaración fue suficiente. Me levantó, me cogió en brazos y me llevó hasta el dormitorio mientras me be-saba. Chocamos con un par de paredes en el trayecto, pero ¿qué más daba? Al llegar a los pies de la cama me dejó en el suelo y nos separamos para respirar. El pecho se me agitaba brutalmen-te. ¿Estaba segura? ¿Quería hacerlo realmente? Una cosa era desearlo y otra hacerlo. Pensé en Adrián y en Álex retozando en una cama y volví a acercarme a Víctor, que me pegó contra su cuerpo, tocándome entera. Primero el cuello, estampándome contra su boca; después los brazos, luego los pechos casi tímida-mente, la cintura, las caderas y el trasero, aplastándome contra su impresionante erección.

Le empecé a lamer el lóbulo de la oreja, el cuello, le desabroché la camisa y la tiré al suelo, siguiendo con mi lengua un recorrido por todo su pecho y por debajo de su ombligo. Me levantó y arrancó de un tirón todos los botones de mi blusa menos uno, que acabó cayendo en el segundo intento. Me quitó la camisa y me tumbó en la cama, donde imitó mi recorrido anterior, mientras se deshacía a la vez de mi sujetador y se entretenía en besar y probar mis pechos. Mis gemidos podrían escucharse en todas las plantas del edificio. No hay palabras para describir su mirada mientras lamía, mordía y succionaba mis pezones.

Intenté deshacerme de su cinturón mientras él trataba de desabrocharme el pantalón, pero al final cada uno tuvo que dedicarse a lo suyo. Los dos pantalones vaqueros se unieron al resto de la ropa en el suelo. Se tumbó sobre mí e inmediatamente nos deshicimos también de la ropa interior. Levanté las caderas y él se hundió en mí, frotándonos. Era cálido y firme. Olía tan bien…

Abrió la cama en un ademán rápido, sin dejar de besarme, y apartó la sábana. Nos miramos desnudos por primera vez y no pude más que maravillarme. La espera, las expectativas, lo que había imaginado…, todo se quedaba en nada frente a lo que de verdad era él. Era perfecto. Jodidamente perfecto. Víctor sonrió y susurró que era preciosa. ¿Cuántas chicas habrían escuchado aquello de su boca?

Su mano me acarició la rodilla y subió por la parte interna de mi muslo derecho separándome las piernas hasta introducirse en el vértice entre ellas. Me separó los labios y se coló dentro; primero con un dedo, pronto con dos. Su mirada corría de mis ojos a mi boca, esperando mi reacción. Quería aprender qué me gustaba… Eché la cabeza hacia atrás cuando acertó y gemí sin piedad, removiéndome en la cama, buscando su cuerpo para tocarle también.

Víctor se recostó sobre mí y me preguntó si quería seguir. Asentí con la cabeza y le acaricié. Él gimió profundamente. Estaba tan físicamente excitado que no sabría decir si su gemido era respuesta al placer o al dolor. Su erección era aplastante. Estaba tan dura…, no pude evitar sentirme orgullosa de hacerle estar así.

Su boca se deslizó desde mi hombro derecho hasta mis pechos y de allí hasta mi cintura. Me pregunté si iba a hacerme sexo oral. Eso con Adrián me incomodaba. Aún no podía. Me acarició entre las piernas con las yemas de los dedos, lamió despacio el interior de mis muslos y yo gemí al notar la contundencia de dos dedos metiéndose otra vez dentro de mí. Estaba muy húmeda. Cuántas ganas contenidas…

Acercó los labios a mi monte de Venus, pero me encogí. No, por favor…, aún no.

Víctor me miró sorprendido y después asintió.

—No te haré nada que no quieras. Jamás.

Miré jadeante al techo. Estaba empapada de sudor y Víctor se perdió por mi cuerpo, tocándome y besándome la cintura, haciéndome sentir un placer delirante y extraño. Lo llamé y cuando pude le besé desesperadamente.

—Quiero seguir… —dijo él, también empapado de sudor—. Pero creo que es demasiado.

—No —gemí—. Sigue.

—Quiero hacerte el amor, pero… —Apoyó su frente en mi pecho.

Y dijo «hacer el amor»…

Abrió el cajón de su mesita con tanta pasión que este se descolocó y cayó a un metro y medio de distancia. El contenido se dispersó por el suelo. Me senté a horcajadas sobre él, los dos desnudos. Mi mano se coló entre los dos y me acaricié con su erección. Estuve tentada de decirle que me tomaba la píldora pero…

—No hagas eso, por favor, que se me irá la olla y… —gimió mirando al techo.

Era demasiado pronto para aquella intimidad igual que lo era para el sexo oral… ¿Quién me decía a mí que él no lo hacía con otras?

—Hazme el amor. —Me removí sobre él.

—Hace tantos años que no lo hago. —Sonrió mientras se acercaba para besarme—. No sé si sabré…

Nos rozamos como locos. Sí, los dos estábamos hablando de lo mismo y distaba un poco del sexo en sí.

—¿Quieres hacerlo? —le pregunté.

—No pienso en otra cosa desde que te conocí. ¿Qué tienes, Valeria? ¿Qué me has dado? —gimió.

Su brazo intentó alcanzar alguno de los preservativos que había tirado por el suelo. Cogió uno por fin y lo dejó sobre la mesita de noche mientras me tocaba y me apretaba contra él. Luego, mirándome a los ojos, dijo algo que nunca habría imaginado que diría en una situación como aquella:

—Si quieres… podemos parar. Yo no voy a presionarte para que… —Nos miramos a los ojos y nos besamos. Sonrió y mientras me acariciaba la cara terminó diciendo—: Por ti puedo esperar.

Víctor podía esperar. ¿Podía esperar? ¿Esperar a qué?

Víctor y yo íbamos camino de complicarlo todo, implicándonos demasiado. Lo pensé. ¿Qué iba a hacer con mi matrimonio si decidía parar aquello e irme a casa? ¿Qué haría con lo que estaba sintiendo?

Me coloqué boca arriba en la cama y me sentí vulnerable, frágil y ridícula. Dediqué un pensamiento fugaz a las sensaciones que me invadieron la tarde en la que perdí la virginidad y llegué a la conclusión de que ni siquiera aquel día, tantos años atrás, fue de ese modo. Mientras tanto, Víctor se arrodilló entre mis piernas abiertas y flexionadas y se concentró en colocarse el preservativo. Decidí mirar al techo.

—Joder, mierda —masculló.

Dejó sobre la mesita de noche un preservativo roto y me di cuenta de que estaba nervioso. No quise decir nada y, aunque hubiera querido, dudo mucho haber sido capaz de construir una frase con sentido. En mi cabeza solo suplicaba por que al menos él conservara la calma. Tragué saliva como quien traga piedras y seguí mirando al techo mientras él se colocaba otro.

Víctor se dejó caer sobre mí despacio, sosteniendo su peso sobre el brazo izquierdo, y con su mano derecha preparó la penetración. Cogí aire, nerviosa como si tuviera dieciséis años y no supiera qué iba a pasar a continuación. En cierto modo era así, porque Víctor no era Adrián y yo no era la Valeria que había sido.

Aunque el primer gemido de su voz al notar mi calor fue lo más excitante que escucharé, cuando lo noté adentrarse en mí lentamente un pinchazo me encogió. Víctor se retiró inmediatamente.

—No, no, sigue —le pedí.

—Pero, Valeria… —frunció el ceño—, ¿cuánto tiempo hace que no te hace el amor?

Giré la cara hacia la ventana, sobre la almohada, y reprimí las ganas de llorar. Me sentía tan frágil en aquel momento que me dio rabia. Sin embargo, las hábiles manos de Víctor aliviaron la tensión y me hicieron dibujar una sonrisa. Su boca se acercó a mi oído y dijo:

—Déjame enseñarte lo que esto significa para mí.

Cerré los ojos, suspiré hondo y me dejé hacer. Tras la tercera penetración profunda, los dos compartimos un gemido ahogado. Y disfruté. Disfruté y nada tenía que ver con la última vez que me había acostado con mi marido.

—Me vuelves loco —susurró.

Pero… ¿dónde se había quedado toda aquella pasión y lujuria desmedida?

Seguimos con su cuerpo arriba, mirándonos a la cara, casi dulcemente; mis caderas cada vez más cerca de él, en un movimiento sicalíptico bochornosamente placentero. Pensé que iba a ser complicado encajar, acostumbrada a otras manos, pero creo que yo ya llevaba mucho tiempo preparándome para él.

La cadencia de los movimientos se aceleró y cuando nos vimos con la confianza suficiente, rodamos, hasta colocarme sobre su regazo. Nos besamos, pero a pesar de lo que esperaba de una pasión que habíamos retenido durante tanto tiempo, no estábamos desenfrenados como animales, más bien aliviados. Enseguida compartimos una mirada de lascivia, confiada, con las bocas entreabiertas. Eché la cabeza hacia atrás y lancé una amplia expresión de placer que me sorprendió hasta a mí. Víctor estaba concentrado en muchas cosas y no todas se reducían a su placer. Quizá habíamos conseguido hacer el amor.

Me sujetó por la parte baja de la espalda con el brazo derecho y con la mano izquierda me obligó a dejarme caer levemente hacia atrás; se incorporó y me besó los pechos, las clavículas, los hombros...

—Valeria... —Y en su gemido me dio la sensación de que mi nombre significaba muchas cosas para él.

Me habría gustado que aquello no terminara nunca, pero no se podía dilatar por más tiempo algo que llevábamos alimentando tantas semanas. La verdad, creí que ni siquiera me correría. Era la primera noche que compartía cama con otro hombre e incluso con Adrián había ocasiones en las que la fiesta terminaba sin mí. Bueno, decir ocasiones es un eufemismo. Pero Adrián no estaba allí y ni siquiera me acordé de él cuando, con Víctor de nuevo sobre mí, empecé a notar ese hormigueo que presagia un orgasmo glorioso. Me sujeté fuertemente a sus hombros, abrazándole contra mí, y en un movimiento acompasado, más lento, casi decadente, esperó a sentir mis convulsiones. Me arqueé, me retorcí, gemí y, explotando en un millón de pedazos, me corrí como no lo había hecho en mi vida mientras Víctor entraba y salía de mí firmemente. Cuando mi orgasmo terminó de azotarme entera, él agarró mis dos muslos y, clavando la yema de los dedos en ellos, se dejó ir en una sola embestida más que acompañó con un gemido seco, con los dientes apretados.

Ya. Ya estaba. Ya habíamos cedido a la tentación. Y ahora ¿qué?

Nos mantuvimos allí agarrados unos segundos. Su estómago se hinchaba histéricamente en busca de aire y ante un silencio que me pareció muy largo, tuve por primera vez en la noche un miedo brutal y una sensación de desamparo que por poco no me hizo huir. Estaba desnuda en su cama, con su cuerpo empapado entre mis piernas y con él aún dentro de mí y ni siquiera sabía qué se esperaba de mí entonces. ¿Qué tenía que hacer?

Víctor suspiró profundamente mientras salía de mí y se dejó caer a mi lado, tapándose los ojos con su antebrazo izquierdo. Metió la mano bajo la sábana y sacó el preservativo con una mueca; después localizó su ropa interior, se la puso y se marchó al baño, sonriéndome por el camino. Creo que nunca me he sentido más intimidada por una situación. Esperaba que se girara hacia mí. Que me besara. Que me abrazara. Que me dijera que no debía preocuparme. Que me hiciera sentir en casa. Pero se había levantado de la cama y se había ido al cuarto de baño. Y ahora ¿qué? Escuché el agua de la ducha correr a través de la puerta abierta.

Quedarme allí acostada a la espera de que él volviera y cogiese el toro por los cuernos no era muy adulto. Quise mantenerme alerta, confiando en que aquello terminara como solían terminar esas cosas, con un «ha estado bien, pero mañana tengo que madrugar. Ya te llamaré un día de estos». Así que me armé de valor, me levanté, me enrollé la ropa de cama a modo de túnica y la arrastré hasta el baño. Me asomé y le adiviné metido debajo del chorro del agua detrás de una mampara biselada que no traducía con detalle su desnudez. Tenía ambas manos apoyadas en la pared y respiraba fuertemente.

Tiré la sábana al suelo y, dubitativa, entré en la moderna ducha. Se giró instintivamente cuando notó mi presencia y me recibió con una sonrisa que me tranquilizó.

—Voy a tener que pedirte que me ayudes un poco, porque de esto no entiendo —confesé.

—¿Qué quieres saber? —Alargó la mano y me acarició la mejilla.

—¿Me voy?

Víctor se rio y movió la cabeza negativamente.

—No —respondió—. No hace falta.

El «no hace falta» no es que me tranquilizase mucho, la verdad.

—A lo mejor quieres estar solo o, no sé… Quizá ya sobro aquí y no sé qué es lo que quieres y… —empecé a trabarme.

—Ven. —Me acerqué y me abrazó debajo del agua helada. La temperatura me cortó la respiración. Me agarré a su espalda y apoyé la cabeza sobre su pecho para escuchar con alivio—: Quiero estar contigo.

A las tres de la mañana me desperté con un beso en mi vientre. Víctor no parecía dispuesto a dormir aún y yo…, la verdad, también me animé. Parecíamos dos adolescentes que acaban de aprender a hacer el amor y que no pueden pensar en otra cosa.

—¿Qué crees que haces? —le susurré, juguetona.

—¿No creerías que te iba a dejar en paz tan fácilmente?

Evidentemente, sí era posible hacerlo de pie… y sobre la mesa de la cocina…, y él también era capaz de estar a punto de asesinarme de placer con una tranquilidad pasmosa.

Cuando dejé caer la espalda exhausta sobre la mesa alta de la cocina me sentí una perra, una golfa y alguien sucio. La sensación duró poco. Víctor me cogió de los tobillos y tiró de mí hasta que caí encima de él, en el suelo. Allí tirados, nos besamos de manera enfermiza, deslizándonos sobre las baldosas de la cocina, muertos de la risa. Junto a la puerta encontramos mi bolso y, tras rebuscar en él, conseguimos un pitillo que compartimos en silencio. Cuando lo terminamos me miró y dijo:

—Espero que te sientas como yo, porque si no mañana esto va a ser un problema.

Qué ambiguo, ¿no?

39
Despertando

Abrí un ojo. Pestañeé. La habitación se había llenado de una potente luz blanca que se tamizaba a través de los estores de la ventana. Me removí entre las sábanas revueltas y me paré a analizar algunas sensaciones físicas del momento. Estaba desnuda. Esa era una. Otra era que entre mis muslos empezaba a palpitar algo muy parecido a la lujuria. Víctor había despertado a la bestia, sin duda. Además, me encontraba un poco dolorida. No me extrañaba; no estaba muy entrenada para maratones amatorios y, la verdad, Víctor estaba muy bien armado. Jodido cabrón. Lo tenía todo.

Me paré a pensar en algo menos físico. Y es que, a pesar de todo, había podido conciliar el sueño durante un par de horas; no pude sino sentirme sorprendida. Había escuchado a mi marido con otra mujer en la cama y había terminado por darme cuenta de todas esas cosas que me escondía a mí misma sobre Víctor. Había follado con él tres veces, más de lo que había compartido con mi marido desde que habíamos estrenado el año…, y estábamos en junio. Y después de todo eso… había dormido. Ahora me despertaba sin sentirme azorada, ni acalorada, ni triste, ni culpable. Para más inri, los brazos de Víctor me tenían asida por la cintura y su respiración me removía el pelo de la nuca, tranquila y pausadamente. ¿Seguía dormida? ¿Había tomado algún tipo de opiáceo la noche anterior y aún me duraban los efectos?

Miré por encima de mi hombro y me atreví a quitarme su brazo de la cintura y salir sigilosamente de la cama. Lancé una miradita a Víctor y lo vi moverse despacio entre las sábanas, profundamente dormido. ¿Querría encontrarme allí cuando se despertara? Cogí mi bolso del salón y volví al baño a lavarme los dientes. Me peiné un poco, me lavé la cara y pensé en vestirme e irme…, pero… él se despertaría desnudo y solo. No. No era lo que quería hacer. Prefería averiguar en mis carnes si me quería o no allí. Quizá sería más fácil que se despertara y fuera un borde.

Volví de puntillas a la habitación, que olía a él, y tras dejar el bolso sobre el sillón negro de cuero, localicé mis braguitas, me las puse y me deslicé dentro de las sábanas nuevamente.

Víctor se movió y se colocó boca arriba. Escuché una respiración honda y se volvió a girar hacia el lado contrario. Yo me giré también y le pasé un brazo por la cintura, notando cómo se despertaba poco a poco. Pasados un par de minutos él también echó un vistazo en mi dirección, pero yo me hice la dormida. Después salió de la cama y se puso la ropa interior. Dio dos pasos en dirección al baño, pero se tropezó con el cajón que él mismo había tirado la noche anterior y se resbaló con uno de los tropecientos preservativos que habían quedado desparramados por el suelo. Para no caer braceó a la desesperada y se colgó de la cómoda mientras se cagaba en la puta en voz muy baja. Se dio un par de friegas en la rodilla derecha y siguió andando hacia el baño, cerrando la puerta tras de sí. Escuché el agua de la pila correr. En menos de tres minutos volvió con el mismo sigilo que yo y se metió de nuevo entre las sábanas. Me giré hacia el lado contrario tratando de que no se me notara que me aguantaba la risa. Todo me parecía tremendamente vergonzoso y ridículo. Él pasó el brazo alrededor de mi cintura y me abrazó contra su cuerpo fuertemente.

—Estás despierta —murmuró en mi oído.

—¿Es una pregunta? —repuse.

—No, más bien una afirmación.

Me giré y nos miramos.

—Buenos días —dije.

—Buenos días.

Nos besamos lánguidamente. Los dos sabíamos a pasta de dientes. Después, nos miramos y casi nos dio la risa. Estábamos avergonzados como niños que se gustan demasiado.

—Menuda noche, ¿eh? —añadió revolviéndose el pelo.

—¿Es una queja?

—Uh…, no. Creo que no. —Se rio y se colocó boca arriba.

—Si alguien debe quejarse soy yo —le sonreí con picardía.

—Pues no entiendo por qué. —Me devolvió la sonrisa.

—El trato que recibí sobre la mesa de la cocina no me parece el más adecuado. —Fruncí el ceño.

—Pues no parecías muy mortificada.

—Es que finjo muy bien.

—Ya lo veo, ya…, dos meses haciéndome creer que no te gusto…

Me acerqué y nos besamos. Con fuerza, sus brazos me subieron sobre él, donde me acomodé, incorporándome y apartándome el pelo de la cara. Eran las once de la mañana y la luz entraba por la ventana con amplitud, de modo que mis pechos no tenían refugio alguno. Cogí mi pelo y lo coloqué sobre ellos.

—No te tapes —me pidió—. Quiero mirarte. Me gusta mirarte.

Sonreí al darme cuenta de que me daba igual y dejé caer los mechones hacia un lado, a la vez que me acercaba a él.

—Tú tampoco estás mal. Y estás muy guapo cuando te ríes. Creo que nunca me había atrevido a decírtelo.

—Ahora ya para qué callárselo, ¿no?

Al sonreír los ojos se le escondieron en unas arruguitas preciosas y le acaricié la cara. Cazó una de mis manos y la besó. Había estado pensando sobre cómo sería la mañana y no, no estaba acertando en nada. Esperaba a un Víctor mucho más esquivo.

—Dime, ¿le diste muchas vueltas a la cabeza? —susurró.

—No muchas —contesté.

—Eso está bien.

—¿Y tú? —Volví a incorporarme y apoyé las manos en su pecho. Dios…, ¿cómo podía estar otra vez cachonda?

—Pues alguna vuelta sí le di. —Sonrió.

—¿Llegaste a alguna conclusión?

—No, supongo que no. Y en realidad… no soy mucho de preguntar estas cosas la mañana después, pero… ¿qué crees tú que va a pasar ahora?

Bufé. No era lo que esperaba ni necesitaba escuchar. ¿Estaba tratando de sonsacarme cuáles eran mis expectativas? Me sonrojé. Quizá aquel era el momento de sacar a pasear una excusa brillante, algo como «no estoy preparado para nada serio». Podía hacerme la dura y decirle que no esperaba nada de nada, pero prefería seguir siendo yo misma, y como yo misma, debía admitir que las estrategias se me daban fatal. Así que, suspirando, confesé lo que pensaba:

—Tengo que ordenar mi cabeza. Debería levantarme e irme a casa.

Dibujó una sonrisa muy tímida y negó con la cabeza mientras sus manos me acariciaban los muslos.

—No creo que te vaya a dejar marcharte a casa.

—¿Por qué?

—Porque no creo que quieras hacerlo. —Y estaba tan guapo…

—¿Es un secuestro?

—No. Se secuestra a alguien reteniéndolo contra su voluntad.

—No sé qué intentas decir. —Me reí.

—Quédate. Quedémonos en casa todo el fin de semana. Podemos repetir. —Se rio.

Valoré su proposición. Llevaba una muda en el bolso y todos aquellos útiles necesarios en el kit de supervivencia femenino como para que me viera estupenda de la muerte. En aquella habitación (y en la ducha, y sobre la mesa de la cocina…) todo era tan agradable… Volver a casa, sin embargo, me devolvería de un tortazo a la realidad que, de todas formas, no se iba a ir sin mí. Seguiría allí el domingo.

—¿Crees de verdad que es lo mejor? —Arqueé una ceja.

—No sé si es lo mejor, pero es lo que me apetece.

Nos besamos entregadamente y me dejé caer de nuevo a su lado.

—Bueno…, entonces ¿cuál es el plan? —le pregunté.

—Valeria, deberías encender el móvil.

Joder, qué manía tenía la gente de soltar los asuntos serios sin previo aviso, como un cubo de agua helada desde el balcón.

—Humm. —Entrecerré los ojos, como si me molestase la luz—. No, creo que no. Quizá luego.

—Deberías tenerlo operativo por si llama Adrián.

Esto… ¿Deberías tenerlo operativo por si llama Adrián? A ver si era él el que había tomado opiáceos…

—Adrián no va a llamar y si lo hace, de todas maneras, no quiero hablar con él —dije resuelta.

—¿Y si no escuchaste lo que crees?

—Había muy poco margen de error en los sonidos que hacían.

—Da igual, contéstame, ¿y si no era lo que pensaste que era?

—Entonces me marcharé de aquí, me callaré para siempre esto y probablemente no vuelvas a saber de mí. Pero no tengo forma de saberlo, supongo. —Jugueteé con el lóbulo de su oreja.

—¿Y si te lo cuenta y está arrepentido?

—Yo también le contaré esto —dije sin creérmelo.

—Entiendo entonces que anoche me mentiste. —Levantó las cejas.

—¿Cómo?

—Cuando dijiste que Adrián nos había dado una excusa estupenda.

Me quedé callada mientras él me mantenía la mirada intensamente.

—No, no mentí. Pero eso tú ya lo sabes. —Relajó el gesto y sonrió—. Solo estás probándome —añadí.

—¿Y si es verdad pero jamás lo admite? —preguntó de nuevo.

—Pues… entonces es probable que vuelva a menudo. —Me encantó esa opción.

—Bueno, una posibilidad de entre tres…, no está mal.

Me reí y nos besamos.

—Pareces una solterona desesperada —le dije.

—Lo sé. ¿Me llamarás? —Fingió voz de mujer.

Una pausa y una confesión:

—Pues de mujer a mujer te diré que estoy bastante asustada.

Víctor levantó las cejas sorprendido. Bueno, al menos yo también podía verter comentarios sorpresa como un cubito en la bragueta, ¿no? Carraspeó y se acomodó en su lado de la cama. Ahí, definitivamente, lo había terminado de asustar, estaba segura. Sin embargo, en vez de levantarse y salir huyendo con cualquier excusa, siguió con las confesiones.

—Yo tampoco sé qué hacer. Me has pillado con la guardia baja y ya no sé si… —Puso los ojos en blanco y se revolvió el pelo—. Lo de anoche no fue lo que acostumbro a hacer con las chicas que…, ¿sabes?

Me incorporé un poco. Quería cambiar de tema.

—Menuda armaste ayer con el cajón…

—Lo sé. ¡Qué torpe! —Se tapó los ojos.

—Qué va…, te quedó muy sexi.

—Sí, como lo de los botones de tu camisa, que, por cierto, ahora buscaré para que puedas coserlos de nuevo.

—¿Yo? De eso nada. Los coserás tú.

Nos reímos a carcajadas.

—Lo de la ducha también estuvo bien… —Dibujó círculos concéntricos alrededor de mi ombligo.

—¿Sí?

—Podríamos repetirlo ahora si quieres.

Nos besamos otra vez. Algo me hormigueaba en el estómago cada vez que lo hacíamos.

—Oye, a lo mejor tú tenías planes para hoy… —musité.

—Pues pensaba ir al gimnasio, pero, ¿sabes?, creo que hice ejercicio por dos esta noche. Me has agotado. —Levantó las cejas y me miró con una sonrisa en la boca.

—¿Ves? Debería dejarte solo para que descansaras. —Me incorporé de nuevo.

Me cogió de la cintura y en un giro me subió sobre él.

—Ahora no tengo en mente precisamente descansar.

—Oh… —logré decir.

Me acomodé a horcajadas sobre él, que estiró el brazo y alcanzó un preservativo de encima de la mesita de noche.

—¿Estás preparada ya?

—Yo siempre estoy preparada. —Y al decirlo, arqueé una ceja.

Después nos quitamos la ropa interior a zarpazos, Víctor desenrolló el preservativo sobre su erección matutina y yo misma fui deslizándomela dentro. Gemimos los dos y él esbozó una sonrisa que me puso la piel de gallina e irguió mis pezones.

40

Huy, qué tontita soy

A la hora de comer nos sentamos en un restaurante italiano minúsculo que solo tenía cuatro mesas. El olor a comida me obnubiló y no presté atención a Víctor hasta que me sirvieron el plato. Y ya era complicado no prestarle atención, que conste, porque se había puesto unos vaqueritos rotos, una camiseta negra y unas gafas de pasta con las que, por el amor de Dios, era un arma de destrucción masiva. Pero la verdad es que hacía tanto tiempo que no echaba tres polvos en una noche (a los que había que sumar el mañanero y lo de la ducha, que no estaba muy segura de lo que había sido pero tras lo que me había corrido también) que había olvidado el hambre que me entraba después y que me revolvía las tripas con un rugido ensordecedor. Cuando dejaron los platos sobre la mesa, Víctor se dedicó a mirarme cómo devoraba, muerto de risa.

—¿Qué? —le pregunté mientras masticaba.

—Tenías hambre, ¿eh?

Me reí, avergonzada, miré alrededor y me limpié la boca con la servilleta. Él siguió comiendo con una sonrisa apretada en su boquita de piñón.

—Jo, qué vergüenza. —Me reí—. Es que lo de anoche da hambre.

—Y lo de esta mañana también. —Me guiñó un ojo.

No pude evitar recordarle desnudo bajo mi cuerpo, dirigiendo con sus manos mis caderas, indicando el ritmo y la velocidad de mis movimientos, diciéndome «muy bien, nena...». Eso y la expresión que le invadía la cara cuando se corría, mordiendo su labio inferior.

—Víctor —dije al tiempo que me acercaba la copa a la boca.

—Dime.

—No es la primera vez, ¿verdad?

Él dejó los cubiertos y cogió su copa, sorprendido por la pregunta.

—Sí, no era virgen, me has pillado. —Fingió una mueca resignada.

—No, me refiero a que no es la primera vez que tienes un lío con una mujer casada, tonto.

—¿Y cómo lo sabes?

—Siempre se te ha visto demasiado desenvuelto.

—Pues no es algo a lo que dedique mi tiempo libre, pero parece ser que tengo mal ojo. —Se rio y luego aclaró—: Espero que la cosa salga mejor.

—¿Qué pasó? —pregunté con curiosidad.

—Come y calla, dice mi madre. —Sonrió mientras seguía comiendo.

—Venga, no te hagas el remolón.

Me tomó la mano por encima de la mesa.

—Pues la verdad es que era un chaval dominado por un millón de hormonas a pleno rendimiento a las que no supe controlar. Me colgué de una... —Se rio—. Me colgué de una profesora de mi facultad. Una asignatura de libre elección.

—Y al final ella se lo pensó mejor, te plantó y se acabó la historia, ¿no?

—No. Al final su marido, que era un personaje bastante curioso, me pilló saliendo de su casa un sábado por la mañana y me dio una buena tunda en el portal para mi escarnio público.

Me quedé mirándole, sorprendida.

—¿Te dio una paliza?

—Tanto como paliza no, pero me dejó hecho un Cristo. Pero lo peor fue al llegar a casa, cuando tuve que dar una mínima explicación de por qué un hombre que me sacaba veinte años me había dado semejante somanta de palos. Mi madre casi me abre la cabeza. Si hubiera sabido un poquito de la vida, le habría dicho que me habían atacado unos encapuchados o algo similar.

—Eras un seductor ya en la facultad.

—¡Pero si tenía diecinueve años! Era la segunda chica a la que tocaba y… ella sabía tanto… Latín, sabía. Me obnubilé. Me prometí a mí mismo que no volvería a andarme con esas cosas, que había demasiadas chicas guapas en el mundo como para cegarme con una mujer casada, pero… —Terminó y se abstrajo durante unos minutos mientras me miraba cómo comía. Ni siquiera noté el silencio hasta que no volvió a hablar—. Valeria…

—¿Sí? —contesté.

—¿Tienes un plan?

—No, no lo tengo. —Solté suavemente los cubiertos y le miré.

—Esto no es como cuando tenía diecinueve años. Esta vez he sabido dónde me metía…, creo. Al menos me lo pensé bastante bien.

—¿Y por qué te metiste, tonto? —sonreí.

—Hay cosas que uno no puede controlar, aunque quisiera.

—Las hormonas otra vez.

—Esta vez no se trata de algo tan tangible, me temo.

Nos quedamos en silencio y con un gesto trató de enfatizar lo que había querido decir. Suspiré y me dije a mí misma que no me dejara cegar por las hormonas como el Víctor de diecinueve años, porque el que se hallaba ahora enfrente tenía algunos más y probablemente sabía más que yo de la vida.

—¿Qué vas a hacer cuando veas a Adrián? —preguntó.

—Pues no lo sé. No esperes demasiado de mí ahora, porque no quisiera defraudar a nadie.

—Tengo que decirte algo antes de que esta historia avance un poco más, porque quiero que tengas las cosas claras y hagas o deshagas con conocimiento de causa.

—Me estás asustando un poco —sonreí.

Víctor se apoyó en la mesa y me miró detenidamente antes de empezar a hablar. Después suspiró.

—Solo tienes que saber que yo…, bueno, ya lo imaginarás…, yo tenía un par de amigas recurrentes cuando te conocí, supongo que me entiendes. Pero dejé de verlas hace…, no sé, casi no te conocía y yo ya no… No quiero. No me sale tocar a nadie desde que estás ahí y menos después de lo que pasó anoche. Me he sentido tentado muchas veces porque no tengo muy claro qué es esto y si no será que me estoy metiendo en camisa de once varas… Lo que quiero decir es que si decidieras dejar a Adrián, yo… respondería. —Me quedé un poco noqueada con las palabras de Víctor. Esperaba más bien todo lo contrario. Siguió—: Y si lo dejaras con Adrián y quisieras estar sola, también… te esperaría.

—¿Y si no me separo de Adrián?

Se encogió de hombros.

—Me gustaría decirte que respetaría tu decisión, pero no lo haría. Esto no ha sido un aquí te pillo aquí te mato de esos que no se piensan. Al menos eso creo.

—¿Y qué es lo que crees, Víctor?

—Que aquí —nos señaló a los dos— hay algo. No dudo que le quieras o que le quisieras mucho en su día y que por eso creas que aún lo haces, pero tú no te habrías acostado jamás conmigo si yo no te hiciera cuestionar tu situación. No eres de esas. Yo sé que no soy una cana al aire y no sé hasta qué punto eso lo facilita o lo complica todo. —La familia de la mesa de al lado nos miró—. Mira, ahora soy el amante bandido —se rio.

—Tú no tienes la culpa. No tienes a nadie a quien dar explicaciones. —Le di una palmadita en el dorso de la mano y él la cazó y jugueteó con ella.

—Para ser sincero, me ha pasado muchas veces por la cabeza esa misma frase. Muchas veces me he sentido tentado a mandarlo todo a la mierda, llevarte al límite, echarte un polvo y quedarme a gusto. Pero…, mira, al final ha sido al revés. Creo que ahora me importas un poco más de lo que me gustaría confesar. Y… ¿cuál es tu opinión?

—Estoy tan enfadada que no puedo pensar. —Me reí—. Además, me atontas un poco.

Se levantó de su silla y se sentó en la que había a mi lado. Me cogió entre sus brazos y me besó en el cuello.

—Si ves a Adrián y dejas de estar enfadada, avísame. Yo no tengo nada que decir en ese caso. Pero dame un beso ahora, por si luego te lo piensas mejor.

Le sonreí y, tras acercarme a él, le llamé tonto; nos besamos. Quizá esa era la opción más fácil para los dos. Dejarlo todo en aquel fin de semana, en una cana al aire, sin más. Pero yo no era así. Si fuera de ese modo nunca me habría casado. Y que conste que no lo juzgo.

—Lo de anoche fue especial —susurró devolviéndome a la conversación.

—Lo sé.

—Jamás había disfrutado tanto tocando a una mujer. Acariciarte es como…

—Para, por favor. —Me apoyé en su hombro para esconder mi rubor.

—¿Cuántas Valerias diferentes más guardas dentro del bolso?

Su mano se deslizó de mi rodilla al interior de mis muslos, provocándome un saltito.

—Dos o tres. Las justas, supongo. —Le miré y me di cuenta de que con él no era la persona que solía ser.

—Te haría el amor ahora mismo, encima de esta mesa. Pero mejor voy a pagar y volvemos a casa…

41

Los tontos son los que hacen tonterías…

El domingo me desperté con olor a café recién hecho. Estaba agotada. A las siete de la mañana Víctor se había levantado peleón y habíamos echado un polvo brutal de cuarenta y cinco minutos. Violento, pasional y, al final, cariñoso. Aún sentía las palpitaciones entre los muslos…

El reloj marcaba ahora las diez menos cuarto. Me hice un poco la remolona en la cama hasta que me di cuenta de que no me encontraba en mi casa y que podía parecer una perra del desierto si no me levantaba ya.

Víctor estaba sentado en una banqueta de la cocina sirviéndose una taza de café, con el periódico desplegado delante de él. Iba vestido con una camiseta gris y un pantalón vaquero y llevaba otra vez esas gafas de vista que…, buf…, qué bien le quedaban. Me sonrió al verme entrar frotándome los ojos.

—Buenos días —dije.

Me acerqué y me agarró por la cintura. Dejó un beso en mi cuello y me invitó a sentarme, levantándose. Abrió un armario, sacó una taza y me sirvió un café. Volvió a mi lado y se sentó.

—¿Tienes hambre? —me preguntó.

Negué con la cabeza y me apoyé en su hombro. Leímos durante un buen rato el periódico, hasta que, asqueada de bombardeos, trifulcas políticas, asesinatos, abandonos e injusticias, bufé. Víctor se giró hacia mí con una sonrisa.

—¿Terminaste la página? ¿Puedo pasarla?

—Todo tuyo. En el mundo todo son desgracias.

Víctor giró su banqueta hacia mí y me miró en silencio durante un buen rato. Finalmente movió la cabeza con suavidad y negó.

—No, no todo. Ven.

Cerró el periódico y nos besamos. Me envolvió entre sus brazos y me sentí tan en casa que me asusté. Di un paso atrás y, sujetándome un par de mechones de pelo tras las orejas, le dije que tenía que marcharme. Víctor solo asintió y yo volví a la habitación, donde me puse a hacer la cama. No me apetecía irme, pero tenía que hacerlo, y no solo para encontrarme con Adrián cuando volviera. Necesitaba alejarme un poco de Víctor y de toda aquella película para verlo con objetividad. O al menos con toda la que fuera posible.

Cuando ya pensaba que Víctor me lo iba a poner fácil, entró en la habitación, se metió en el baño y abrió la ducha. Después salió a buscarme y me pidió que entrara con él.

¿En el baño? ¿Con la ducha abierta? ¿Qué quería? Además, yo de aquella guisa. Despeinada, con la cara lavada y una camiseta de Víctor como pijama. Bueno…, no es el hábito el que hace al monje en realidad, ¿no?

Entré en el cuarto de baño y lo encontré apoyado sobre el lavabo con una sonrisita, que contesté temiéndome otro asalto. Cogió mi mano derecha y tiró de ella hasta llevarme frente a él.

—Tú dirás —murmuré avergonzada.

—¿No quieres darte una ducha conmigo antes de irte? —Y al decirlo puso su cara de «qué malo soy y qué bien me lo paso».

Enarqué las cejas y lancé una risita.

—Sí, supongo.

—Qué bien… Voy a hacer que te acuerdes de mí toda la tarde…

Tiró de la camiseta hacia él y después la subió y se deshizo de ella. Mis pezones se pusieron duros al momento y él, abriendo la palma de la mano, atrapó los pechos y los acarició. Se acercó ladeando la cabeza y nos besamos. Su lengua entró en mi boca y cerré los ojos para disfrutar de su vaivén dentro de la mía. Saboreé su labio inferior, después el superior y dejé que me abrazara con fuerza, mientras lanzaba los brazos alrededor de su cuello. Sus manos bajaron mis braguitas y yo le ayudé a que él hiciera lo mismo con toda su ropa.

Me subió de un impulso a la pila del baño y me abrió las piernas, colándose en medio. Jugueteamos. Se me fue la cabeza. Ni siquiera lo pensé. Gemí cuando noté la punta de su erección deslizarse entre mis labios vaginales.

—Para, para… —le supliqué.

Víctor no dijo nada. Me agarró de los muslos y me llevó hasta la ducha, donde seguimos besándonos como dos locos. Acerqué los pies al suelo y bajé la mano por su pecho hasta su vello púbico. Pero él me detuvo, me dio la vuelta y, tras colocarme de cara a los baldosines brillantes de color verde, me metió la mano entre los muslos y jugueteó con sus dedos, como si yo fuese una guitarra. Aullé de placer.

—¿Te da él esto, Valeria? —me farfulló al oído desde atrás. Su erección me presionaba el trasero.

Sacó el brazo de la mampara y abrió el armario que había sobre la pila hasta alcanzar una caja de preservativos. Joder. ¿Tenía condones por toda la casa en cantidades ingentes? Quise girarme, pero una de sus manos me sujetó en el sitio. De pronto noté el tacto del látex entre los muslos y abrí las piernas. Me penetró de golpe. Gemí.

—¿Te gusta fuerte, Valeria? —susurró.

Dios, por poco no me deshice.

—No lo sé —contesté.

Pues lo iba a averiguar, estaba claro. Su mano derecha me agarró el pelo y tiró un poco de él mientras se me clavaba otra vez hasta lo más hondo. Jadeamos. Repitió, tirón de pelo y embestida brutal. Gemí como si me estuviera muriendo. Pero ¿qué tipo de placer era ese?

—Creo que sí te gusta —dijo.

—¿Es así como te las follas a todas? —le pregunté. Y por Dios, ni siquiera me reconocí en esa pregunta.

—No. A ellas me las follaba así. —Me separó de la pared, me obligó a agacharme y, cogiéndome de la cadera, me penetró salvajemente tres, cuatro, cinco veces. Grité—. Shhh… —dijo al tiempo que aminoraba la intensidad.

Le sentí salir de mí y me quedé… vacía. Pero vacía de verdad. Era como si todos los poros de mi piel se abrieran y se cerraran en busca de algo. De él, claro. Me giré y nos besamos. Y nos besamos de verdad. Es posible que aquel fuera el primero de los besos brutales de mi vida. Casi nos mordimos. Y gemíamos, jadeábamos, lamíamos, succionábamos… Aquel beso casi me hizo acabar.

—Hasta me duele… —susurré mirándole los labios enrojecidos cuando los arrancó de entre los míos.

—¿Qué te duele? —Me cogió en brazos y le rodeé con las piernas.

Acto seguido, se coló dentro de mí y eché la cabeza hacia atrás, con placer.

—Me duele lo mucho que te deseo, joder —me quejé.

—Pues ya sabes cómo me siento —sonrió.

Las puntas de sus dedos se clavaron en la carne de mis muslos cuando marcó un ritmo de penetración. Gimió con los dientes apretados y, tras bajar la cabeza, atrapó uno de mis pezones entre sus labios.

—En la cama… —le pedí—. En la cama.

—En la ducha, en la cama y en la cocina —sonrió.

—Vas a desmontarme.

—Voy a matarte.

La risa se me ahogó cuando sentí que me acercaba al orgasmo a pesar de lo incómodo de la postura.

—Más… —reclamé.

Y él, pegando mi espalda a los baldosines, aceleró la entrada y salida de su pene dentro de mí. Me mordí el labio con fuerza y la boca se me llenó de sabor a sangre. Grité, me agarré a él y le clavé las uñas en los hombros y, abandonándome, me dejé ir. Me quedé desmadejada, como una muñeca de trapo.

—¿Puedo correrme o quieres el siguiente ya? —me susurró al oído.

Y, para mi sorpresa, le respondí:

—Más.

Las sábanas se me pegaron en la espalda cuando Víctor me dejó caer encima de la cama. Mi pelo empapado caló la almohada, pero nos dio igual. Las gotas que le caían del pelo se precipitaban sobre mi cara mientras empujaba fuerte entre mis piernas apoyándose con las palmas de las manos a ambos lados de mí. Y se le tensaban y destensaban rítmicamente los músculos de los muslos a la vez que jadeaba.

—Eres brutal… —gemí al tiempo que presagiaba el siguiente orgasmo.

—Tú me haces especial.

Y mientras nos abrazábamos, en un nudo de piel húmeda, nos corrimos casi a la vez…

Víctor se dejó caer sobre mí y apoyó la frente entre mis pechos, respirando agitadamente, sin salir de dentro de mí.

—Es como si fuera… diferente —dijo mientras dejaba besos distraídos por mi piel.

—¿El sexo?

—Contigo… no es lo mismo. Es más.

Cuando nos despedimos en la puerta de su casa habían pasado casi dos días enteros desde que llegué y me había dado tiempo a aprender muchas cosas nuevas sobre él. Víctor llevaba gafas y nunca se ponía lentillas para estar en casa, le gustaba el café con leche y dos cucharadas de azúcar, comía despacio, tenía la costumbre de comprar el periódico todos los domingos por la mañana y le gustaba escuchar Kings of Leon. Además, Víctor iba a ser capaz de enseñarle a Valeria el millón y medio de cosas que aún debía aprender de los hombres… ¿Qué cosas serían? ¿Las buenas o las malas?

A las seis de la tarde, sentada sola en casa, me decidí a encender el móvil. En un minuto comprobé que Nerea me había llamado la friolera de treinta veces, mientras Carmen y Lola solo habían intentado contactar conmigo en dos ocasiones, el sábado.

Sabía que iba a tener que darles una mínima explicación de por qué había desaparecido de casa de Lola el viernes y no había vuelto a dar señales de vida hasta entonces. Sin embargo, no estaba preparada para confesar lo que había pasado en realidad porque ni me lo creía ni quería creérmelo más. Así que inventé algo mínimamente protocolario que ellas pudieran entender y que mantuviera su curiosidad satisfecha.

«A veces una se da cuenta de que hay ideas que necesitan cocerse a fuego lento. Víctor es de la misma creencia. No ha habido mucho más que deba contar. Sé que acabaré riéndome de todas estas cosas. Ahora solo necesito estar sola y buscarle el chiste. Os quiero».

¿Y Adrián? Pues Adrián no había dado señales de vida. Cerré los ojos. Me dieron ganas de asfixiarle con mis propias manos. ¡Qué decepción! ¿Ni siquiera una llamada de arrepentimiento, fingiendo ser un buen marido? De repente me pareció que mi relación con Víctor era de todo menos ilícita.

A las ocho, el manojo de llaves anunció la llegada de Adrián. Entró cargado como una mula de cámaras y bolsas. Me extrañó que no hubiera pasado por el estudio a dejar todos aquellos trastos y me extrañó aún más su expresión. Adrián mentía fatal hasta con la boca cerrada. ¿Cuánto tiempo llevaría en realidad engañándome mientras yo miraba deliberadamente a otro sitio?

Hubo un silencio cuando nos encontramos con la mirada. Ni lágrimas ni arrepentimiento. Solo rabia…, mucha rabia. Busqué desafiante sus ojos y él agachó la cabeza, pero sin mostrar en realidad arrepentimiento. Creo que se arrepentía tanto de lo que había pasado en Almería como yo de lo que había hecho durante todo el fin de semana con Víctor. Arrepentimiento nulo. Nada.

—No te enfades. He estado muy ocupado. No he podido llamarte. —¿He estado muy ocupado? ¿No he podido llamarte? Pero… ¿cuánto se creía que iba a aguantar? No sería yo la que se lo pusiera fácil, eso estaba claro—. Dame un beso —añadió.

Creo que no pude reprimir la expresión de asco en mi boca al imaginarme besándole como había besado a Víctor. Pasó por mi lado y me besó en el cuello, mientras trataba de abrazarme. Lo habría apartado de un empujón, pero no tuve ni ganas. Solamente esperé quieta y rígida y, tras algo que quiso ser un abrazo, me miró y frunció el ceño.

—¿Ya has terminado? —pregunté.

—Supongo.

—No vuelvas a tocarme —pedí mordiéndome los labios.

Adrián hizo una mueca y se apartó de mí con las palmas de las manos levantadas.

—Vaya…, estás de domingo.

—Cállate —le supliqué con rabia.

—¿Todo esto porque no te llamé ayer? —preguntó extrañado.

No contesté. Explotar allí, en ese momento, no iba a hacer ganar ninguna batalla y menos aún una guerra. Lo pensé con detenimiento. Eso era lo que había sido desde hacía seis o siete meses nuestro matrimonio. Una guerra fría.

Y cuando me di cuenta, llevaba media hora sumida en mis pensamientos y Adrián tampoco había dicho ni mu. Quizá era lo mejor. Quizá echaba de menos a Álex. Tragué bilis y sufrí por dentro… hasta que me acordé de Víctor y de las dos noches que había pasado en su casa, en su dormitorio, en su cama. Ya no pude dejar de pensar en Víctor recorriéndome entera con la boca.

El lunes Adrián se marchó más pronto que nunca. Me envió un mensaje al móvil para decirme que tenía que entregar dos reportajes y que iba a tener que levantarse toda la semana a las seis de la mañana. A mí me traía sin cuidado, así que, sin más, deslicé el móvil con desdén encima de la mesa, apartándolo de mí, y fui a la cocina a desayunar. Pensaba que lo que realmente estaba ocurriendo era que le valía la pena salir de nuestra cama a esas horas para meterse en la de Álex. Y lo más sorprendente es que estaba enfadada y decepcionada, pero ni dolida ni triste. Yo estaba a mis cosas, como si Adrián fuese ya una página pasada, de esas que al imprimirlas para leerlas antes de dormir terminan arrugadas y en la basura. Como si yo tuviera asuntos más importantes entre manos.

La tontería del día se me ocurrió a media mañana. Estaba bloqueada, pero no porque la historia no avanzara, sino porque yo estaba demasiado enfadada con Adrián como para pensar en algo que no fuera darle una paliza a Álex como se la habían dado en su día a Víctor. A decir verdad, lo que me pasaba era que no podía dejar de pensar en Víctor. En sus manos, en la forma que tenía de besarme, en la sonrisa que se dibujaba en su boca después, en la manera en la que me empujaba hacia su cuerpo en la cama, el sonido del gemido final en su garganta... y la docena de veces que era capaz de hacerme el amor en un fin de semana. Y sí, he dicho doce y no es un decir.

Navegué por internet buscando el estudio donde trabajaba Víctor y tras encontrar la dirección me di una ducha. Necesitaba hablar con él. Me estaba acostumbrando demasiado a presentarme en los sitios sin avisar, pero si lo que él decía que empezaba a sentir por mí era verdad, le alegraría verme, ¿no? El porqué de esta repentina necesidad de mantener una conversación con él no lo sé, porque en realidad ni siquiera sabía qué quería decirle.

Dediqué un buen rato a adecentarme y después cogí un taxi en la esquina de mi calle. Cuando este me dejó a doscientos metros del trabajo de Víctor, maldije la idea de ponerme unos zapatos de tacón tan bonitos pero tan incómodos. Eso sí, yo digna, muy digna, como si fuera a comerme el mundo. La seguridad empezó a escurrirse y dudé un momento delante de la puerta...

Toda la pared era de cristal y desde la calle se veía el vestíbulo del bajo, que se adivinaba muy grande. Una secretaria de manual hablaba por teléfono en una gran mesa, a la derecha. En el centro de la estancia había una maqueta blanca de un edificio moderno de techumbres sinuosas rodeado de jardines. Todas las paredes de la sala estaban llenas de bocetos a carboncillo de interiores. Me pregunté si alguno de ellos era de Víctor.

La secretaria colgó el teléfono y empezó a mirarme de reojo. Yo vagabundeaba frente a la puerta armándome de valor para entrar y preguntar por él, pero si había ido hasta allí sería por algo..., ¿no? Entré.

—Buenas tardes —dijo la secretaria.

Miré el reloj. Eran las dos. Menuda hora para hacer una visita.

—Buenas tardes. Buscaba a Víctor.

—¿Tenía cita?

—No. Me temo que he venido sin avisar.

Dudó un momento mientras consultaba algo en su Mac. Se escuchó cerrarse una puerta y ella miró en aquella dirección.

—Tiene suerte. Tiene una comida pero por ahí viene. Pueden concertar una nueva reunión si les parece.

Me giré confiada con una sonrisa y me encontré frente a frente con un Víctor que yo no conocía en absoluto. La cara que se me debió de quedar fue el correspondiente humano a un espantapájaros, porque se llamaría Víctor, pero no era mi Víctor. Aquel hombre tenía unos sesenta años y peinaba bastantes canas. Aunque poseía cierto encanto y los ojos muy verdes, no, no era mi Víctor.

—Hola, ¿es usted la chica del ayuntamiento? —me preguntó. No supe responder. No, no soy la chica del ayuntamiento, soy una panoli que ha venido buscando a un hombre que no es su marido y que tampoco es usted. Le di la mano—. Me pilla ahora muy mal, ¿sabe? Tengo una comida con un cliente. ¿Por qué no se pasa esta tarde?

El pobre hombre pensaría que el ayuntamiento le había mandado a una muda trastornada, porque yo seguía sin saber qué contestar y además buscaba desesperadamente con el rabillo del ojo salidas alternativas para huir a la carrera en cuestión de segundos sin plantearme siquiera dar una explicación, incluyendo la posibilidad de atravesar el cristal de la pared y marcharme agitando los brazos, en plan loco.

Me habría equivocado de estudio…, pero no. No podía ser…

De pronto se escuchó otra puerta cerrarse y unos pasos. Y, gracias a Dios, antes de que pudiera plantearme que el hombre al que me estaba confiando no existía, Víctor apareció perfecto, vestido de traje, consultando el reloj y sujetando un portafolios. Parecía sacado de un anuncio. Qué maravilla. Se ralentizó hasta el tiempo en esa manera que tenía de andar. Levantó la mirada y al verme allí se echó a reír y se acercó cabizbajo, para que nadie viera su sonrisa.

—¿Valeria? —susurró.

—Hola, Víctor.

Para mi sorpresa y la del Víctor farsante, se acercó y me dio un beso corto en los labios, muy dulce, como si lleváramos décadas haciéndolo. Dediqué una milésima de segundo a la idea de que aquella sí parecía una relación y no la que tenía con mi marido. Me acarició el pelo y luego se giró hacia el otro hombre, que nos miraba estupefacto.

—Papá, esta es Valeria.

—¿Conoces a la chica del ayuntamiento? —Su padre no sabía por dónde salir después de ver aquel beso.

—No es la chica del ayuntamiento. — Se echó a reír y le palmeó fuertemente la espalda.

Negué con la cabeza.

—Disculpe, es que no sabía cómo decirle que yo buscaba a otro Víctor y que no era quien usted pensaba.

—No te preocupes. Oye, y tú deja de descojonarte —le dijo a su hijo.

—Joder, papá, es que eres…

—¡Déjame! Yo vi una chica guapa y me dije: allá que voy.

Me reí también, pero más avergonzada que divertida.

—Perdona que me presente sin avisar. Es evidente que estás ocupado y yo no…

—No, qué va. Solo iba a comer con mi padre. Alicia dice que tenemos comidas con clientes para que no nos molesten a estas horas.

—¿Nos acompañas? —Su padre, ilusionado, se había hecho a la idea de que su hijo por fin iba a presentarle formalmente a su novia.

—No, no. Muchas gracias. Yo mejor ya vuelvo esta tarde. —Me giré para irme maldiciendo lo estúpida y tonta que podía llegar a ser a veces.

—Espera. —Miró a su padre—. Papá, ahora te alcanzo, ¿vale?

—Ok, pero si tardas más de quince minutos no te esperaré —le sonrió.

—Avisado quedo.

Su padre me dio dos besos y después de las frases de cortesía desapareció. Víctor pasó por la mesa de recepción y pidió que no le pasaran llamadas y después me condujo por el pasillo hasta su despacho.

—Vaya…, ¡qué despacho! —dije maravillada al entrar en la estancia.

—Ventajas de ser el hijo de…

Aunque la ventana que tenía a espaldas de la mesa daba a un patio interior, este debía de ser muy grande, ya que entraba un potente haz de luz que recortaba la silueta de la mesa y de la silla de trabajo. En una esquina, sin silla, se levantaba una mesa de dibujo llena de papeles perfectamente ordenados.

—Oye, qué simpático tu padre —comenté tras aclararme la voz.

—Sí. Es la bomba —contestó Víctor mientras se quitaba la chaqueta.

Me quedé pasmada recorriendo su cuerpo con los ojos.

—¿Qué miras? —sonrió.

—Estás… muy guapo. A decir verdad, estás tremendamente sexi.

Se soltó los botones de los puños y se arremangó la camisa de Armani.

—Ven. —Me acerqué, atontada—. ¿Vienes a decirme que has hecho las paces con Adrián y que aquí no ha pasado nada?

—No. —Di un paso hacia él—. Vengo a…

No me dio tiempo a seguir. Apartó de un manotazo todas las cosas que tenía sobre el enorme escritorio y me subió encima, dejándome el vestido a la altura de la cintura. Sus manos se colaron por debajo y, posándose encima, empezó a besarme el cuello.

—Víctor…, a ver si…, si va a entrar alguien y… —conseguí decir con la respiración entrecortada.

—Pues imagina qué sorpresa se llevarán —sonrió pícaramente.

—Para, en serio, Víctor. —Me hizo cosquillas en su recorrido descendente y pataleé mientras me reía a carcajadas. Mi ropa interior fue bajando por mis piernas hasta caer al lado del escritorio—. ¡Víctor!

Sonrió y, tras taparme la boca con una mano, se desabrochó el pantalón con la otra. Dos segundos y yo ya había perdido de nuevo la razón. Mi lengua empezó a jugar con los dedos de su mano que intentaban acallarme, mientras mis manos le buscaban.

Al principio fue un desastre. Un «quiero hacerlo salvajemente» conjuntado con un «tengo que parar a ponerme el preservativo». Pero al final el resultado fue mucho más placentero de lo esperado. Empezamos sobre la mesa, seguimos de pie, apoyados en la pared, y terminamos escurriéndonos al suelo, donde dejé con las piernas bien abiertas que me embistiera con fiereza, conteniendo los gemidos.

—Estaría todo el día dentro de ti, joder —masculló en voz baja, junto a mi oído.

—No pares… —le pedí.

La hebilla del cinturón chocaba rítmicamente contra el parqué. Aceleramos, posiblemente porque a Víctor le dolían las rodillas de clavarlas en el duro suelo. Me corrí mordiéndome los labios y poco después noté la espalda de Víctor tensarse y su mano abierta chocó violentamente contra la madera al apoyarla para incorporarse.

—Joder… —volvió a gruñir.

Fue un orgasmo glorioso.

Mientras se abrochaba el cinturón del pantalón, Víctor tenía el teléfono sujeto entre la cara y el hombro.

—¿Papá? Esto…, hola. Empieza sin mí, ¿vale? Tengo unos asuntos pendientes. ¿Me necesitas esta tarde? —Una pausa y un guiño mientras se metía la camisa dentro del pantalón—. Vale. Pues si te llaman dame un toque y me paso por la obra. Un abrazo.

Colgó y se quedó de pie junto a la mesa, observándome apoyada sobre un mueble archivador, como si me hubiera dejado caer.

—Oye…, lo del beso… —murmuré.

—¿Qué beso? —Me cazó entre sus brazos.

—El que me has dado ahí fuera.

—¿No puedo besar a mi chica?

Un nudo se me instaló en la garganta y apenas pude hacerlo desaparecer tragando saliva. No me había hecho demasiada gracia aquella bromita. Me di cuenta de que estaba tratando de jugar a algo que no me correspondía. No tenía veinte años. Estaba casada. ¿Y si Víctor sí estaba jugando?

—No soy exactamente tu chica —contesté sin mirarle.

—Pues… —Dirigió la vista hacia la mesa sobre la que acabábamos de pasar el rato y dijo sonriendo—: No lo parecía hace un rato.

Puse cara de pocos amigos.

—Lo que ha pasado encima de esa mesa ha sido culpa tuya. Bueno, y lo del suelo y… —Me revolví el pelo—. Yo venía a hablar.

—No he podido dejar de pensar en ti en toda la mañana. —Me besó en el cuello, junto al lóbulo de la oreja—. ¿Vamos a comer?

—Víctor, ¿esto no te da mal cuerpo? —Fruncí el ceño.

—Me suele dar una sensación agradable… —Me cogió por la cintura.

—Oh, por Dios, ya sabes a lo que me refiero.

—No, tampoco me gusta. Y te suena el móvil. —La sonrisa le desapareció de la cara.

Alcancé el bolso y contesté mientras pensaba que, claramente, teníamos dos formas muy distintas de enfrentarnos al mismo hecho.

—¿Sí?

—Menos mal, ya empezaba a pensar que ese Víctor te había matado a polvos y había ocultado tu cadáver en el tabique maestro de algún piso reformado.

—Lola…, por Dios… —dije tapándome los ojos.

—Bueno, la cuestión es… ¿cuándo vas a venir a casa a contármelo todo?

—No hay nada que contar —mentí.

—¿Cómo que no?

—Como que no. —Le guiñé un ojo a Víctor.

—Pasaste el fin de semana con él, enfadada como una mona con tu marido, y… ¿no pasó nada?

—No.

—¿Dos noches?

—Sí.

—¿Y no pasó nada? —insistió.

—No.

Víctor negó con la cabeza otra vez, como imitándome, frunciendo el ceño.

«Lo que haga tu mano derecha que no lo sepa la izquierda, porque si quieres que algo no se sepa, no lo cuentes».

—Valeria…, puedes contármelo. Si conozco a Víctor…, supongo que luego, el sábado por la mañana, poco menos que te echó de casa. Eso nos ha pasado a todas, no tienes por qué avergonzarte. No se lo contaré a las demás.

Miré a Víctor arqueando las cejas y, tapando el auricular, le pregunté:

—¿Has echado alguna vez a Lola de tu casa?

—Qué boquita tiene... —se rio.

—¿Valeria? —gritó Lola desde el móvil.

—Lola..., pasé el fin de semana con él, fue encantador y ya está. No hay más.

Él se echó a reír.

—Cómo sois las mujeres.

—¿¡¡Estás con él!!? —vociferó mi amiga.

—Sí. Vamos a ir a comer. —Víctor se acercó y me besó en los labios sin hacer ruido, metiendo la mano por debajo del vestido y manoseándome las nalgas.

—Me apunto —contestó Lola resuelta.

—Lola, no te vas a venir a comer con nosotros.

—¿Por qué? Puede ser divertido.

Víctor negó con la cabeza, horrorizado.

—Dice Víctor que ni de coña.

—Sois un muermo. Pásate esta tarde por casa y cuéntame esa cantidad ingente de información que me escondes, anda.

—No sé. Luego te digo.

—Guarra. Me dejas por un rabo —soltó antes de colgar.

—¿Qué ha dicho? —preguntó Víctor.

—Que soy una guarra.

Me marché de casa de Víctor a media tarde. Después de comernos la boca durante un par de horas, como dos novios de colegio, el cuerpo empezó a pedir más, pero me agobié y quise salir de allí. Quería pasear y pensar. Sin embargo, Víctor no me dejó marchar hasta que no me hizo el amor sobre la alfombra del salón de su casa, despacio, despacio..., tan despacio que creí que vomitaría el corazón. Tan intensamente que pensé que jamás me querría ir de allí. Si aquello era solamente sexo, nos sobraban caricias y suspiros.

Me dio un vuelco el estómago al darme cuenta de que hacía relativamente poco lo único por lo que yo tenía que preocuparme era por mi sequía literaria. Luego volvía a casa a acurrucarme con Adrián sobre nuestra cama. De repente, por primera vez desde que había empezado toda aquella locura, sentí ganas de llorar. Tenía que hablar con alguien antes de enfrentarme con este tema a Adrián…, y sabía quién era ese alguien. Me despedí de Víctor en la puerta de su casa y me marché.

En algunas de las decisiones que tomaba en mi vida, Lola era la única que podía entenderme, pero ella nunca me juzgaba… y a veces eso no era lo más sano. Podía haber ido a su casa y confesarme con ella a sabiendas de que me apoyaría al cien por cien y de que siempre trataría de manipular la realidad de tal manera que al final yo fuera inocente y mis actos, lícitos. Pero no era lo que necesitaba. Necesitaba a alguien sensible pero sensato; alguien que creyera en las relaciones de verdad. Pero relaciones de verdad que no se basaran ni en acuerdos posmodernos de compartir cama sin mucho compromiso ni en relaciones de película con pedida de mano de por medio. Ni Lola ni Nerea. Me hacía falta hablar con Carmen. Carmen, que siempre había sido tan fiel a sí misma y a la vez madura.

Cuando me abrió la puerta no pude sino reírme. Tenía esa cara de periodista del corazón que ponía cuando revisaba el Facebook de sus conocidos, recabando cotilleos e información. No sé qué estaría haciendo cuando llegué, pero seguro que se le había olvidado hasta a ella, ahora que yo estaba en su puerta. No se anduvo con galanterías:

—Oh, joder, por fin vienes a confesar. ¡Cuéntame de una puta vez qué ha pasado con Víctor!

—Hola, Carmen, ¿qué tal estás? ¿Yo? Bien, gracias. ¿Puedo pasar?

—No te mereces ni pizca de protocolo ni de amabilidad. Nos enviaste ese mensaje tan falso… —sonrió—. Que sepas que la única que se lo creyó fue Nerea, pero porque pienso que hasta cree aún en el Ratoncito Pérez.

Pasé hasta el centro de su salón y le pregunté si tenía tiempo.

—Sí. Dame un segundo. Siéntate.

Me dejé caer en el sofá y ella fue hacia la barra de la cocina. Sacó dos copas y un cenicero para mí y alcanzó el teléfono inalámbrico. Marcó con dedos ágiles y se lo puso a la oreja, sujetándolo con el hombro mientras abría una botella de vino.

—Cariño…, oh, joder, ¿con qué puñetas cierran ahora las botellas de vino? ¿Con un campo electromagnético? No, espera, espera… —Descorchó la botella de un tirón y volvió a su conversación al tiempo que servía—. ¿Puedes pasarte por aquí una horita más tarde? Eh, no, no pasa nada, sigo queriéndote encima de mí antes de dormir. —Me guiñó un ojo y yo me eché a reír en silencio—. Ha venido Valeria a casa y necesitamos una de esas charlas de chicas…, ya sabes. —Hizo una pausa, dejó la botella junto a la nevera y cogió el teléfono con la mano izquierda—. Yo también te quiero. Adiós.

Colgó.

—¿«Te quiero» ya? —dije levantando las cejas cuando se acercó con las dos copas y el cenicero.

—Ya hablaremos de eso otro rato. Ahora cuéntame.

—Es… complicado —Negué con la cabeza.

—Lo sé. Si no lo fuera, no estarías aquí.

Asentí.

—Estoy aquí porque tú siempre eres sincera, aunque a veces no quiera escuchar lo que tienes que decirme.

—De ahí que me escondas información —sonrió.

Suspiré. A la una, a las dos y a las…

—Víctor y yo nos acostamos. Nos acostamos mucho y muy fuerte, pero no fue lo único que hicimos. También hablamos de esto, de lo nuestro. Y Adrián y yo llevamos unos meses muy malos…

—No te ciegues, Val, el sexo a veces nubla la razón.

—No es de sexo de lo que te estoy hablando. Creo que Adrián y yo ya no…

—Siempre hay altibajos. —Apretó su manita sobre mi rodilla.

—Yo no soy capaz de volver con Adrián. Tú sabes la clase de persona que soy y… —Carmen no dijo nada, solo me miró, con una expresión neutra—. Ahora mismo vengo de su casa… otra vez. Carmen…, creo que me estoy enamorando de él.

—Buf. —Se frotó la cara con ambas manos para después dejarlas caer sobre su regazo—. Eso lo complica todo.

—Ya lo sé.

—¿Y lo sabe él?

—¿Qué «él»?

—Cualquiera de los dos «él».

—Supongo que Víctor se lo imagina. Adrián, no lo sé…, ni siquiera he sido capaz de decirle que le escuché en la cama con Álex. Y no, no voy a justificarme diciendo que esa fue la única razón por la que me acosté con Víctor, porque solo fue… la excusa perfecta.

Carmen cogió su copa.

—Pero ¿qué ha pasado estos dos meses?

Me tiré en el sofá y miré hacia el techo.

—No lo sé, pero no han sido dos meses, Carmen. No entre Adrián y yo. Esto viene de largo.

—El año pasado por estas fechas estabais a punto de iros de viaje. Y volvisteis encantados el uno con el otro.

—Esa sensación apenas nos duraba una semana. —Seguí mirando al techo abuhardillado.

—¿Y si es pasajero? ¿Y si en dos meses te das cuenta de que ha sido, no sé, locura transitoria?

—Yo ya no quiero seguir…, no quiero seguir estando casada con Adrián. —Se quedó pensativa unos minutos—. ¿Cuál es tu veredicto? —le pregunté.

—Yo lo único que puedo darte es mi opinión.

—¿Y cuál es tu opinión?

Se le escapó un suspiro quejumbroso sin darse cuenta. Después me miró y me preguntó si realmente quería saberla.

—Si ya la sé… —dije—, solo necesito escuchar cómo lo dice otra persona que no sea yo.

—Esconder las cosas importantes no tiene sentido y tampoco lo tiene retrasar las inevitables. Los sentimientos no son controlables, por mucho que algunos digan que se trata de cuestión de voluntad. Tú tienes que ser feliz, Valeria, porque la vida son dos días. Pero cuídate. Sé sensata a la hora de tomar decisiones.

Asentí y suspiré.

—Pero es que Víctor es genial… Es simplemente perfecto.

—Me da miedo que estén hablando un montón de hormonas adolescentes en lugar de tu cabeza o tus verdaderos sentimientos.

—Siendo sincera, es probable que mis hormonas me hagan los coros. —Me sonreí mientras me incorporaba—. Nunca me había sentido físicamente como me hace sentir Víctor. Pero el hecho es que lo nuestro ha sido desde el principio algo… especial. Ha ido mutando desde un calentón a…

—A una de esas historias tortuosas que tanto nos gustan a las mujeres, sé sincera. Víctor y tú ahora mismo sois algo así como amantes bandidos. Y lo imposible nos encanta.

—Me ha hecho replantearme la relación que tenía con Adrián. No era de verdad. Me había acomodado ahí, porque es mucho más fácil seguir por inercia que soltar el puñetazo en la mesa y darlo todo por terminado. Pero te lo juro, Carmen, mi relación con Adrián, mi matrimonio, es una farsa. Él solo…, yo lo conozco y él ya no me quiere. No puedo más.

—Tampoco debes confiar en alguien que pone las cosas demasiado fáciles, Val.

—Ya lo sé, Carmen, pero dice que si decido estar sola me respetará, pero que quiere seguir…, ya sabes, conmigo.

—No tomes decisiones que no hayas meditado bien. Y hagas lo que hagas con Adrián, que sea por ti, no por ese chico.

—Lo sé. Mi madre me diría lo mismo.

—Es que tu madre es muy sabia —rio Carmenchu.

—Y hace un codillo que te mueres.

Compartimos una sonrisa y me pidió que no me angustiara.

—Si Adrián es para ti, lo será. Y si lo es Víctor, lo será. Solo… sé sensata. Haz las cosas bien. Valeria, arréglalo. Ya esperaré momentos más propicios para sacarte la información sustanciosa.

42
Casi el final

Cogí valor y el metro. Me entretuve unos minutos con la fauna local que campa a sus anchas en el transporte público. Después, simplemente, me concentré en todo lo que quería y debía decir.

Carmen me había aconsejado que no tomara decisiones que no hubiera meditado lo suficiente, pero no pude evitar dejarme llevar por la premonición de que todo sería más sencillo una vez fuera sincera. En algunas ocasiones una infidelidad confesada no es más que un acto de egoísmo exacerbado porque, si tenemos claro que ha sido un error que no volveremos a cometer, ¿para qué aplastar a la otra persona con el peso de una confesión como esa? Pero en este caso, sin embargo, era diferente, ya que yo no me planteaba limpiar mi conciencia, sino dar una explicación a cambio de otra y, al fin y al cabo, poner orden en mi vida. Yo quería hacerlo bien. Yo quería arreglar el desastre.

Paré frente al estudio de Adrián y llamé sin más ceremonias. No quería hablar aquello en casa. No quería recordarlo allí. Si aquello acababa como imaginaba que iba a hacerlo, no deseaba que quedara resquicio de aquella conversación cuando él se hubiera ido.

Salió a abrir él, despeinado y manchado de líquido de revelado. Prácticamente ni siquiera me miró. Me dejó pasar, con naturalidad, como si esperase verme.

—¿Puedes esperar un segundo a que termine con una cosa ahí dentro?

—Claro. ¿Estás solo?

Entró en el cuarto oscuro. Me sonaba vagamente que estaba positivando más copias de algunas de las fotos expuestas en la galería.

—Sí —respondió desde dentro.

—¿Y eso? ¿Dónde está Álex?

Adrián no contestó. Salió secándose las manos con un paño, mordiéndose el labio.

—Álex y yo…, bueno, hemos decidido que es mejor no trabajar juntos.

Se me abrieron los ojos de par en par. No me lo esperaba. Pensaba que ahora estarían juntos con cualquier excusa con tal de poder repetir lo de Almería.

—¿Por qué? —pregunté confusa.

—Ven, siéntate. —No quise sentarme en el sofá que compramos juntos en Ikea para escucharle decir aquello y me quedé de pie mirándole—. Verás…, quiero que comprendas esto de la forma que puedas, pero que hagas al menos el esfuerzo, ¿vale? —Asentí. Ahí iba—. El viernes, después de trabajar, cuando te llamé, me fui al hostal. No me encontraba muy bien. Álex se ofreció a llevarme. Me costó muy poco tiempo darme cuenta de que me había metido algo en la bebida. Estaba…, no sé explicarlo. Luego me vino con la monserga de que si podía ducharse en mi hostal y esas cosas y yo accedí. Entró en la habitación y se desnudó.

Aquello estaba haciéndome mucho más daño del que imaginaba. Él paró.

—Sigue, por favor —susurré mirándome las manos.

—Esto no sé cómo decírtelo. —Se dejó caer en el mullido sofá.

—No hace falta que me digas nada más. Accionasteis la tecla de llamada en el teléfono y os escuché.

Se quedó callado, mirándome.

—¿Qué escuchaste? —Se levantó de nuevo—. No pudiste escuchar nada porque no pasó nada.

—Os escuché gemir. —Tragué saliva.

—No me acosté con ella.

Adrián mentía de pena, esa es la verdad. Los dos habríamos querido cambiar ese hecho en aquel momento, pero era imposible. Quizá otra persona, con las mismas ganas de creerle que yo pero con menos experiencia a su lado, habría podido tragárselo, pero para mí no fue más que la confirmación de que lo que había escuchado era real. La parte infantil y egoísta de mí misma me soltó una reprimenda, echándome en cara que todos habríamos estado mucho mejor viviendo en la mentira: él, Víctor, Álex y yo. Pero esa Valeria nunca me cayó bien y de un empujón volví a meterla en su cajón. Pensé que no habría mejor momento para ser valiente.

Suspiré y me mordí los labios por dentro, en una mueca. Luego simplemente dije:

—No me lo trago.

—Esto no depende de que te lo tragues o no. Esto es así.

—Adrián, no insistas, por favor. Que intentes hacérmelo creer es aún peor.

—Valeria…, yo te quiero… —clamó mansamente—. ¿Cómo puedes pensar que yo…?

¿Valeria, yo te quiero? Que me devolvieran ya de una maldita vez al Adrián con el que me casé, por Dios santo. Me giré, dándole la espalda, y me tapé la cara con las manos. Si alguna vez tuve dudas, acababa de despejarlas. Deseé estar en otro lugar. Para ser sincera, deseé estar otra vez echada junto a Víctor en el sofá de su casa y no en aquel bajo asfixiante. Aunque dejé de prestarle atención, la voz de Adrián seguía susurrante, como una letanía, tratando de hacerme creer que era un buen chico, que yo sufría patológicamente de celos y que estaba echando abajo los cimientos de nuestra relación. Me enfadé. Me enfadé muchísimo y, aunque quise remediarlo, un torrente de rabia me inundó la boca.

—¡¡Deja de mentirme, joder!! ¡¡Cállate!! ¡¡Cállate de una puta vez!!

—Pero… ¿qué te pasa, Valeria? —preguntó con los ojos muy abiertos.

—¡Quiero que me digas la verdad! ¿No te es suficiente haberme engañado? ¿Tienes aún que hacerme sentir que todo es culpa mía? ¡¡No soy una loca psicótica, Adrián!!

Me miró alucinado. No se lo esperaba.

—Pues si no eres una loca, lo pareces.

—Con lo listo que te creías, ¿eh? —Y la discusión cambió de tono cuando mi boca pronunció la frase con todo el veneno que tenía.

—¿Qué quieres saber? Dime. —Adrián reaccionó de una manera que yo no me esperaba.

—Quiero que me digas lo que de verdad has estado haciendo este fin de semana. Yo ya lo sé, pero quiero comprobar tu grado de cinismo.

—Este fin de semana he estado trabajando para pagar esa vida de puta madre que te gastas. ¿Te vale?

—¡Soy tan mala mujer…! Pobre, habrás sufrido mucho. Es normal que vayas por ahí follando con la primera guarra que se abra de piernas en tu cama. ¡Qué buena persona eres, Adrián! Bendito sea Dios por traerte a mi lado. ¿Qué sería de mí sin ti?

—Te lo digo por última vez, Valeria…

—¡¡Te escuché follando con otra!! —Y hasta la garganta me dolió con aquel berrido—. ¡Sé un hombre por primera vez en tu puta vida y admite la evidencia!

Solo le miré un momento, una décima de segundo, y lo supe. Supe enseguida que necesitaría meses para curarme de lo que estaba a punto de decir. No me decepcionó. Tragó saliva y levantó la cabeza con dignidad.

—Álex entró en mi habitación, se desnudó y se acostó sobre mi cama. Álex, que no tú. Porque, paradojas de la vida, para ella sí soy un hombre y así me siento cuando estoy con ella. Lo demás, mejor no te lo cuento, porque eres una niñata que no está preparada para ningún tipo de realidad.

A veces la mente es demasiado rápida. No creo que pasaran más de tres o cuatro segundos, pero bastó para que dentro de mi cabeza se montara la película al completo de todas las promesas que Adrián y yo habíamos hecho en los últimos diez años. El día que lo conocí hizo la primera.

—Ya nos veremos —le dije.

—Te prometo que lo haremos —sonrió él.

Y él, que había cumplido todas y cada una de las palabras que su boca me había jurado, ahora me faltaba de aquella manera. Hacía tiempo que venía haciéndolo, me dije a mí misma. Hacía meses que ya no era mi marido. Era un ente parecido, pero que en el fondo no tenía en común con él más que su físico. Se trataba de una vaina vacía. Y lo más probable es que yo fuera lo mismo para él.

Adrián tenía una sonrisa preciosa de la que ya ni me acordaba. Adrián era un chico inteligente, pero al que las palabras grandilocuentes no le gustaban. Adrián era un estallido de vida y, hasta hacía medio año, la mejor decisión que había tomado. Nunca fue demasiado cariñoso, pero no lo necesité. Bastaba con ver cómo me miraba. ¿Qué había pasado? ¿Qué había hecho yo para estropearlo todo?

Juro que de haberlo pensado, no lo habría hecho, pero fue tan rápido que no pude evitarlo. Cuando quise darme cuenta le había propinado una sonora bofetada en la mejilla que le había hecho girar la cara. Le di la primera bofetada de mi vida. Y me miré la mano, que me palpitaba y escocía, sin poder creérmelo.

Supuse que no diría nada, que cogería sus cosas y se iría sin abrir la boca, pero claro, aquel habría sido el Adrián de antaño y no el desconocido al que yo acababa de abofetear. Así que, tras coger aire, vociferó:

—¡¡¿Pero qué haces?!!

Y mi cabeza, sin ton ni son, respondió con la frase más doliente de su repertorio:

—Esa es para ella. La tuya te la dimos Víctor y yo el viernes. Y quien dice viernes dice sábado, domingo y lunes, porque lo que no me has follado tú durante el año me lo ha dado él en un fin de semana.

Cerró los ojos como si le hubiera lanzado un puñetazo directamente al estómago que lo hubiera dejado sin aire. Jódete, pensé. Y Adrián apretó los puños hasta que los nudillos se le pusieron blancos.

—¿Qué has hecho, Valeria? —No contesté—. ¿Te has acostado con él? —preguntó sin creérselo, con la cara perpleja.

—Sí. Para él sí soy una mujer. Yo hasta me había olvidado de que lo era.

Adrián se dejó caer otra vez en el sofá y se revolvió el pelo. No lo reconocí ni siquiera en un gesto tan involuntario. Mi Adrián ni siquiera estaba dentro.

—La puta verdad es que no sé cómo no lo vi venir… Eso es todo lo que te importa. Espatarrarte en cualquier cama…

—Adrián, tú y yo ya no nos queremos. —Tragué saliva y el nudo de la garganta me lo puso muy complicado.

—No. Yo sí te quiero. Yo… —bufó—. No puedo creerlo, Valeria. No puedo…, yo estaba drogado y no entendía nada y… ahora tú…

—No deberías haberla despedido. La culpa no es de ella. Hiciste aquello porque querías hacerlo.

—Como tú, ¿no?

—Tú y yo dormimos en el mismo colchón…, eso parece ser lo único que nos une. Hay algo de mí que no me perdonas. Quizá ya no te atraigo, quizá no te hago feliz, no soy la persona de la que te enamoraste, te decepcioné o nunca debimos casarnos. Pero lo cierto es que esto no es justo para ninguno de los dos. Esto ya no funciona. Quiero separarme.

—¿Qué coño dices? —Y la respuesta fue tan violenta que di un paso hacia atrás.

—Me fuiste apartando tanto que al final me sentí más suya que tuya.

Se sujetó la cabeza con ambas manos.

—Dios mío, le conoces desde hace dos días. —Se rio secamente—. Vas a dar tanta pena cuando te deje por cualquier otra guarra… —Levantó la cabeza de pronto; tenía los ojos húmedos—. ¿Estás enamorada de él? ¿Es eso? —Una mueca de sarcasmo se apoderó de su boca.

—No. Pero de ti tampoco.

—¡Valeria, es una racha! —gritó.

—No quiero saber cuánto tiempo llevas acostándote con ella. —Cerré los ojos—. Es posible que lo de Almería solo fuera el polvo de despedida. No lo sé. Pero sí sé lo que tú y yo teníamos, y lo hemos debido de ir destrozando, porque no queda nada.

—¿Y ya está?

—No, claro que no está. Es ahora cuando tenemos que hacer algo por arreglar lo que queda. No quiero que nos odiemos, pero quiero que te vayas.

—¿Me lo estás diciendo en serio? —Se levantó del sofá y di otro paso hacia atrás.

—Sí. Ven a recoger tus cosas cuando quieras.

No contestó durante unos segundos. Respiraba con fuerza y yo sentía… miedo. No sabía si ese Adrián que tenía delante y que tan poco conocía decidiría darme un guantazo para terminar con la discusión. Pero no. Solo separó los labios, resopló y después me pidió que me fuera de allí.

—Vete —me dijo mirando hacia la otra punta de la habitación—. Vete…

43

El portazo

Carmen estaba esperando a Borja en casa sin poder quitarse de la cabeza lo que yo le había contado. No dejaba de acordarse del día de mi boda, cuando cogió a Lola en el jardín y le dijo que yo era la prueba de que el amor de verdad existía. ¿En qué se había equivocado? ¿En que yo era la prueba de que existía o en que existía en general?

Sonó el timbre de la puerta de su estudio y Carmen fue hacia allí segura de que sería Borja. Pero cuando abrió, fue Daniel quien dio un paso al frente.

—Hola, Carmen.

Ella reculó y cerró la puerta con toda la fuerza que pudo, dándole en la nariz y produciendo un ruido espeluznante. Daniel gritó y no eran sollocitos ni maldiciones a media voz. No, no. Sus gritos podían escucharse desde la otra punta del edificio. Carmen abrió de nuevo, con ganas de estrangularlo con sus propias manos.

—¿Quieres dejar de chillar?

A Daniel le chorreaba sangre de la nariz por la camisa y Carmen no podía evitar sentir unas carcajadas internas interrumpidas por el pensamiento de que ahora la denunciaría y le sacaría todos los ahorros con los que subsistía.

—¡Me has roto la nariz! —gritó Daniel.

—¡Nadie te dijo que entraras!

—¡Me has roto la nariz! —repitió él.

—Pasa. Voy a por hielo. ¡Y deja de gritar!

Él se echó en el sofá, con la cabeza hacia arriba para tratar de cortar la hemorragia, y Carmen salió tranquila de la cocina con un paño con hielo y varias servilletas.

—Si me manchas el sillón, pagarás la tintorería.

—¿Cómo puedes ser así? —se quejó él.

—Toma. Ponte hielo. No quiero que me denuncies con el agravante de «negación de auxilio».

—Eso me faltaba, denunciarte… —rio secamente, como si aquello, en realidad, no le hiciera ninguna gracia.

—La culpa es tuya, no sé qué haces aquí, entrando en mi casa.

—Quería hablar contigo.

—No finjas. Te ha obligado Nerea.

—No —espetó.

—Sí.

—¡Claro que no! —volvió a negar Daniel.

—¡¡Claro que sí!! —le replicó Carmen.

—Bueno, vale, me ha obligado.

—Lo sabré yo…

—Puede llegar a ser muy insistente.

—Y muy nazi —sonrió Carmen.

Seguía haciéndole gracia el hecho de que Daniel saliera a la calle con la camisa manchada de sangre. Se lo había hecho ella solita sin necesidad de apuñalarlo con un abrecartas, como tantas veces había imaginado con placer. Se puso la medalla moral al tiempo que se daba cuenta de la frialdad que había conseguido desarrollar con los años. No le importaba lo más mínimo haberle roto la nariz, si es que se la había roto.

—¿Qué haces aquí? —le preguntó poniendo los brazos en jarras.

—Nerea cree que te debo una disculpa.

—Pero si tú no lo crees, mejor no te digo de qué me sirve la visita.

—No voy a disculparme y menos después de esto. —Se señaló la nariz, ya hinchada.

—Tapónate la nariz y respira por la boca, me lo vas a poner todo perdido.

—Bueno, antes de que pase nada más y te lleve ante la justicia por ello, te diré que vengo a hacerte una proposición. —Carmen lo miró con terror, con asco. Se imaginó a sí misma besando a aquel hombre y casi sintió náuseas—. ¡No, ese tipo de proposición no! —aclaró Daniel a gritos.

—Ah, ¿qué pasa? ¿No soy suficiente para ti?

—Pero ¿cómo me meto yo en estos jardines? —Miró al techo—. Lo que quiero decirte es que he hecho algunas llamadas… Un colega de la facultad trabaja en otra agencia y quiere hacerte una entrevista la semana que viene, el jueves por la tarde. —Ella le miró con recelo—. Y no temas: lo sabe todo, así que no tienes por qué ir con mentiras políticamente correctas para justificar que dejaras un trabajo de puta madre.

—Si tú eres el jefe, ni probador de colchones es un trabajo de puta madre —contestó ella.

—¿Quieres la entrevista o no?

—¿Por qué haces esto?

—Por Nerea. Simple y llanamente. No lo hago por ti. En mi opinión, con la carta de recomendación ibas que chutabas —contestó con desparpajo.

A Carmen la respuesta debería haberla encabronado mucho más, pero se sintió de pronto completamente satisfecha y convencida de que si aquello que decía Daniel era verdad, podría tolerarlo al lado de Nerea.

—Venga, ya me lo has dicho. Lárgate a que te miren esa nariz.

—Me la has roto —gimoteó Daniel mientras se dirigía hacia la puerta.

—Pues con lo grande que la tienes, habrá sido por lo menos en tres trozos. —Se miraron con odio un instante. Él salió al rellano y esperó, mirándola—. Gracias, Daniel, y paladea este momento, porque no creo que tenga que volver a dártelas nunca.

—Dáselas a Nerea. Si por mí fuera, habría esparcido basura caliente en tu salón.

Ambos sonrieron. Asunto cerrado.

44
La separación

Adrián llegó a las dos de la madrugada y me encontró despierta sentada sobre la cama. No sé si esperaba encontrarme dormida y no tener que hablar sobre aquello en ese momento, pero lo cierto es que no dijimos nada durante un rato.

Después, se sentó a mi lado y me dijo que tenía razón.

—Lo sé —afirmé.

—No entiendo cómo hemos podido llegar a esto —dijo con la voz temblorosa.

—Estas cosas pasan.

Suspiró y asintió. Después de unos minutos añadió sin mirarme que tenía miedo. Me sorprendió. Adrián nunca tenía miedo de nada. Todo era sencillo para él, sencillo hasta tener ganas de abofetearle y preguntarle si había algo en el mundo que no le pareciera fácil. Y ahora tenía miedo.

—Y yo —contesté.

—Creo que sin ti solo seré un gilipollas. —Se encogió de hombros.

—A mí me da más miedo lo que puede pasar si no lo dejamos estar ya.

Asintió.

—Mañana recogeré las cosas y me iré.

—Vale —respondí abrazándome las piernas.

—¿Necesitaré… un abogado? —preguntó agobiado.

Un abogado. Joder. No me apetecía nada pensar en papeleo en ese momento.

—Quizá deberíamos esperar un poco para lo del abogado. —Tragué con dificultad.

—Vale.

—¿Dónde irás?

—Supongo que volveré a casa de mis padres una temporada. Luego alquilaré algo cerca del estudio.

Flexionó las rodillas y encogió las piernas hasta abrazarlas contra su pecho, como yo. Me recordó, de pronto, al chico que había sido cuando lo conocí, a los veintitrés años, tirado en la calle con nuestros amigos y la cámara de fotos colgada al cuello. ¿Cómo era posible que, con todo lo que nos habíamos querido, no quedara nada digno? ¿Significaba que nunca nos habíamos querido de verdad? Le miré y me respondió a la mirada con el pelo tapándole parte de los ojos.

—Adrián…, ¿por qué crees que nos ha pasado esto? No hago más que darle vueltas y sigo sin entenderlo. Nunca fuimos así.

—Yo lo comprendí hace un rato. —Chasqueó la lengua—. Hace mucho que perdimos el hilo. Dejamos de hablar de las cosas que importaban.

—Si te soy sincera, ni siquiera sé si me quieres.

—Claro que te quiero, joder. —Se revolvió el pelo.

Y por fin sonaba a él.

—Entonces, ¿por qué Álex? —murmuré.

—¿Por qué Víctor? —respondió.

—¿Cómo esperabas que supiera que me quieres? Nunca lo dices.

—Lo sé. Es algo que habrá que cambiar. —Asentí, confusa. Ya ni siquiera sabía si se podría cambiar o si yo estaría dispuesta a esperar—. ¿Cuánto tiempo…? —preguntó sin mirarme.

—No lo sé. Iremos viéndolo.

—No puedo evitar tener la sensación de que estás cerrándome la puerta y abriéndole a Víctor la ventana.

—No quiero hablar de Víctor.

Llevaba con Adrián desde los dieciocho años. Me enamoré de él enseguida. Siempre fue especial. Nos conocimos, nos enamoramos, hicimos el amor por primera vez, nos peleamos mil veces, nos licenciamos, nos casamos… y ahora nos separábamos. Sería lo último que haríamos juntos. Adiós a los hijos que nunca tendríamos y a esa casa que nunca compraríamos junto a la costa. Adiós también al viaje a China que habíamos estando posponiendo y para el que ya llevábamos dos años ahorrando.

Aquella fue la última noche que dormimos juntos, aunque creo que ninguno de los dos durmió. Lloramos mucho.

Fue la primera vez que vi llorar a Adrián en diez años.

Al día siguiente saqué el valor de la manga y dejé a Adrián sacando sus cosas de casa solo para encontrarme con Víctor y hablar con él, de veras. Supongo que lo que quería era evitar ver a Adrián marchándose, porque también se me encogía el estómago al plantearme lo que debía decirle a Víctor. No sabía muy bien qué esperar de él ahora.

Aguardé sentada en una silla de la recepción hasta que Víctor apareció por el pasillo vistiendo uno de esos perfectos trajes que parecían cosidos directamente encima de él. Al encontrarnos cara a cara, me besó en los labios y susurró que me había echado de menos. Esto me desconcertó y tardé un rato en reformular todo lo que venía a decirle. Entramos en su despacho, pero no nos sentamos. Nos quedamos de pie delante de la mesa, uno frente a otro. Alargó una mano, me agarró suavemente la muñeca y me acercó a él. Después, con la mano izquierda, me acarició la cara y me besó. Suspiré profundamente y apoyé la cabeza sobre su hombro, aspirando su olor. Tenía que decírselo, me gustase o no.

—¿Qué pasa? —me preguntó.

—He dejado a Adrián.

Un silencio tenso recorrió toda la habitación de arriba abajo y de ancho a largo, como un zumbido. Víctor carraspeó, supongo que para bajarse las gónadas del cuello, y dio un paso atrás. Me dije a mí misma que tenía que conservar la calma y que fuera la que fuera su respuesta, estaría bien.

—Buf… —resopló. Acto seguido se apoyó en la mesa y se revolvió el pelo haciendo que un mechón le cayera sobre la frente.

Buf no era una respuesta que estuviera bien. Tuve que interceder.

—No me malinterpretes, Víctor. Solo quería que lo supieras. —La voz me temblaba—. No espero nada…

—Valeria… —Me miró y se mordió los labios por dentro—. No digo que no…, es solo que… —Volvió a resoplar, se pasó las dos manos por la cara y después cogió aire.

Sonreí con tristeza. Sin duda, aquella era una de las posibles respuestas que ya tenía asumidas.

—Me voy —dije.

—Espera, espera… —Me cogió de la muñeca—. Solo entiéndeme. Esto es…

—Un marrón. —Me reí tratando de parecer relajada y despreocupada.

—No es un marrón. Es que no lo esperaba.

—¿No lo esperabas? —Arqueé las cejas—. Pues no parecía que no lo esperaras el sábado pasado.

Víctor agachó la cabeza y miró hacia mí.

—Era una posibilidad que barajaba, pero las mujeres casadas, ya se sabe, siempre decís que…

—¿Las mujeres casadas siempre decís…? —Y su elección de palabras me pareció horriblemente desconsiderada—. ¿Te parece esta una situación de manual? ¿Has ido actuando tú según el protocolo establecido para este tipo de relaciones?

Y Víctor volvió a resoplar. Se pasó las manos, nerviosas, por el pelo.

—Sé que te dije que no respetaría tu decisión de no romper con él, pero creo que…, que necesitas tiempo para estar sola y…

Sonreí y le interrumpí.

—Ya te he dicho que no esperaba nada. Soy consciente de que, probablemente, esto termine con mi nombre en la lista de chicas con las que has follado.

Víctor me miró sorprendido.

—A ver, Valeria… —Movió las manos como si quisiera calmarme, cuando lo más probable es que tratase de calmarse él mismo—. Sabes de sobra que eres mucho más que eso. Pero es que, simplemente, tienes que darme tiempo.

Fui hacia la puerta. Ahí estaban todas esas cosas que uno se olvida de decir en el fragor de la batalla. «Oye, cielo, es muy probable que cuando tú decidas hacer algo, yo me cague de miedo». Suspiré y le miré.

—Ya nos veremos por ahí —murmuré.

—Pero no te enfades… —suplicó, y cerró los ojos—. Solo… entiéndeme.

—No me enfado, Víctor. Pero ahora necesito desaparecer y centrarme en entenderme a mí y a nadie más que a mí.

Él lo aceptó con una sonrisa suave y asintió.

—Esperaré a que me llames, ¿vale? Pero no me llames mañana ni pasado. Ya sabes lo que quiero decir —añadió con soltura.

—La pregunta es si lo sabes tú.

Arqueó las cejas.

—Me dijiste que no esperara nada de ti. Y sé que te dije que si lo dejabas con Adrián querría seguir con lo nuestro. No estoy diciendo que ya no quiera. Solo…, mírame, por favor. Solo quiero hacerlo bien.

—Yo también tengo mucho en lo que pensar —le aclaré.

—Por eso esperaré a que me llames, Valeria, pero no lo haré eternamente.

Poco a poco fue dibujando una enorme y sensual sonrisa en sus labios de bizcocho. Él ya lo sabía. Él sabía de qué cojones estábamos hablando y yo necesitaba aún un puñetero traductor. Ay, Víctor…, cuántas cosas tenía que enseñarme aún.

—Me voy.

—Bien —susurró—. Déjame que te acompañe.

Recorrimos el pasillo hasta la recepción en silencio y cuando llegamos a la puerta, delante de las visitas, de la secretaria y de su padre, tiró de mi muñeca y me acercó hacia él. Me sujetó el cuello y me besó apasionadamente envolviéndome con sus brazos, como si se fuera a terminar el mundo. Cuando separó sus labios de entre los míos, todo el mundo nos miraba. Apoyó la frente en la mía.

—Dame tiempo, pero llámame.

Parecía fácil, ¿no? Darle tiempo y después llamarle. Yo también necesitaba ese tiempo, pero… ¿quién me decía cuánto tiempo sería necesario? ¿Y si al volver él ya tenía otra chica en la cama? ¿Y si le llamaba cuando aún no estaba preparado?

Me acaricié los labios húmedos antes de irme.

45

Por Lola, Nerea y Carmen

Vagabundeé toda la mañana y parte de la tarde. Avisé a las chicas de que tenía que contarles algo muy importante y tal era la expectativa que contestaron enseguida que me esperarían en casa de Lola a las ocho. No hizo falta pedir audiencia con Nerea. El hecho de que hubiera escondido mi fogoso fin de semana en casa de Víctor las tenía alerta como un gato. No sé qué esperaban escuchar, pero lo único de lo que estaba segura era de que yo no me encontraba preparada para confesar ciertas cosas…

Sin embargo, antes de sentarme con ellas y poder permitirme el lujo de desmoronarme, tuve que hacer de tripas corazón y fingir ser mucho más fuerte de lo que era… y decírselo a mis padres. Fue el único momento en el que flaqueé y hasta me planteé que separarme era una respuesta exagerada. Visto lo visto con Víctor…, ¿realmente quería dar carpetazo a mi matrimonio? ¿Era por él? ¿Me separaba por Víctor? ¿O Víctor había sido solo la excusa para hacer algo con lo que Adrián y yo teníamos? Daba igual. Me separaba por mí y por mi salud emocional y mental. No más de aquella mierda.

Mis padres, como me esperaba, no lo entendieron, pero es que los pobres no tenían información suficiente para poder hacerlo. Callé cual mujer de vida alegre porque así era mucho más fácil para mí. Ni Adrián había perdido la cabeza en un hostal en

Almería con una universitaria, ni yo había huido con alguien que luego había hecho un «donde dije digo, digo Diego» con todo su discurso romántico.

Después me fui a casa de Lola para terminar con la turné de noticias sobre mi lamentable vida sentimental. Me senté en el centro del sofá y ellas se colocaron todas a mi alrededor. Carraspeé.

—Bueno, chicas…, quería contaros que… Adrián y yo hemos llegado a la conclusión de que teniendo en cuenta nuestra situación actual lo mejor es separarnos, al menos temporalmente.

Nerea se tapó la cara. Carmen aguantó el aire en los pulmones sonoramente y Lola miró al suelo.

—Oye, Val, igual os estáis precipitando un poco. Este tipo de medidas son… —empezó a decir Lola.

—No. La verdad es que lo tendríamos que haber hecho antes. Lo cierto es que decir que nos separamos temporalmente es un eufemismo, porque la verdad es que no creo que volvamos a… estar juntos.

—Valeria, lleváis diez años juntos —dijo Carmen apretándome la rodilla—. Tenéis que pelear un poco más por solucionarlo. No tiréis tan pronto la toalla.

—Es tarde para solucionarlo. Hemos sido los dos unos niñatos. Creo que nunca fuimos lo suficientemente maduros para gestionar nuestra relación y ahora que empezamos a serlo está tan estropeada que no hay nada más que podamos hacer.

Tragué saliva. No quería contarles lo que había pasado con Víctor y menos aún su reacción posterior, así que todo me resultó mucho más complicado de lo que había pensado en un primer momento.

—Pero ¿qué ha pasado con Víctor, Valeria? ¿Es por eso? ¿Vas a separarte por lo que sucedió un fin de semana con otro hombre? —preguntó Nerea con esa vocecita aguda de cuando se pone nerviosa.

—No. Voy a separarme porque no soy feliz y Adrián tampoco lo es.

—Somos nosotras, Val. ¿Nunca nos dirás qué pasó?

Me encogí de hombros y quise contestar quitándole hierro. No estaba preparada para hablar de ello. A decir verdad, no quería ni siquiera recordar haber hecho las cosas de aquella manera tan irracional. Gracias a Dios, Carmen calló. Es por eso por lo que siempre la llamo a ella en situaciones de crisis emocional.

Recordé a Víctor pasando las hojas del periódico del domingo sobre la mesa alta de su cocina y noté un incómodo cosquilleo detrás de los ojos. Él me había dicho que querría seguir conmigo y yo le había creído sin más. Me froté un ojo. Suspiré. Me sentía incómoda. Después, una tos seca que se trasformó en un sutil sollozo. Valeria, la «responsable», había perdido la cabeza en un solo fin de semana. Por fin, dejé la mente en blanco y me eché a llorar. ¡Yo! ¡Que no lloraba desde hacía tanto tiempo que ni me acordaba!

No hubo más preguntas ni más dudas por su parte. Solo un abrazo y eso que siempre se dice:

—No te preocupes. Nos tienes a nosotras.

Menos mal que en esta ocasión era completamente cierto.

No quise quedarme mucho rato. No quería que nos bebiéramos una cervezas, dijéramos cosas como que los hombres son un asco y que se compadecieran de mí. Solo necesitaba estar sola y ordenar un poco mi cabeza y, sobre todo, el lío de sentimientos adolescentes que tenía en la boca del estómago.

Me despedí de ellas y anduve durante cuarenta y cinco minutos hasta casa, sola y de noche. Cuando llegué no quise mirar todas las cosas que faltaban allí; las cosas que Adrián se había llevado.

En lugar de eso, me senté en el ordenador y, me pasé la noche en vela escribiendo sin parar. Encontrar la verdad de lo que quería escribir había tenido un precio bastante alto. Fue algo así como un intercambio: la inspiración a cambio de Adrián. La musa se había fugado con mi marido, la muy furcia, pero en compensación me salvaría, como otras tantas veces, de volverme loca.

Dos días después terminé mi historia y se la envié al editor sin apenas echarle un vistazo. Ya habría tiempo de corregirla. Aún no estaba preparada para enfrentarme a todo lo que esa novela tenía que decir de mí. Me había costado mucho ponerme, realmente, en los zapatos de Valeria.

46
Email. Recibido hoy a las 12.36 h

Hola, Valeria:

Lo leí de un tirón. No voy a mentirte, no es lo que me esperaba. Esperaba una historia enrevesada de las tuyas, de esas donde los personajes, atormentados y castigados, se debaten entre el bien y el mal en una situación que los supera...

¿Y qué me encuentro? La historia de cuatro chicas de veintimuchos, malhabladas y en muchos casos hasta absurdas.

Pero no te asustes. Me ha gustado. Me ha gustado mucho. Se publicará en verano.

Dale, por favor, la enhorabuena de mi parte a cada uno de los personajes. Sé lo mucho que te habrá costado escribir esto, pero de nuevo has conseguido sorprenderme.

Espero que este trance no esté siendo demasiado duro. Yo también he vivido un divorcio y sé que no es divertido.

Te llamaré para los demás trámites. Prepara la segunda parte, ¿no?
Un abrazo,
Jose

Lola me miró de reojo con los labios rojos perfectamente pintados y bien apretados. Descruzó las piernas, se levantó y, poniéndome una mano sobre el hombro, dijo:

—Te vas a forrar. Déjame que la lea antes de evaluar cuánto dinero tendrás que darme de indemnización.

—¿Indemnización?

—Algo tendrás que pagarnos por airear todos nuestros trapos sucios, ¿no?

Levanté la ceja izquierda y sonreí, con mis labios también pintados. Esa Valeria había vuelto por fin.

—Ya veremos —contesté.

—Bueno, mejor invítame a una copa ahora, que estoy seca. Con eso estaremos en paz.

Me levanté del escritorio y antes de encaminarme hacia la cocina le eché un vistazo al móvil.

«Esperaré a que me llames, Valeria, pero no lo haré eternamente».

Tic, tac, tic, tac, tic, tac…

Agradecimientos

Me imagino que esto es como tirarse en paracaídas y que por mucho vértigo que esté sintiendo ahora cuando termine el viaje solo podré pensar en repetir. Lo que sí sé a ciencia cierta es que no podría haberlo hecho sin todas esas personas que confían tan ciegamente en mí. A ellos les dedico esta aventura.

A mis padres... porque cualquier cosa que pueda decir de ellos se queda pequeña; de ellos he aprendido todas las cosas buenas y bonitas de la vida. A mi hermana, Lorena, que no solo me inculcó el gusto por la lectura, sino que siempre fue, ha sido y será la mejor hermana que podría tener.

A Óscar, mi marido, por su apoyo y por hacer cada día de mi vida más fácil y feliz. Él me complementa.

Gracias también a todas las personas que han inspirado los personajes y los diálogos. Esta novela tiene un poco de todos: de mis tres amigas del cole, de mis amigas de toda la vida, de «las ladillas enfurecías», de los «chatarreros», de mis niñas del máster, de la gente de la ofi y de la pandilla sin filtros.

En especial quiero dar las gracias a María, a la que considero mi hermana pequeña, por crecer conmigo y acurrucarse a mi lado cuando me hace falta. Y a la pequeña Laura, por ser tan fuerte y especial.

Gracias también a Bea y Álvaro, sin los que nunca me habría atrevido a dar los pasos para llegar hasta aquí. Y a Txema, que ha sido durante años mi mentor y que me ha ayudado a emprender este proyecto con confianza en mí misma.

No quisiera dejar pasar la oportunidad de dar las gracias a Ana, mi editora, y a la editorial Suma de Letras en general por confiar en mis libros. Gracias por hacer realidad el sueño de mi vida.

Y… seguiría durante folios y folios, pero me prometí a mí misma no alargarme, por lo que, solamente… GRACIAS, de todo corazón.

Biografía

Elísabet Benavent (Valencia, 1984) es licenciada en Comunicación Audiovisual por la Universidad Cardenal Herrera CEU de Valencia y máster en Comunicación y Arte por la Universidad Complutense de Madrid. Ha trabajado en el Departamento de Comunicación de una multinacional.

Su pasión es la escritura. La publicación de sus libros *En los zapatos de Valeria*, *Valeria en el espejo*, *Valeria en blanco y negro*, *Valeria al desnudo*, *Persiguiendo a Silvia*, *Encontrando a Silvia*, *Alguien que no soy*, *Alguien como tú*, *Alguien como yo*, *El diario de Lola*, *Martina con vistas al mar*, *Martina en tierra firme*, *Mi isla*, *La magia de ser Sofía*, *La magia de ser nosotros*, *Este cuaderno es para mí*, *Fuimos canciones*, *Seremos recuerdos*, *Toda la verdad de mis mentiras* y *Un cuento perfecto* se ha convertido en un éxito total de crítica y ventas con más de 2.000.000 de ejemplares vendidos.

Sus novelas se venden en diez países y los derechos audiovisuales de la «Saga Valeria» han sido adaptados por Netflix, que en la primavera de 2020 emitirá la serie en más de 190 países. En la actualidad se ocupa de la familia Coqueta y está inmersa en la escritura.

www.betacoqueta.com

 @BetaCoqueta

Este libro se publicó
en el mes de junio de 2020